U0136930

紀念

李孝定老師

1918 － 1997

漢字學六章

雲惟利 著

臺灣 學生書局 印行

謝　序

　　雲惟利是五十二年前我在新加坡南洋大學中文系教書時的學生。那個年代，在南洋地區讀大學是很不容易的，所以，凡是能有機會入大學的學生，都非常地用功；而學校對學生的要求，也十分地嚴格，淘汰率非常之高；因此，人人都兢兢業業地晝夜努力、撰寫「讀書報告」，上「討論課」時，都很踴躍地提出許多生僻的問題，向教授問難、與同儕共研。

　　雲惟利愛好語言文字之學，修李孝定先生開的「中國文字學」，我開的「中國聲韻學」和胡楚生先生開的「訓詁學」。在初期的學習階段，惟利特多留情於「字形之學」，到留學英國時，才漸次周全地用心到「形」、「音」、「義」三者的密合關係，因此也就加力用心於現代「語言學」的許多問題，而對單純的中國文字學，豁然擴展到全面性的漢字整體勾串與繫聯了。

　　在七十年前我讀大學那個時期，我們接受的是割裂式的斷代文字學，董作賓先生教我們「甲骨文」，高鴻縉先生教我們「鐘鼎文」及「說文解字」，三種課程之間，幾乎是沒什麼聯繫的。尤其是，三者都只在教人「識字」而已，而自邃古到現代的文字語言變遷和聯繫，幾乎是無人去顧慮的。而今，雲惟利著述了這一部「漢字學六章」的巨著，就顯示著很獨特的一個「全面」，單從形體一個方面來說，就是一派很有連接性的脈絡系統，遠從邃古傳說時期的結繩、書契，以及陶符、陶文說起，直透「甲骨」、「金文」、「大篆」、「小篆」直到「隸」、「楷」、「草」、「行」，各時代的字形轉變，一直到方今簡體字的許多變化。

　　在第一章「從圖形到形聲」的一節中，還與非洲的埃及文字，和中亞的蘇美爾文字，作比對性的並列說明。其排比研究的周全，可以說是自古到今，從中到外的全面羅列，真的是把文字學術作了一個「全備、完整、周至而不稍遺漏」的排比深究了。

在與現代語言學融會迎合方面，則是深入探討到文字語言的表裡關係，語音與語義的配搭關係，字詞與語素的結合關係，字形偏旁的音義區分關係，常用詞與新生詞的衍生關係等等，方方面面，都照應得十分周全。這是一部巨著，在我這個短稿裡邊，實在無法一一提示，愛好語言文字的人，只消展讀細品此書，便可了然於胸臆了。

雲惟利的書尚在排印之中，新書即將出版，命序匆匆，不暇深入詳讀，草草撮掇數語，難以表達佳構實情，宜待日後詳讀，自當得其深意；佳構即將面世，我且引頸等待，迎候細讀吧！

謝雲飛撰

2020 年 5 月 23 日

於台北新店筠扉堂書齋

胡　序

　　一九六六年，我應聘前往新加坡南洋大學中文系任教，擔任訓詁學、修辭學、經學史、歷代文選等課程，一直到一九七九年，才返回臺灣。

　　南洋大學是一所民間集資興辦的學校，前往就讀的學生，也以新馬一帶的華裔子弟，爲數最多，所以任教該校，心情上並無身居異鄉的陌生感覺。

　　南洋大學座落在新加坡西部裕廊律的雲南園中，綠樹成蔭，景緻優美，有四時不謝的花朵，有碧波蕩漾的澄清湖水，是一個宜於寧謐心志，專意向學的好地方。

　　白天，老師們專心講授自己研究的心得，學生們凝神學習自己嚮往的新知。下午課後，往往師生們一起奔馳在籃球場上，切磋球技。夜晚時分，校園中更時時迴盪著朱崇懋所主唱的那幾首動聽的民歌，學生們相和的歌聲，更是此起彼落，不絕於耳。

　　當時系中學生的中文水準，都相當優秀，在同學們發表的習作中，在同學們所出版的學報中，都可以發現，那些年代的中文系學生，有許多人富有文藝創作的天份，有許多人具有學術研究的潛力，那是老師們都予以肯定的事實。

　　雲惟利同學在當時，正是具有研究潛力的同學之一，在大學中，他對於文字、聲韻、訓詁，較爲偏愛，因此，也打下了傳統文字學的基礎。在碩士班時，撰寫了文字學的專論，等到出國深造，開拓視野，在博士論文中，更吸取了西方語言學的精神，而這一部《漢字學六章》，更是他多年來會通中西語文學術的成果。

　　一九八〇年以後，雲南園中更換了門庭，昔日的許多朋友，也星散各地。

　　我常想，如果南洋大學中文系能夠維持著一貫的風格，則幾十年來，新馬一帶的社會，肯定會向世人展現另一種更加優雅的文化

風貌，應該是可以斷言的！

胡楚生撰
於二〇二〇年五月二十五日

自　叙

　　這本書是我研究語言文字之學五十年的總結，嘗試結合語言學與文字學的知識，講解漢字生成與發展的種種問題，希望能豐富文字學的內容，擴大視野。

　　我在大學本科的時候，修讀傳統的文字學、聲韻學、訓詁學。文字學由李孝定老師教授，聲韻學由謝雲飛老師教授，訓詁學由胡楚生老師教授。李老師教導學生，研究文字學要扎根於《說文》，再深入古文字，還要有考古的眼光；謝老師教導學生，研究聲韻學除了學習傳統的聲韻知識，還要學習現代語音學知識，融會新舊，才能貫通；胡老師教導學生，研究的眼光要放遠大些，寫論文要能解決問題，不能解決問題的論文不必寫。我有幸在三位老師門下受教，得以進入小學之門。

　　三位老師對學生十分親切，傳授知識，不厭其詳。這三門課讓我大開眼界，為日後研究語言文字之學打下基礎。我後來能寫一兩篇像樣的文章，全因受教於良師門下，非常感激。

　　李孝定老師對於寫論文非常認真，沒有研究心得的論文，他不願寫。他不止一次告訴學生，他的老師黃季剛先生常說的一句話：「我五十歲以前不著書。」這是因為學者要到五十歲的時候，學術思想與見解才成熟。這或就是前人常說的「大器晚成」了。

　　老一輩學者對學問十分執著，做學問專心致志。他們重視的是學術，而不是論文數量。

　　李孝定老師是甲骨文專家。他為人儒雅，剛直不阿。他做人與做學問的態度對我深有影響。

　　他在北京大學研究所時的正導師是董作賓先生，副導師是唐蘭先生。這是大學分配的。他的研究方向是唐先生一路，所以他常常說：「以我的研究方向，正導師應該是唐先生。」他受唐蘭先生的影響最大。

　　李老師的著作中,有兩部特別重要。一部是《甲骨文字集釋》,一部是《漢字的起源與演變論叢》。前者收集甲骨文字的考釋資料,一一詳解,是甲骨文的集解字典。書中資料,不限於甲骨文,也包含金文,給學習古文字的人指引方向。後一部是研究漢字起源與演變問題非常重要的典籍,尤其是其中一篇〈中國文字的原始與演變〉,是李濟先生主編的中國上古史中的一篇專文。李濟先生讀後對李老師說:「這是當時收到的論文中最好的一篇。」《漢字的起源與演變論叢》與唐蘭先生的《古文字學導論》是研究古文字理論最重要的兩部典籍。

　　李老師在寫了《甲骨文字集釋》之後,他的研究方向主要便是「中國文字的原始與演變」。這也是我進研究所後的研究方向。

　　在大學本科時,我只修讀了一科半年的語言學概論,對語言學所知甚少。到英國後,才深入瞭解西方人的語言學。西方的文字只是一串字母,沒有太多內容,所以西方沒有文字學,而講語言的學問則特別精細。這方面的知識爲我所需。有時也到語言學系去聽課。我當時所看的書,主要就是語言學的,其次是歷史與考古方面的,也看一些哲學與文學的書。

　　我慶幸能在良師門下受教,打下小學基礎,讓我寫論文時,不迷失方向。老師做學問的態度對學生的影響確是很大的。

　　我最初出版的兩本書,《漢字的原始和演變》與《海南方言》,都是我在英國讀書時寫的。前者是用英文寫的,西方學者引用的多一些。後者是用中文寫的,研究方言的學者知道的多一些。

　　在去英國求學前夕,我到李老師家,向他辭行。臨走時,他起身送我,在門口對我說:「惟利啊,我希望你五十歲時有成就。」

　　我一直都記住老師的這句話,非常感激他對我的教導,不敢辜負他的期望,但我在五十歲時寫的書是《一種方言在兩地三代間的變異》,並不是文字學的。我嘗試把方言學和社會語言學結合起來,探討方言存活的社會與心理基礎,並理出通例,是當時的思考方向。

　　現在這本書,前後用了十年時間撰寫,是我在語言與文字方面思考多年的結果。從語言的角度來看文字問題,從文字的角度來看語言問題,一直是這些年來的習慣。這本書就靠點點滴滴的累積寫

成。

傳統小學，對文字的探究十分深入，而對語言的注意則略有不足。揚雄的《方言》以活的語言爲記錄對象，但這條綫後來的發展不大，遠不及文字之學。

本書名爲《漢字學六章》，主要便是從六個方面來探討漢字生成與發展過程中的種種問題。

第一章〈文字概說〉，討論文字的一般問題，有四個重點：

其一，語言與文字產生與發展的關係。

其二，漢字、埃及文字、蘇美爾文字，從圖形到形聲的發展軌跡。

其三，漢字的性質與類型。

其四，文字學習難易的標準，以及漢字與漢語的特點。

第二章〈漢字與漢字學〉，討論漢字與漢字研究的内容，有四個重點：

其一，漢字形音義三者的内在關係。

其二，漢字與漢語的時空限制。

其三，從漢代小學到現代文字學的觀念改變。

其四，微觀文字學與宏觀文字學的意義。這兩個概念是李老師提出的。

第三章〈漢字的起源〉，討論早期漢字的生成，有三個重點：

其一，在李老師的研究基礎上，換一個角度，分階段探討陶文以及陶文與後世文字的傳承關係。

其二，早期圖形文字的發展與演變過程。

其三，原始繪畫藝術對漢字的催生作用。

第四章〈結構演變〉，討論漢字結構的演變。這是文字學的主要

內容，有五個重點：

其一，促使漢字結構演變的主要因素。

其二，形聲字發展的相關課題。

其三，從語言的角度探討轉注的意義。

其四，歸納漢字結構的特徵，並編成圖表。

其五，討論與結構演變相關的幾個重要課題。

第五章〈形體演變〉，討論漢字形體的演變，以及書體的形成。這也是文字學的主要內容，有三個重點：

其一，促使書體形成的因素與演變趨勢。

其二，古文字與今文字各種書體的形成與特點。

其三，歸納書體的特徵，並編成圖表。

第六章〈現代漢字沿革〉，討論現代漢字的重大變革，有四個重點：

其一，漢代隸書的變革對漢字發展的影響。

其二，唐代楷書與印刷術對漢字發展的影響。

其三，清末以來的漢字改革運動，以及簡體字的形成。

其四，漢字變革所造成的形義歧異與整合方式。

從這六方面來討論漢字的問題，各有不同的思考方向，或有助於豐富文字學的內容，擴大視野。

這些年來對文字的研究與李孝定老師的教導分不開。現在就用這本書來紀念老師，藉以表示對他的衷心感激，或可以告慰老師在天之靈。

謝雲飛老師與胡楚生老師為本書作序文，尤為感激，師生情緣，何其有幸！

本書原先取名《漢字六章》，姚榮松教授建議補個「學」字，

便是現在的書名《漢字學六章》，補一字更顯出學術專書性質，謹此致謝。

世間萬事萬物皆因緣而起，一本書亦然，惜緣感恩。

庚子年閏四月初六日

目 次

圖　表

第一章　文字概說

第二章　漢字和漢字學

第三章　漢字的起源

第四章　結構演变

第五章　形體演變

第六章　現代漢字沿革

第一章　文字概說

第一節　文字和語言

文字是什麼？文字是記錄語言的符號。一般語言學的書中都這麼說。然而文字是不是單純爲了記錄語言而創造的呢？這個問題還沒有多少討論。

說文字是記錄語言的符號，這當然沒錯，但是文字和語言的關係，並不僅僅是記錄和被記錄的關係。經過千百年來的應用，兩者之間互相影響，關係複雜而細緻。語言的功能主要在於表情達意，文字的功能隨社會的發展而越來越多，並不限於記錄語言。

一　文字的神聖力量

1、文字的神話

中國歷史上有四大發明：紙、火藥、印刷術、指南針。

這是就對人類歷史的影響來說的。單就中國的歷史發展來說，這四大發明都不及漢字的影響大。

四大發明之中,紙和印刷術都是爲了促進漢字的使用而發明的。

文字的發明是人類歷史上最重大的事。借助文字，知識與技術才得以傳授廣遠，後來的種種發明才得以產生。

不僅是今天看回頭，覺得文字的發明意義極其重大，古人也是如此，世界各地的古人也都如此，同把文字的發明看成是極其神聖的事。

古代埃及文字、蘇美爾文字，都是傳說中的神明發明的，不是人發明的。文字在遠古年代有崇高的地位。因此，文字與權力很自然的就聯結在一起。

中國的傳說,也大抵如此。《易經·繫辭》上說,文字是聖人造的。這遠古社會的聖人，實際就是統治天下的人，所以文字和權力

也聯結在一起。

中國還有個傳說，文字是倉頡發明的。漢朝人關於倉頡有不同的傳說。

劉安（前 179 – 前 122）《淮南子‧本經訓》說，倉頡發明文字，感動上天和鬼神，於是「天雨粟，鬼夜哭。」

王充（27 – 97）《論衡骨相篇》說，倉頡有四隻眼睛，是黃帝的史官。這個時候的倉頡是個神話人物，樣貌和本事都非常人，而近於神。

許慎（約 58 – 147）的《說文解字敘》中也說，倉頡是黃帝的史官。倉頡的身分，由神話人物變成黃帝的史官，反應出後世的觀念。史官是天天使用文字的人，其社會地位屬於士人階層。士人是戰國以來掌握和傳播知識的人，也是幫助統治天下的人。

無論哪一種說法，文字都與統治天下的聖人或鬼神聯係在一起。這反映出文字在古人心目中的崇高地位。

2、文字與權力

文字的發展需要很長的時間。最初掌握文字的人，自然也就是掌握權力的人。也正因此，時間越早，識字的人越少。必須直到王權鬆散的時候，文字才會逐漸及於中間階層。這在中國古代便是士人。文字傳播最關鍵的王權鬆散時候，便是戰國時期，於是有諸子百家，全都是士人階層。

在文字普及之前，只有少數人掌握文字，也就是只有少數人掌握較多知識，因而握有較大的權力。文字雖然並無階級性，卻成爲統治者和被統治者的界限。統治者掌握文字，而被統治者只掌握語言。掌握文字的人越少，天下越易於統治。因此，在統治者心目中，識字的人越少越好。最好全天下都是愚夫愚婦，統治者便可以高枕無憂，所以有愚民政策。

從另一方面看，文字統一對統治天下也極其重要，所以秦始皇統一天下後就馬上統一文字。中國也依賴統一的文字，分裂之後，仍歸於統一。

二 語言文字的表裏關係

1、表面關係：互補

文字和語言互相依賴，彼此互補。

時至今日，不是所有的民族都有文字，還有不少的民族只有語言，沒有文字。有文字的民族之中，也不是每個人都認識字的。語言和文字是人類歷史上的兩個最重大的發明。語言在前，文字在後。

語言和文字有一根本的差異：語言是人類普遍的工具，是由內在於人類的本有聲音組成的聽覺符號系統；文字則是由外在於人類的圖畫組成的視覺符號系統。

聲音人人都會發，因此，人人都會運用聲音來表達；圖畫並非人人都會畫，因此，不是人人都會運用圖畫來表達。

語言人人都能掌握，文字卻只有部分人能掌握。掌握的人數多少隨教育的普及程度而定。時代越早，掌握文字的人越少。上古社會，文字便與權力聯結在一起。在中國歷史上，一直都如此，所以有「學而優則仕」的觀念。讀書識字的人才可以做官，做官就掌握權力。

語言純憑聽覺，系統複雜，記憶不容易，需要很長的時間才能發展完備。文字憑藉視覺，系統相對較簡單，記憶相對較容易，發展的時間也相對較短。

文字的使用經過兩個階段：一個是發明階段，一個是系統傳授階段。

發明是歷史上的事，系統傳授則是發明後無時無刻的事。沒有經歷第一個階段的民族，沒有文字；沒有在第二個階段得到傳授的個人，不認識字。識字於是成爲教育的重要內容，也是改變社會地位的關鍵。

人與人之間需要溝通。眼睛可以傳神，但是所能傳達的信息很有限；肢體可以傳達信息，但也很有限。

人都會發聲，以聲音來傳達信息直接而快速。經過長時間的累積，以聲音來傳達較複雜的信息，成爲一個系統，便是語言。

在遠古社會，文字還沒有發明之前，語言是最主要的傳達工具。

借助語言，可以傳達經驗知識和技術，但是語言受到時間和空間的限制。話一出口就消失了，再也聽不見。遲來的人聽不見，遠地的人也聽不見。爲了彌補語言的先天缺陷，於是發明了文字。

文字有多方面的功能。最主要的功能便是把語言記錄下來，傳給後來的人看，也傳給遠地的人看。由聽的語言變成看的語言。後來的人和遠地的人看到的時候，就如在現場聽到一樣。記錄的語言比現場的語言還有三個好處：

其一，口說的語言，說出口後，很快就忘記了，聽了之後，也很快就忘記了。有了文字之後，把口說的語言記錄下來，忘記了，還可以再看一次又一次。文字可以幫助記憶。

其二，口說的語言因爲一出口就消失，說話的人可以不認賬，有了記錄的語言就不可以抵賴了。

其三，口說的語言，壽命很短，轉瞬即逝，有了文字把口說的語言記錄下來，便可以延長口說語言的壽命。

前兩個好處，應就是當初發明文字的兩個主要原因。文字依賴語言而生，語言依賴文字而長生。

2、裏面關係：並行

文字起源於圖畫。這是學者間一致的看法。原始山洞石壁上的圖畫，開始時未必和語言有關。畫畫也許是爲了紀事，也許是純粹爲了美感趣味。畫畫是原始社會生活的一部分。

圖畫在和語言相結合之後，其主要功能還是在於紀事，同時也表達思想感情。在文字主要用來表情達意的時候，記事和達意便是文字的兩項主要功能。古人對語言和文字兩者的關係，有深入的思考。《周易·繫辭上》云：

子曰：書不盡言，言不盡意，然則聖人之意，其不可見乎？

書、言、意三者相關聯，但分屬三個層次。

意內在於心；言與書均在心外。意是主要的，首先產生，以言來達意，可是言不能盡表心中之意，又以書（文字）來表達言，可是書也不能盡表言。因此，言與意有距離，書又與言有距離。書與意的距離又比言與意的距離大。如此一來，聖人的意思便只能隱含在書中了，因而有「聖人之意，其不可見乎？」這一問。

這段話明白說出心意、語言、文字三者的關係，也說出語言與文字雖然有關聯，卻是並行的關係。

正因此，文字初創時，用來記事，並用來表達心意，而表達心意也是語言的功能。　這是語言與文字相重疊的地方。具體的重疊地方便是概念和語音，也就是語言中的詞語。

漢揚雄（前 53－後 18）《法言·問神》云：

> 故言，心聲也；書，心畫也。聲畫形，君子小人見矣。

這裡說的心聲，就是心意，也就是「志」。「書」，一般解釋做書寫的筆跡，解釋做「書不盡言」的「書」，就是文字，也未嘗不可。心聲是說出來的，心畫是寫出來的，其根本都在心裡。

《尚書·堯典》云：

> 詩言志，歌永言，聲依永，律和聲。

詩自口中吟誦出來,亦是語言。「志」也就是「意」。「詩言志」，《史記五帝本紀》作「詩言意」。

《左傳·襄公二十五年》記錄孔子（前 551－前 479）說的一段話：

> 仲尼曰：《志》有之：「言以足志，文以足言。」不言，誰知其志？言之無文，行而不遠。

這段話和《周易·繫辭》那段話的說法不同。這段話從另一個角度來說語言和文字的關係。

志存在心中，思考未必周全，以語言來表達時，可以說得更加周全些；以文字來表達時，又可以表達得比語言更加周全些。以語言來補足志，則說出來的和心裡想的，並不完全一致；以文字來補

足語言，則寫下來的和說出來的也不完全一致。然而說的和寫的都本於心裡想的。這樣說，語言和文字用於表達心意，有同有異，是并行關係， 以概念和語音為表達的材料。

另外兩句話「言之無文，行而不遠。」這是說文字和語言的互補關係。語言依賴聲音來傳播，無法遠傳，借助文字可以補語言之不足，不僅可以傳之遠，也可以傳之久。《論語‧顏淵篇》記孔子說：

> 夫子之說君子也，駟不及舌。

這話的本意是說話要慎言，不可大意，說了要算數。話一說出口，駟馬拉的快車也追不上。這話後來也說：「一言既出，駟馬難追。」

換一個角度來看，語言借助聲音來表達，聲音不能久留，一出口就消失，所以需要文字來補語言之不足。現代科技的答錄機、廣播、電視、以及電腦，都有彌補語言時空限制的功能。

語言和文字都只是傳達心意的工具，心意才是根本。莊子因而主張得意之後便可忘言。《莊子‧外物篇》云：

> 蹄者所以在兔，得兔而忘蹄。言者所以在意，得意而忘言。

意在心中，言在心外。只要心中明白便可，無需言語。言語是工具，但也往往造成障礙。文字的障礙和言語相同。言語可以忘，文字就更加可以忘了。《莊子‧天道篇》云：

> 世之所貴道者，書也。書不過語，語有貴也。語之所貴者，意也。意有所隨。意之所隨者，不可言傳也，而世因貴言傳書。世雖貴之，我猶不足貴也，為其貴非其貴也。故視而可見者，形與色也；聽而可聞者，名與聲也。悲夫！世人以形色名聲為足以得彼之情。夫形色名聲，果不足以得彼之情，則知者不言，言者不知，而世豈識之哉？

這段話在討論心意、語言、文字的關係，有三點基本含義：

> 其一，書之所貴者，道；語之所貴者，意。書傳道，語傳意。

書由文字記下語言而成，所以書所傳的其實也是意。

其二，意之所隨是不可言傳的。世人所貴的是言與書，不是意。

其三，世人所貴的言與書並不足貴，因為世人所貴的言與書中所傳的是視而可見的形與色，聽而可聞的名與聲。

在莊子看來，言與書都不可以傳意。心中之意，只可意會，不可言傳。正因此，「知者不言，言者不知」。這本是《老子》中的話，也呼應另一句話：「道可道，非常道；名可名，非常名。」

後來的禪宗對文字、語言、心意的態度，跟道家的大致相同。宋釋普濟《五燈會元》卷七云：

師問：祇如古德，豈不是以心傳心？峰曰：兼不立文字語句。

《碧巖錄》第一卷云：

達摩遙觀此上有大乘根器，遂泛海得得而來，單傳心印，開示迷途；不立文字，直指人心，見性成佛。

禪宗以語言文字為傳達心意的障礙，有文字障的說法，故不立文字語句，以心傳心。這樣的態度似乎是否定語言文字的傳意功能，實際並非如此。《禪源諸詮集都序》卷上之一云：

達摩受法天竺，躬至中華。見此方學人多未得法，唯以名數為解事相為行。欲令知月不在指，法是我心，故但以心傳心，不立文字。顯宗破執，故有斯言，非離文字說解脫也。

禪宗的態度可以歸納為以下三點：

其一，文字令人執著，造成障礙，未能瞭解經文真意，故不立文字。

其二，佛法在心中。參禪悟道，見性成佛，見心成佛。

其三，文字不能全表語言，語言不能全表心意，故須以心傳心。

禪家悟道，純在於心，故不涉文字，不依經卷。禪師傳道，則不以言傳，而是心心相印。

禪宗的這個語言文字觀念，對後來的詩歌有深遠的影響。宋胡仔（1110－1170）《苕溪漁隱叢話後集》卷十五云：

此絕句極佳，意在言外，而幽怨之情自見，不待明言之也。

嚴羽（約 1192－約 1245）《滄浪詩話‧詩辨》云：

盛唐諸人，唯在興趣，羚羊掛角，無跡可求。

這都是指詩歌所追求意境空靈，意在言外，無跡可尋。這樣的詩歌意境與參禪悟道，跟以心傳心正相一致。

晚清黃遵憲（1848－1905）提倡「我手寫我口」。這意思是以口語入詩，文字和口語相一致。然而，即使以口語入詩，仍須受格律限制，寫出來的詩和口語不會完全一致。口語和書面語之間有距離在所難免。就是與口語最接近的話劇對白，也難免和口語有距離，例如曹禺（1910－1996）《雷雨》第一幕：

繁　在這家裡，你能快活，自然是好現象。
沖　媽，我一直什麼都不肯瞞過您，您不是一個平常的母親，
　　您最大膽，最有想像，又，最同情我的思想的。
繁　那我很歡喜。

這本是依據口語來寫的，但是平常說話不會這樣，有點不自然。這是書面語的寫法，字斟句酌，和實際口語有距離。

文字可以記錄語言，傳達心意，但並不完全一致。兩者並行，有時距離近些，有時距離遠些。

當文字和語言的距離近時，文字和語言大致合一，文字爲語言所用。

當文字和語言的距離遠時，造成口語和書面脫節。書面語可以脫離口語而存在，語法和詞語都與口語不一樣，自成一個系統。文言便是這樣形成的。文言可以在不同的時間與空間應用，所以高本漢（Bernhard Karlgren，1889－1978）在《中國語與中國文》（張世祿譯本，45 頁；1933 年，商務印書館）書中說：

中國地方有許多種各異的方言俗語，可是全部人民有了一種書本上的語言，以舊式的文體當作書寫上的世界語，熟悉了這種文體就於實用方面有極大的價值。

文言可以獨立於口語而存在，超越時空，成爲溝通的工具。現代的白話書面語也可以獨立于方言，成爲各地人溝通的工具。這是因爲現代的白話書面語是以官話爲基礎的，爲各地說不同方言的人所共用。

說話一瞬即逝，聽不清楚就永遠都不明白。文字記錄可以反復推敲，以瞭解其本意。現在讀上古典籍，無法完全確知當時語音，也無法完全確知當時語義，但可以反復推敲，以瞭解其本意，只是障礙在所難免。

文字和語言互相關聯，又並行不悖。

三 語言文字的相互影響

語言和文字相輔相成，又互相影響。兩者的差異可對列於圖表1中。

音和義是語言和文字所共有的。文字的音義來自語言，所以字音字義受到語言的限制。其餘各項都相對立。這顯示出兩個系統的差異，猶如兩條並行的路。

當文字爲語言所用時，文字受語言的限制。文字所記錄的內容依據語言。人在思考時，須依賴語言，所以心意表露於語言中，文字所表達的心意，即根據表露于語言中的心意。這是文字受到語言的另一限制。

文字本身只是個符號系統，並不直接影響語言，但是，當文字記錄的文獻越來越多時，書面語可以反過來影響口語。這也可以看成是文字對語言的影響。具體的影響可以從以下幾個方面來觀察。

	語言	文字
形	−	+
音	+	+
義	+	+
聽	+	−
說	+	−
讀	−	+
寫	−	+
簡練	−	+
時間限制	+	−
空間限制	+	−

圖表 1　語言和文字的性質差異對比

1、新詞語

新造的詞語很難單靠語言本身流傳廣遠，必須借助文字。新造的詞語原本爲語言中所無，往往得靠文字才能形成。就語言說，這是語詞的搭配再生新詞，但得依靠文字才易於明白和傳授；就文字說，則是文字的搭配再生新詞。這是文字對語言的影響。其中這三類詞語便是如此。

（1）外來詞

外來詞通常隨文化傳入，此類新的文化事物爲本地所無，所以原本沒有適當的名稱，因而需借用外語的名稱，造成借詞。例如：

葡萄：或作蒲桃、蒲陶、蒲萄。西域語。
昆侖：西域語。
琵琶：又作批把。胡語。

珊瑚：古波斯語。

模特兒：法語

沙龍：法語

納米：英語

浪漫：英語

沙門：又作娑門、桑門、喪門、沙門那。梵語。

比丘：梵語。

比丘尼：梵語。

佛陀：省爲佛，梵語。

菩薩：梵語。

這類外來詞跟隨外來事物而來。因爲語言中沒有，所以借用，所以也叫借詞。在借入之後，經廣泛運用，進入了口語。再經文字記錄，才得以傳播。

（2）創新詞語

作家往往自創新詞語，借助作品流傳，如：

方言：揚雄造

桃源：又作桃花源，陶淵明造

大觀園：曹雪芹造

這些創新詞語，由文字搭配構成，其獨特含義與用法，通過文學作品流傳下來。

作家往往創造自己的語言，形成自己的風格，是爲個人言語。這個人言語就靠文字表現出來，並靠文字得以傳播，成爲一般人通用的語言。

（3）專業詞語

現代人在學習語言時，都無可避免得通過文本。書面語的語詞很自然的進入口語，豐富了口語的詞語。例如口語中有關天氣的

詞語，一般只是：風、雨、雷、電等。現在電視普及，天天有天氣
報告，氣象詞語如：

　　風暴

　　熱帶風暴

　　熱帶氣旋

　　颱風

　　全球暖化

　　臭氧層

這些詞語經媒體傳播後，漸漸進入口語，再藉助文字而廣爲流傳。
其他專業詞語也都如此。例如資訊業的詞語：

　　廣播

　　電視

　　電腦

　　博客

　　手機

　　視頻

　　簡訊

　　這類專門詞語，是由常用字搭配而成的，用得多了，就成爲口
語的語詞。

　　新詞語中，有些是省略語。由於原詞語較長，念起來拗口，所
以就省略了，借助書面應用而逐漸流傳，例如：

　　電郵：電子郵件

　　飛安：飛行安全

　　非典：非典型肺炎

　　這類縮略語形成後，逐漸進入口語，再藉助文字記錄而得以傳
播，廣爲應用。

2、標準語

（1）標準語和方言

標準語原本也是方言，成爲標準語乃是出於政治需要。一旦成爲標準語，其地位就提高了，但是要推廣就必須借助文字才易於成功，例如：推廣國語（普通話）。

現在的國語以北方話爲基礎，有些詞語爲南方方言所不用，但借助書面語傳播，南方人口語不用，而書面語用，各地相同。

標準書面語和各地方言的差別較大，全靠文字傳播，使各地書面語一致。

秦始皇以秦國文字來統一天下文字，所統一的並不只是文字。文字在傳播信息時，必定影響天下的語言，使不同方言地區人的書面語言，也由此逐步統一。可以這麼說，秦始皇統一天下文字，文字統一天下語言。

秦以後，漢朝在秦朝的基礎上繼續一統天下。漢武帝時，以儒家經典統一天下士人的思想，於是,書面語言更加趨於統一和穩定，並有效傳播後世。

儘管魏晉六朝時盛行唯美的文學語言，秦漢以來所趨於統一的書面語言始終穩定，爲各地不同方言地區人所共用。

（2）文言與白話

到了唐代，韓愈提倡讀「三代兩漢之書」，所代表的便是三代兩漢的書面語。三代的書面語由秦朝統一的文字而得以傳播，兩漢的書面語借助儒家的經典而代代相傳。這就是歷代讀書人共同使用的文言。

文言是中國語言受中國文字極大影響的產品。這影響使到歷代書面語和口語分離，並行發展。在歷代文學中，以書面語爲依據的雅文學，和以口語爲依據的俗文學，各有波瀾壯闊的表現。雅文學受文字的影響大，俗文學受口語的影響大。

現代的書面語，則是受俗文學（白話）的影響而統一起來的。這是一大變革，使書面語和口語趨於一致。

3、書面語和口語

　　書面語原本也來自口語，但是口語易於變動，書面語一旦形成之後，就會相對穩定下來，甚少變動。重要文獻的書面語言，例如三代兩漢的文章,成爲後代學習模仿的對象，日漸遠離後世的口語。這就是韓愈所提倡的「古文」，也就是一般所說的「文言文」。這古文或文言文的語詞和語句，後人耳濡目染，難免進入日常口語。其中，最常見的便是古代流傳下來的成語典故,古文用，白話也用。這是文字通過書面語對語言的影響。

　　日文借用許多漢字,仿效漢字原本的讀音，起初只用於書面語，後來漸漸進入口語，也就成爲日語的讀音。這是文字影響語言的顯著例子。

　　書面語依據口語而生。讀者在未能聽到口語時，只能根據書面語來瞭解原意。然而書面語和口語之間往往並不一致，難免導致讀者的理解不一樣。因此,書面語雖來自口語，而作用比口語來的大。

（1）解讀與歧義

　　口語表達時，有適當停頓，又有語調，聽者易於理解，不易引起誤會。

　　以文字記錄下來後，再讀出來，有時難免跟原來的口語不完全一樣，產生歧義。這是個常見的例子：

　　下雨天留客天留我不留

同一句話，讀的時候，停頓不同，意義也就不一樣了。這是兩種解讀方式：

　　下雨天留客，天留我不留。
　　下雨天，留客天，留我不？留！

語言說出口時，有聲音語氣幫助，聽者易於理解；文字記錄下來，讀者還需根據自己的理解加上語氣，通過文字還原語句，有時難免造成歧義。同一個句子，讀者不同，語氣不同，含義也往往有別。

（2）囉嗦與簡練

　　口語表達時，隨意自然，比較囉嗦，以文字記錄下來後，再三修飾，往往較口語簡練許多。然而正因爲簡練，不像口語那麼自然。口語因爲隨意說出，較爲囉嗦，就不那麼有力量，書面語簡練，力量就大。

　　口語隨意說出時，因有有聲音語氣幫助，感染力大。這是口語的優點。書面語雖然也如口語讀出聲來，但只在朗讀時，旁邊的人才聽得到，默讀時，聽不到聲音，力量也就內斂了。

　　書面語因爲經過作者修飾，與實際語言有出入，屬於標準的書面語多過口語。例如《雷雨》第二幕：

　　午飯後，天氣很陰沉，更鬱熱，潮濕的空氣，低壓著在屋內的人，使人成爲煩躁的了。

　　這是修飾了的書面語，比實際口語簡練了，但不如口語自然。

　　法律語言，往往例外。爲求清楚無誤，法律條文比口語更加囉嗦而煩難。這是法律語言的特點。

（3）含糊與明確

　　說話的時候，往往有些含糊，不那麼明確，例如：

　　這個時候
　　那個時候

用文字書寫時，可以再三斟酌，寫出來的語言就清楚些，如：

　　傍晚五點鐘
　　去年三月初
　　三月九日

　　同音詞語，聽起來無法分別，以文字記錄下來就容易分辨了，如：

　　翻船：帆船
　　好久：好酒

說話的時候，借助語境可以分辨同音詞語，但有時也還是不容易，如：

> 他買了好久才回來。
> 他買了好酒才回來。

這兩句話聽起來都一樣，無從分別，但寫下來就分別清楚了。因此，書面語一般比口語明確清楚。

4、漢字和書面語

（1）漢字與詞語搭配

單音節的漢字，極易於搭配，造成新的詞語用法。語句之中所用的詞語，往往可以靈活更換，表現出來，形成獨特的表達形式，例如：

> 言之無文，行之不遠。
> 言之無文，行而不遠。

這兩句話的基本意思相同，第二句即源自第一句，把下半句的「之」改爲「而」。這樣的靈活改變，依靠漢字的單音節特點。

四字成語，顯示出漢字與書面語的表達特點：

> 以心傳心
> 以心印心
> 心心相印

這三句成語，表達靈活，就禪宗的思想說，三者的基本意思相同，但三種說法，各有不同的效果。

（2）漢字與詞性改變

有時，文字表面顯示不出詞性，詞性由文字在句子中的位置顯示出來，因此，漢字的排列組合，較爲靈活，時常可以改變詞性。這樣的文字用法，自然會影響到語言。例如：

　　　春風風人
　　　春雨雨人

首句的兩個「風」字，次句的兩個「雨」字，都是一個名詞，一個動詞。

　　《戰國策》中的〈鄒忌諷齊王納諫〉云：

　　　　吾妻之美我者，私我也。

「美」與「私」本是形容詞，這裡都用作動詞。又云：

　　　　吾與徐公孰美？
　　　　吾孰與徐公美？

「孰」的位置移動，而句子意義不變。這樣的變化在古文中非常多見，關鍵在於漢字在句子中的位置可以靈活更換。

　　韻文中的此類應用更加常見。杜甫詩《秋興八首》云：

　　香稻啄餘鸚鵡粒
　　碧梧棲老鳳凰枝

「紅豆」與「鸚鵡」，「碧梧」與「鳳凰」的位置對調，而不妨礙詩意傳達。這樣的靈活變化，形成文學語言的特點。這當然和漢字的靈活應用密切相關。這樣的應用，可以讓書面語較口語更有詩趣。

第二節　文字的功能

　　文字的主要功用，有個人和社會兩方面。最初的幫助記憶，是個人的，彌補語言傳達的不足，則是社會的。

一　記憶與記錄

　　文字的基本功用在於幫助記憶。這是文字產生的主要原因。

　　有文字之前，今事往事都只能靠記憶。氏族的歷史，也存留在記憶中。口耳相傳，日子久了，難免有所增減，到了後世，便成為傳說了。

人的腦子可以記憶很多事情，但是時間久了就會忘記，即使能記住一輩子，還需傳給後來人才能留傳長久。有了文字之後，把需要記住的事情記錄下來，隨時可以翻閱，記憶如初。無論個人瑣事，家族往事，還是民族的歷史，都可以靠文字記錄下來。《論語·八佾》記錄孔子的話說：

> 夏禮吾能言之，杞不足徵也；殷禮吾能言之，宋不足徵也。文獻不足故也。

前代的事情，就靠文字記錄，傳遞後代。沒有文字記錄，也就不足以印證了。

上古傳說中的結繩，便是爲了幫助記憶而產生的。結繩是有文字之前幫助記憶的方法。諸侯雙方訂立的盟約，便是文字記錄，成爲印證的史料。

二 傳達與表達

口語傳達，包含三個要素：說話人、聽話人、說話內容。

口語受時間與空間的限制，有兩個缺陷：傳達不久，也傳達不遠。

有了文字，把口語記錄下來，就可以彌補這兩個缺陷。後來的人翻閱記錄，可以知道前人說了什麼話，遠地的人也可以翻閱記錄，知道另一個地方的人說了什麼話，正確無誤。

有了文字記錄，説話人在另一個時間，另一個地點，也可以翻閱，重溫自己以前說過的話，喚醒記憶。

文字的傳達功能，由自己及於他人，打破口語所受時間與空間的限制，彌補這兩個缺陷。這是文字的社會功能。

把自己心中的事記錄下來，可以幫助自己記憶；如果這些事也關係到別人，那就是對別人說的話了。這是文字的表達功能。

把心中的話說出來，是口頭語言，記錄下來，是書面語言。口語借助於文字，使口語得以成爲看得見的語言。雖然口頭的語言和書面的語言措詞有時不完全一致，但大同小異，內容是一樣的。口

頭語言通常比較囉嗦些，書面語言字斟句酌，往往比較簡潔而清楚些。

文字使語言由「說什麼」變成「寫什麼」，而寫的還是說的，所以當長輩叫晚輩讀信時，往往問：「信裏說什麼？」

上古傳說中的刻契，便是把雙方共同的事情記錄下來的做法。這也是幫助雙方記憶的做法。有了文字之後，以文字來記錄雙方的協議，便是共同的契約。這是從古到今，文字的重要社會功能。

三　管治天下

在人類有了社會組織之後，文字成爲管治社會的工具。隨著社會政治的發展，文字管治社會的功能也就越來越重要。《易經》裡說：

> 上古結繩而治，後世聖人易之以書契。

這話就說得很清楚。在上古社會中，結繩可以用來管治天下，而後世以書契來代替結繩，也是爲了管治天下而設。這是文字很重要的功能。

秦始皇統一天下後，跟著就統一文字，其目的顯然也是爲了便於治理天下。

如今社會，個人的存在繫於各種各樣的「記錄」。文字不僅管治社會，也管治個人。最能體現文字的社會管治功能的是法律和政令。蘇洵〈申法〉云：

> 古之法簡，今之法繁。……古之法若方書，論其大概，而增損劑量則以屬醫者，使之視人之疾，而參以己意。今之法若鬻屨，既爲其大者，又爲其次者，又爲其小者，以求合天下之足。

由於社會人口越來越多，事情越來越複雜，法律爲管制社會而立，需明文規定，所以越來越繁多。今天的法律不僅繁多，而且繁難到一般人都看不懂了。至於政令，更是多到不勝其煩。

四　藝術表現

　　語言的藝術，通過文字來記錄，便有了文本，也就是現在一般所說的文學，所以文學是語言的藝術。以文字來表現語言的藝術，這是文字的藝術功能。

　　詩歌、散文、小說、戲劇都要依賴文字來實現，成爲看得見的文本。戲劇雖然是舞臺上的藝術，表演之前，需要文字來寫作腳本。

　　繪畫以顏色來表現，有時候也需要文字襯托，因而形成詩與畫的結合。

　　文字也可以單獨成爲藝術的形式，於是有書法。詩與畫結合，書法也包含其中。單純的文字書寫可以顯現書法藝術，畫上題詩，也可以顯現書法藝術。這就是詩書畫三位一體的表現。

　　音樂以聲音來表現，而歌詞須依賴文字。歌詞就是詩。

　　文字不僅可以促成並配合各種不同的藝術形式，也讓不同的藝術形式相聯係。文字自己，也足以成爲藝術形式。

　　書法與繪畫，同受尊重。畫家亦須學習書法，故自古有「書畫同源」之說。

五　宗教崇拜

　　語言和文字都是溝通工具，所以在任何宗教場合都用得上。語言和文字都可以用來禱告，而文字的視覺效果更可以用於崇拜。

　　中國宗教崇拜有三種方式：實物崇拜、圖像崇拜、文字崇拜（見圖表 2）。這三種方式的發展有先後，形成三個階段，文字崇拜是第三個階段。在第三個階段中，三者並存而出現在不同的場所。

1、自然崇拜

　　原始社會，崇拜的對象衆多，崇拜自然實物，例如大山、大水、大石、大樹、動物、生殖器等。

　　南方廣西、廣東、海南地區，普遍崇拜的石狗公，也屬於這一類的自然實物崇拜。

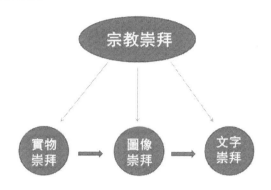

圖表 2　中國宗教崇拜發展的三個階段

　　其中，崇拜自然實物的時代最早，所崇拜的多是自然界的具體實物。這種實物崇拜主要是因為人太渺小無力，對自然界實物的神秘敬畏。各地民族在原始階段都有這樣的崇拜。

　　由崇拜自然實物，進而敬畏天。中國古代宗教思想中，天至高無上，是最高的神，有最大的神威，所以人人敬天。儒家更宣揚此種思想，聖人敬天，皇帝也敬天。敬天是中國人的宗教。

2、圖像崇拜

　　由自然崇拜進而崇拜家族死者，例如親人、祖先等；崇拜各種神明，例如天神、神仙、土地神、聖賢等，不一而足。

　　在現實世界中，敬畏祖先和各種神靈。在上敬天，在下敬鬼神。敬祖先與敬天思想一脈相承。

　　在現實生活中，則敬畏父母長輩。這與敬祖先思想一脈相承。父母長輩去世後，便加入祖先的行列了。

　　由於祖先和神靈都是看不見的，於是便以人造圖像來代替。圖像崇拜包括立體的塑像和雕像，以及平面的畫像，如祖先和神靈的塑像、雕刻像、神祖牌、畫像等等。這是由自然實物崇拜，轉為文

化實物崇拜。由自然世界轉到現實世界。

3、文字崇拜

第一類自然實物崇拜的動植物，如果畫成圖畫，就可能是圖形文字的一個來源。

第二類文化實物崇拜的人造物像、神祖牌、畫像等，則可以文字代替，例如在山石上刻個大大的「佛」字，可以當佛陀來朝拜。文字和畫像一樣，也是平面的。

圖表 3 是怡保霹靂洞山路石壁上刻的佛字。這個大佛字刻在山路石壁上，供登山的遊人膜拜，保佑登山平安。這佛字就如廟裡的佛像一樣。像這樣的大佛字，在各地登山路上都很常見。

家居中的神祖牌，通常都有文字。在家裡，對著祖先牌位，或者「天地君親師」、「天官賜福」等幾個字膜拜，就如朝拜實物與神像一樣。實物和雕刻神像並非處處都有，也不便於搬動，文字就方便得多，可以隨意搬遷和更換。

圖表 3　怡保霹靂洞山路石壁上刻的佛字

街邊店鋪為求平安，生意興隆，常在門口置一土地財神神位。圖表 4 是香港街邊商店門口的土地財神位。這神位中並無神像，就

靠「門口土地財神」六個字點明。這六個字即代表土地財神，供人膜拜。

圖表 5 是香港街邊商店門口的天官賜福神位。這「天官賜福」神位在各地住家中也擺放。天官是道教的神，主管人間罪福。擺在住家與店鋪門口求福。對著「天官賜福」四個字膜拜，即代表向天官祈願。

有時候，圖像和文字也可以合在一起，例如關公像和「義」字就往往合在一起，更加凸顯崇拜對象的含義。

圖表 4　香港街邊商店門口的土地財神位

圖表 5　香港街邊商店門口的天官賜福神位

　　圖表 6 是澳門街坊的福德祠神位。福德祠是土地公廟。

圖表 6　澳門街坊的福德祠神位

這神位中沒有土地公神像。上方有「福德祠」三個字；中間一個大
「福」字，爲街坊求福；下方有「本坊土地」四個字，點明是土地
公廟；左邊牆壁上有個觀音像，外面地上還有個觀音像，那是另外
放置的，不是原有的。

實物、圖像、文字的背後都是神靈。表面看起來是崇拜實物、
圖像、文字，實際所崇拜的都是神靈。實物、圖像、文字僅僅是媒
介的不同，都是用來代替神靈的。實物、圖像、文字是符號，神靈
是所代表的對象。

漢字以其圖像性質來顯示其宗教功能。這是漢字特有的功能。

第三節　從圖形到形聲

早期從圖畫演變而來最古老的文字有三種：漢字、埃及文字、
蘇美爾文字。這三類文字都起源於圖畫，一個圖形字代表語言中的
一個詞。雖然所表達的語言不相同，最終的演變方向也不盡相同，
但在早期的發展過程中，也有一些相同的地方。先說漢字。

一　漢字

漢字起源於何時，現在還不很清楚，大約在公元前三四千年左
右。就漢字中的圖形文字看，其來源是圖畫則很清楚。

圖畫和語言相結合而成爲文字，所以圖畫因表達語言而有了音
和義。圖畫直接表達語詞的意義，語音則隨語義而來。

漢字表達語言意義的方式亦即漢字的構成方式。漢字內部有不
同的構成方式，其表義的方式也不相同。

漢字的構成方式大致可分爲三種：

其一，簡單圖形：象形、指事
其二，合成圖形：會意
其三，形聲合成：形聲

這三種構成方式跟語義的關係可以從圖表 7 中看出來。

由早期的圖畫文字發展到後來的形聲字, 漢字經過了三個階段。這三個階段如圖表 8 所示。

文字的主要功能在於記錄語言。語言的特點是用聲音來傳達意義。因此, 文字在記錄語言時, 不是重在表音, 便是重在表義, 或兩者兼而有之。

漢字的發展以表義開始, 轉而表音, 就是「聲化」（詳見李孝定先生〈中國文字的原始與演變〉, 收在《漢字的起源與演變論文集》中, 164-170 頁）。最後是兩者兼而有之。這便是漢字發展的三個階段。

構成方式		例字	意義	聲音	表義
簡單圖形	象形	人	直接表義	結構不表音	圖形表義
	指事	亦			
合成圖形	會意	北	間接表義		
形聲合成	形聲	柯	間接表義	結構表音	形旁表義

圖表 7　漢字的構成方式和表義方式

圖表 8　漢字發展的三個階段

漢字的第一個階段是圖形文字，包括簡單圖形與合成圖形；第二個階段是圖形文字聲化，就是假借；第三個階段是形聲，既表義也表音。漢字的發展就止於形聲。以下分別說明三個階段的特點。（下引甲骨文例子取自《甲骨文編》，中國科學院考古研究所編，北京中華書局1965年版）

1、第一階段：圖形

在漢字的起源階段，以圖形來表示具體的事物，如畫出動植物等圖形，成為文字，其意義便是動植物的名稱。這類圖形成為文字的一個單位，和語言的一個單位相對應，所以漢字從一開始就是直接表義也表音的，但是這樣的特點並沒有顯示於字形，需等到後來形聲字產生了，才在字形顯示出義和音兩個因素。

六書中的象形、指事、會意字屬於第一個階段。其中，雖然象形和指事是簡單圖形，會意是合成圖形，基本性質卻是一致的，都來自圖畫。

這三類字的結構中沒有表音的成分，也就是沒有聲旁。從圖表9的例子可以看出三者的異同。

	甲骨文	字形構成
象形	㇌	人：人的側面象形
指事	夨	亦：人的腋下加兩點
會意	从	北：兩人相背，即背本字

圖表 9　漢字的形體構成

這三類字都是用圖形來傳達意義。象形是直接傳達意義，什麼圖形就傳達什麼意義。指事和會意是間接傳達意義，看到什麼圖形都要想一想才明白是什麼意義；有些字所表達的意義不容易明白，就只能猜測了。

2、第二階段：聲化

　　圖形文字為數甚少，不足應用，於是以原有的字來表達同音的詞語。這就是六書中的假借。假借的方法只是借一個現有的字來用。並不影響這個字原有的結構；原有的表義功能也不受影響，只是暫時不用其本義而已。不過有的字久假不歸，本義就漸漸不明顯了。從圖表 10 的例子可以看出圖形文字假借的方式。

　　漢字發展到這個階段，可以往兩個方向發展：

　　其一，純表音
　　其二，形聲

　　一個字在假借之後，變成了一個單純的表音符號。如果繼續向這個方向發展，漢字可以演變成純表音的文字。

	甲骨文	釋字
象形	ㄱ	人：甲骨文借為千字，音近
指事	夾	亦：甲骨文借為助詞，音同
會意	从	北：甲骨文借為方位詞，音同

圖表 10　圖形字的假借方式

　　假借的方法沒有固定的方式。一個音往往可以借用不同的字來表達，一個字也可以借來表達音同和音近的不同語詞。這就造成了字形的混亂。因此，漢字並不向純表音這個方向發展。

　　漢字一個字代表一個音節。如果用一個固定的字來代表一個固定的音節，那麼，不計聲調，只需四五百個字就足夠記錄所有的音節，而成為音節文字。不過，表音的文字，所用字母都不宜太多。字母太多，用起來就不方便。要是用四五百個字來代表各個音節，作用像字母一樣，就太多了。

漢字始終都沒有發展成純表音的文字，而是發展成爲表義也表音的形聲字。

3、第三階段：形聲

一個字在借用之後,代表不同意義，不同用法，以至一字多義，易於引起混淆，辨認困難，於是加註一個偏旁表達借用的意義，成爲專字，以便和原本的被借字有區別。這就發展成形聲字。從圖表11的例子可以看出圖形字和形聲字的關係。

圖形字	形聲字	釋　字
		人：甲骨文借爲千字，加「一」即「一千」，成爲形聲字
		隹：甲骨文借爲助詞，加「口」爲「唯」，成爲形聲字
		來：本義是「麥」，甲骨文借爲動詞「來」，加「止」爲「麥」，成爲形聲字

圖表 11　圖形字和形聲字的關係

在形聲字的結構中，有表義的成分，也就是義旁，也有表音的成分，也就是聲旁。這是形聲字和前此三類圖形字（象形、指事、會意）不同的地方。

這以後，新造的字幾乎全都是形聲字了。由於各地方音不同，造字的人不同，依據各地方音來造字，並沒有一致的規定，具體表

現在這兩個方面：

其一，同一個音節的形聲字，往往用不同的聲旁，例如：

倒：到
導：道
搗：島
蹈：臽

這幾個形聲字都同一個音節，所用的表音聲旁都不一樣。

其二，同一個字的表義形旁，可以用不同的字，例如：

詠：咏（言：口）
儋：擔（人：手）
謌：歌（言：欠）

這三對是異體字，是同一個字的兩個不同寫法。這是因為不同時間不同地方的人所造，表義的形旁不同，字形不同，意義相同。

現在通行的繁體字和簡體字之間的差異，有一部分也是因為形旁或聲旁不同而產生的。

優：优
燈：灯
護：护

這樣子造出來的形聲字，數量很多，隨時間而不斷增加。雖然如此，實際應用的字因受生活範圍和習慣的限制，數量很有限，常用字的數量也很有限。

另一方面，形聲字造成之後，第一階段的表義造字方法並不完全停止，偶爾還用，只是絕少了；假借的方法也並不完全停止，形聲字也可以借用。第一個階段所造的三類字（象形、指事、會意），是形聲字的基礎，形聲字無論如何都不可以完全取代這三類字。

漢字表義又表音的特點貫穿三個階段。

形聲造字的方法很靈活，凡是發得出的音都可以造出相應的字

來表達。這種方法又恰好和漢語單音節的特點相配合，漢字至此便停留在形聲階段，不再進一步演變爲純表音文字。

這個局面，在甲骨文時代就已經確定下來了。

二　埃及文字

埃及的圖形文字，也叫聖書文字。大約起源於公元前三千年，其來源是圖畫。其發展的每個階段都有重點。

1、第一階段：圖形

在埃及文字的起源階段，以圖形來表示具體的事物，如動物和植物等圖形，而成爲文字，便是動物和植物的名稱。這類圖形，成爲文字的一個單位，和語言的一個單位相對應。這是直接表義也表音的文字。其基本結構可以分爲兩類。

第一類是簡單的圖形文字。這類文字所代表的是實物的名稱，跟漢字早期的象形字一樣。

第二類是表示動作的圖形文字。這類文字所代表的通常是動詞，跟漢字早期的象意字一樣。見圖表 12（下引聖書文字例子取自苟爾瑪斯 F. Coulmas 的《世界文字》 The Writing Systems of the World， 62 頁。Oxford: Blackwell Publisher， 1991 年版）。

這兩類字組成埃及文字中早期的圖形文字。從圖表 12 中的例字可以看出埃及聖書文字中的圖形文字與甲骨文中的同類文字的構形方式十分相似。從這些例子也可以看出遠古社會中，人類造字的共同心理。

	聖書文字	釋　字
象形	👁	目：眼睛的象形。甲骨文目字作 ，構思相同。
	⊙	日：太陽的象形。甲骨文日字作 ，構思相同。
會意	∧	步：像兩腳步行。甲骨文步字作 ，也是兩腳步行，構思相同。
		伐：像一人手持武器攻擊。甲骨文伐字作 ，也是手持武器攻擊人的樣子，構思相同。

圖表 12　埃及圖形文字的結構

2、第二階段：聲化

　　由於聖書文字中的圖形文字爲數其少，不足應用，於是轉向表音方向發展。其方法是，用一批圖形字做聲符，記錄詞語的音。這些圖形字原本有各自的意義，用爲聲符時，純粹表達同音的詞語，跟原本的意義沒有關聯。

　　這樣的用法，相當於漢字六書中的假借。不過，由於埃及語言和漢語很不相同，　文字具體的表音方式也就不一樣。苟爾瑪斯說（見上引《世界文字》，62 頁）：

　　假借字（phonograms）有多種方式。一個字可以用來表達另一個音同或音近的字，例如：「燕子」這個字的音是「wr」，可以用來表達同音字「大」……（聖書文字在假借表音時，只表輔音，省略元音。）此外，也可以假借兩個字的音，合起來成爲另一個字的音，例如：「扇子」的音是「ms」，「籃子」的音是「dr」，合起來成爲「耳朵」的音「msdr」。

聖書文字的假借方式較漢字的假借方式複雜，但基本方式還是一樣的，都是爲了解決圖形文字不足而借用現有的圖形文字來表達同音的詞語。

3、第三階段：形聲

在用一批圖形字做聲符之後，也難免會引起混淆。這就如漢字假借後，同一個字有本義，又有借義，難免引起混淆一樣。爲了區別兩個意義，漢字在借來的字旁邊加注一個義符，也就是形聲字的形旁。

埃及聖書文字也採用同樣的方法，在借來的字旁邊也加注一個偏旁表達意義。這加注的偏旁也是圖形字。苟爾瑪斯說（見上引《世界文字》，62 頁）：

> 埃及文字有個獨特的地方，有些字既用作聲符，也用作義符，兩者並存。由此更進一步，更爲複雜，但卻是爲了釐清這樣的混用，在假借字的旁邊，加注一個「義旁」（determinatives），表示借義。……例如：「房子」的音是「pr」，本義是「房子」，借義是「離開」。爲了區別借義，便加上一個表示兩隻腳走路的義旁。

埃及聖書文字的這個發展方式，和漢字發展爲形聲字的方式大致一樣。

這個方法使埃及聖書文字不再繼續向表音的方向發展，所以埃及聖書文字並不轉變爲拼音文字。至於後來埃及文字變爲表音的文字，那並不是聖書文字自然發展的結果，而是改換用另一個文字系統的緣故。

漢字的情形也一樣。漢字發展到形聲字階段後，也就不再向前發展了。如果漢字要改爲拼音文字，那就得改換文字系統了。

三　蘇美爾文字

蘇美爾的楔形文字，也大約起源於公元前三千年，來源也是圖畫。其發展的各個階段的重點也和埃及聖書文字大致一樣。

1、第一階段：圖形

蘇美爾的楔形文字,開始的階段也是以圖形來表示具體的事物，如畫出動物和植物等圖形而成爲文字。不過，蘇美爾的楔形文字是刻畫在泥板上的，比較草率，而且全都用線條，不如埃及的圖畫文字細緻。這一點很像甲骨文字。

楔形文字的基本結構也可以分爲兩類。見圖表 13（見上引《世界文字》，74-77 頁）。

第一類是獨體的圖形字。這類字所代表的是實物的名稱，跟漢字早期的象形字一樣。

第二類是合體的圖形字。這類字跟埃及文字一樣，也跟漢字早期的會意字一樣。

蘇美爾人把文字刻在泥板上，使字形筆畫逐漸轉爲楔形，所以稱爲楔形文字。文字的圖畫性質也漸漸消失了。

	楔形文字	釋　字
象形		魚：魚的象形。甲骨文魚字作  ，構思相同。
		牛：牛首的象形。甲骨文牛字作  ，也是牛首的象形，構思相同。
會意		由牛首 和山 合成。甲骨文會意字的合成方式也一般如此。

圖表 13　蘇美爾楔形文字的結構

2、第二階段：聲化

蘇美爾文字在第二個階段也跟埃及文字一樣,向表音方向發展,其方法也是用原來的圖形字記錄語言中的同音詞語。這些圖形字原本有各自的意義,用來表達同音的詞語,跟原本的意義沒有關聯,純粹當聲符來用。這樣的用法也相當於漢字六書中的假借。苟爾瑪斯說（見上引《世界文字》,78頁）：

> 隨著字音的作用越來越重要,而字義的作用退居其次。於是由實字的意義轉爲虛字的意義。例如表示「植物」這個字的音是「mu」,轉而用來表示「年」和「名」,這兩個詞都音「mu」。 再用來表示「我的」,也音「mu」。再後來,凡是音「mu」的詞都可以用原本表示「植物」的這個字來表示了。

一個固定的圖形字,借用來代表一個固定的音節。蘇美爾文字就順著這個方向漸漸發展成爲音節文字。

漢字如果也用一個固定的字來代表一個音節,也可以發展成爲音節文字。只是這樣的音節文字,用起來並不那麼方便。

3、第三階段：形聲

蘇美爾文字在借用之後,也一樣引起混淆。於是,也和埃及文字一樣發展出表義偏旁,在借用的字旁邊加注一個偏旁表達意義,以便和本字有區別。這加注的偏旁也是圖形字。苟爾瑪斯說（見上引《世界文字》,78頁）：

> 由於許多字都有多個意義,有不同的假借意義,還有單純的表示音節,這種多義表達方式雖然方便,卻有缺陷,需要設法彌補,以便字義明確。解決的辦法和埃及聖書文字的發展相似,就是加注表達意義的偏旁。一些表示義類的字如「人」、「神」、「地」、「城」、「木」、「石」、「銅」、「植物」、「肉」等,可以加在別的字前後,表示明確的意義。

蘇美爾文字的這個發展方向，也和漢字發展爲形聲字大致一樣。

在大約公元前兩千年左右，蘇美爾人生活的地方被阿卡德人佔領。蘇美爾人也逐漸被阿卡德人同化了。不過，蘇美爾的文字還繼續爲阿卡德人所用，並傳播到美素不達米亞平原各地。

大約在公元前一千年左右，楔形文字傳到波斯。腓尼基人把楔形文字大大改良一番成爲古波斯文字，也就是腓尼基字母。這種文字已是純粹的拼音文字，一共三十六個字母，其中包含音節字母和音素字母。這是由音節文字轉爲音素文字的過渡文字。

這種早期的中東字母，大約在公元前一千年左右，又傳到了希臘，轉變爲古希臘字母，再由希臘字母轉變爲羅馬字母，也就是拉丁字母，隨後通行於歐洲，成爲歐洲最主要的音素文字。

另一方面，腓尼基的字母又在中東波斯轉變成音節文字。

漢字、埃及聖書文字、蘇美爾楔形文字，這三種最古老的圖形文字早期的發展都經歷了大致相同的三個階段。這是從圖畫演變而來的古老文字共同的發展方向。經過了這三個階段之後，便分道揚鑣了。

埃及的圖形文字早已死亡，蘇美爾的楔形文字則逐漸發展成爲音節文字和字母文字，成爲西方文字的主流。其間的差別只是各地用不同的字母來記錄各地的語言而已。

漢字卻始終保持原來的系統，以原本的構成方式來記錄語言，與漢語的特點相配合。這是漢字歷久不衰的原因。

第四節　文字的類型

世界各地文字的構成不盡相同，也就自然形成不同的類型。就如漢字、埃及的聖書文字、蘇美爾的楔形文字，是已知起源最早的三類文字，雖然最初的發展大致相同，後來的演變卻不一樣，形成不同的類型。

一　文字的三種類型

文字該如何分類，西方學者間往往有不同的見解。由於彼此所

依據的的標準不一樣，因而有各種各樣的説法，不過其中也還是有比較一致的地方。

1、布龍菲爾德的分類

布龍菲爾德（L. Bloomfield，1887-1949）在他的《語言論》（*Language* 袁家驊等譯，北京商務印書館 1980 年版）中論述文字的演變過程，把文字分爲三種類型：

語詞文字（word-writing，logographic writing）
音節文字（syllabic writing）
音素文字或字母文字（phonemic writing，alphabetic writing）

埃及的聖書文字、蘇美爾的楔形文字後來都不用了，取而代之的是拼音文字，漢字卻一直沿用下來。

從早期圖畫演變而來的文字，如埃及文字、蘇美爾文字，以及漢字，都有個共同點，就是一個圖形字代表語言中的一個語詞，所以布龍菲爾德把這三類文字都稱爲語詞文字。

音節文字如日文的假名，一個符號代表一個音節，用來拼寫語詞的音。

音素文字或字母文字如歐洲現代的各種文字，一個符號代表一個音素。

這個分類爲西方學者所普遍接受，後來的分類大同小異。

2、蓋爾普的分類

蓋爾普（I. J. Gelb）在他的《文字研究》（*A Study of Writing: The Foundations of Grammatology.* University of Chicago Press，1952.）中也把文字分爲三種類型：

語詞音節文字（word-syllabic systems）
音節文字（syllabic systems）
字母文字（alphabet）

這大致也還是來自布龍菲爾德的三個類型，只是第一類的命名不完全一樣。這三個名稱都著眼於語音，標準一致，只是第一類於語音之外，也考慮到語詞，所以稱爲「語詞音節文字」，包含兩個因素。布龍菲爾德的「語詞文字」則只考慮到語詞一個因素。

3、趙元任的分類

趙元任的《語言與符號系統》（*Language and Symbolic Systems.* Cambridge University Press. 1968.）中也把文字分爲三種類型：

語素音節文字（morpheme-syllable writing）
音節文字（syllabic writing）
字母文字（alphabetic writing）

這大致也還是來自布龍菲爾德的分類而略有出入，與蓋爾普的分類基本一樣，只是把「語詞」改爲「語素」而已。

二 文字分類的依據

1、字和詞的對應關係

布龍菲爾德把第一類稱爲「語詞文字」，著眼於「字」和「詞」的對應關係，意思是表詞的文字。

蓋爾普把第一類稱爲「語詞音節文字」，也是著眼於「字」和「詞」的對應關係，另外再指明一個字代表一個音節。古漢語以單音節詞爲主，一個字一個詞一個音節，所以說是語詞音節文字。

趙元任把第一類稱爲「語素音節文字」，也還是著眼於「字」和「詞」的對應關係，與蓋爾普的名稱並無多大不同，也指明一個字代表一個音節，另外又強調「字」的「語素」身分。按照現在的語法觀念，一個「字」往往是一個「語素」。

趙元任的這個名稱，有些學者很贊成，例如苟爾馬斯在《世界文字》（見 107 頁）書中就說，把漢字稱爲「語素音節文字」最爲恰當。

「詞」和「語素」是英語語法學的兩個概念。在英語語法學中，極易於辨別，用來講中文語法，就不容易講清楚了。對於瞭解中文語法，往往沒有太大的幫助，而語法學家卻常常爲此糾纏不清。

用來說明漢字代表漢語的單位，也沒有太大的意義。「語詞音節文字」和「語素音節文字」，用做文字類別的名稱，實在並無多大區別，而且，這樣的區別對於瞭解漢字的性質特點，並沒有太大幫助。

按照語法學的說法，一個「語素」有時候也可以是一個「詞」，因情況而定。

2、字和語素的對應關係

從語法學的觀點來看，在上述三個名稱之中，趙元任稱漢字爲「語素音節文字」的確比較精確，但是這個名稱只是對瞭解語法學概念的人有意義。至於一般不瞭解語法學概念的文字學者，「詞」和「語素」到底如何區分，並不清楚。

中國古代學者只講「字」，不講今天語法學的「詞」，更無論「語素」。

「字」和「語素」之間的關係，多種多樣。比方說「人」和「民」，是兩個「詞」，但在「人民」這個詞裡頭，是兩個「語素」，可是「人」和「民」無論在何處都是兩個「字」。

「葡萄」和「彷徨」是兩個雙音節「語素」，也是兩個「詞」，卻是四個「字」。雖然就語法說，把這兩個語素拆開來，「葡」、「萄」、「彷」、「徨」都沒有獨立的語詞意義，但是就文字說，這四個字卻是有意義的，關鍵在於字的結構。

這四個都是形聲字，跟一般的形聲字沒有什麼兩樣。「葡萄」兩個字的形旁「艹」，「彷徨」兩個字的形旁「彳」，都可以告訴我們相關的意義：「艹」表示「葡萄」和草類有關，「彳」表示「彷徨」和行走有關。

由於「葡」與「萄」、「彷」與「徨」連用已成爲習慣，無論看到「葡」字還是「萄」字，都會讓人想起「葡萄」，無論看到

「彷」字還是「徨」字，都會讓人想起「彷徨」，不會想起別的同音字。這是漢字的特點，比起單純表音的音素文字來，可以告訴我們更多的意義。這是漢語的單音節和漢字形體結構的緊密配合。

漢字的形旁，其實很像英文的語素，例如英文的這三個字：

- able
- unable
- unthinkable

able（能幹）是一個詞，unable 的前綴 un-（不）是個語素，在 unthinkable（不可思議）裡頭，think（思議）是個詞，前綴 un- 和後綴 -able（能夠）是語素。這樣的前綴和後綴都能告訴我們一些意義，很像漢字的形旁。這前綴與後綴合起來是另一個字 unable（不能夠）。

「阿里斯多德」和「美索不達米亞」是音譯多音節語素，「阿裡斯多德」是一個語素，共五個字，「美索不達米亞」也是一個語素，共六個字，每一個字原本都有獨立的意義。這些字在音譯詞中的用法，跟「依聲托事」的假借用法相類似。

用語法學的概念「語素」來歸類漢字，既不易懂，也不十分合適。不過,要給漢字取個十分合適的類別名稱，也真的是十分困難。

3、文字類型與演變階段

上述三種文字類型，依據字形和語詞及語音的關係來區分。字形所表達的單位，大小不一，因而形成不同的類型，如圖表 14 中所示。

西方學者中，有一種普遍的觀念，認爲這三種類型的文字，代表文字演變的三個階段。

第一類，表語詞或語素的文字，最早發生，然後慢慢演變成第二類，音節文字，最後再演變成第三類，字母文字。這三類文字，一類比一類進步。

漢字幾千年來都處於表語詞或語素的階段，比其他兩類文字落後。音素文字最簡單易學，用起來最方便，所以最先進。這樣的看

法爲歷來西方學者所普遍接受。

單就文字使用是否簡便這一點來看，這樣的説法也無可厚非，但是評定文字的優劣，並不限於使用是否簡便一個標準，還可以有別的標準。這一點將在下文第六節中討論。

類型	例子	單位	字母	單位大小
語素音節文字	漢字	語素音節	無定字表音節字隨語素而造	大
音節文字	日文假名	音節	字母表音節	中
音素文字	拉丁字母	音素	字母表音素	小

圖表 14　文字的三種類型

第五節　漢字的性質與類型

一　文字分類的標準

1、文字表達語言的對象

現在再回顧一下漢字的歸類問題。

文字的主要功用爲表達語言，所以分類文字，可以依據文字如何表達語言而定。

語言有兩個因素：語音和語義。

由於文字表達語言，表達的直接對象，不是語音，便是語義。因此，可以依據文字和語言這兩個因素的關係如何，來決定文字的類型。

2、文字底層的音義關係

文字表達語言，語言在底層，文字在表層。底層的關係是：以

聲音來表達意義：

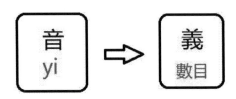

圖表 15　文字的底層關係

　　所有文字的底層都一樣，都包含語言的這兩個因素，都是以音傳義的（見圖表 15）。這底層的兩個因素原本是屬於語言的，在與文字相結合後，語言的這個底層也就很自然的變成文字的底層。換一個說法，語言是文字的底層。

3、文字表層的形音義關係

　　文字的表層關係則大抵可以歸納爲以下兩種情形：

　　第一種情形是：以字母來記錄語音，形成表語音文字。在看到一個字時，先讀出字音。這字音即來自語音，所以一聽到語音就想到是語言中的什麼意思，也就是字義。這是表語音文字的表層關係（見圖表 16）。

圖表 16　表音文字的表層關係

　　表語音文字直接表達語音。其中又可以分爲音素文字（例如英文）和音節文字（例如日文）。

　　第二種情形是：以圖畫來記錄語詞的文字,形成語素音節文字。在看到一個字時，先想到所代表的是什麼，也就是字義，然後聯想到語言中的詞語，再讀出字音來。這是圖畫文字的表層關係（見圖表17）。

圖表17　表義文字的表層關係

　　以圖畫來表達語詞的文字，表義功能很強，是其特點。直接表達語義的文字，便是表義文字。目前,表語義的文字主要就是漢字。漢字的字形直接表達語義，所以字形結構十分重要。漢字也因此可以稱爲圖像文字。

4、表語音文字和表語義文字

　　表語義文字最大的特點是，只要認識基本的獨體字，看到一個生字時，可以大致說出字義來，至於字音,有一些不一定讀得出來，形聲字就大致可以推測出字音來。

　　表語音文字最大的特點是，只要學會基本的字母和發音，看到一個生字時，可以大致讀出字音來，但不明白意義。

　　表語音文字和表語義文字的差異可以從圖表18看出來。

　　表語音文字和表語義文字除了系統的差異之外，字形表達音和義的順序是另一個主要的差異。

　　表語音文字直接表音，間接表義，所以看到文字時，先發出字音來，然後才想到字義。這之間的時間間隔非常短暫，一閃而過。

　　表語義文字直接表義，間接表音，所以看到文字時，先想到字義，然後才想到字音。這之間的時間間隔一樣非常短暫，一閃而過。

類型	語義	語音
表音文字	間接表義 義隨音出	直接表音
表義文字	直接表義	間接表音 音隨義出

圖表 18　表語音文字和表語義文字的差異

二　漢字的音義特點

1、表義文字

　　漢字的基本特點是什麼呢？這可以從漢字的形音義三者的關係來說。

　　漢字的底層跟別的文字一樣，都是以「音」來表「義」，主要的差別在於表層的關係。

　　漢字起源於圖畫，圖畫直接表達意義，所以漢字表層的「形」表「義」，「音」則隨義而來。因此，漢字是表義的文字。

　　漢字形體的這個特點十分突出，在不同的發展階段中，有一些變化。

　　在第一個階段，就是圖形文字階段，象形、指事、會意階段，這三類字有個共同的特點，那就是以字形來直接表達語義。就這一點說，漢字是表義的文字。

　　在第二個階段，就是聲化階段，漢字的「形」與「義」脫離，只表「音」。字形成為表音的符號。漢字轉向表音的方向，對下一個階段的發展起決定作用。

　　在第三個階段，就是形聲階段，漢字沿著表音的方向發展，但是並沒有發展成音節或字母文字，而是結合第一和第二個階段的特點，發展成形聲文字。形聲文字結構是一半表義，一半表音。

在語言裡，本是由語音來表達語義的。第一階段的漢字，在表達語義時，也自然表達語音。每個字形都與語言相配合而有固定的音，只是結構沒有表音的因素，沒有顯示出字音來。

第三個階段的形聲字，直接用第一個階段的圖形文字來表義和表音。每一個形聲字都由兩個偏旁構成，即形旁與聲旁。形旁來自第一個階段的圖形文字，用來表義；聲旁也來自第一個階段的圖形文字，經過第二個階段的聲化，變爲表音符號，用來表音。就這一點說，漢字是表義音的文字。

由於漢字的形體來自圖畫，字形在顯示漢字和語言的關係方面十分重要，所以漢字也可以稱爲形音義文字。

義音文字和形音義文字，這兩個名稱都能突出漢字的特點。這兩個名稱中，「義」是最重要的因素，如加以縮短，可以稱爲表義文字。

這個類型名稱較「語詞音節文字」或「語素音節文字」這兩個名稱簡明，容易理解。這個名稱也許不是最貼切的，但要取個更貼切的名稱，也真不容易。

2、漢字與表音文字

現在，除了漢字之外，世界其他各種文字都屬於表音文字。表音文字的字形直接拼寫語音，所以也叫拼音文字。拼寫語音的對象有兩種：一爲音節，一爲音素。所以拼音文字包括音素文字和音節文字兩類。

每一個漢字代表一個音節，但是漢字並不是音節文字。如果把漢字的聲旁簡化了，用一個固定的符號來代表一個音節，如日文的假名，則漢字就變成音節文字了。

把漢字改爲音節文字是否更好呢？不見得。

由於漢字的音節爲數很多，以今日北京話來說，即使不計聲調，也有四百多個，十倍於日文的音節數量。如此衆多的音節，所需的音節符號也就一樣多，用起來並不方便。如果加上聲調，所需音節符號將大約多達四倍，用起來就更加不方便了。

　　由於中國各地方音不同，以今天的情況來説，南方的方言普遍
有入聲，北方方言普遍沒有入聲，音節的數量不同，如各地按照自
己的語音習慣造音節符號，則各地所用的音節符號無法一致，文字
分歧，在所難免。

　　此外，由於漢語的單音節特點，同音詞語衆多，如用同一個音
節符號來代表衆多同音詞語，書面難於區分，並不實用。因此，在
表音的基礎上，加上辨義偏旁是最佳辦法，所以漢字至遲到商代便
已經向形聲的方向發展了。

　　如果在形聲字的基礎上改造漢字，比較可行的是把形聲字的形
旁和聲旁系統化，同一個義類用同一個形旁，同一個讀音用同一個
聲旁來代表。這樣就可以大大減少形聲字的數量，也減少辨認的困
難，但是，這個優點也將帶來一個缺點，即形聲字之中，有的聲旁
除了表音之外，也有表義功能。統一形聲字的聲旁將大大削弱其表
義功能，以羊、印、易、羕、養、央爲例，所造出來的形聲字如：

羊：　洋氧徉佯烊羞垟鲜養
印：　仰迎
易：　揚陽楊煬暘瘍
羕：　樣漾
養：　癢礶
央：　秧殃鞅鴦

如統一用一個聲旁「羊」，雖然減少了同音字，書寫也較簡單，卻
影響其表義功能。表義的優點減弱了，必進而影響對相關形聲字的
認識，所以保留形聲字原有的字形構造，還是最好的辦法。正因此，
漢字發展到了形聲字以後，並沒有進一步改良形聲字，也沒有演變
爲別的文字類型。唐蘭先生《古文字學導論》（香港太平書局
1965 年版，81-84 頁）中有個改良形聲字的建議，以注音符號代替
聲旁，也不易實行。

　　形聲字有很大的優點，但也有缺點。最大的缺點是表音未必準
確。

　　造形聲字的時候，選用同音的字爲聲旁最爲理想，但是適用的

同音字有時不易做到，退而求其次，只好選用音近字爲聲旁。有時，只能選用同聲或者同韻的音近字爲聲旁。這樣的形聲字，聲旁的表音功能不強。時間久了，往往失去表音的效用，只是形式聲旁而已。

第六節　文字的優劣

西方學者把文字分爲三種類型，代表文字演進的三個階段。第一類，表語詞或語素的文字，最早發生，然後慢慢演進成第二類，音節文字，最後再演進成第三類，字母文字。這三類文字，一類比一類簡單，一類比一類進步。這是西方學者的普遍觀念。

漢字從幾千年前誕生後，直到現在都沒有演進成別的類型。這樣看來，比其他兩類文字落後。

三類文字之中，音素文字用起來最方便，最容易機械化，也最簡單易學，所以最先進。這樣的看法，歷來在西方學者中很普遍。

單就文字使用是否簡便這一點來評定文字的優劣，漢字的確比不上其他兩類文字，但是評定文字的優劣，不應只限於使用是否簡便這樣一個標準，還可以有別的標準。

一　評斷標準

評斷文字的優劣，其實不只一個標準，可以有三個標準。

其一，文字符號簡便易用程度
其二，文字符號所傳達信息量
其三，常用字數量

根據第一個標準，文字符號越簡便，越易學易用越好。

拼音文字如英文所用字母少，易學易用，這樣的文字最好，層次最高。音節文字如日文所用字母較前者多，較難學也較難用，居次。漢字所用文字符號最多，學和用都不如前兩者方便，層次最低。

根據第二個標準，文字符號所傳達的信息量越多越好。

　　漢字符號所傳達的信息最多，每一個字都傳達信息，層次最高。音節文字如日文，假名雖然不傳達信息，只是表音，但每個常用漢字都傳達信息，層次居次。拼音文字如英文，字母不傳達信息，只是表音，層次最低。

　　根據第三個標準，常用字數量越少越好。

　　漢字的常用字數量最少，大約 3500 個，最易於掌握，層次最高。音節文字如日文，當用漢字 1954 個之外，假名組成新詞，數量較大，層次居次。拼音文字如英文，字母所拼寫的常用字，數量最大，層次最低（詳見下文）。

　　現在就上述三種文字的優劣，舉例列表比較，可以看得更加清楚（見圖表 19）。

評定標準	音義文字	音節文字	音素文字
	中文	日文	英文
符號簡易程度	最差	居次	最好
符號的信息量	最好	居次	最差
常用字數量	最好	居次	最差

圖表 19　文字優劣評定標準

　　上述三個標準，可以用來評定文字的優劣，幫助瞭解不同類型文字的特點，僅此而已。除此之外，並無太大意義。

　　每一種文字的產生和演變，都和所代表的語言密切相關。只要文字可以恰當代表語言，就無所謂優劣了。

二　符號數量

　　在常見的文字中，漢字的「形」最複雜，所用符號最多，常用字約三千多個；音節文字如日文次之，只有五十個假名，一個符號

代表一個音節；音素文字如英文，最爲簡單，所用符號最少，只有
二十六個字母，一個符號代表一個音素。

　　文字所用符號越少越容易學習，書寫也越簡便，機械操作也方
便，無論打字機或電腦輸入，都非常方便。西方學者就根據這個標
準來評斷上述三種文字的優劣。

　　荀爾馬斯在《世界文字》（見前引書 44 頁）中有一段話，扼
要說明西方學者的觀念：

> 在古代近東，文字發展的普遍趨向是：由語詞文字趨向音節
> 文字，而最終發展爲音素文字。文字符號變得抽象了，文字
> 符號數量大大減少了。音素文字符號的數量比任何音節文字
> 符號的數量少，音節文字符號的數量又比任何語詞文字符號
> 的數量少。因此，有一個常見的說法……音素文字優於音節
> 文字，音節文母又優於語詞文字……這個道理很淺白，但是
> 卻看得太過簡單了。

　　雖然這樣的觀念近年來已逐漸改變，但西方人仍以漢字爲極難
學習的文字。一般西方人往往以西方的拼音文字的字母和漢字相提
並論，以爲學西方的拼音文字只需學二十多個符號，而學漢字得學
三千多個符號，所以漢字比西方的拼音文字難學得多。這是把拼音
字母和漢字放在同一個層次來看而得出的結論。

　　這樣的說法似是而非。學習二十多個拼音字母只是字母而已，
並不能傳達什麼信息，而學習二十多個漢字，每一個都有獨立的意
義，相當於西方語言中的詞語，情況大不相同。拼音字母只表音，
而漢字表音也表義，兩者的功能顯然不同。

　　就字形說，拼音文字的字母相當於漢字的筆畫。現代漢字由一
筆一畫構成，拼音文字則由字母構成，兩者都有構形功能。不過，
兩者也並不完全相同。字母還有表音功能，而筆畫沒有。筆畫只有
構形功能。

三　學習難易

　　成年人無論學習哪一種外國文字，尤其是語言不同源的文字，

都覺得困難。這種困難的印象，很自然的就成爲評定文字學習難易的標準。這樣的標準十分主觀，沒有實際意義。

1、學習難易的因素

一種文字難學還是易學，主要取決於這兩個因素：

其一，口語
其二，學習時間

除了口語和學習時間這兩個主要因素之外，還有一些別的因素，如學習的態度和教材等等，也影響學習的效果。

口語是學習文字的基礎。每一個字都由三個因素構成：字形、字音、字義。這三個因素中，只有「字形」是屬於文字自己的，「字音」和「字義」都是屬於口語的。因此，一個人在學習一種文字之前，如果已經會說該種文字所代表的口語，則三個因素之中，已掌握了兩個，只需學習「字形」就可以和口語配合起來應用了。這樣，學起來就自然容易。反過來，如果不會說該種文字所代表的口語，就要字形、字音、字義三樣都學。這樣，學起來就困難多了。

學習時間多少也是決定學習難易的主要因素。學習的時間多，則累積的詞語和代表詞語的字多，就漸入佳境，覺得容易；學習的時間少，則累積的詞語和代表詞語的字少，就當然覺得困難。

如果撇開這兩個主要因素，但就文字本身來說難易，往往不易說清楚。

2、再生能力與常用字數

無論學習哪一種文字，都需要掌握常用的字才能表達自如。這方面，漢字有很大的優勢。漢字的常用字數量就比英文的少得多。

常用的漢字大約在 3500 個左右。只要掌握這些常用字，一般閱讀和書寫都不會有太大的困難。

英文的常用字詞大約在 12000 個左右，是漢字常用字數量的三

倍多（見圖表 20）。在英文和中文相差的幾千個單字詞中，有一些與中文的合成詞相對應，並不全都是單字。

為什麼常用漢字遠比英文為少，而英文所需要的常用字數量卻如此之多呢？主要的關鍵在於漢字與英文基本字的搭配再生新詞語的能力不同。

	常用字數量
中文	3500
英文	12000
比例	1：3.4

圖表 20　中文和英文常用字數量對比

漢字和英文的基本字都有搭配再生新詞的能力，例如：

耳 + 環 = 耳環
ear + ring = earring
跑 + 道 = 跑道
run + way = runway

日 + 光 = 日光
sun + light = sunlight

就語言說，這是語詞的搭配再生新詞。就文字說，則是文字的搭配表達新詞。

在這三個例子中，兩種文字的搭配再生方式都相同，但是還有許多新的事物，漢字仍然可以用搭配再生的方式造新詞，而英文則是另造新詞，例如：

火 + 箭 = 火箭
fire + arrow ≠ rocket

火 + 車 = 火車
fire + car ≠ train

火 + 山 = 火山
fire + mountain ≠ volcano

　　雖然中文各個單字的本義跟搭配之後所生出的新詞意義並不完全一樣,但是仍然可以看出其間的關係。這對於瞭解新詞很有幫助。

　　用原有的字來搭配造出新詞,所需單字的數量就可以大大減少。這是漢字靈活的地方。

　　英文在這方面,就不如漢字靈活,所以英文的常用單字比中文要多得多。單就這一點說,學好英文比學好中文要難得多。

　　再以兩本常用詞典中所收的單字數量相比較,就可以看得更加清楚。《牛津當代高級英語辭典》(*The Advanced Learner's Dictionary of Current English*)和《新華詞典》是兩本常用字典,篇幅都比較小,所收錄的是當代所用的字,並不限於常用字,比較少用的字也在其中。從這兩本詞典中所收錄的單字,可以看出中文和英文當代所用的單字數量的差異(見圖表 21)。

字典	單字數量
新華詞典	10000
牛津當代高級英語辭典	50000
比例	1:5

圖表 21　中文和英文當代用字數量對比

　　這兩本詞典的單字數量的比例,與圖表 20 所列中文和英文常用字數量的比例相一致。

　　上述兩本詞典所相差的四萬個單字中,有一些應與中文的一些合成詞相對應,並不全都是不同的單字。

再看兩本比較大的字典，《牛津英文詞典》（*Oxford English Dictionary*）和《漢語大字典》中所收的單字數量相比較，兩者的比例也很大（見圖表 22）。

這兩本大詞典的單字詞數量的比例，也與圖表 20 所列中文和英文常用字詞數量的比例，以及圖表 21 中所列的中文和英文當代用字數量比例相一致。

中文的單字和英文的單字，概念並不完全一致，不能對比得很好，但還是可以從中看出若干基本的差異來。

為什麼英文的單字比中文的多那麼多呢？這主要是因為英文的外來借詞特別多。每一個借詞都是一個新字。

字　典	單　字
漢語大字典	60370
牛津英文詞典	228132
比例	1：3.8

圖表 22　中文和英文單字數量對比

根據《牛津簡明英語詞典》（*Concise Oxford English Dictionary*）中約收八萬個單字，其中七成以上是外來的借詞（見圖表 23）。

英文的單字，原本屬於英語的不足三分之一，其他的全都是借用的外來詞。這就造成英文的單字特別多。這是英文難學的主要原因。

漢語也不是沒有外來詞，只是為數不多，而且，外來詞語絕少需要另造新字，例如「葡萄」，原本寫做「葡桃」，後來才另造個「萄」字，寫做「葡萄」，像這樣的例子很少，一般都是借用原有的字，例如「葡」字便是原有的。類似的例子如「胡同」是蒙古文借詞，後來或寫做「衚衕」，則是另造形聲專字。

來　源	比例（%）
法語	28.3
拉丁語	28.24
古英語、古挪威語和荷蘭語	25
希臘語	5.32
不詳	4.03
專有名詞	3.28
其他語言	約 1
合計	約 95.17

圖表 23　英文單字的來源

　　有的借詞在個別的地方或時段通行後，另造個合成詞來代替，把原來的借詞淘汰了，也就是「漢化」了，例如香港借用英語 taxi 寫做「的士」，可是其他地方不通用，臺灣另造新詞做「計程車」，中國內地另造新詞做「出租車」。這漢化的新詞就容易懂得多，易於通行，也減少外來借詞的數量。

　　這是中文較英文易於學習的一個原因。要學好英文就必須掌握爲數甚多的單字。這比學好中文要難得多。

　　不過，單就寫字來說，漢字的確比拼音文字難寫。英文的字母，寫起來簡便，而且可以連寫，速度較快。漢字一筆一畫，寫起來就麻煩些。草書雖然可以連寫，速度快些，但是往往讓人看不懂，不實用。

　　另外，若以筆畫的數量和字母的數量相比，則漢字的不同筆畫只有十來種，又不及二十六個英文字母多。

趙元任的《語言問題》（北京商務印書館 1980 年版，224 頁）
書中，也討論到中文和外文的差異。他說：

> 中國文字啊，有兩幅度的變化；外國文字雖然每個字母可以算
> 是兩幅度的形狀，可是主要的結構還是一個一個的字母。一條
> 線排下去，一連串的是一度的。……在書裡頭找一個東西，那
> 找中文就找得快多了，因為中文的這個字跟那個字實在的不同，
> 你翻翻，翻到了，那個字就好像對著你瞪著眼兒，就看見了。
> 英文字都是那二十六個字母顛來倒去的，即使拼起來還是缺乏
> 個性一點兒，難找一點兒。

漢字所含的信息量多，有個性，都和漢字的兩維（幅度）構形
直接相關。正因此，漢字比拼音文字更易於辨認，閱讀速度也快。

此外，又由於漢字是兩維構形的，所佔的空間小，所含的信息
量大，漢字排版時所佔的篇幅也就比較小，大概只是英文的三分之
二。這一點，在今天必須節約資源的年代，是一個很大的優點。

早期提倡改革漢字的人，以為漢字不便於機械化，也就是不便
於用打字機來書寫，是一個很大的缺點。現在電腦極其普遍了，電
腦輸入漢字也很方便，使用熟練了，比英文輸入還快。學習和使用
漢字，實在並沒有多大困難。

不同類型的文字，各有特點，也各有優點和缺點。沒有一種文
字是十全十美的，也沒有一種文字是一無是處的，自然也就不必分
優劣了。

第二章　漢字和漢字學

　　從漢代以來，研究漢字一直是重要的學問，從未間斷。兩千年來，研究文字的材料、方法、内容，都有很大變化。傳統把研究漢字的學問叫小學，現在一般叫文字學。

　　文字學在漢代之所以興盛，除了漢字本身的因素之外，還因爲漢字與別的學問，如經學，有極其密切的關係。

　　以下就簡要說明漢字的構成因素，傳統與現代學者研究漢字的方法與方向。

第一節　漢字的構成因素

　　漢字是現在常用的名稱，以前一般就說文字。古時候或說文，或說字。現在之所以稱漢字，是因爲文字是統稱，可以包含各種文字，稱漢字則是專指漢人的文字，較爲明確。

　　漢語也一樣，本是專指漢人的語言，但是「現代漢語」的含義已變得偏狹了，往往用來專指普通話，也就是國語。

　　漢字是依賴漢語而存在的。漢字最主要的功能是記錄漢語。因此，在討論漢字的種種問題時，都得和漢語聯繫起來說。

一　文字三要素：形音義

　　每一個漢字都由三個因素構成，即：字形、字音、字義。這三個因素，缺一不可，缺少了一個就不成其爲文字了。

　　有個常見的說法以爲只有漢字才有字形、字音、字義，拼音文字只有字音、字義。這其實是個誤解。凡是文字都有字形、字音、字義，不只是漢字，拼音文字也一樣。拼音文字要是沒有字形，眼睛看不到，也就讀不出字音來了。

　　漢字與拼音文字形體的差別僅僅在於，拼音文字是用字母拼寫的，字形簡單，沒有太多可以解說的地方，不像漢字，字形複雜，往往窮一生之力也未必能說清楚。

　　爲什麼漢字與拼音文字形體的差別那麼大呢？因爲拼音文字的字形重在表音，所以簡單，漢字的字形重在表義，所以複雜。漢字不是不表音，而是漢字的形體結構重在表義，字音隨字義而來，不是結構的重點。

1、字形：圖畫

　　文字是由圖畫演變而來的。這可以從上古的圖形文字和圖畫的關係看出來。然而文字和圖畫的分界線當劃在哪裡呢？這個問題的關鍵在於語言。

　　文字主要是用來表達語言的，所以和語言密切結合。圖畫本是獨立於語言之外，有意義，沒有讀音，並不和語言直接相關聯。但是，當一個圖形和語言中的一個語詞相結合時，便有了固定的讀音和意義，由圖畫變成文字。在這之前，圖畫只是圖畫，只能算是文字的前身。一般以象形字爲最早的文字，便是由於源自圖畫這一層關係。

　　圖畫本是實物的圖像，一旦與語詞相結合，便成爲實物的名稱，例如：甲骨文中的目字和止字都來自圖畫（見圖表 24）。

　　目是眼睛，止是腳。這兩個個字都是圖形，看到的人都可以說出那是什麼，於是，圖形便和語言相結合，有了固定的意義和讀音，成爲表實物的文字。

目　　　　　止

圖表 24　甲骨文目字和止字

　　這些簡單的圖形文字，在文字的發展過程中，互相搭配，成爲新字。這些合成的字形就較爲複雜，不是實物的簡單畫像，但仍然是以原來的簡單圖像爲基礎。所以，就字形的來源說，仍然是來自圖畫（見圖表 25）。

圖表 25　金文見字和步字

　　見是看見，由人頭上有個大眼睛表現出看見的意思；步是步行，由兩個止字合成。止就是腳，兩腳一前一後移動，表示步行。

　　圖形成爲文字後，在造合成字時，可以用來表示意義，也可以用來表示讀音。在用來表示讀音時，就不用原有的意義，只用讀音。

圖表 26　甲骨文依字和友字

圖表 26 中的依字，由衣和人兩個字合成，表示人穿上衣服，衣也表示讀音。衣和人原本都是圖畫；友字由兩個又字合成，又，右手，兩隻右手表示两个人，也就是朋友。又是右的本字，是右手的象形，這裡也表示讀音。

2、字義：語義

實物可以畫出來，於是有圖像，圖像和語詞相結合，於是圖像也有了固定的音和義，成爲實物的代表，文字於是產生。

語言一旦和圖畫結合而成爲文字，語言的構成因素，也就成爲文字的構成因素；語言的音和義，也就成爲文字的音和義。上文的目字和止字便是例子。

圖表 27 顯示實物、圖像、語詞三者之間的關係。

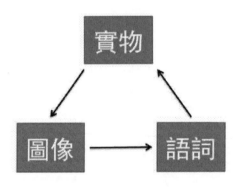

圖表 27　實物、圖像、語詞的關係

實物在語言中的反映便是名稱，成爲口語中的名詞，有音和義（見圖表 28）。

圖表 28　實物在語言中的反映

　　這以後,只要看到代表實物的圖像,便很自然的與語詞相結合,可以說出來,有音和義,具備文字的功能。

　　在文字形成的過程中,實物、圖像、語詞、文字是四個相關聯的因素,彼此的關係如圖表 29 中所見。由實物產生圖像,圖像與語詞結合而成爲文字,文字的意義便是實物。文字的前面是實物,後面是語詞。實物通過圖像與語詞相結合。

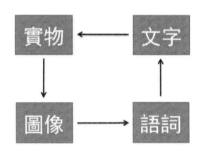

圖表 29　實物、圖像、語詞、文字的關係

從這個圖表中可以看出,文字的形成經過三個步驟:

第一步: 由實物產生圖像。
第二步: 由圖像與語詞相結合。
第三步: 由語詞賦予圖像意義與讀音。

至此，文字得以產生，而文字的意義便是所指的實物。

3、字音：語音

圖像與語詞相結合後，獲得音和義，成爲文字。

這音和義兩個因素，在跟字形結合而成爲文字後，再分別發揮作用，使字形的應用得以增加。這是增加文字使用量的辦法。

依循字音而借用字形來代表音同或音近的詞語，如「自」由「鼻子」的意義，借用來表示「自己」，「我」由「兵器」的意義，也借用來表示「自己」。這樣，同一个字，用來表示原本的意義和借用的意義，增加了字形的使用量。

依循字義而由本義轉生出新的詞語，如「日」字，由「太陽」的意義，轉生出「今日」的意義，「雨」字，由「雨水」的意義，轉生出「下雨」的意義。這樣，原本的意義和轉生的意義，雖然同音同形，而實際是兩個詞。這樣的演變，大抵有兩種情形：

一種是，原本語言中已經有了這樣的轉生用法，文字則跟著語言的用法而轉生。這是語言對文字的影響。「日」字的轉生意義，便是這樣的用法。

一種是有了文字以後，在文字使用的過程中，有意或無意間生出新的意義來。這是文字對語言的影響。「雨」字的轉生意義，便是這樣的用法。

文字形音義三個要素中，「音」和「義」都來自語言，「形」來自圖畫，成爲文字後，「形」也就屬於文字所有，於是形音義成爲一個整體。凡是文字都由這三個要素構成。不過，不同系統的文字，字形的功能不完全一樣。

漢字由圖畫演變而成後，一直沿用下來，字形的表義功能特別強。表音的文字則不然。表音文字的字形由字母構成，只有表音功能，沒有漢字那樣的表義功能。

形聲字產生後，一個字由兩個偏旁組成，其中一個表義，一個表音，兩個合起來組成一個形聲字。這樣的構造，形成另一種形音義的搭配形式（見圖表30）。

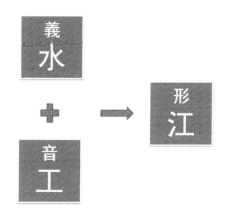

圖表 30　一個形聲字的兩層形音義關係

　　組成一個形聲字的形音兩個偏旁，又有自己的形音組成因素。這是構成一個形聲字中的兩層形音關係。

　　水、工、江三個因素，各有自己的形音義。水和工有自己的形音義關係，但在構成江這個形聲字時，水是形旁，只取其義，工是聲旁，只取其音。新組成的江字於是有自己的形，有自己的音，也有自己的義。這是江字的形音義關係。

二　形音義的內在關係

　　構成一個字的三個因素：形音義，彼此之間有密切的關係。形與音、形與義、音與義，這三方面的關係組成一個字的豐富內涵。這是漢字的特點。

1、字形和字音的關係

　　圖形文字跟語詞的關係很直接。象形字的字形直接表達語詞，看到字形便能讀出字音來。實物的名稱在口語是語音，在文字就是字音。上文的例子，目和止，便是由圖畫直接表示詞語的。

後起的會意字，由兩個偏旁合成一個字，須明白所傳達的是什麼意思，才能和語言中的詞語相結合，明白詞語的意義，才能讀出音來。上文的例子，見和步，便屬於這一類。這種造字方式，也還是直接表达詞語的。

形聲字也由兩個偏旁組成，一個表義，一個表音。須看得出哪個表義，哪個表音，才能讀出音來。上文的例子，依和友，便屬於這一類。

形聲字跟象形字和會意字的表音方式不一樣，有明顯的差異。象形字和會意字的字形結構中不表音，只表義；形聲字的字形結構中，有一個偏旁表音。超過九成的漢字都屬於形聲字。就形聲字的結構說，漢字的字形也表音，只是表音的方式和拼音文字不一樣而已。

2、字形和字義的關係

象形字直接畫出實物來，實物就是意義，所以象形字很直接表達字義。

圖畫本身具有實物的涵義。由這實物的具體含義漸漸生出象徵的含義，例如，畫一隻老虎的圖形，其實物的含義便是老虎。由這實物的涵義再生出威猛的含義。這兩種涵義都與詞語相配合，便都有固定的音義。如果不與詞語相配合，那就只有圖畫符號的涵義而已，例如馬路上的各種交通標誌，箭頭或向前，或向左彎，或向右拐，其涵義分別是向前走、向左轉、向右轉。這樣的交通標誌，具有符號的涵義，但不是文字，因爲沒有固定的音。

圖畫變成文字，必須約定俗成，這樣大家才能有共同的理解和用法。符號的象徵涵義，也需要約定俗成，然後才能通行成爲習慣。

不與語詞相結合的符號，必須用在適當的場所，才能有適當的意義，例如交通標誌就只有用在馬路上才能具有相關的涵義。

會意字的表義方式是間接的，必須會合兩個偏旁的含義，才能得出一個新的含義，因此，表義的方式是間接的，不同於象形字的直接表義方式。

3、字音和字義的關係

一個字的發音，總有個起源。由於字音來自語音，而語音的起源又年代久遠，難以得知其確實的起源。後世學者僅能從字音（語音）推敲其可能的來源。這樣子推敲的結果，有的可信，有的只是附會，還有的無從得知。

漢代劉熙作的《釋名》是一本推究事物名稱來源的書，事物的名稱，見於文字，也就是字音。推究事物名稱的來源，也就是推究詞語內部的淵源關係。

在推究詞語內部的淵源關係時，主要依據兩個標準，一個是語音，凡是有淵源關係的詞語，語音都有關聯；一個是語義，凡是有淵源關係的詞語，語義也都有關聯。

王力說（見《漢語史稿》541頁，北京中華書局1980年版）：

> 在人類創建語言的原始時代，詞義和語音是沒有必然的聯繫的。但是，等到語言的詞彙初步形成以後，舊詞和新詞之間決不是沒有聯繫的。有些詞的聲音相似（雙聲疊韻），因而意義相似（參看上文第九節）。這種現象並非處處都是偶然的。相反的，聲音相近而又意義相似的詞往往是同源詞。至於聲音完全相同而又意義相近的詞(例如「獲」「穫」)簡直可以認為同一個詞的兩種寫法，至少也可以認為同一個詞的引申。從語音的聯繫去看詞義的聯繫，這是研究漢語詞彙的一條非常寬廣的道路。

詞語內部的淵源關係，相當於動物的血統關係，反映在文字，便是同源字的關係。

字音和字義源自語音和語義。字音和字義的關係是先存在於語言的。詞語引申所反映出來的音義淵源關係，可以從以下幾個方面來觀察。

（1）同源词：異字異音

由舊詞引申產生新詞，在口語中改變語音以示區別，是詞語增加的常見方法。引申產生的新詞，詞性有的相同，有的不同，在文

字中，以不同的字形來區別。從字音與字義的聯繫來看，是同源字；從詞語的關係來看，是同源詞。這樣的語詞與文字的發展，在漢語中十分普遍。這是「右文說」的基礎。

兩個同源詞之中，哪個先出，哪個後起，不容易斷定，但從音義來看，兩者的同源關係是很明顯的。以下是一些例子。

■ 子與字

《說文解字》：「子，十一月陽易氣動，萬物滋，人以爲稱。」
《段注》：「子者，滋也。言萬物滋於下也。」
《說文解字》：「字，乳也。从子在宀下。子亦聲。」
《段注》：「人及鳥生子曰乳。」
子本是名詞，用爲動詞，是滋的意思。
字訓爲「乳也」是動詞，是生的意思。字之所以名爲字，便是因爲文字如孩子一樣，越生越多。由子引申爲字，義爲滋生，兩者同源。字的讀音源自子，聲調改變了。

■ 子與孳

《釋名・釋親屬第十一》：「子，孳也。相生蕃孳也。」
《說文解字》：「孳，汲汲生也。从子茲聲。」
《段注》：「形聲中有會意。」
子是名詞，孳是動詞。孳的音義即源自子，聲調改變了，是兩個同源字。

（2）同源詞：異字同音

由舊詞引申產生新詞，新詞和舊詞同音，意義相關聯，產生新字。從音和義之間的聯繫，可以看出同源關係。

有些相類似的事物，可以相比擬，產生新詞，新詞音來自實物的名稱，兩者之間有語源關係。就字形看，相關聯的字之間，有的有相同的偏旁，有的沒有相同的偏旁，但音義的關係很明顯。就音義之間的關係說，舊詞新詞同源。

有些新詞音來自描述實物自身情狀詞語的音，而改變詞性，一

般是名詞與動詞及形容詞的關係，兩者之間也有語源關係。這是「右文說」的基礎。追尋這樣的關聯有時十分繁難，容易流於比附。這是右文說的極限。

■ 眉與湄

《釋名‧釋水第四》：「水草交曰湄。湄，眉也。臨水如眉臨目也。」

《說文解字》：「湄，水草交爲湄。」

湄以眉相比擬而得名。水草交之处，正如水之眉，所以稱為湄。眉與湄同源，湄的音即來自眉。

■ 眉與楣

《釋名‧釋宮室第十七》：「楣，眉也。近前若面之有眉也。」

《說文解字》：「楣，秦名屋欀聯也。……謂之梠。從女眉聲。」

楣的位置如眉，以眉相比擬而得名。眉與楣同源，和眉與湄的關係相同。

（3）同源詞：同字同音

由舊詞引申產生新詞往往導致詞性改變，但還是用同一個字，字音相同。從文字來看，是同一個字，但從語言來看，則是兩個詞。因為用同一個字，比較容易忽略詞語之間的差異。用不同的字來表示就較容易看出詞語之間的差異來。

從詞語的音和義之間的聯繫，可以看出同源關係。衍生詞的音即來自本源詞的音。不過，這種同源關係有時不易說清楚，往往流于附會。

■ 日

《釋名‧釋天第一》：「日，實也。光明盛實也。」

《說文解字》：「日，實也。太陽之精不虧。」

《段注》：「以疊韵爲訓。〈月令〉《正義》引《春秋元命包》云：『日之爲言實也。』」

　　段玉裁「以疊韵爲訓」的意思是：日和實同韻，義亦關聯，是同源词。

　　日的本義是太陽，名詞，引申用做「白天」的「天」、「一天」的「天」，也都是名詞。這三個意義相因，用同一個字，實際是三個同源詞。因爲用同一個字，往往忽略了三者之間的差異。

■ 月

《釋名・釋天第一》：「月，缺也。滿則缺也。」

《說文解字》：「月，闕也。大陰之精。」

《段注》：「月闕疊韵。」

　　段玉裁「月闕疊韵」的意思是：月和闕同韻，義亦關聯，是同源词。

　　月的本義是月亮，名詞，引申用做「年月」的「月」，也是名詞。這兩個意義相因，用同一個字，實際是兩個同源詞。因爲用同一個字，往往忽略了兩者之間的差異。

（4）同源词：同字異音

　　由舊詞引申產生新詞，新詞和舊詞意義關聯而詞性往往不同，仍用同一個字，只是字音不同。從文字來看，是同一個字，但從語言來看，則是兩個詞。從音和義之間的聯繫，可以看出同源關係。

■ 樂與樂

《釋名・釋言語第十二》：「樂，樂也，使人好樂之也。」

《說文解字》：「樂，五聲八音總名。」

《段注》：「樂之引伸爲哀樂之樂。」

　　第一個樂字是名詞，即音樂；第二個樂字是形容詞，即快樂。詞義變了，音也變了，但還是用同一個字。兩字音義相關聯，有語源關係。從語言來看，是一個字代表兩個詞。從音和義之間的聯繫，可以看出同源關係。

■ 知與知（智）

《釋名・釋言語第十二》：「智，知也，無所不知也。」

《說文解字》：「知，詞也。从口从矢。」

《段注》：「按此亯也之上亦當有識字。知䛒義同，故䛒作知。」

《說文解字》：「䛒，識詞也。从白从亏从知。」

《段注》：「此與矢部知音義皆同。故二字多通用。」

知是動詞，用作「無所不知」則是形容詞，知字先出，䛒字後起，以改變聲調來區別。現在去聲用智字。從音和義之間的聯繫，可以看出同源關係。

以上四類例字，從字音和字義可以看出彼此的語源關係。至於那些沒有語源關係的字，就難於辨識字音和字義之間的淵源了。這一類字，是因聲求義的「右文說」的基礎。

有一些字，字音源自自然的聲音，也可以觀察其音義的關係。來自自然的聲音的詞語，可以造象聲字來表達，例如：

■ 雅與鴉

《說文解字》：「雅，楚烏也。……从隹牙聲。」

現在通用「鴉」字。雅字的讀音即來自烏鴉叫的聲音。

■ 鵝

《說文解字》：「鵝，䳘鵝也。从鳥我聲。」

鵝字的讀音即來自鵝叫的聲音。

烏鴉的叫聲，成為烏鴉的名稱；鵝的叫聲，成為鵝的名稱。鴉鵝的叫聲，是詞音，鴉鵝的名稱，是詞義。造字來表達叫聲和名稱，也就成為字音和字義。

這一類字，與一般的象聲字沒有差異。雅（鴉）與鵝都是形聲字。其造字方法，跟假借字加上一個形旁，成為形聲字的方式相同。「牙」與「我」這兩個聲旁，就像是兩個假借字，加上「隹」和「鳥」這兩個形旁，成為形聲字「雅（鴉）」和「鵝」。

一般的象聲字，則是假借一個音同或音近字，再加一個形旁「口」所產生的形聲字，例如嘩、啦、嗎、呢等都是這樣造出來

的。佛經中有許多音譯字，如：吔、吖、咋、吹、咿、咀、吡、阶、
晦、唄、怫、吒、呪、唄、唵、啉，也都是這樣造出來的。

這類純粹象聲字，字音來自語音，沒有具體的詞義，象聲即其
意義。

三　漢字與時空限制

漢字從最初開始到現在，都沒有間斷過，不像起源於中東的圖
形文字已先後消亡。這很容易給人一個印象：漢字是超越時間的。
跟別的文字相比，這是漢字的一大特點。

上古時期，中國雖然有許多個國家，這些國家都用同一種文字，
儘管也各有差異，卻是大同小異，所以到秦始皇（前 259 – 前 210）
的時候，才可以順利統一。直到現在，儘管中國境內的方言無數，
而且差別很大，說不同方言的人，往往不能通話，但所用文字卻是
一樣的。這又很容易給人一個印象：漢字是超越空間的。跟別的文
字相比，這也是漢字的一大特點。

以超越時空為漢字的特點，實為誤解，而且，還把語言與文字
混淆了。

1、語言與時空

以超時空為漢字的特點，大概源自高本漢（Bernhard Karlgren,
1889-1978）的說法。他在《中國語與中國文》（張世祿譯本，北
京商務印書館 1933 年版，45 頁）書中說：

> 中國地方有許多種各異的方言俗語，可是全部人民有了一種書
> 本上的語言，以舊式的文體當作書寫上的世界語，熟悉了這種
> 文體就於實用方面有極大的價值。……中國人一經學會了這種
> 文言，那麼所讀的詩篇，無論是西元後初年，還是西元後千餘
> 年，或是最近所著的，從語言上觀點看來，總之對他沒有什麼
> 區別；無論哪個時代的詩篇，他一樣的可以理會，也一樣的可
> 以觀賞。在別的國家裡，文學上的語言依隨口語而演化，經過
> 了幾百年就演成了一種新式的文言。現今英國人在他自己的文

> 書裡，通常很難讀至三四百年以前的作品，至於最早的文書，
> 他必須對於語言文辭上有特別的研究之後，才能瞭解。

這個說法並非沒有道理，但這裡說的是文言，不是文字。

無論說何種方言的中國人都可以用文言，文言與方言之間有對應關係，因而有跨方言的功能，所以中國的文言，像是中國各個不同方言地區的通用語。

日本使用漢字，通文言的日本人可以通過文言與中國人筆談，跨越口語的障礙，就這一點說，也頗有世界語的性質。

現代人讀古籍，最難的往往不是文字，因為這些古籍所用的文字，已轉為現在的楷書，為現代人所慣用，並不覺得難。古籍的困難主要在於文字背後所代表的語言。離開現在時間越遠的古籍，其語言越難讀懂。作家個人的語言習慣也往往造成困難。

《尚書》是兩千多年前的古籍，其語言和今天的相去很遠。現在的中國人，除非對《尚書》有研究，要讀懂就十分困難。

有的人以莎士比亞（William Shakespeare,1564 - 1616）的劇本為例子，以為沒有詳細注解，就無法讀懂，是拼音文字的缺點。這其實還是語言問題。

莎士比亞劇本的語言為中世紀英文，現在的英國人如對中世紀的英文沒有知識，讀莎士比亞的劇本當然困難。莎士比亞之前的喬叟（Geoffrey Chaucer， 1343 - 1400）的文章又更難讀懂些。然而《尚書》的年代還要早，要難得多。

中國古代的文學作品，例如：《詩經》中的國風、漢代的樂府、南北朝的樂府、唐詩、宋詞、元曲、明清詩詞等，其語言大抵是當時的口語，就是白話。古代的白話和現代的白話不盡相同，但卻是一脈相承，所以現代人讀起來，並不太難。

文言就不是這樣的了。現代人讀唐詩，不覺得太難，可是，讀唐代韓愈（768 - 824）的古文就不那麼容易了。韓愈愛讀三代兩漢的書，這是他的古文語言的來源，跟唐代的白話不一樣。這是後人讀韓愈文章困難的主要原因。

古代的白話雖然跟後代的一脈相承，但時間久了就變了。《尚書》的語言，即使用到當時的白話，兩千年後的人讀起來，就困難

重重了。

2、漢字與時空

大致說來，說漢字超時間和超空間，並非沒有道理，只是這樣的優點並不是漢字所獨有的。凡是現在還在用的文字都是超越時空的，表音文字也一樣。

日文雖用漢字，但也用字母，屬音節文字。日文的歷史雖不及漢字長久，但也是超越時間的。日本也有許許多多的方言，說各種方言的人都用相同的文字，所以日文也是超越空間的。

英文純用字母，屬音素文字。英文的歷史雖不及漢字長久，但也是超越時間的。英國也有許許多多的方言，說各種方言的人都用相同的文字，所以英文也是超越空間的。

其他表音文字的情形也都如此，所不同的是：表音文字依據不同語言的音來拼寫，語言不同，文字也不同，例如：法國、義大利、葡萄牙、西班牙，這幾個國家的人都屬於拉丁民族，語言同源，但是因爲用拼音文字，所以彼此的文字都不一樣。漢字不是直接拼寫語音的，所以各地方言雖然有別，仍可用相同的文字。

漢字在協調各地漢語方言方面，比起拼音文字來，有較強的作用。中國各地方言的差別很大，許多方言之間，不可以通話。如果各地方言都採用拼音文字來書寫，勢必造成文字的分歧，形成許多種不同的文字，終而導致政治的分裂。

中國各地方言的差異比歐洲各地語言的差異還大。葡萄牙語和西班牙語的差別不大，彼此大致可以通話，但是因爲兩地分別以字母來拼寫各自的語音，形成兩種文字，政治也分裂爲兩個國家。中國南北各地方言的差異，比葡萄牙語和西班牙語的差異要大得多，如果各種方言都分別拼寫，勢必形成各種不同的文字，政治也勢必分裂成不同的國家。所幸漢字不是拼音文字，可以凌駕於各種方言之上，大家所說雖然有異，所寫卻相同。這無疑有助於國家的統一。

中國各地所說方言不同，而所寫書面語言卻可以相同。這是因爲中國歷來以北方文化爲中心，書寫時，也以北方方言爲依據，形成統一的書面語言，爲各地人所接受和使用。直到今天，儘管各地

方言不同，各地人所寫的書面語言卻是一樣的，彼此溝通，毫無困難。這一點，又得歸功於漢代以後，知識界普遍一致的書寫語文，即古文。不管哪個時代，也不管哪個地方，因爲大家使用的文字是一樣的，知識界所接受和書寫的古文也是一致的。這大大有助於讓各地人接受和使用相同的書面語言。這是漢字最大的功勞。

歐洲人要是都用漢字這樣的文字，就像日本人用漢字那樣，那麼整個歐洲就可以只用一種文字了。這也必定有助於歐洲的統一。

秦始皇統一文字，在中國歷史上，功蓋一切。

文字都是超越時間和空間的。漢字在這方面，並非獨特，但更加突出些。

第二節　小學的興起

漢朝學者把講文字的學問稱爲小學。小學跟後來的文字學密切相關。因此，在瞭解文字學之前，須先瞭解傳統小學的發展方向、內容、研究方法。

「小學」這名稱初見于《大戴禮記》第四十八篇〈保傅〉：

> 及太子少長知妃色，則入于小學，小學者所學之宮也。

《白虎通》云：

> 八歲入小學，十五入大學是也。此太子之禮。

古代的小學是太子讀書的地方，跟現在的小學相似，只是制度不同。現在的小學制度傳自西方。

小孩子進入小學，主要就是讀書識字。古代的小學也是如此。《漢書・藝文志》云：

> 古者八歲入小學，故《周官》保氏掌養國子，教之六書，謂象形、象事、象意、象聲、轉注、假借，造字之本也。

八歲入小學的孩子，最先學習的是講文字的六書。於是，小學這名稱漸漸成爲講文字的學問。《漢書・杜鄴傳》云：

初，鄴從張吉學，吉子竦又幼孤，從鄴學問，亦著于世，尤
長小學。鄴子林，清靜好古，亦有雅材，建武中曆位列卿，
至大司空。其正文字過於鄴、竦，故世言小學者由杜公。

這裡的小學，是講文字的學問。杜鄴的兒子杜林，其文字學問
超過父親，成爲小學的始祖。

小學的興起跟這幾件事情關係密切：說解文字、文字規範、反
切注音、今文經學、古文經學。其中，尤以古文經學與小學的興起
關係最爲密切。

一　說解文字

說解文字的風氣在春秋戰國時期已經興起，到漢朝時很興盛。
這兩個時期有相似的背景。

春秋戰國時期的文字都來自西周，但是因爲各國分治，方言又
分歧，文字難免也分歧。這是春秋戰國人說解文字的背景。

漢朝文字雖然已經統一，但由於古文經書的發現，讓漢人看到
古代的文字，與漢代的不同。這是漢代人說解文字的背景。

《左傳》有三處說解文字的記錄：

宣公十二年云：「夫文，止戈爲武。」

宣公十五年云：「故文，反正爲乏。」

昭西元年云：「于文，皿蟲爲蠱。」

《韓非子·五蠹篇》云：

倉頡之作書也，自環者謂之私，背私者謂之公。

文獻上的記錄就只有這幾條。材料不多，但多少可以看出當時人討
論字形的重點，主要在於分析字形結構所顯示出來的字義。這是漢
字的特點。

二 文字規範

在春秋之前，西周宣王（前 827 - 前 780）時，尚有一次整理和規範文字的運動，由當時的太史籀編寫了一本書《史籀篇》。《漢書・藝文志》云：

> 《史籀篇》者，周時史官教學童書也。與孔氏壁中古文異體。

羅振玉（1866 - 1940）《殷商貞卜文字考》云：

> 《史籀》一篇，亦猶《倉頡》、《爰歷》、《凡將》、《急就》等篇，取當世用字，編纂章句，以便頌習。

王國維（1877 - 1927）《史籀篇疏證・序》亦云：

> 春秋戰國之間，秦人作之以教學童。

王國維把《史籀篇》的成書時間挪後到春秋戰國之間。這是一次整理和規範文字的運動，《史籀篇》是爲這次運動編寫的識字範本。

到秦始皇統一天下之後，鑒於春秋戰國時期的文字差異，於是實行文字統一運動，當時稱爲「書同文字」。由秦始皇手下的三個大官員各自編寫一本書來推行。許慎（58 - 147）《說文解字・敘》云：

> 秦始皇初兼天下，丞相李斯乃奏同之，罷其不與秦文合作者。斯作《倉頡篇》，中車府令趙高作《爰歷篇》，太史令胡毋敬作《博學篇》，皆取史籀大篆，或頗省改，所謂小篆者也。

《漢書藝文志》云：

> 《蒼頡》七章者，秦丞相李斯所作也；《爰歷》六章者，中車府令趙高所作也；《博學》七章者，太史令胡毋敬所作也：文字多取《史籀篇》，而篆體復頗異，所謂秦篆者也。

當時所作的《倉頡篇》（也作《蒼頡篇》）、《爰歷篇》、《博學篇》大抵和《史籀篇》一樣，都是識字的範本。

　　這個運動不僅對秦朝的政治十分重要，對中國後來的發展和統一也十分重要。文字不統一，任由各地文字自由發展，最終難免導致分裂。秦始皇統一文字，奠定了後來大一統的基礎。

　　秦始皇時期還有一件事和後來小學的發展密切相關，那就是焚書坑儒。《史記・秦始皇本紀》記秦始皇三十四（前213）年，丞相李斯（約前284－前208）向秦始皇建議云：

> 臣請史官非秦記皆燒之。非博士官所職，天下敢有藏詩、書、百家語者，悉詣守、尉雜燒之。有敢偶語詩書者棄市。以古非今者族。吏見知不舉者與同罪。令下三十日不燒，黥爲城旦。所不去者，醫藥卜筮種樹之書。若欲有學法令，以吏爲師。

　　這就是歷史上的焚書坑儒事件。秦時焚燒的儒家經書，有一些到漢朝的時候恢復了，從而建立了漢代的經學。

　　漢朝初年，把秦朝的《倉頡篇》、《爰歷篇》、《博學篇》，併合在一起，仍舊名爲《倉頡篇》。《漢書・藝文志》云：

> 《蒼頡》多古字，俗師失其讀，宣帝時，徵齊人能正讀者，張敞從受之，傳至外孫之子杜林，爲作《訓故》，並列焉。

　　這是漢朝有規模的一次研討會。張敞（前？-前48）學得《倉頡篇》的正讀，傳給杜林（？－47），作《倉頡訓故》。他還作《蒼頡訓纂》，但都已失傳了。杜林是漢代小學的始祖。《漢書藝文志》云：

> 至元始中，徵天下通小學者以百數，各令記字於庭中。揚雄取其有用者以作《訓纂篇》，順續《蒼頡》，又易《蒼頡》中重複之字，凡八十九章。

　　元始是西漢平帝（前206-後25）年號。這一次徵召通小學者在宮廷中說解文字，有整百人參加。這在兩千年前確是空前的盛況。揚雄（前53-後18）把大會上有用的記錄下來，作《訓纂篇》，書

已失傳。

西漢武帝（前 140 - 前 87）時，司馬相如（前 179 - 前 118）作《凡將篇》；元帝（前 76 - 前 33）時，史游作《急就篇》，成帝（前 51 - 前 7）時，李長（生卒年不詳）作《元尚篇》，東漢章帝（57 - 88）時，班固（32 - 92）作《續訓纂篇》，和帝（89 - 105）時，賈魴（生卒年不詳）作《滂喜篇》。這是漢人模仿秦代的兒童讀本而編寫的新讀本。這些書中，只有《急就篇》流傳下來。

編訂童蒙讀本，是爲了教導兒童識字，也是爲了規範文字。

三　反切注音

漢字雖然以形聲字爲主，但對於識字不多的人，遇到不常用的字時，讀音便有困難。古人在注字音時所用的方法是：用一個同音的字注音，有時用「讀若」注明同音字。例如：

蠱，音古。
蠱，讀若古。

這種方法雖然方便，但在想不出同音字時就有困難了。這個困難，在佛教傳入之後才得到較好解決。

佛教大約在西漢（前 206 - 後 25）末年，或東漢（25 - 220）初年的時候傳入中國。跟隨佛教一起傳進來的還有佛經。佛經是用梵文來書寫的。佛經讓中國人第一次接觸到拼音文字。在誦讀與翻譯佛經的過程中，學會拼音的方法。但是因爲漢字不用字母，仍然只能用漢字來注漢字的讀音。這方法叫做「反切」，也叫「反語」。在注音時，則可以單說「反」或「切」。

反切大約是在東漢末年的時候產生的。鄭玄（127 - 200）、應劭（約 153 － 196）、服虔（與鄭玄同時人）等古文經學家已用反切注音。應劭作《漢書集解音義》，服虔作《漢書音訓》。

鄭玄的弟子，三國魏人孫炎（生卒年不詳），曾爲《毛詩》、《禮記》、《春秋三傳》、《國語》、《爾雅》、《尚書》作注。其中《爾雅音義》用反切注音，最爲重要，可惜失傳了，只能從

《經典釋文》、《集韻》等書中看到引用的例字。

反切的基本原理是：用兩個字注一個字的音。第一個字叫反切上字，第二個字叫反切下字。用現在的注音原理來解釋，就是：上字取聲母，下字取韻母和聲調。例如：《廣韻》注「冬」字的音是「都宗切」。用現在的注音方法即：反切上字「都」用其聲母，下字「宗」用其韻母和聲調，如圖表 31 所示。

這種注音方法雖然不及字母注音那麼直接，但已很便利了。

反切的發明和應用，是漢代小學的重要成就，開了一條分析語音的路，奠定聲韻學的基礎。

	讀音	聲母	韻母	聲調
都	dū	d	u	平聲
宗	zōng	z	ong	平聲
冬	dōng	d	ong	平聲

圖表 31　反切舉例

四　今文經學

漢朝初年，恢復先秦經書的辦法是，由年長的經師背誦經文，記錄下來，再傳授給學生。因爲是用漢代通行的隸書記錄下來的，所以稱爲今文經。研究今文經書的學問稱爲今文經學。

漢初，通經書的人可以立爲博士官，但不限於儒學，也包含刑名黃老之學。

到了漢武帝劉徹（前 156－前 87）的時候，提倡《春秋公羊》學，重用《公羊》學大師董仲舒（前 179－前 104），並下令罷斥百家，獨尊儒學。

董仲舒的《春秋公羊》學，把儒家與陰陽五行家的思想統一起來。這是他講今文經書的特點。

漢武帝設立講儒家經書的五經博士。五經即《易》、《書》、《詩》、《禮》、《春秋》。任何經師，只要像董仲舒一樣，用陰陽五行來講這五種經書，都可以立爲博士官。這樣一來，今文經學跟政治利益掛上了關係。研究今文經書成爲利祿的途徑。許多人爲了做官，皓首窮經，今文經學因而興盛。

今文經書雖然是用漢代隸書來抄寫，瞭解經文並非易事。經文中所用的字固然要懂，每一個字在經文中的含義都必須清楚。小學就這樣興起。

五 古文經學

漢代除了今文經書，還有古文經書，跟小學的興起關係更加密切。古文經書的「古文」和「今文」相對。今文即漢代的隸書，古文則是漢代以前的文字。古文和今文，以漢代爲分界線。

古文經書的來源有三個。

第一個來源是：民間藏書

漢朝初年，景帝劉啟（前 188 – 前 141）之子，河間獻王劉德（？– 前 130），家裡藏書十分豐富。凡民間有善書，他以高價購買收藏。他所藏的書多古文及先秦舊書。其中以《毛詩》及《左氏春秋》最爲珍貴，均爲古文經書。

第二個來源是：孔宅壁中書

漢初景帝的另一個兒子劉餘（？– 前 128)，封魯恭王。他在擴建自己的王宮時，拆除孔子的故宅，從宅壁間發現了一批古文經書。包括《逸禮》（即《周禮》）、《尚書》、《左傳》、《禮記》、《論語》、《孝經》、《春秋經》、《毛詩》、《周官》等。

第三個來源是：宮中秘府藏書

宮中秘府實爲宮中圖書館，藏書數量不少（見王國維《觀堂集林·史記所謂古文說》）。漢初諸王所藏的古文書，也獻給宮中秘府。

漢武帝時，孔安國（約前 157 – 前 74）得到魯恭王的古文《尚書》後，細心研究，以今文解讀，並傳授他人，自成一家，奠

定《尚書》古文經學，並將古文《尚書》獻給宮中，藏于秘府。

西漢末年，成帝（前51－前7）河平二年（前26），劉向（約前77－後6）和劉歆（約前50－後23）父子受詔領校秘府藏書。建平元年（前6）劉向去世。劉歆繼續統領校書工作。

劉歆發現古文經書的價值遠超過今文經書。哀帝（前25－前1）即位後，劉歆建議將《左氏春秋》及《毛詩》、《儀禮》、《古文尚書》，列於學官。

王莽（前45－後23）即位後，推崇古文經，將《左氏春秋》、《毛詩》、《逸禮》、《古文尚書》、《周官經》都立了博士，古文經學於是盛極一時。

東漢光武帝（25－57）時，取消古文經博士。於是，古文經學又成爲私學。

今文經學與古文經學因經義與政治而爭論不休。

東漢時期，古文經學更加興盛，先後出了賈逵（30－101）、許慎、馬融（79－166）、鄭玄、服虔（與鄭玄同時）、盧植（139－192）等古文經學大師。其中，賈、馬、許、鄭爲四大家。

賈逵的父親賈徽，受學于劉歆，傳給許慎。許慎的經學成就備受推崇，時人有「五經無雙許叔重」的讚譽。

馬融受學於摯恂（生卒年不詳），傳授給鄭玄。鄭玄治古文經學，也治今文經學，集其大成。鄭學興盛之後，今古文之爭，才大致結束。

古文經書是用漢代以前的古文字書寫的，因此，古文經學家均須精通古文字才能讀懂古文經書。講解古文經書時，也就自然得講解古文字。於是，講解文字的小學，便自然在古文經學家的手中形成。許慎就是在這樣的基礎上寫成《說文解字》。

六　小學的內容

小學的興起和經學關係密切，所以《漢書藝文志》把小學書籍列在《六藝略》之後。這表示，小學是爲解讀經書而發展起來的。

漢代小學的研究重點主要在這三方面：

其一，規範文字

漢人模仿秦代的兒童讀本，或注釋秦代讀本，或編寫新的讀本。以下是漢代主要的兒童讀本，其中只有《急就篇》流傳下來。

杜林作《倉頡訓故》、《蒼頡訓纂》
司馬相如作《凡將篇》
揚雄作《訓纂篇》
史遊作《急就篇》
李長作《元尚篇》
班固作《續訓纂篇》
賈魴作《滂喜篇》

編寫童蒙讀本，既是爲了教導兒童識字，也是爲了規範文字。

其二，經籍注疏

注解經籍是經學家講解經書的主要工作。這方面的工作，主要由古文經學家來作。主要的經學家及著作如：

賈逵：《春秋左氏傳解詁》、《國語解詁》、《左氏傳大義長於二傳三十事》、《歐陽大小夏侯尚書古文同異》、《齊魯韓詩與毛詩異同》、《周官解詁》等，均失傳；
許慎：《五經異義》、《淮南鴻烈閒詁》，均失傳。
馬融：注《周易》、《尚書》、《毛詩》、《論語》、《孝經》等。作《三傳異同說》。注《老子》、《淮南子》、《離騷》、《列女傳》等。鄭玄、盧植，爲其門生。著述都已失傳。
盧植：《尚書章句》、《三禮解詁》，均失傳。
鄭玄：《三禮注》、《毛詩傳箋》，均失傳。
服虔：《春秋左氏傳解誼》。

注解的重點在於文字及章句，這也是小學的重點。

其三，研究專著

漢代的小學家研究的方向各有不同，因而著述的重點也各不相同，貢獻甚多，對後來的小學發展至關重要。其中主要專著有：

漢初人作《爾雅》
揚雄作《方言》
許慎作《說文解字》
劉熙作《釋名》

這四部專著都極其重要，是小學的經典著作，包含文字、聲韻、訓詁、方言等四個主要研究方向，奠定了後來小學的發展方向。

《爾雅》和《釋名》主要講解字義，也包含字音，既有助於理解經書，也有助於瞭解語言中詞語的關係，奠定了後來訓詁學的基礎。

《方言》研究活的語言，以方言詞音爲研究對象。在小學的發展中獨樹一幟，爲研究活的語言開路，奠定了後來方言學的基礎。

《說文解字》講解字形結構，不僅是漢代小學的重要著作，也是中國學術史上極其重要的典籍。書中收 9353 個字，按照部首排列，個別講解，並建立一套分析文字結構的理論「六書」，奠定了文字學的基礎。

東漢末年的古文經學家如鄭玄、應劭、服虔等，均已應用反切注音。應劭作《漢書集解音義》，服虔作《漢書音訓》，爲分析語音開路。

鄭玄的弟子，三國魏人孫炎，作《爾雅音義》，用反切來給《爾雅》注音，至爲重要，給後來的聲韻學奠定基礎。

《漢書集解音義》、《漢書音訓》、《爾雅音義》，這三本書樹立了注解典籍的模式：注解字音和字義。後來注解典籍的著述，都採用這個模式。

第三節　小學的演進

漢代以後，小學的發展大致可分爲四個時期：魏晉六朝、隋唐、宋元明、清代。這四個時期，各有不同的發展重點，可以從這三方面來觀察：

其一，文字之學
其二，訓詁之學
其三，聲韻之學

文字之學、訓詁之學、聲韻之學，每個時代的重點都不同，所用資料也或有不同，發展方向有異。到了清末，文字、訓詁、聲韻三項發展，内容豐富，又受新觀念的影響，於是三科分立，分別形成文字學、聲韻學、訓詁學三個學科，卻又緊密相連。

由小學的興起到現代文字學的形成，經歷了大約兩千年。其間的種種發展變化，波瀾壯闊，令人歎爲觀止。

以下分別就上述四個時期來瞭解小學的發展方向。這不僅有助於瞭解傳統小學和現代文字學之間的關係，也有助於瞭解文字學是怎樣形成的。

一　魏晉六朝

這個時期，承續漢代小學，向各個方面發展。文字之學延續《說文解字》的發展方向，訓詁之學則延續典籍注釋，聲韻之學在漢代較弱，魏晉六朝才建立基礎。

1、文字：字形規範與說解

魏晉時期的文字之學，主要表現在兩方面：文字規範、字形說解。

文字規範是由於前代文字混亂所致。漢代文字已規範，所以魏晉六朝無需重新規範，只是總結漢代的著述。魏晉六朝之文字混亂，則待到唐代才再次規範。

魏晉六朝在字形學方面有新發展，沿著《說文解字》的方向，編寫新的字書。

（1）字形規範

秦朝的《倉頡篇》、《爰歷篇》、《博學篇》，到漢朝初年，將三篇合編在一起，仍稱《倉頡篇》。

到了晉朝，張軌（255－314）以《倉頡篇》作爲上卷，揚雄作的《訓纂篇》作爲中卷，賈魴作的《滂喜篇》作爲下卷，稱之爲《三蒼》。這是晉代的識字讀本，當然也是規範字形。

（2）字形說解

講字形的書大體都承續《說文解字》的體例。

晉人呂忱（生卒年不詳）作《字林》七卷，即沿用《說文解字》的分別部居，只是多收錄 3471 字，共 12824 字。這書後來失傳了。

南朝梁人顧野王（519－581）作《玉篇》三十卷，也是沿用《說文解字》的體例，只是多收錄 7564 字，共 16917 字，是當時收錄單字最多的字典。

文字的統一跟政治的統一是相一致的。政治一混亂，文字也就跟著混亂。

魏晉六朝時期，政治四分五裂，依據各地方言來造的字，必定大大增加。這一點，從《字林》與《玉篇》中所收的單字數量都比《說文解字》增加許多，可以看出來。

2、訓詁：典籍注釋

訓詁之學重在講解字義，也就是語言詞語的意義。這方面的表現主要在於注解典籍，包括《爾雅》和其他典籍。

（1）《爾雅》注釋

《爾雅》系統的書中，有的是注解《爾雅》，有的則沿用《爾雅》的體例，另外編寫新書。

漢代武帝時犍爲舍人（即郭舍人，生卒年不詳）、樊光（生卒年不詳）、李巡（？-189）都爲《爾雅》作注，魏孫炎作《爾雅音義》，但都失傳了。

晉郭璞（276 – 324）作的《爾雅注》則流傳下來。

魏明帝時，張揖（生卒年不詳）作《廣雅》十卷，共收 18150 字，比《爾雅》多出 7000 多字，依照《爾雅》體例，按字義分類。書名《廣雅》，即增廣《爾雅》的意思。

（2）其他典籍注釋

除了直接注解《爾雅》之外，還有注釋別的典籍，例如：郭璞注《周易》、《山海經》、《穆天子傳》、《方言》、《楚辭》等古籍。其中，《方言注》與《爾雅注》一樣，爲訓詁學之重要典籍。

3、聲韻：分析字音

東漢末年的古文經學家如鄭玄、應劭、服虔等，均已應用反切注音的方法。魏晉六朝時期的學者在這個基礎上，更進一步，分析漢字聲韻，奠定聲韻學的基礎。

魏晉六朝時期，小學最重要的發展便在於字音分析。

（1）聲韻字典

魏人李登（生卒年不詳）作《聲類》。這書在聲韻學史上十分重要，可惜已失傳。唐封演《聞見記》云：

> 魏時有李登者，撰《聲類》十卷，凡一萬二千五百二十字，以五聲命字，不立諸部。

這裡說的「五聲」，當即是聲類，故書名《聲類》。

晉人呂靜（生卒年不詳）作《韻集》。呂靜的哥哥即呂忱，作《字林》。《魏書・江式傳》云：

> 忱弟靜別仿故左校令李登《聲類》之法，作《韻集》五卷，宮、商、角、徵、羽各爲一篇。

據此可知《韻集》晚於《聲類》。書名《韻集》，當是分析韻的書，與《聲類》分析聲的重點不同，互相配合。這是依據聲韻來編寫的字典。

（2）歸納聲調

稍後又有講聲調的書。周顒（生卒年不詳）作《四聲切韻》，王斌（生卒年不詳）作《四聲論》，沈約（441－513）作《四聲譜》。永明（483－493）年間，沈約用四聲來制定詩律，是爲永明體的起源。

這些韻書是後來《切韻》的基礎。《切韻·序》還提到這四本韻書：

> 夏侯詠《韻略》、陽休之《韻略》、李季節《音譜》、杜台卿《韻略》等。

此外，《隋書·經籍志》記錄的韻書還有：

> 李概《修續音韻決疑》十四卷
> 周研《聲韻》四十一卷
> 周思言《音韻》
> 無名氏《韻集》十卷
> 段宏《韻集》八卷
> 無名氏《群玉典韻》五卷
> 無名氏《纂韻鈔》十卷
> 釋靜洪《韻英》三卷
> 張諒《四聲韻林》二十八卷
> 劉善經《四聲指歸》一卷

可見魏晉六朝時，研究聲韻的風氣很盛。可惜這些韻書都失傳了。

魏晉六朝時，字形、字音、字義的研究已逐漸各自獨立，爲後來的文字學、聲韻學、訓詁學的發展，奠定方向。不過，研究音義的書，都以古代書面語言爲研究對象，而不是以活的語言爲分析和描寫的對象，因此，傳統的聲韻學和訓詁學，不同于現代的語音學和語義學。

二　隋唐

隋唐時期，國力興盛，文化也發達。小學在這個時期也很興盛。文字之學中，說文學較爲衰弱，字樣學則較爲興盛。

訓詁之學有重要著述，對後世也有影響。

聲韻之學在魏晉六朝時期建立了基礎，到隋唐時期，十分發達，超過文字之學與訓詁之學。

1、文字：字樣之學

隋唐時期，字形講解不發達，沒有重要的著述。

在規範文字方面的發展很重要。這是因爲魏晉六朝時期，政治混亂，文字也自然跟著混亂；到了隋唐時期，天下統一，文字也自然需要統一。

（1）字樣規範

文字規範和政治統一是相一致的。政局混亂的時候，文字也難免混亂。

文字像是有生命的東西一樣，會不停滋長，時間久了，難免越來越多。各個地方人依據各自的方言造字，其中也必定有許多重複的字，只是寫法各異。

魏晉南北朝正是政局混亂的時代，文字混亂是意料之中的事。

漢代的《說文解字》收 9353 字，隋朝的《切韻》收 12100 字，比《說文解字》增多了 2147 字。

初唐中宗（656－710）時，王仁昫（生卒年不詳）增訂《切韻》，作《刊謬補缺切韻》，再增收 6000 多字。《切韻》與《刊謬補缺切韻》所增收的字，應是漢代以後新造的。大約四百年間，新造的字幾乎跟《說文解字》所收的字一樣多。實際所用的字當然不會這麼多。這些新造的字，主要應是地方字。其中必有許多是重複的。於是，到了政局統一的時候，文字也就需要規範了。

《新唐書‧儒學傳上‧曹憲》云：

煬帝令與諸儒撰《桂苑珠叢》，規正文字。

隋朝時候，曹憲（541－645）奉隋煬帝之命作《桂苑珠叢》，

規範文字。這本書已失傳。

唐代又有新的規範運動，叫字樣之學。訂定字樣，讓天下人都用相同的寫法。唐代重科舉制度，規範文字形體十分必要。

貞觀年間，顏師古（581－645）作《字樣》一卷，刊訂經籍文字。這本書已失傳。

唐玄宗（685－762）作《開元文字音義》三十卷，列出隸書字形，楷書解釋，後附篆文字形，確定楷書寫法。

顏師古的侄孫顏元孫（？－714）作《干祿字書》，辨識文字的正體、通體、俗體，以正體爲標準。

大歷年間，張參（生卒年不詳）作《五經文字》三卷，參考《說文》、《字林》、《經典釋文》等，審定字形。

開成年間，唐玄度（生卒年不詳）作《新加九經字樣》一卷，簡稱《九經字樣》，增補《五經文字》而成。

唐代的字樣學配合印刷術確定了楷書的地位，一直沿用到今天。唐蘭《中國文字學》（上海古籍出版社 1979 年版，19 頁）中說：

> 中國文字史上第一次同文字是秦時的小篆，結果失敗了。這第二次定隸書（即現在所謂楷書）卻成功了。楷書體到現在還行用，已經經過一千二百年了。

秦代的小篆失敗，主要是因爲秦朝的壽命太短，秦一滅亡，小篆也就不通行了。民間通行小篆的草率寫法，也就是隸書，在秦亡後成爲正式的書體，取代小篆。

唐代確定楷書之後，就沒有新的書體可以取代楷書了。草書與行書都只是藝術字體，不易辨認，草書尤其不易辨認，無法取代楷書的地位，所以唐以後就一直通行楷書，直到今天。

（2）字形說解

字形學在唐朝不發達。這跟說文學衰微有關。

唐代有教授書法的學校，叫做書學，教材是：《石經三體》、《說文解字》、《字林》。這只是學書法，而非文字學。正因此，說文學在唐代並不發達。

武則天（624 - 705）在位時，由宰相范履冰（? - 689）和北門學士元萬頃（? - 約 689）合編《武氏字海》一百卷。這是一部大型字典，大抵是仿《說文解字》來編的，但已失傳，不知內容如何。武則天還自己造了十多個字。這些字可以當一般俗字看待。俗字不通用時就會被淘汰。武則天造的字也都被淘汰了。

唐玄宗開元（713 - 741）年間，李白（701 - 762）的族叔李陽冰（生卒年不詳）酷愛篆文書法，中興籀篆，刊定《說文解字》三十卷，改動原文和篆法。李陽冰的版本通行後，漸漸取代了許慎的原本，負面影響大於正面。他只是喜好篆文書法而非說文之學。

2、訓詁：典籍音義

講解字義的書，主要爲典籍注疏。這是魏晉以來訓詁學家的工作。唐代學者在典籍訓詁方面也很有貢獻，影響後來訓詁學的發展。

（1）典籍注疏

初唐陸德明（約 550 - 630）作《經典釋文》三十卷，沿用漢魏人注解音義的模式，注解《周易》等十四部儒家典籍的音義。

孔穎達（574 - 648）是唐代的經學大家。他排除門戶之見，各家見解，相容並蓄。他注解的《五經正義》，即《周易》、《尚書》、《毛詩》、《禮記》和《春秋左傳》等，捨棄各種紛爭，統一各家之見，成爲唐朝經學的標準解釋，收在《十三經注疏》中，對後世的影響很大。注解這些經書，主要就在音義兩方面。這是訓詁學的發展方向。

（2）詞語音義

顏師古擅長文字、訓詁、聲韻、校勘各種學問。他作《漢書注》，在歷來各注本中，最爲完備。不僅是音義解釋，還有校勘訛誤，文本訓詁，尤其出色。

初唐玄應（生卒年不詳）作《眾經音義》，也叫《一切經音義》，凡二十五卷。把佛經中的疑難詞語錄出，詳注音義，廣引典籍爲證，爲訓詁、音韻、斠讎、輯佚之要籍。

中唐慧琳（737－820）增補玄應的《一切經音義》，凡一百卷。除詳注音義之外，也對佛經中新舊不同音譯的名詞，考證其梵音，不僅是佛學之重要典籍，也是小學之要典籍。

玄應與慧琳講解佛經詞語音義，爲極重要之訓詁學家。

3、聲韻：反切韻書

隋朝的時間很短，小學研究的表現不多，但卻留下一部和《說文解字》一樣重要的典籍《切韻》。《說文解字》是在漢代講解古文字的基礎上，集大成的著述；《切韻》是在魏晉六朝講解聲韻的基礎上，集大成的著述。《說文解字》奠定了文字學的基礎，《切韻》奠定了聲韻學的基礎。

（1）切韻

《切韻》作者陸法言（生卒年不詳，河北臨漳人），邀請劉臻（527－598，安徽沛國相人）、蕭該（約535－約610，江蘇南蘭陵人）、顏之推（531－約595，山東琅琊臨沂人）、盧思道（531－582，河北范陽人）、李若（生卒年不詳，河南濮陽頓丘人）、辛德源（生卒年不詳，甘肅隴西狄道人）、薛道衡（540－609，山西河東汾陰人）、魏彥淵（生卒年不詳，河北鉅鹿人）等八個朋友，一共九個人，一起討論聲韻問題。這九個人的籍貫都不相同，而當時並沒有通用的官話，即有，大家的口音也必不相同，而古人讀書，都依據自己的家鄉方音，因而九個人所發出來的聲韻都不會一樣，所以得討論一番，折衷妥協。

《切韻》所收字數，依據孫愐《唐韻‧序》所說，共 12100 個字，全書分五卷，193 韻。其中平聲 54 韻，上聲 51 韻，去聲 56 韻，入聲 32 韻。

從漢代到隋唐，大約經過了六百年。這期間，各方言地區都根據方言詞語造字，文字的數量大大增加。《切韻》比《說文解字》增多了 2147 字，而實際的字數應當還要多得多。這以後，文字的數量一直不斷增加，應都是不同地方依據方言所造的新字。

這類韻書主要是寫作韻文用的，所以得參考前人的韻書和古代

韻文，還得參考當時各地方言的實際語音。《切韻・序》說到當時成書情形：

> 以今聲調既自有別，諸家取捨亦復不同。吳楚則時傷輕淺，燕趙則多涉重濁；秦隴則去聲為入，梁益則平聲似去。……呂靜《韻集》、夏侯詠《韻略》、陽休之《韻略》、李季節《音譜》、杜台卿《韻略》等各有乖互。江東取韻與河北復殊。因論南北是非，古今通塞，欲更捃選精切，除消舒緩。顏外史、蕭國子多所決定。……我輩數人，定則定矣。……遂取諸家音韻，古今字書，以前所記者，定之為《切韻》五卷。

當時所記的聲韻，是根據九個人的討論來決定的。考慮了吳楚、燕趙、秦隴、梁益等地方音。其中，蕭該與顏之推，一個南方人，一個北方人，兩人決定的最多。由於個人日常所說的是「方音」，大家一起討論決定的應是「正音」，就是各個字應該如何讀的書面音，或者是古音。因此，《切韻》所標注的不會是同一種活的語言中的音，如是活的語音，只需直接記錄下來便可，而無須討論妥協。因此，《切韻》所標注的必定是讀書時用的「正音」。這樣的正音是超越時空的，就像文言文之超越時空一樣。

這樣子記錄的音，主要是依據各人書面語言（文言）的聲韻習慣來決定的。在這之前的韻書也應是這樣子編寫的，因而所記聲韻並不一致，「各有乖互」。這顯然不同于現代的方言調查，不是記錄各個字在地方話中的實際發音。雖然如此，《切韻》仍然是討論中古聲韻，以及上古聲韻的基礎。

（2）切韻殘本與唐韻

《切韻》是非常重要的典籍，可惜現在傳下來的只是殘本，原書全本已失傳。所幸唐中宗時人王仁昫增訂《切韻》，作《刊謬補缺切韻》，刊正並補注，增收 6000 多字，共 195 韻，上聲和去聲比《切韻》各多一個韻。除增訂部分外，大致保留《切韻》的原貌。

另外，唐玄宗時人孫愐（生卒年不詳），也增訂《切韻》，作

《唐韻》五卷，共 195 韻，上聲和去聲比《切韻》各多一個韻，與《刊謬補缺切韻》同，但這書也已失傳。

三 宋元明

宋代以前，較重視文字規範。唐代確定楷書的地位以後，規範就不再是個大問題了。宋代以後，新編的字典也就可以起規範作用。

這個時期，文字之學的重點轉向金石文字和六書學。這對後來文字學的發展影響重大。

訓詁之學除了古籍注疏之外，更重要的是對字義的探索，開拓研究新方向。這對於後來訓詁學的發展有重大影響。

聲韻之學很發達。除了傳承切韻之學，還建立了等韻學與古音學。

1、文字：金石與六書

這個時期，對《說文》的直接研究不多，代之而起的是金石學和六書學。

宋人對金石文字的研究，繼承漢人對古文字的研究，並為後來的古文字學奠定基礎。

宋人對六書的研究，由前此注解《說文》轉向研究文字學理論，產生新的觀念。

這個時期的字書是新編的字典。這些字典也有規範作用。

（1）新體例字典

這個時期沒有文字規範運動，轉為編寫新體例字典。

明代梅膺祚（生卒年不詳）作《字彙》十四卷，共收 33179 字。《說文解字》的 540 個部首，鄭樵（1104 – 1162）《通志·六書略》簡化為 330 個，《字彙》更簡化為 214 個。各部之中所收的字按照筆劃多少先後排列，成為後來字典通用的排列與檢索方式。

明朝崇禎末年張自烈（1597-1673）編《正字通》十二卷，即

採用《字彙》的分部與排列方式，共收 33440 字,比《字彙》略多。清代的《康熙字典》,在《字彙》與《正字通》的基礎上編纂而成。《康熙字典》後來居上,取代了《字彙》與《正字通》。

秦漢時期,《倉頡篇》等規範文字的書,其性質也是字典。宋元明時期的新字典也自然起規範作用。

（2）說文學

說文學在這個時期有很好的發展,對後世也有很大影響。

北宋初年,徐鉉（916－991）和弟弟徐鍇（920－974）都有功于《說文》,世稱二徐。

徐鉉喜好篆文書法,奉詔校訂《說文解字》,恢復許慎原書舊貌,爲《說文解字》最早的注本,世稱大徐本《說文解字》。

徐鍇作《說文解字繫傳》四十卷,從音義注解許慎原文,世稱小徐本《說文解字》,爲後世說文字學家所重。

徐鍇又作《說文解字韻譜》十卷,把《說文解字》所收的字按韻排列,方便檢索。

宋仁宗（1010－1063）時期,由王洙（997－1057）、胡宿（995－1067）、掌禹錫（992－1068）、張次立（生卒年不詳）等,奉命相繼編纂《類篇》。到英宗治平三年(1066),由司馬光（1019－1086）繼續編纂,用《說文解字》體例,分 544 部,收 53165 字,凡四十五卷,次年整理成書。

宋朝張有（1054－?)作《復古編》二卷。根據《說文解字》,正體用篆書,別體與俗體則列於注文之中。書名《復古編》,有改正俗訛之意。

元朝周伯琦（1298－1369）作《說文字原》一卷,《六書正訛》五卷。《說文字原》雖依據說文,卻增加一些部首,也改變一些部首,又改變排列次序,說解文字較主觀。

（3）金石學

字形之學到了宋代有兩個新的發展：一是研究金石文字,一是研究六書。

郭忠恕（？－977）的《汗簡》是一部研究秦漢以前古文字的專書。

宋代出土的商周青銅器漸多，於是有摹繪器形和考釋文字的專著。

當時，研究金石文字的人很多，就像魏晉時期研究聲韻的人一樣蜂擁而出，例如：歐陽修（1007－1072）的《集古錄跋尾》十卷（簡稱《集古錄》）、趙明誠（1081－1129）的《金石錄》、鄭樵（1104－1162）的《金石略》等。

這方面的書，不僅僅是記錄金石文字的資料，有的也考釋文字，例如：呂大臨（1040－109）的《考古圖》，趙九成（生卒年不詳）的《考古圖釋文》，薛尚功（生卒年不詳）的《歷代鐘鼎彝器款識法帖》二十卷。

另外，王楚（生卒年不詳）的《鐘鼎篆韻》，薛尚功（生卒年不詳）的《廣鐘鼎篆韻》，元朝楊鈞（生卒年不詳）的《增廣鐘鼎篆韻》，是鐘鼎文字的字典。

洪适（1117－1184）專研究隸書碑文，作《隸釋》二十七卷、《隸續》二十一卷，是研究隸書的專著；又作《隸纘》、《隸圖》、《隸韻》，此三種已失傳。

漢人研究古文字，產生了小學；宋人研究古文字，產生了古文字學。

（4）六書學

漢代以後，講解字形都遵守《說文》的六書理論。到宋元明時期，有了新的發展方向，產生新觀念。

宋代理學發達，對學術界影響甚大，學者對各種學術問題，偏重思考。在文字之學方面，也對各種問題都深入思考，因而產生各種新觀念，主要體現在對六書的再認識：六書三耦、四體二本、獨體合體說、部首歸併等。

鄭樵是宋代對六書新觀念貢獻最大的學者。

其一，六書三耦

宋朝徐鍇在《說文解字繫傳》中提出六書三耦的觀念，以象形指事爲一類，形聲會意爲一類，轉注假借爲一類，是爲六書三耦，深入瞭解六書的性質。

其二，四經二緯

宋朝鄭樵《通志•六書略》也有新觀念，以象形、指事、會意、諧聲四者爲經，是造字之本，轉注、假借爲緯，是用字之法。這是四經二緯，或四本二用新觀念。這是六書觀念的一大進步。

明朝楊慎（1488－1559）作《六書索隱》五卷，接受鄭樵的四經二緯觀念，以象形、象事、象意、象聲，四象爲經，假借轉注爲緯，啟發了四體二用說。

明朝吳元滿（生卒年不詳）專於六書研究，作《六書總要》、《六書正義》、《六書溯源直音》、《諧聲指南》。他在《諧聲指南》中提出「六書體用」說，即：「六書形事意聲，四者爲體，假借轉注，二者爲用。」四體二用觀念於是形成。

這個新觀念啟發了清朝學者戴震（1724－1777），他在<答江慎修論小學書>中提出四體二用說。

到了現代，這個體用觀念又啓發了唐蘭先生。他在《古文字學導論》中提出三書說。

其三，獨體合體

鄭樵在《通志六書略》中，用六書理論來分析所有字形，擬定330個母，爲形之主，870個子，爲聲之主，合共1200個獨體的文，母子兩相配合組成無窮的合體字，並提出「獨體爲文，合體爲字」的觀念。

戴侗（1200－1285）的《六書故》中，也提出「獨立爲文，判合爲字」的觀念，以象形指事爲文，會意轉注諧聲爲字。依據文生字的原理，以及六書結構，分類所有文字，以便看出其間的關係。

戴侗與鄭樵確立了六書學的研究新方向，影響後世學者對六書對研究。

其四，部首歸併

鄭樵在《通志•六書略》中，把《說文》的540部歸併爲330

部。這是他分析獨體合體的結果，打破了《說文》的部首限制，成爲後來更進一步簡化部首的基礎。

戴侗（1200－1285）的《六書故》中，也有分類文字的新觀念。他重新排列《說文解字》中所收的字，完全不用《說文》的540部，而另外按照内容分類，共分爲九部：數、天文、地理、人、動物、植物、工事、雜、疑等，并提出「獨立爲文，判合爲字」的觀念，以象形指事爲文，會意轉注諧聲爲字。依據文生字的原理，以及六書結構，分類所有文字，以便看出其間的關係。

戴侗與鄭樵確立了六書學的研究新方向。

元朝楊桓（1234－1299）作《六書統》二十卷，仿效戴侗《六書故》，以六書統文字，並用古文字來尋求本義，但歸類稍混亂，不爲學者所重視。

元朝周伯琦（1298－1369）作《六書正訛》五卷，說解文字首列小篆，再出隸書，或列出俗體字，略如張有《復古編》之意。說解文字也較主觀草率。

明初趙撝謙（生卒年不詳）作《六書本義》十二卷，把《說文》的五百四十部，減少爲三百六十部。講解文字時，辨別六書結構，接受鄭樵「獨體爲文，合體爲字」的觀念，而以象形、指事爲文，會意諧聲爲字。講六書則繼承徐鍇六書三耦說，而以假借轉注爲用。

2、訓詁：探討字義

在構成文字的三個因素之中，字形具體可見，字音可以耳聞，唯獨字義最爲抽象，既看不見，也聽不見，只能心想。

宋代學術，以理學最爲發達。理學重在思考的學術風氣彌漫學術界。這自然也影響到小學。除了六書學產生新觀念之外，對字義的探討也產生新的觀念。這是宋代訓詁學的特色，對後世也產生重大影響。

宋代的訓詁之學逐漸發達，向兩個方向發展，一個是注釋典籍，一個是探索字義。在繼承漢學之典籍注疏方面，有重要成就。

北宋初年，邢昺（932－1010）作《論語注疏》（魏何晏作集

解）、《爾雅注疏》（晉郭璞作注）、《孝經注疏》（唐李隆基作注），是三部重要注釋，均收入《十三經注疏》。

北宋初年，孫奭（962－1033）作《孟子注疏》》（東漢趙岐作注），也收入《十三經注疏》。

南宋初年，朱熹（1130－1200）是較重視訓詁的理學家。他作《周易本義》、《詩集傳》、《四書章句集注》、《楚辭集注》等書，在注文中融入他的新見解。其中，《四書章句集注》，成爲元代以後，科舉考試的標準讀本，對後來學者有極大影響，也對推廣儒家思想大有幫助。

在探索字義方面，宋代學者也有重要的新觀念，主要表現在意義系統與右文說。

（1）意義系統

戴侗是南宋末年人。在這之前，金石文字的研究已經很受重視。他很自然的就可以用這方面的知識來研究《說文解字》。

他在《六書故》中，以鐘鼎文爲說解對象，探求字的本義，補充《說文解字》的不足，從而確立了字的本義、引申義、借義的意義系統，有助於對字義的深入分析。

（2）右文說

王安石（1021－1086）作《字說》二十卷，注重形聲字聲旁的表義功能，但多流於臆測附會，不爲學者所重，書已失傳。

跟王安石同時的王子韶（生卒年不詳），作《字解》二十卷（已失傳），倡右文說，以爲形聲字的主要意義在於右邊的聲旁，較王安石的說解有系統，成爲訓詁學的重要理論。

王子韶的原說已失傳。其基本說法保留在沈括（1031－1095）的《夢溪筆談》中。

3、聲韻：探討古音

這個時期的聲韻之學很發達，除了延續原來的切韻學，編寫新的韻書外，還建立了獨特的等韻學，並爲探討古音學奠定基礎。

（1）新韻書

北宋真宗年間，陳彭年（961－1017）等人奉詔，依據《切韻》、《唐韻》等韻書，修成《大宋重修廣韻》，簡稱《廣韻》，依舊分五卷，206 韻，共收 26194 個單字。《廣韻》通行後世，成爲瞭解《切韻》的依據，也成爲研究中古聲韻和上古聲韻的基礎。

北宋仁宗年間，丁度（生卒年不詳）等人奉命增訂《廣韻》。在寶元二年（1039）完成，書名《集韻》，凡五卷，206 韻，共收 53525 字，比《廣韻》多收 27331 字，約爲《說文解字》所收字數的六倍。新增的字大抵是按各地方言來造的地方字。

北宋仁宗景祐四年（1037），丁度等又奉命編訂《禮部韻略》。科舉考試由禮部主持，故稱《禮部韻略》。全書收 9590 字，與《說文解字》所收字數差不多，較《廣韻》則少了許多。仍然是 206 個韻，但將可以同用的韻合併，僅剩 108 個。這是宋代科舉考試所依據的韻書，對士人作詩用韻影響很大。不過，這部韻書已失傳了。

北宋末宣和四年（1223），山西平水人王文郁作《平水新刊韻略》，凡 106 韻，約近《禮部韻略》韻目的一半。當是韻目歸并或另有所本。

稍後，南宋理宗淳祐十二年（壬子年，1252）山西平水人劉淵（生卒年不详）作《壬子新刊禮部韻略》，共 107 韻，或與前此王文郁書同源。其书已散佚。

元朝初年，陰時夫（生卒年不詳）著《韻府群玉》，定名 106 韻爲「平水韻」，爲明代以後文人作詩用韻的依據。

元朝還有兩部獨特的韻書。宋元之間的黃公紹（生卒年不詳），在元代至元（1264－1294）年間作的《古今韻會》是一部很有特色的韻書，集合文字、聲韻、訓詁之大成，但書已失傳。

熊忠在元成宗大德元年（1297）刪減《古今韻會》，作《古今韻會舉要》，凡 107 韻，與《壬子新刊禮部韻略》同。

周德清（1277－1365）作的《中原音韻》是一部獨特的韻書。這是揚雄《方言》之後，另一部以活的語言爲研究對象的專書，專爲當時戲曲押韻而編，所收的字不多，只有 5866 個，是戲曲作品

中常用的字。全書分十九個韻，入聲派入平、上、去三聲。這是因爲當時北方話的入聲韻已經弱化成喉塞韻尾，跟其他三聲只是長短不同。在唱曲時，聲調消失，遷就旋律，所以入聲與三聲無別。這反映出當時北方話的實際語音，而有別於之前的韻書。

明朝洪武年間，樂韶鳳（？－1380）、宋濂（1310－1381）等奉詔編《洪武正韻》十六卷，以中原雅音爲根據，但有異于周德清的《中原音韻》，並不注明爲中原何處的語音。此書通行於明代，而清代不受重視。

明正統年間，蘭茂（1397－1476）作《韻略易通》二卷，全書收 8348 字，以雲南官話爲依據。擬定二十個韻目，以一首五言絕句《早梅詩》代表二十個聲母。其聲調系統則分陰平、陽平、上聲、去聲，入聲，與《洪武正韻》相同，而有異于《中原音韻》。

（2）等韻學

唐朝末年，守溫和尚仿照梵文字母，擬定漢語的三十字母。雖然漢代已有反切，用於標注漢字字音，但並沒有音標，用來表音的還是漢字。

魏李登作《聲類》，可能歸納聲類，但是否擬定字母，不得而知，因爲書已失傳。一直到唐末，守溫和尚才擬定出一套字母來。

守溫和尚所擬定的字母也還是漢字，也就是以漢字來代表漢語的聲母。這套字母的重要意義在於擬定出聲母的系統。至此，聲母、韻母、聲調各個系統都擬定出來了。有了這樣的基礎，才有後來的等韻圖。

到了宋代，增加到三十六字母，習慣還是叫守溫三十六字母。宋朝《崇文館總目》記錄守溫作《三十六字母圖》一卷，《宋史藝文志》記錄守溫作《清濁韻鈐》一卷，但都已失傳。現在只能看到敦煌石窟中發現的《守溫韻學殘卷》。

三十字母大抵代表唐末五代時的聲母系統，但是根據哪一種方言，不得而知。可能是唐末的文獻語言（文言）讀音。至於宋代的三十六字母，增加了六個聲母，必定是不同的方言。可能並不是單純的一種方言，而是配合《廣韻》一類韻書所得出來的聲母系統。

　　有了字母之後，才能配合《切韻》以來所擬定的韻和聲調，編制等韻圖。所謂等韻圖就是現在語音學所擬定的音節表，也就是聲韻調配合表。

　　在一般方言調查的書中，都編制出所調查方言的音節表。如果把每個音節的字都列出來，便是同音字表。教導學生學習國語（普通話）的書中，也都有個音節表，方便學生學習。

　　等韻圖大概是唐宋時期，外來的僧人爲了學習漢語而編制出來的音節表，模仿梵文字母的母音和子音配合而成的音節表編制而來。

　　等韻圖按照聲母、韻母、聲調的相互配合而編成圖表。出現在等韻圖上的每一個字都代表一個音節。在《廣韻》中，每一個音節所屬的同音字，構成一個「小韻」。現在的方言調查書所列的同音字表中，每個音節所屬的同音字，即相當於《廣韻》中的一個小韻。

　　現存的早期等韻圖是《韻鏡》和《七音略》，用圖表排列出《切韻》等韻書中聲韻調的配合，從而看出《切韻》等韻書中的語音系統。

　　《韻鏡》的作者不詳，可能是五代時候人；《七音略》是南宋鄭樵依據《七音韻鑒》修訂而成。《七音韻鑒》又可能是修訂《韻鏡》而來。等韻圖把繁複的韻書簡化了。鄭樵《七音略序》云：

> 臣初得《七音韻鑒》，一唱而三歎，胡僧有此妙義，而儒者未之聞。

等韻圖的出現，給聲韻之學開了一個新的局面。

（3）古音學

　　在聲韻之學的研究方面，有一點很有歷史意義，即宋代小學家開始研究古音。其重要者如：鄭庠作《古音辨》、吳棫作《韻補》。

　　這兩本書在研究古音方面，有劃時代的意義，爲聲韻之學開了一條新路。

　　鄭庠（生卒年不詳）的《古音辨》，探討《詩經》的分韻問題；吳棫（約 1100－1154）的《韻補》，用音訓與古韻文資料探討古詩韻，奠定古音研究的方向與方法。

到明代，陳第（生卒年不詳）作《毛詩古音考》和《屈宋古音義》，主要都是根據《詩經》和《楚辭》等韻文考察古韻，確立「時有古今，地有南北，字有更革，音有轉移」的觀念，奠定後世古音研究的基礎。

四　清代

傳統的學問到了清代是個總結，各個方面都很發達。到了清朝末年，西學傳入，才換了一個新的局面。

清代小學在乾隆（1711 – 1799）與嘉慶（1760 – 1820）年間尤其發達，所以也稱爲乾嘉之學。學者于文字、訓詁、聲韻諸方面，融會貫通，空前繁榮。

1、文字

清代文字之學在兩方面有很大的發展：一是說文學，一是古文字學。

說文學主要表現在於對《說文解字》的注疏。這方面的著述，真足以汗牛充棟。

古文字學的發展也很興盛，主要表現在於三個方面：一是石鼓文、古璽、古陶文字，一是金文字，一是甲骨文字。其中，甲骨文字的研究對文字學的發展，關係至爲重大。

（1）文字規範

唐代字樣之學規範運動之後，奠定了楷書的正統地位，一直沿用到今天。這之後就不再有類似的文字規範運動了。

清代康熙年間，張玉書（1642 – 1711）、陳廷敬（1639 – 1712）等三十多位學者奉旨編《康熙字典》。康熙四十九年（1710）開始編，康熙五十五年（1716）完成，前後歷時六年，採用《字彙》和《正字通》的部首和排列檢索系統，收字 47035 個，比《正字通》多收 13595 字。

　　《正字通》編於明代崇禎年間，距離康熙年間不過幾十年。兩部字典所收字數相差很大。這可能是兩個原因：一是《正字通》漏收了一些字，一是各地按照方音所造的新字大量增加。

　　《康熙字典》爲歷來最大的字典，取代了以前的字典，由官方主編，自然也有規範文字的作用。

（2）說文學

　　文字之學是小學的核心，說文學又是文字之學的核心。清代文字之學十分興盛，著述繁多。

　　段玉裁（1735－1815）作《說文解字注》三十卷，引古籍注釋詳備，很有創見，在注解《說文解字》的書中，最受重視。

　　王筠（1784－1854）作《說文釋例》二十卷，專門解釋《說文解字》書中的體例，對瞭解與應用《說文解字》大有幫助。

　　朱駿聲（1788－1858）作《說文通訓定聲》十八卷，分析每個字的本義、引申義、假借義，並討論古音，是研究詞語音義的重要著作。

　　桂馥（1736－1805）作《說文義證》五十卷，博引古書，訓解字義，十分詳備，是研究字義的重要著作。

　　段玉裁、王筠、朱駿聲、桂馥，爲清代說文學深受敬重的四大家。

　　清代研究《說文解字》的學者眾多，著述如林。清末民初，丁福保（1874－1952）收集注解《說文》的著述，凡一百八十二種，編成《說文解字詁林》，共一千〇三十六卷，於一九二八年出版，從中可見清代研究《說文解字》之盛況。

（3）六書學

　　清代六書學也很發達，但一般都只是講解六書的含義。六書之中，轉注和假借較多歧見，新說也未必可取。《說文解字詁林》前編《六書總論》收錄有關六書的各種論說凡四十八種，可見研究盛況。

清代六書的新說中, 戴震的四體二用說最受重視。四體即象形、指事、會意、形聲, 二用即轉注與假借。前四書爲造字方法, 後二書爲用字方法。這樣劃分, 對瞭解六書的性質很有幫助, 也有助於釐清文字歸類的界限。

這個理論前承徐鍇的六書三耦說, 楊慎的經緯說, 趙撝謙與吳元滿的體用說, 後啟唐蘭的三書說。在文字學史上有重要意義。

(4) 古文字學

在宋人古文字學的基礎上, 清人有更大的發展。除了研究金文之外, 還有石鼓文、古璽、古陶文字等, 著述十分豐富。

阮元 (1764 - 1849) 作《積古齋鐘鼎彝器款識》, 集錄青銅器銘文。

吳大澂 (1835 - 1902) 作《字說》, 又作《說文古籀補》。丁佛言 (1878 - 1931) 作《說文古籀補補》, 強運開 (生卒年不詳) 作《說文古籀三補》, 用古文字材料增補《說文》。

孫詒讓 (1848 - 1908) 作《古籀拾遺》、《籀廎述林》、《古籀餘論》等, 爲研究金文的專著。他注重分析古文字的偏旁, 啟發後來唐蘭提倡的偏旁分析法。

晚清羅振玉 (1866 - 1940) 收藏古器物並輯錄銘文, 作《殷文存》、《三代吉金文存》, 方便後人研究青銅器銘文。

清光緒二十五年 (1899), 河南安陽殷墟發現甲骨文, 得見更古老的文字資料, 擴大文字研究的領域, 從此開始古文字研究的新時代。

王懿榮 (1845 - 1900) 是第一個收集甲骨文資料的人。他所收集的甲骨有五千多片, 後來傳給了劉鶚 (1857 - 1909)。劉鶚選出其中一千多片, 印成《鐵雲藏龜》。這是著錄甲骨文的第一部專書。

孫詒讓作《契文舉例》與《名原》, 開了研究甲骨文的先河。

(5) 現代文字學

漢代以後的文字爲現代文字, 現代文字學即研究漢代以後文字

的學問。清代學者中，也有研究隸書與草書的，但爲數不多。其中
如：顧藹吉（生卒年不詳）作《隸辨》八卷；翟云升（1776－
1858）作《隸篇》、《隸篇續》、《隸篇再續》各十五卷；石蘊玉
（1756－1837）作《草字彙》，都屬於書法字典。

　　現代文字學可以探討的問題不如古文字學那麼多，用心之學者
亦少，所以現代文字學不如古文字學發達。

2、訓詁

　　清代經學十分發達，注疏繁富，達數百種。因此，訓詁之學也
十分發達。訓詁典籍，不僅是注釋經書，還有論述訓詁方法和條例，
以及校勘考證方法，注解方言詞語等，盛極一時。

（1）典籍注疏

　　清代幾乎所有的典籍都有學者注疏，而以儒家經典爲主。

　　乾隆年間，阮元（1764－1849）主編《皇清經解》（又名
《學海堂經解》），收集當時注解儒家經典書籍，凡七十三家，一
百八十三種，共一千四百卷，真是盛極一時。

　　到清朝末年，王先謙（1842－1917）主編《皇清經解續編》
（又名《南菁書院經解》），收集當時其餘注解儒家經典書籍，凡
一百十一家，共二百零九種。

　　這兩套書反映出清代典籍訓詁之盛況，也反映出清代的學術風
氣。注解經書方面的專著甚多。

　　馬瑞辰（1777－1853）作《毛詩傳箋通釋》，以清人在小學
方面的知識，尤其是古音方面的知識，考釋《詩經》音義，並校勘
文字。

　　劉寶楠（1791－1855）作《論語正義》，注釋《論語》十分
詳備，爲歷來注解《論語》最詳備之作。

　　孫星衍（1753－1818）作《尚書今古文注疏》，是集古今文
大成之注疏與校勘，爲清代古文經學之重要著述。

　　疏證《爾雅》，有邵晉涵（1743－1796）作的《爾雅正義》，
郝懿行（1755－1833）作的《爾雅義疏》，不僅是《爾雅》的重

要注本，也是清代訓詁學重要經典。

王念孫（1744－1832）作《廣雅疏證》，詳解古書詞義，不僅是注解《廣雅》的專著，也是清代訓詁學的重要典籍。

另外，還有一些書，論述訓詁方法和條例，校勘考證方法，有阮元主編的《經籍纂詁》，輯錄古籍中每個字的各種訓釋，翻查方便，爲字義訓詁工具書。

王念孫作《讀書雜志》，校勘先秦兩漢古籍之文字，並考釋詞語，是校勘與訓詁的重要專著。

王引之（1766－1834）作《經義述聞》，校勘先秦經書文字，並考釋詞語，也是清代訓詁學的重要典籍。

俞樾（1821－1907）作《群經平議》、《諸子平議》、《古書疑義舉例》等。主要在於校勘群經與諸子典籍，並考釋詞語。

康熙年間劉淇（生卒年不詳）作的《助字辨略》，嘉慶年間王引之作的《經傳釋詞》，都是詳細講解經傳典籍中虛詞的重要著作。

清代注釋典籍爲歷代之最。

（2）方言學

清代方言學之著作也很多。

戴震作《方言疏證》，是校勘與疏證揚雄《方言》的重要專著。另外，遵循揚雄的路子，記錄方言詞語的書籍也很多，如：

杭世駿（1696－1773）作《續方言》

程際盛（生卒年不詳）作《續方言補正》

程先甲（1871－1932）作《廣續方言》

毛奇齡（1623－1716）作《越語肯綮錄》

錢大昕（1728－1804）作《恒言錄》

翟灝（1736－1788）作《通俗編》

胡文英（生卒年不詳）作《吳下方言考》

這些書主要都是記錄方言詞語，對研究方言詞語傳播與演變有幫助。至於方言的系統研究則有待後來的方言調查。

（3）訓詁理論

訓詁的重點在於解釋字義，而字義來自語義。語義藉由語音表達出來，語音和語義的關係密切。

宋人已經發現這一層關係，而提出右文說。

清人更建立因聲求義的訓詁理論，關注語言中音和義的關係。不過，清人所關注的主要是古代書面語言，即文言的音義關係，就古音求古義，而非日常口語中的音義關係。當時學者對口語的關注甚少，只有少數記錄方言詞語的學者，關注到日常口語。當然，古今語言中的音義關係，亦相關聯。

清人因聲求義的方法有兩種：一是就形聲字中的聲旁求字義，一是就音近或音同的字求字義。如此，可以尋找出詞語的系統，比宋人的右文說進了一步。

段玉裁、朱駿聲、王念孫在訓詁理論方面都有很大貢獻。

3、聲韻

清代聲韻之學的發展，主要在於古音學，主要的表現在於上古韻部劃分。學者在這方面的研究有很大的進展。

至於傳統的韻書，雖然也有新編，但不及宋元明時期。

（1）韻書

清代新編的韻書不多。

清初順治年間，樊騰鳳（1601－1664）作《五方元音》，與《中原音韻》及《韻略易通》同一類，記錄現代音。

康熙年間，年希堯（1671－1739）作《重校增補五方元音全書》，增加韻字和注釋。

趙培梓（生卒年不詳）再修訂作《剔弊廣增分韻五方元音》。這是清代新編的重要韻書。

李汝珍（約1763－約1830）作《李氏音鑒》，主要記錄北京音，但也參錄南方音，所以聲調有五類：陰平、陽平、上聲、去聲、入聲，有些像《洪武正韻》。這是清代少有的韻書。

清代康熙年間，張玉書、陳廷敬等人奉旨編《佩文韻府》，是

作詩參考書，把《平水韻》的韻目並爲 106 個，成爲後來通用的平水韻。

（2）古音學

清代學者的古音研究較宋明時期深入。研究古音的資料主要是《說文》中的諧聲字，以及《詩經》、《楚辭》等韻文；研究的方法主要是系聯。把押韻的字和諧聲偏旁相同的字歸入同一部，得出古代的韻部。

清代古音學家眾多，其中顧炎武（1613 – 1682）、江永（1681 – 1762）、戴震、段玉裁、王念孫、孔廣森（1752 – 1786）、江有誥（? – 1851）等爲古音學之大家。

顧炎武作《音學五書》，根據《易經》、《詩經》等書的韻字，把古韻分爲十部，奠定古韻分部的基礎。

江永作《古韻標準》，在顧氏的古音學基礎上，分古韻爲十三部。

段玉裁再分古韻爲十七部，並作《六書音韻表》，古音之學更進一步。

戴震作《聲韻考》，《聲類表》，分古韻爲二十五部。孔廣森作《詩聲類》，分古韻爲十八部。

王念孫作《毛詩群經楚辭古韻譜》，分古韻爲二十一部，後分二十二部。

江有誥作《江氏音學十書》，分古韻爲二十部，後分爲二十一部。

韻部越分越細，表示古音學的進步。

錢大昕作《十駕齋養新錄》、《潛研堂文集》、《聲類》等，在聲母方面有獨到見解。他主張古無輕唇音，古無舌上音，均成爲古音學的定理。

古韻分部，在清代以後仍有修訂，但變化不大。回顧聲韻學的歷史，受外來刺激是重要的發展因素。漢代梵文傳入，產生反切，因而有分析字音的方法，討論字的聲和韻，形成切韻之學。

唐宋時期，胡僧傳入字母，於是有等韻之學。

晚清傳入西方語言學，才有音標，促進聲韻學的發展。歐洲學者高本漢在清代學者的古音學基礎上，應用西方的語言學方法，擬定中古音和上古音的音值。現代聲韻之學的發展和外來因素密切關聯。

五　現代

1、古文字學

清代開始的甲骨文研究，延續到民初，十分昌盛。

羅振玉把自己收藏的甲骨資料編成《殷虛書契前編》、《殷虛書契後編》、《殷墟書契菁華》、《殷墟書契考釋》、《流沙墜簡考釋》等。他接觸甲骨文的時間早，收集的資料也多。

王國維（1877－1927）作《戩壽堂殷虛文字考釋》，爲甲骨文字考釋專書；又以甲骨文字資料佐證商周歷史，作〈殷卜辭中所見先公先王考〉、〈殷卜辭中所見先公先王續考〉、〈殷周制度論〉、〈殷虛卜辭中所見地名考〉、《殷禮徵文》、〈古史新證〉等論文，收在《觀堂集林》中，爲上古史研究開了一條新路。

郭沫若（1892－1978）作《甲骨文字研》、《卜辭通纂》、《殷商青銅器金文研究》、《兩周金文辭大系圖錄考釋》等，均爲甲骨文與金文研究重要著述。他的研究方向和王國維相近，都重在以古文字資料研究古代歷史。

董作賓（1895－1963）主持安陽殷墟的發掘工作，整理編印甲骨文資料《殷墟文字甲編》和《殷墟文字乙編》，並作《甲骨文斷代研究例》，有助於編排與運用甲骨資料，又作《殷曆譜》，是研究殷曆的第一人。

羅振玉號雪堂、王國維號觀堂、郭沫若字鼎堂、董作賓字彥堂，唐蘭在《天壤閣甲骨文存自序》中說：

> 卜辭研究，自雪堂導夫先路，觀堂繼以考史，彥堂區其時代，鼎堂發其辭例，固已極一時之盛。

時人因有「甲骨四堂，郭董羅王」之稱。

　　四人在甲骨文字研究中，各有所長，然理論研究還有待於稍後的唐蘭。

　　唐蘭的甲骨文研究在兩個方面，一是考釋文字，一是建立古文字學理論。前者與其他學者一樣，後者卻是獨步一時。他的《殷虛文字記》和《天壤閣甲骨文存》是考釋甲骨文字的專書；《古文字學導論》建立偏旁分析法和三書說理論；《中國文字學》是系統講解文字學的教科書。

　　唐蘭號立庵，與之前的四大家合而爲五大家，可並稱「甲骨學庵堂，羅王董郭唐」。

　　古文字之學者尚多，如：

容庚：《金文編》，爲金文字典
于省吾：《甲骨文字釋林》、《雙劍誃殷契騈枝》、《雙劍誃殷契騈枝續編》、《雙劍誃殷契騈枝三編》、《雙劍誃吉金文選》、《雙劍誃吉金圖錄》、《雙劍誃古器物圖錄》、《商周金文錄遺》等
孫海波：《甲骨文編》
陳夢家：《殷虛卜辭綜述》

　　清末以來的文字之學，以甲骨學爲最盛，一時成爲顯學。

2、三科分立與文字學

　　小學在漢代興起時，主要是爲了幫助解讀經書，而解讀經書的主要困難在於認字和釋義，解讀古文經書尤其如此。因此，講字形與字義成爲首要的事。於是文字與訓詁在漢代並肩而起。

　　漢以後，聲韻之學漸漸興盛。小學便朝向文字、聲韻、訓詁三方面發展。《隋書‧經籍志》云：

魏世又有八分書，其字義訓讀，有《史籀篇》、《蒼頡篇》、《三蒼》、《埤蒼》、《廣蒼》等諸篇章，訓詁、《說文》、《字林》、音義、聲韻、體勢等諸書。

　　當時學者的研究興趣便在於八分書，字義訓讀，訓詁、音義、

聲韻、體勢等。這是大致概括。八分書與體勢，都講解字形，即文字之學；字義訓讀，訓詁、音義，都講解字義，即訓詁之學；音義中的音及聲韻，即聲韻之學。

（1）三科分立

小學的內容在漢代初起時便包含文字之學、訓詁之學、聲韻之學。漢以後，三者的內容越來越豐富，各自向不同的方向發展，但還是互相關聯。

晁公武（1105－1180）《郡齋讀書志》取三分法云：

> 文字之學凡有三：其一體制，謂點畫有衡縱曲直之殊；其二訓詁，謂稱謂有古今雅俗之異；其三音韻，謂呼吸有清濁高下之不同。論體制之書，《說文》之類是也；論訓詁之書，《爾雅》、《方言》之類是也；論音韻之書，沈約《四聲譜》及西域反切之學是也。三者雖各一家，其實皆小學之類。

這是文字之學這時明確分爲體制、訓詁、音韻三分支，後來三科分立便源於此。

宋王應麟（1223－1296）《玉海》沿用體制、訓詁、音韻之分。

清《四庫全書總目提要》亦沿用三分法，名目略有不同：

> 惟以《爾雅》以下編爲訓詁，《說文》以下編爲字書，《廣韻》以下編爲韻書。

訓詁、字書、韻書，是三類書，也是小學的三個方向。

（2）文字學

到了現代，三者成爲大學中文系的科目時，便各自獨立了。於是文字學、訓詁學、聲韻學三科分立。唐蘭《中國文字學》云：

　　民國六年時，北京大學的文字學，分由兩位學者擔任，朱宗萊做了一本講義，叫《文字學形義篇》，錢玄同做的是《文字學音篇》。後來，許多學者常採用這個方法，只講形義，避免了不太內行的音韻。漸漸音韻學獨立了，不再掛文字學的招牌，於是，只講文字學形義篇，就變成了瘸子了。

　　我在民國二十三年寫《古文字學導論》，纔把文字學的範圍重新規定。我的文字學的研究對象，只限於形體，我不但不想把音韻學找回來，實際上，還得把訓詁學送出去。……文字學本來就是字形學，不應該包括訓詁和聲韻。一個字的音和義雖然和字形有關係，但在本質上，它們是屬於語言的。嚴格說起來，字義是語義的一部分，字音是語音的一部分，語義和語音是應該屬於語言學的。

這是現代的觀念，把文字學限制爲講解字形的學問。

　　唐蘭的《中國文字學》（1949 年）是第一本建立文字學系統的專著。這本書的內容分爲五章：

　　第一章〈前論〉討論文字學的範圍和主要課題
　　第二章〈文字的發生〉討論文字的起源
　　第三章〈文字的構成〉討論文字的結構和發展
　　第四章〈文字的演化〉討論文字演變過程中的種種變化
　　第五章〈文字的變革〉討論歷代書體的演變

　　這五章的討論課題便是新建立的文字學的主要內容。文字學的系統也由此建立。《中國文字學》成爲文字學這門課的教科書。

（3）文字學和語言學

　　一門學問的發展，往往隨時間而內容越來越豐富，於是逐步分化，分出不同的學科。

　　小學的內容豐富之後，分化爲文字、訓詁、聲韻三門學問。在大學裡講課時，要是三者都講，顯然太多，分成三科較容易講解，但就傳授語言文字知識說，三者都需要瞭解。這樣，在遇到問題時，

才知道如何解決。文字、訓詁、聲韻是小學的三個方面，現代雖分立三科而仍然密切關聯。

文字學是現代大學中文系的科目名稱。這名稱代表小學觀念的改變。

文字學的名稱在清末民初開始用。當時，西學傳入漸多。西方大學中有語言學，而沒有文字學。因爲西方的文字屬字母拼音文字，可以講的課題不多，所以一般只講語言學。不過，西方偶爾也有學者著書講世界各種文字的系統，但並不專講一種文字。

西方的語言學以分析生活中日用的語言爲主，內容主要是語音、語法、語詞三個方面。雖然西方學者也研究歷史語言學，但與中國傳統的小學不同。

傳統小學中，講訓詁和聲韻的學問，所講的實際是語言的音義，但並不是生活日用的語言，而是古代書面的語言，就是文言，不同於西方的語言學。文字記錄語言，所以聲韻學與訓詁學都以文字學爲基礎。語言學以日用的語言爲研究對象，不依靠文字學，只是在講解個別詞語是，或需用到文字的資料。

傳統小學是專講中國古代語言文字的學問，到了現代，逐漸分化爲三科，互相關聯而又各自獨立。三科都不同于從西方傳來的語言學。

漢字的構造大不同於字母文字，可講的課題極多，因而文字學成爲中國獨特的學問。

3、文字學的主要課題

講字形的學問獨立而爲文字學，主要的課題是：漢字與語言的關係、漢字的起源、漢字的演變。

在三個課題之中，漢字與語言的關係，細緻而複雜。訓詁學與聲韻學者都在探討這方面的問題。文字學獨立之後，這方面可以探討的問題仍然很多。

文字的起源和演變是兩個大課題，兩者又分別包涵兩個直接的課題。起源的兩個直接課題是：起源時地、傳承關係。演變的兩個直接課題是：結構演變、形體演變。

（1）文字與語言

文字的最大功能便是表達語言，因此，探討文字與語言之間複雜而細緻的關係，是文字學的重要課題。

語言和文字的關係是雙向的，互相影響。因此，可從兩方面探討兩者之間的關係。一方面是通過文字探討語言問題，一方面是通過語言探討文字問題。

傳統的訓詁學與聲韻學主要便是探討語言的音和義。探討的方法是通過文字的記錄探討其音和義。因此，研究文字學，聲韻與訓詁兩方面的知識必不可少。

現代語言學已成為一門獨立的學問，以分析日常使用的語言為對象。然而古籍中的語言記錄，需有傳統小學的知識才易於解釋。

雖然文字、聲韻、訓詁均已獨立，關係仍然十分密切。研究文字學有助於瞭解古籍的語言。

（2）文字的起源

文字的起源是個大問題，卻至今仍然無法講清楚，只能依靠考古的發現。由於考古發掘的資料不多，又難於考定，所以對起源問題始終無法講清楚。這主要有兩個原因。

一個是，發掘出來的遺物中，雖然或有刻畫的符號，卻往往單獨出現，不能肯定其含義，也就不能肯定是否為文字。

另一個是，這樣零零星星的符號，是否就是後來文字的先祖，前後一脈相承，亦難於肯定。即使假定其為文字，也無法肯定遺址是否漢字起源的地點。這些問題只能寄望於日後更多的考古資料了。

考古發掘遺址的年代，現在比較容易確定些，通常靠放射性碳十四來測定，還需考慮文化層。雖未必完全可靠，但大致可以作為依據。但是，如果發掘出來的遺物中，缺少可以肯定是文字的資料，那麼，測定的時間也就跟文字起源無關了。

（3）文字的演變

文字演變的第一個課題是結構演變。這也就是傳統小學所講的六書。

關於六書，可以從兩方面來講：

一是靜態的，即六書的個別內容。這方面的情形很複雜，清代學者講的很多。

一是動態的，即從變動的角度來看六書的發展，也就是文字的產生過程。這個課題，現代學者常講。至於個別字的結構，也往往隨時間而變動。這方面，古今學者都講了很多。

文字演變的第二個課題是形體演變。這是指文字外貌的演變，也就是歷代書體的演變。這方面的問題比較簡單些，主要是探討造成書體演變的種種因素。就個別字來看，書體的演變有時也會影響結構的演變。因此，同一個字在不同的書體中，或有不同的結構。這一點，在討論個別字的演變時，可以清楚看出來。

起源與演變是文字學的主要內容。除此之外，在討論個別字時，必定涉及語言。語音和語義的知識有助於對字音和字義的探討。

這又回到傳統小學的內容問題。講字音的聲韻學，講字義的訓詁學，對文字學大有幫助，尤其是在講字的古音與古義時，訓詁與聲韻之學的知識就必不可少。

在傳統的學問中有文字形音義三者都講的小學，而沒有獨立的語言學。就現在的觀念來說，傳統小學偏重文字而忽略語言。

這還需等到清末，語言學的觀念從西方傳進來，才有獨立的語言學，文字學則專注於字形。這帶來兩方面的改變：

其一，由小學分出文字學、訓詁學、聲韻學三個互補的學科。
其二，文字學和語言學也成為互補的學科。

文字學、訓詁學、聲韻學雖然三科分立，彼此關係依然密切，相輔相成。

文字學專注於講解字形，語言學則專注於分析日常的語言。

由原本小學分出的訓詁學和聲韻學，則專注於講解古代書面語言的音義，不同于現代語言學。語言學之外，方言學也成爲獨立的學科。

文字學、訓詁學、聲韻學、語言學、方言學五科分立，同以語言文字爲研究對象，各自獨立而又互相補充。

第四節　微觀文字學與宏觀文字學

在甲骨文發現以前，有關漢字之研究範圍較小，主要在於文字的形音義，而所依據的材料，主要是《說文解字》。

到了宋代，鐘鼎文字多有著錄，但當時尚未系統運用以說解文字。

清末甲骨文字發現以後，研究的材料大爲增加，並系統運用以說解文字。文字學與其他學科交互聯系，漢字的研究範圍也因此擴大了許多。這是文字學的內容與研究方向，千餘年來的一次大改變。

近年來，隨著各學科知識之增加，彼此之交互聯系又愈加密切。漢字的研究內容與方向又有新改變。不過，這方面的改變不及甲骨文字的影響那麼重大。

文字學的研究課題，常隨研究者的興趣與材料而轉移。文字學也因此而有新的發展。這不僅關係到研究的方向，也關係到研究的方法。

跟文字學關係最密切的一門學問是語言學。語言學之研究有微觀與宏觀兩大方向。

微觀語言學的研究對象是語言本身，內容主要是直接分析語言材料。其中最常見的便是從語音、語法、語詞三方面來分析語言的內在結構，由此而形成語音學、語法學、詞彙學、語意學等分支門類。

宏觀語言學以微觀語言學爲基礎，研究語言的外圍聯繫。近年來，語言學與社會科學及自然科學的關係越來越密切。因而形成許多新的分支門類。

在社會科學的學科中，與語言學交界的有社會學、人類學、考古學、歷史學、心理學、教育學、邏輯學、哲學等，所形成的跨學科分支門類有社會語言學、人類語言學、歷史語言學、心理語言學、應用語言學、邏輯語言學、語言哲學等。

在自然科學的學科中，與語言學交界的學科有數學、電腦、生理學、病理學等，所形成的跨學科分支門類有數理語言學、電腦語言學、機器翻譯、生理語言學、病理語言學等。

　　語言學與社會科學及自然科學交界所形成的跨學科分支門類，都屬於宏觀語言學的範圍。

　　上述語言學的微觀與宏觀的觀念，也適合於用來觀察文字學的發展。

　　自甲骨材料發現後，近百年來，漢字之研究方法與方向，也正向微觀與宏觀兩方面發展。

一　微觀文字學

　　自許慎作《說文解字》之後，說解個別文字便成爲學者研究文字的主要方向，也成爲文字學的基礎。

　　微觀文字學以文字本身爲研究對象，而重點在於文字的形音義。以講解文字的形音義爲基礎，進而研究文字的構成與歸類的理論。從東漢到清末，千餘年間，學者所賴以研究的主要資料便是《說文解字》。直到清末，甲骨文資料出土後，研究的方向才有較大改變。既影響微觀研究，也影響宏觀研究。

　　微觀文字學包括以下幾個分支門類。各分支門類之間，或有一些重復的地方，難於截然劃分開來。

1、小學與字形學

　　文字由形音義三個要素構成。因此，說解文字的重點便在於探討三者的本源與演變。這方面的發展又分兩路。一路是純就《說文解字》一書來深入探討字形；一路是分別從形音義三方面來探討而形成傳統的小學。

　　《說文解字》一書，說解文字時，雖形音義三者兼顧，而實以講解字形爲主。這之後，晉呂忱的《字林》，南朝顧野王的《玉篇》，宋王洙等人的《類篇》，都屬於這一路，重在字形歸類，據形聯繫。

　　講字義的書，以漢以前的《爾雅》成書最早。東漢劉熙的《釋名》，魏張揖的《廣雅》，都屬於這一路，重在字義解釋，據義聯繫。

講字音的書，以魏李登的《聲類》與晉呂靜的《韻集》爲最早，但這兩本書都亡佚了。這之後，隋陸法言的《切韻》，唐孫愐，《唐韻》，宋陳彭年的《廣韻》，宋丁度的《集韻》，都屬於這一路，重在字音歸類，據音聯繫。

傳統探討文字的書，大抵屬於這三類。就整體來看，專講字形、字義、字音的書，分別從不同方面來探討文字本身的問題，是文字學的根本。

民國以前，學者雖或也跳出《說文》之外來探討文字，如吳大澂的《說文古籀補》、丁佛言的《說文古籀補補》、強運開的《說文古籀三補》等，便是運用金石文字來探討籀文，但是，這樣的研究並未形成風氣。直到甲骨文資料發現之後，研究文字的範圍才跳出《說文》之外，以古文字的材料來探討文字，而形成古文字學。宏觀文字學也由此建立。

這又回過來影響原先說解文字的方向，使探討文字問題時，專注於文字的形體與結構的演變。於是，由傳統的小學演變爲近世的文字學，範圍僅限於字形，實爲字形學。至於研究字音與字義的學問，則分別屬於聲韻學與訓詁學的研究範圍。

雖然這樣劃分爲三個學科，但在講字形學時，并不把字音和字義完全排除在外。形音義是構成一個字的三個因素，講字形時，不能避免字音和字義。三科分立只是學科內容重點各有不同而已。

2、說文學

說文學是指研究《說文解字》的學問。傳統小學與《說文》研究分不開。文字之學亦以《說文》研究爲基礎。

唐代以前，專注於《說文解字》的研究並不多。唐李陽冰刊定《說文》，雖多臆說，卻是說文學之始。這之後，南唐徐鍇作《說文繫傳》，其兄徐鉉入宋後奉詔校定《說文》，給說文學奠定基礎。

宋元明三代，說文學續有發展。

宋代王洙等編的《類篇》、張有作的《復古編》、元周伯琦作的《說文字原》，都是用《說文解字》體例的字書。

　　清代是說文學的鼎盛時期。注解《說文解字》的學者有兩百多人，專著則有數百種之多。其中，以段玉裁的《說文解字注》、桂馥的《說文義證》、王筠的《說文句讀》、朱駿聲的《說文通訓定聲》，最爲出色。

　　近人丁福保把注解《說文解字》的書合編成《說文解字詁林》，是說文學的總結。

　　王筠另有《說文釋例》，歸納書中條例，開了研究《說文解字》的一條新路。今人馬敘倫（1885 - 1970）的《說文解字研究法》也是這一路的專著。馬氏的《說文解字六書疏證》，則是說文學、六書學、古文字學相結合的專著。

　　甲骨文字資料出土後，學者的研究方向漸轉向古文字，說文學也就逐漸沉寂下來。

3、六書學

　　六書的理論首見於《說文解字》的序文。後世學者講六書都根據許慎的說法，而離不開《說文解字》。所以六書學與說文學關係十分密切。戴侗的《六書故》、周伯琦的《說文字原》、趙撝謙的《六書本義》，便是說文學與六書學相結合的論著。

　　因爲六書是文字學的基礎理論，歷代研究六書的論著很多，如：周伯琦的《六書正訛》、楊桓的《六書統》、《六書溯源》、吳錦章（生卒年不詳）的《六書類纂》，近代史螯夫（生卒年不詳）的《六書綜》、吳承仕（1884 - 1939）的《六書條例》，姜忠奎（1897 - 1945）的《六書述義》等。

　　歷代注解《說文解字》的書中，也都注解和討論許慎的六書理論。這方面的材料，丁福保編《說文解字詁林》時，廣爲收集，編入書中。

　　六書爲造字的方法，也是文字歸類的方法。因此，六書學的主要內容便在於探討造字與歸類問題。

4、現代文字學

　　現代文字學這個概念是李孝定先生提出的。

許慎的《說文解字》分析漢隸以前的文字形體結構，奠定傳統文字學的基礎。漢隸以後的文字形體結構，尚不甚爲學者所重視。李先生說（見〈試論文字學研究的新方向〉，刊於《中央研究院歷史語言研究所集刊》第六十六本第四分冊，986頁）：

> 《說文》白文中，很多字不見於正文，明顯可見《說文》白文全是用隸書寫成的，獨恨他所敘，僅限於古、籀、篆，而不及隸書，不然，文字演變之學理與實證，早已大彰於當時，後世文字學之研究，亦將大大的改觀了。

李先生主張，文字學者當用心力於隸書，以明瞭現代文字的演變。唐代的字樣之學也屬於現代文字學的範疇（見同上，987頁）：

> 唐代的字樣之學，大概取篆隸字形，作比較觀察，亦屬現代文字學之範疇。

清代顧藹吉的《隸辨》、翟云升的《隸篇》，體例大抵仿自《說文》，辨析隸書之演變，亦屬於現代文字學範疇。

隸書之外，李先生也主張應研究楷書，尤應用心於《玉篇》。他說（見同上，987頁）：

> 梁顧野王著《玉篇》，踵武《說文》，而部敘、部首損益、及說解頗異，說解不論字形，多收字義，部敘則並採《說文》、《爾雅》之長，所論以楷書爲主，故部首頗有損益，已開近代文字學之先河。筆者認爲我國古文字之研究，至今已有豐碩成果，獨於現代文字之淸亂，少所究心，談文字改革者，又揠苗助長，大量新造簡體字，甚或主張國語羅馬化，停用漢字，究其極，不盡毀數千年固有文化，不足以饜其意。竊謂治文字學者，實宜對《玉篇》一書，多所究心。奮起共圖中國現代文字學之建立。這實爲文字學研究的新方向中，最爲重要之工作。

全面研究隸書與楷書不僅有助於建立現代文字學，也有助於明瞭中國文字從古到今的演變規律，對文字改革也必定大有幫助。

　　清朝末年以來，文字改革的主張五花八門，材料汗牛充棟。文字改革問題，無疑也屬於現代文字學的範圍。現代文字學之系統尚有待建立。

5、靜態文字學

　　靜態文字學與動態文字學是李孝定先生提出來的兩個概念，用來概括文字研究的兩個方法與方向，見於一九六九年寫的〈從中國文字的結構和演變過程泛論漢字的整理〉一文中（見《漢字的起源與演變論叢》第 75 頁。臺北聯經出版事業公司 1986 年版）。靜態文字學是歷代研究文字的基本取向。李先生說：

> 中國文字學的研究，有靜態和動態兩面。靜態研究的主要對象，便是文字結構。在這方面，中國文字學者所作的工作很多，成績也很輝煌，膾炙人口的六書說，便是這方面研究工作的結晶。……中國文字學動態研究的一面，其主要對象是文字的演變過程。這包括中國文字從古迄今一切孳乳變化的現象和全部過程而言。

　　一九九五年發表的《試論文字學研究的新方向》中，對這兩個概念，有更清楚的論述（見《中央研究院歷史語言研究所集刊》第六十六本第四分冊，986-987 頁）：

> 許慎所見的古代文字資料，只限於殘存的《史籀篇》，和幾經傳寫的古文經，因之，他除了在序言裡作重點式的揭舉外，對文字的起源和演變，不能作深入而週延的探討。在正文裡，全部是文字結構的靜態分析。這種方法，一直支配中國文字學的研究，垂二千年，至今未替。許慎的另一種重大貢獻，是將全書的九千餘字，找出字根，作為部首，分為五百四十部，分別部居，不相雜廁。他用上述兩種方法——文字結構的靜態分析，文字全部資料的綜合觀察，然後分別部居。在當時，這已盡了文字學研究之能事，後世治文字學者，莫不奉為圭臬，不為無故。……清乾嘉時代，說文之學大興，名家輩出，皆踵武許君，

對所收九千餘字，作靜態之研究分析，各家之精思卓識，珠玉紛陳，已可嘆爲觀止。今日治文字學，如仍守此故步，恐難有太多發揮的空間了。金文的研究，北宋已開其端，當時尚屬草創，著書立說者，雖不乏其人，而成果未臻豐碩；下迄乾嘉，因說文之學鼎盛，金文研究之風復興，成績遠邁宋人，漸漸地，說文學的著作中，引用金文資料者日多，到吳大澂著《說文古籀補》，對說文之學與金文之學，等量齊觀，在文字學的研究方法上，算是一大進步。

靜態文字學的內容，是對文字結構的靜態分析。許慎編《說文解字》所用的便是這種方法。盡管參考了古文、籀文、小篆，而對於文字形體結構的分析，還是靜態的研究；分部歸類文字，也是靜態的研究。近世學者，雖然參考甲骨文、金文，以考釋個別文字結構，所用方法與許慎的並無不同，也還是靜態的研究。

許慎以來的文字學屬於靜態文字學。至於動態文字學的系統，則還沒有完全建立。

二　宏觀文字學

一門學問，於初興起時，往往內容範圍較小。日漸發展之後，則範圍逐漸擴大，而與其他學問相結合，產生新的內容，新的學問。文字學的發展也正如此。

在甲骨文資料出土以前，文字學的內容範圍較小。甲骨材料出土之後，研究的範圍便擴大了許多，而漸與其他學科相結合。其中，在人文科學方面，與歷史、考古、文化相結合；在自然科學方面，則與天文、曆法、心理學、電腦相結合。大大改變了傳統文字學的研究方法與方向，形成宏觀文字學。

在傳統文字學的研究範圍內，由於材料增加，研究的方向也自然有所改變；單就個別字的考釋，是微觀研究，就整體來考察文字的發展與演變，則是宏觀研究。

歷代文字學者的研究幾乎都在微觀探索方面。微觀文字學可以發揮的地方已經不多，而宏觀文字學尚有許多可以發揮的餘地。

1、文字學與經學

　　傳統講文字的學問稱爲小學。古代圖書分類的習慣，通常把小學書籍列在經學類書籍的後面。這是因爲小學的興起，與經學有緊密的關係。小學是爲了幫助研讀經書而形成的，所以小學通常被看成是經學的附庸。直到小學漸漸興盛之後，才自成一類。

　　各個朝代，都很重視經學。各種經書，歷代都有人注疏，成爲研究經書的專著。注解經書，自然不能不通小學。注家在講解經文音義時，處處需應用小學的知識。因此，從這些專著中，最能看出文字之學與經學的關係。文字學與經學雖未結合成一專門的學問，然而講經學卻不可少文字學的知識。

　　漢代文字之學因經學而起，經學又離不開文字之學。

2、文字學與歷史考古

　　唐蘭先生以爲，一個古文字學者所應當研究的基本學科是文字學和古器物銘學。他說（見《古文字學導論》下冊第五至第九頁）：

　　　　研究古文字，無疑地要有文字學的基礎。……古文字學可以說由古器物銘學的發展而產生的。有人把古器物銘攷釋出來，就有人依據這些攷釋而編成字彙。這種字彙，起先只有寫古籀的，刻印章的，用著牠。最後才知道牠在文字學上的價值。銘學裡分了出來，變成文字學。

　　　　現在，古文字學已從古器物的一部分，但牠和牠的老家的關係還是不能割絕的。

這裡所說的古器物銘學，是指研究古器物銘辭的學問，主要是金文辭。

　　從微觀角度來看，古文字學是講隸書以前的古文字的形體結構和演變的學問，所以是文字學的一部分，與現代文字學構成文字學的整體。

　　從宏觀角度來看，古器物銘辭的內容，牽連到歷史和考古，後出的甲骨卜辭的內容也是如此，　所以古文字學是文字學與歷史考

古相結合的學科。

文字的起源問題,是古文字學一個重大的課題。這方面的研究有賴於考古的資料與方法。

隨著考古材料的不斷出土,古文字的材料也不斷增多,甲骨卜辭、金文辭之外,還有陶文、戰國文字、以及秦漢時期的簡書與帛書。研究古文字的材料,不僅有助於了解文字的起源與演變,也有助於了解古代歷史、語言、文化。

3、文字學與天文曆法

甲骨卜辭的材料,除可用於研究商代歷史外,也可用來研究商代的天文和曆法。董作賓的《殷曆譜》便是這方面的專著。從中可見文字學與天文曆法的結合。

卜辭的材料中,有許多有關當時的風雨天災的記錄,以及方國地域之名,可以用來研究當時黃河流域的天文地理問題。不過,這方面的材料畢竟不多,要深入探討當時的情況並不容易。

4、文字學與文化

近年來,語言學研究的一個方向是,從語言探討與文化有關的問題。文字學的研究也向這方向發展。從漢字的形體結構往往可以看出中國古代的社會形態、社會制度、社會發展、宗教思想、風俗習慣等。這方面的研究,已漸為學者所重視。常見的一些研究課題如:漢字與儒家思想、漢字與書法文化、漢字與飲食文化等,都有專著。這方面的研究,從文化來了解漢字,又從文字來了解文化,充滿趣味,對推廣漢字與中國文化均有幫助。

5、文字學與教育心理學

識字教學是教育的基礎。因此,識字教學的方法,兒童習字的心理,以及有關漢字學習的種種問題,均須深入研究。這是文字學與教育心理學的結合。艾偉的《漢字問題》是這方面的開山之作。近年來,有關漢字學習心理的研究不少。這方面的研究很實用,還有許多可以探討的課題。

6、文字學與資訊科學

科學發展，日新月異，電腦的發展尤其如此。以電腦處理中文信息，須解決編碼、中文字庫、自動識別、信息處理等問題。這有賴於文字學與資訊科學的結合。這方面的研究，從資訊科學的角度來了解漢字，對漢字有新的認識，有助於解決漢字科學化的老問題，也有助於漢字教學。這是漢字研究的新方向。

7、動態文字學

動態文字學專注於文字的動態演變。李先生說（見〈從中國文字的結構和演變過程泛論漢字的整理〉，《漢字的起源與演變論叢》第77頁）：

中國文字學動態研究的一面，其主要對象，是文字的演變過程。這包括中國文字從古迄今一切孳乳變化的現象和全部過程而言。

他在〈試論文字學研究的新方向〉一文中，對這個概念有更清楚的論述（見《中央研究院歷史語言研究所集刊》第六十六本第四分冊，988頁）：

《說文》中雖收了籀文，但那是殘存且經傳抄的二手資料，金文學家所用，係完整的第一手資料，二者合流後，研究者取精用宏，視野大開，不久，甲骨文資料日出，學術界將三者合冶一爐，不同時代之文字資料，幾已蒐羅齊備，較之許君所見，真不可同日而語。就文字學研究的資料說，這是一大突破。但近百年間，研究甲骨、金文者，在研究方法上，大致仍守靜態的、分析文字結構之故轍，對個別古文字資料之訓解，可說已臻美備，亦間有討論個別文字的歷史演變，但都是說解文字時，偶一涉及，大抵一鱗半爪，鮮見從文字演變的觀點著書立說者。筆者認為，時至今日，對甲骨、金文、小篆三種不同時代的文字資料之研究，已甚成熟，吾人實應綜合各家之結論，從宏觀

之角度，綜觀全部文字資料，作文字演變動態的探索，期能對文字學上各重要問題，跳脫孤立討論之界域，建立系統的描述。

動態文字學以靜態文字學爲基礎，綜合各家考釋文字的結論，從宏觀的角度綜觀各個時期全部的文字資料，以考察文字整體的發展與演變。因爲重點在於文字整體的發展與演變，而非孤立地看待文字問題，所以是動態的研究。動態文字學在討論文字的原始問題時，有賴於考古的方法與材料，屬於宏觀文字學的範圍。

漢字的個別考釋是微觀研究；在個別考釋之後，通盤整理觀察其演變，則是宏觀研究。微觀的研究，範圍較小，較容易著手，但個別字的考釋，往往耗時費事，未必容易研究清楚，解決問題。

宏觀的研究，範圍較大，較不容易著手，只有在個別字的考釋清楚了，問題解決了，才能整體觀察。

李孝定先生在〈試論文字學研究的新方向〉文中說（見《中央研究院歷史語言研究所集刊》第六十六本第四分冊，991 頁）：

> 筆者從事文字學研究時，大抵不出乾嘉以來前賢故轍。三百年間，學風鼎盛，甲骨出土後，研究者取與乾嘉以來金文、說文之學，參互稽考，成果豐碩，度越前代。後學者如不別闢蹊徑，已無發展空間。因思，倘取時賢研究之成果，就不同時代之古文字資料，作全面之觀察，系統之描述，著重其演變遞嬗之大趨勢，期能達成動態文字學之新貌。此一新方向，所以異於舊方向者，在一爲微觀，一爲宏觀；一爲靜態之個別文字資料，一爲動態之全部文字資料，而後者必以前者爲基礎，方不至泛濫無歸，流於空論。

宏觀動態的文字學研究，須以微觀靜態的文字學爲基礎。而宏觀的思考，又有助於解決微觀靜態分析時所面對的問題，兩者相互爲用（見《漢字的起源與演變論叢》第 84 至 89 頁。臺北聯經出版事業公司 1986 年版）。

歷代學者之研究文字，偏重在微觀靜態的分析。這方面的課題，可以研究的幾乎都有人研究了。後世學者可以用心的地方並不多。

甲骨資料出土之後，宏觀動態的研究漸漸興起。這方面可以研究的課題多，正是後世學者可以多用心的地方。

宏觀研究須以微觀研究爲基礎。然而，宏觀研究還有那些課題呢？

李先生提出全盤整理中國文字的構想。他主張分期研究，分別研究整理殷系文字、兩周文字、秦系文字、隸楷文字，然後再探討文字分類的方法（見《漢字的起源與演變論叢》第 84 至 89 頁。臺北聯經出版事業公司 1986 年版）。這些都是宏觀研究的大課題，而有待於後來的學者用心考察。

第三章　漢字的起源

漢字的起源問題，因爲缺乏資料，至今都沒有清楚的認識。

古代文獻中，有關漢字起源的種種說法都出於傳說。直到清朝末年，考古之學漸盛，在出土的資料中，與古代文字相關的漸多。這些資料有助於瞭解漢字的早期歷史。

雖然考古發掘的資料有助於對漢字的起源問題有多一些認識，然而直至今日，這方面的認識仍然不足夠，還需等待日後更多的發掘資料。

遠古時代的傳說並非空穴來風。在沒有文字的時代，歷史只能保留在口頭傳說中。有關漢字起源的種種傳說，應該都有歷史根據，只是這樣的傳說，往往一言半語，未能說清楚，年代久了，也就難免走樣。雖不可盡信，亦有其可取之處。在討論漢字的起源時，還是得從傳說說起。

第一節　從刻畫到文字

一　陶符與陶文

1、歷史階段

傳說與考古的資料，是討論漢字起源問題的依據，但這兩種資料都很有限，至今仍然無法就漢字起源問題說清楚。大致說來，漢字的起源，經過了三個階段：

其一，前文字階段：傳說

其二，似文字階段：陶符

其三，真文字階段：陶文

這三個階段的劃分只是爲了說明方便，沒有明確的時間界限。

　　前文字階段，就是文字產生之前的階段。因爲缺少資料，又沒有確實的記錄，只有一些傳說。這些傳說有助於瞭解文字起源的原始狀態。

　　似文字階段，就是出現類似文字的符號階段。這個階段是聯繫前後兩個階段的橋梁。有了一些地下發掘出來類似文字的符號，卻又無法十分肯定是文字，也無法十分肯定不是文字，這裏就稱爲「陶符」。

　　在斷定符號是不是文字時，有一個十分重要的問題，即：這些類似文字的符號與後來的文字是否有一脈相承的關係。因此，「陶符」與「陶文」之間並非截然劃分。如果兩者之間有傳承關係，那麼，「陶符」也是「陶文」。

　　真文字階段，就是真正有了文字的階段。這個時候，已有歷史記錄，相對容易說清楚當時文字的情況。因此，這個階段的陶器符號，就直接稱之爲「陶文」。

　　似文字階段與真文字階段的界限是商代。商代以前是似文字階段，商代以後是真文字階段。

　　現在所肯定的真文字，年代最早的已是商代。這在文字演變史上已經很晚了。在這之前應該還有一段很長時間的演變，只是因爲缺乏資料，一直都無法說清楚。

　　目前，僅能就這三個階段的資料討論有關漢字起源的問題，尚未能詳細瞭解漢字起源時的情況。更詳細的情況只能有待於日後考古發掘的新資料了。

2、地理分佈

　　在似文字階段與真文字階段，各個遺址出土的資料不少，其中和文字有關係的主要就是出土陶器上刻畫的符號。這些符號中，有一些可以解釋，有一些難於理解，分析與討論這些陶器符號是瞭解漢字起源問題的重要依據。

　　近數十年間，出土陶器符號的遺址有數十處，已有許多專文討論（詳見陳昭容〈從陶文探索漢字起源問題總檢討〉，1986 年）。這裏只選出其中十個遺址出土的陶器符號來討論。以下把這十個有

關遺址的地理分佈和年代列入圖表 32 中，再就各遺址的符號分別
討論。

階段	遺址	地點	年代
似文字	賈湖	河南賈湖村	前 7000 － 前 5800
	半坡	陝西西安半坡	約前 4000
	姜寨	陝西臨潼姜寨	約前 3500
	大汶口	山東大汶口	約前 4500 － 前 2300
	城子崖	山東城子崖	約前 2400 － 前 2000
	二里頭	河南二里頭	約前 2300 － 前 1800
	二里崗	河南二里崗	約前 1600 － 前 1300
真文字	台西	河北台西	約前 1520 年
	吳城	江西吳城	約前 1400 － 前 1046
	小屯	河南小屯	約前 1319 － 前 1046

圖表 32　十個遺址的地理分佈與年代

　　這十個遺址主要在河南和陝西一帶，東邊到河北山東；從西到
東，都在黃河流域。只有南邊到江西吳城在長江流域。表中前七個
遺址屬於似文字階段，後三個屬於真文字階段。

　　這些遺址出土的陶器資料的年代，可以依據放射性碳元素來斷
定。另外，還可以根據文化層來推斷。不過，不同時期的文化遺物
可能互相混雜，影響判斷的準確性。

　　由於各個遺址分佈的範圍很廣，黃河流域與長江流域都有，不
容易看出各遺址之間的聯繫。從圖表 32 中有關遺址的地理分佈和
年代，可以看出數千年前的陶器文化格局。

　　在探討各個遺址的符號時，主要考慮這幾個問題：

　　其一，陶器上的符號有什麼樣的意義？

　　其二，各遺址的符號是否互相關聯？

　　其三，這些符號是否起源於同一個地方？

其四，各遺址的符號是否屬於同一個系統？

各地出土的陶器符號中，有一些重復出現，顯然是有意的刻畫，應有含義。其可能的意義爲何？所代表的意義是否相同？是不是文字？這是首要的問題。

由於各地遺址散佈的範圍大，各遺址的符號之間是不是有聯繫？

在中國歷史上，中原是文化的中心。文字產生在這裏是很自然的事。這些符號是不是在中原先發明後，再傳到其他地方？

無論何種文字都不是一時一地一人所發明的。那麼，這些符號是不是在各個地方分別發明，彼此沒有聯繫？如果是各個地方分別發明的，所表達的語言可能不同，那麼，這些符號是不是屬於同一種文字系統？

這些問題都很簡單，又都很重要，但卻不容易回答。

這些遺址的年代，可以依據放射性碳元素來斷定。這是比較客觀的答案。

晚清以前，學者講文字的起源，一般以小篆爲依據。自從發現甲骨文以後，把文字的確實歷史推前一千多年。

如果這些陶片上刻畫的符號爲早期漢字， 其年代比甲骨文要早得多，漢字的歷史可以再推前兩千年。這是這些陶片符號重大的歷史意義。

3、刻畫符號

文字學者在討論六書次第時，常就「象形」與「指事」的排列先後有爭論，各有理由，沒有結論。西安半坡出土的陶器上刻畫的符號，給這個老問題新的討論資料。

郭沫若先生認爲，這些符號有文字的性質，可能是陶工的簽名或族徽，跟殷周青銅器上的一些族徽很相似，應即中國文字的起源，或遠古文字的孑遺（見郭沫若〈古代文字之辯證的發展〉，刊於《考古》1972 年第三期）：

半坡彩陶上每每有一些類似文字的簡單刻畫，和器上的

花紋判然不同。黑陶上也有這種刻畫，但爲數不多。刻畫的意義至今雖尚未闡明，但無疑是具有文字性質的符號，如花押或者族徽之類。我國後來的器物上，無論是陶器、銅器，或者其他成品，有「物勒工名」的傳統。特別是殷代的青銅器上有一些表示族徽的刻畫文字，和這些符號極相類似。由後以例前，也就如由黃河下游以溯源於星宿海，彩陶上的那些刻畫記號，可以肯定地說就是中國文字的起源，或者中國原始文字的子遺。……

　　殷代的金文，字數不多，因爲有銘的青銅器佔少數。銘文也不長，每每只有三兩個字。銘文長至十數字或數十字者爲數極少，大抵都是殷代末年的東西。但在殷代金文中有一項很值得注意的成分，那就是有不少的所謂「圖形文字」。這種文字是古代民族的族徽，也就是族名或者國名。在結構上可以分爲兩個系統，一個是刻畫系統(六書中的「指事」)，另一個是圖形系統(六書中的「象形」)。刻畫系統是結繩、契木的演進，爲數不多。這一系統應該在圖形系統之前，因爲任何民族的幼年時期要走上象形的道路，即描畫客觀物象而要能像，那還須要有一段發展的過程。隨意刻畫卻是比較容易的。刻畫系統的族徽之比較少，也就証明它們是早期的文字，先出世而也早下世。這種文字在仰韶文化的彩陶上已見其萌芽，在殷代的甲骨文和周代的彝銘上也還有所遺留。

　　他把原始的漢字分爲兩個系統：圖形系統和刻畫系統，隨意刻畫較容易，應最先發生，畫圖畫較難，應後出。按照六書次第說，就是指事字先於象形字。

　　李孝定先生〈中國文字的原始與演變〉文（刊於中研院史語所集刊 45 期）和于省吾先生〈關於古文字研究的若干問題〉文（刊於《文物》1973 年 201 期）也都認爲其中一些符號是數目字，也就是以半坡陶片上的符號爲文字。

　　數目字在六書中，屬於指事。這類字很可能源自刻契，西安半坡出土的符號屬於這類刻契。由於這些符號的年代比已知的漢字

資料，如甲骨文，早了許多，所以很可能是最早的漢字。這是半坡符號的重要歷史意義。

圖表 33　郭沫若引用的金文刻畫文字

二　前文字階段：傳説

前文字階段即文字產生之前的階段。在這個階段，沒有文字記錄，只有傳說。在各種傳說中，有一些和文字多少有些關係。

遠古時代的傳說並非空穴來風，遠古的歷史即保存在傳說之中。有關文字起源的傳說便是如此，但因年代久遠，代代相傳，難免變樣。

1、結繩

在諸多有關文字的傳說中，結繩是較可信的一個。《易經·繫辭》說：

> 上古結繩而治，後世聖人易之以書契。

所謂上古，是什麼時候？所謂後世又是什麼時候？都沒有說清楚，

只有一點可以肯定的是，結繩在前，書契在後。孔安國〈尚書序〉也
有類似的說法：

> 古者伏犧氏之王天下也，始畫八卦，造書契，以代結繩之
> 政，由是文籍生焉。

結繩是有文字之前幫助記憶的方法。後來的書契便是指文字。

結繩記事的方法，在別的地方也可以看到，例如，南美洲的印
加人（Inca，在秘魯），在西元前一千四百年左右（約在商朝）便
已發明結繩記事，稱為「基普」（quipu）。這種習慣一直沿用到
西元後一千五百年。這是其中一種結繩樣本：

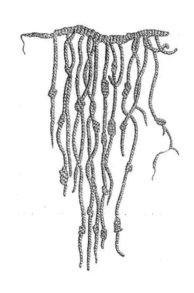

圖表 34　印加人結繩記事樣本

「基普」的意思是「結」，或「打結」，用來計數和記事。其
紀錄系統十分複雜（見圖表 34）。

中國古代結繩方法就簡單得多。其基本方式是，大事打大結，
小事打小結，用來幫助記憶。

結繩所表達的是思想，不是語言，所以不是文字，只是文字的

前身。鄭玄《周易注》說：

> 結繩爲約，事大，大結其繩，事小，小結其繩。

李鼎祚《周易集解》也說：

> 古者無文字，其有約誓之事，事大，大其繩，事小，小其繩。
> 結之多少，隨物眾寡，各執以相考，亦足以相治也。

這是在沒有文字的時代用來幫助記憶的簡單方法。這種方法可以用在雙方的誓約。許慎《說文解字・敘》說：

> 及神農氏，結繩爲治而統其事，庶業其繁，飾僞萌生。

神農氏是傳說中的皇帝，年代不詳。因爲當時沒有文字，治理天下的事，也依靠結繩的方法，表達訊息。

結繩雖有文字的一些功能，但並非文字，跟文字也沒有直接的關係。

2、刻契

《易經・繫辭》說「後世聖人易之以書契。」這「書契」又是什麼呢？「書」是文字，「契」則是刻契。刻契有這幾種用途：

其一，計數

劉熙《釋名》云：

> 契，刻也，刻識其數也。

按照這個說法，刻契的其中一個功能便是計數，以刻畫來代表數目多寡。這些刻畫很可能就是後來的數目字的來源。

其二，刻記號

鄭玄《周易注》說：

> 書之於木，刻其側爲契，各持其一，後以相考合。

按照這個說法，刻契的其中一個功能是訂約時刻畫的記號。這種刻記號的方法是在有了文字之後採用的。「書」是文字。把雙方的協議以文字書寫在兩片木板上，再在木板旁邊刻畫記號，以為憑據，完成誓約。這樣的刻契相當於現在的簽名蓋章。這是契約的來源。刻識數目應是契約的主要用法。

其三，市券

鄭玄《周禮・質人注》說：

> 書契取予市物之券也。其券之象，書兩劄，刻其側。

這是書契的商業用途，作為買賣貨品的憑證，其功能如同貨幣。這是從契約演變而來的用法。

其四，幫助記憶

沒有文字的民族，刻契是幫助記憶的方法。《魏書・帝紀叙》說：

> 不為文字，刻木紀契而已。

這樣的刻契有文字的一些功能，但並不是文字。《隋書・突厥傳》說：

> 無文字，刻木為契。

《舊唐書・南蠻傳》說：

> 俗無文字，刻木為契。

至於「紀契」的內容，可能是事情，也可能是數目。

其五，信約

南宋李心傳《建炎以來朝野雜記》說：

> 韃靼之境……亦無文字，每調發兵馬即結草為約，令人轉達，急於星火。或破木為契，上刻數畫，各收其半，遇發軍以木契同為驗。

　　上述五種用途中，第四第五兩種爲其他民族的習慣。他們沒有文字，便以「結草爲約」。「結草」同「結繩」。或又以刻木爲信約，用於調動軍隊，類似於上古的虎符。

　　在有文字之後，仍然可以在木劄旁側刻契以爲信約。這是很久遠的習慣。

　　在木劄旁側刻的線條，原本只是記號，但形體和古代的數目字很相似，可能是數目字的來源。

　　刻契本是指刻畫的方法。這種方法使用的時間很長，所刻畫的符號簡單，有習慣的用途。主要的用途便是刻畫計數，以及刻畫爲信約。刻畫計數的符號很可能成爲後來的數字，跟漢字中數目字的起源有直接關係。

3、作書

　　「書」用爲名詞，指文字，至於「書籍」的意義，則屬後起。「書」用爲動詞，則是書寫，書寫的工具如果是刀，便是用刀刻，與「刻契」的習慣相同。

　　《易經·繫辭》上說，「後世聖人易之以書契。」就是後世聖人造字，但沒說是哪個聖人。前文引孔安國〈尚書序〉，說伏犧氏造書契，也就是伏犧氏造字。但伏犧氏是什麼時候人，不清楚。

　　戰國時期，倉頡造字是個廣泛流傳的說法。雖然只是個傳說，相信的人卻很多。荀子〈解蔽〉篇說：

　　　好書者眾矣，而倉頡獨傳者，一也。

按照荀子的說法，倉頡只是許多喜好文字的人之一，而後世只知道倉頡，因爲他是統一文字的人。這個說法很合理。創造文字不是一時一地一人的事，而最終需有人統一，流傳下來，爲世人所用。倉頡就是統一文字的人。韓非子〈五蠹〉篇說：

　　　古者倉頡之作書也，自環者謂之厶，背厶謂之公。

　　倉頡造字是上古的傳說。至於倉頡是什麼時候的人，則不清楚。許慎《說文解字·敍》說：

> 黃帝之史倉頡，見鳥獸蹄迒之跡，知分理之可相別異也，初
> 造書契。……倉頡之初作書，蓋依類象形，故謂之文；其後
> 形聲相益，即謂之字。文者，物象之本；字者，言孳乳而浸
> 多也。

這是漢代的說法，倉頡的身分變得較清楚了。他是黃帝時的史官。史官是古代用文字的人，和文字的關係密切，所以說是造字者也很合理，但這畢竟是傳說。

按照許慎的說法，「作書」以「依類象形」開始，也就是以圖形文字開始。這是作書和刻契不同的地方。作書開了一個新的方向。從此，圖形文字成爲整體漢字的基礎。

倉頡造字的傳說越到後來說的越多。《淮南子・本經訓》說：

> 昔者倉頡作書而天雨粟，鬼夜哭。

王充《論衡・骨相篇》說：

> 倉頡四目。

這兩個漢代的說法，倉頡已是個神話人物了。文字在古代是很神聖的，所以傳說造字的倉頡是個神話人物也很自然。

關於倉頡的各種說法中，荀子的說法以爲倉頡是個統一文字的人，現在看來較爲合理。最初創造文字的人必不止一個，也必不限於一個地方，時間久了就會分歧，於是需要有人統一，以方便使用。倉頡或許就是這樣一個人。

以上三種傳說，都跟文字有關系。結繩與刻契是有文字之前的事，都不是文字；作書則是文字，但無論伏犧還是倉頡，都還是傳說。倉頡或許是個統一文字的人，但是在什麼年代卻無法說清楚。

三　似文字階段：陶符

似文字階段的陶符見於現代考古發掘的陶片。在不同地方出土的陶片上，都刻畫一些符號。其中有些符號看起來類似於文字。這些符號都是有意爲之的。其具體意義無從斷定，只可以肯定是表達

思想的。至於是不是文字，關鍵在於是不是跟語言有對應關係，即各個符號是不是有音有義。

由於這些符號都只是單獨出現在陶片一類刻契材料上，無法肯定是不是代表語言中的具體詞語，也就無法肯定是不是文字。就個別符號的形體來看，跟後世的一些字形相似，或可以說是文字。這只是就形體來說，至於音義還是無法肯定。因此，各個考古遺址出土的符號，說是文字有道理，說不是文字也有道理。跟後世的真文字相比，可以說是似文字。

以下先觀察個別遺址出土的符號，再討論其中的問題。觀察的重點是：

其一，形體
其二，傳承關係

這兩個重點都與漢字的起源直接相關。

1、先商陶符

（1）賈湖陶符

賈湖位於河南省舞陽縣。賈湖遺址於 1983 年至 2001 年發掘。在發掘出來的遺物中，有刻在龜甲、骨器、石器、陶器上的符號，甚受重視。

在似文字階段的七個遺址中，賈湖的年代最早，大約距今八千年。這是賈湖符號受重視的主要原因。

賈湖的符號中，有刻畫系統的，也有圖畫系統的。其中，最受重視的是兩個圖畫符號。這兩個符號都刻在龜甲上，而龜甲是商代甲骨文的刻寫材料。這就難免令人聯想到賈湖符號和甲骨文的聯繫。

在圖表 35 中的符號，發掘報告《舞陽賈湖》（科學出版社，1999）釋爲「目字」，以爲和甲骨文及金文的目字相同。

仔細看這個符號的形體，和甲骨文及金文的目字確有幾分相似，但並不相同，也看不出其間的聯繫。

在一整片龜甲上，只有一個符號，很難確定其可能的含義，更難於確定是否爲文字。這龜甲的用途也很難確知。

在圖表 36 中，1-5 爲金文目字形體，取自容庚《金文編》，6-10 爲甲骨文目字形體，取自《甲骨文編》，11 爲賈湖似目字刻符摹寫形體，取自《舞陽賈湖》。

金文和甲骨文形體之間，明顯可見一脈相承的聯繫。賈湖符號缺少這樣的形體聯繫。其形體與甲骨文及金文有兩點差異。

其一，金文和甲骨文字形中的眼珠都是圓形。甲骨文字形雖然刀刻不易爲圓形，但仍然近於圓。賈湖符號中間成尖峰形。其年代遠較金文和甲骨文爲早，理應近於圓形，卻較四千年後的字形更加不圓，甚不合理。

其二，金文和甲骨文字形中的眼珠都是下懸的。這符合視覺的印象。賈湖符號向上突出，顯然不符合視覺的印象。就整體來看，更近似於三角形。

圖表 35　賈湖龜甲符號

　　這個符號跟後來的金文和甲骨文形體之間，缺少一脈相承的聯繫，可能只是個記號，或隨意刻畫的圖案，而非目字。

來源：發掘報告《舞陽賈湖》

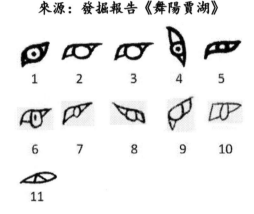

圖表 36　金文甲骨文目字與賈湖相似刻符

　　另一個符號，發掘報告釋爲日字。仔細看這個符號的形體，和甲骨文及金文的日字有較大的區別，不完全相似，倒是更像後起楷體的日字，但不可能是楷體。

　　在圖表 37 中，1-5 爲金文日字形體，取自容庚《金文編》，6-10 爲甲骨文日字形體，取自《甲骨文編》，11 爲賈湖似日字符號摹寫形體，取自《舞陽賈湖》。

　　日字金文和甲骨文都是圓日的象形。甲骨文因刀刻而近於方形，直到篆文時代才近於橢圓形。在演變過程中，中空的地方加上一點，再由點延長爲線，於是成爲後來兩個口相連的日字。

　　這個賈湖符號遠比甲骨文和金文爲早，其形體不近於圓形，反而近於八千年後的楷書長方形，不合文字演變的規律，當不是日字，而很可能只是個記號或隨意刻畫的圖案。

　　就這兩個符號看來，很難說賈湖時期已有文字。

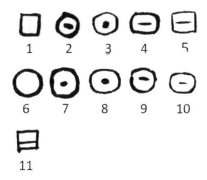

圖表 37　金文甲骨文日字與賈湖相似刻符

　　賈湖遺址出土的符號中，還有一些近似半坡的符號。圖表 38
爲摹寫形體（見《舞陽賈湖》）。

圖表 38　賈湖陶片刻畫符號

　　這些符號也難於斷定是否爲文字。1-6 這些簡單的刻契，可能
是後來的數目字的來源。第 11 個符號可能是太陽的圖形；第 12 個
符號可能是車輪的圖形。第 14 個符號較爲複雜，似乎是表達一串
意思。這個符號的風格最像後來的楷書，看不出跟早期漢字的關
係。

　　考古遺址出土的遺物，往往不同年代的參雜在一起。這些符號
都是八千年前的遺物，還是參雜了不同時期的遺物，不得而知。這

些符號比半坡的符號早了約三千年。兩者是否同一來源，也難以得知。

　　只有一點較爲明確的是：刻契是很久遠的習慣。刻契的一些符號很可能是後來數目字的來源。

（2）半坡陶符

　　半坡遺址位於陝西西安附近，於 1954 年秋天至 1957 年夏天發掘，年代約西元前 4000 年，屬於仰韶文化時期。

　　半坡出土的陶片甚多，其中 113 片有刻符，共 22 個不同符號。這些符號都是個別出現的， 很難斷定其含義，可能是陶工的名號，也可能是陶器的主人或家族名號。如果是名號，那就有音有義，算是文字了，但這只是猜測，無法確定。（見《西安半坡》196-8 頁，文物出版社 1963 年）。

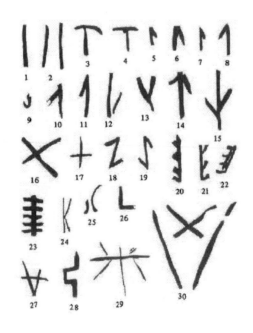

圖表 39　半坡陶片刻畫符號
來源：《西安半坡》

　　因爲這些符號中有的重複出現，應是有意刻畫，應該有意義，但是否也有音，則不得而知。如有音有義，便是文字。

　　郭沫若先生認爲，這些符號有文字的性質，可能是陶工的簽名或族徽，跟殷周青銅器上的一些族徽很相似，應即中國文字的起源，或遠古文字的孑遺（見前引文）。

　　李孝定先生〈從幾種史前與有史早期陶文的觀察蠡測中國文字的起源〉（刊於《南洋大學學報》第三期，1969 年），于省吾先生〈關於古文字研究的若干問題〉（刊於《文物》1973 年 201 期），兩篇文章都認爲其中一些符號是數目字，也就是以半坡陶片上的符號爲文字。

　　唐蘭先生〈再論大汶口文化的社會性質和大汶口陶器文字〉（刊於北京《光明日報》，1978 年 2 月 23 日），則認爲半坡陶器符號和後世文字的關係不清楚，不能即定爲文字。

　　半坡陶片上的符號，依據形體來辨認，可以分爲三組：

　　第一組，五個符號，可以解釋爲數目字（25%）。

　　（1）1 號，可釋爲數字「一」。
　　（2）2 號，可釋爲數字「二」。
　　（3）16 號，可釋爲數字「五」。
　　（4）17 號，可釋爲數字「七」。
　　（5）25 號，可釋爲數字「八」。

　　第二組，四個符號，可以解釋爲象形字（20%）。

　　（1）15 號，可釋爲象形字「中」。
　　（2）20-22 號，可釋爲象形字「自」。
　　（3）23 號，可釋爲象形字「玉」。
　　（4）3-4 號，可釋爲象形字「示」。

　　第三組，其餘十一個符號，無法辨識（55%）。

　　（1）5-8，10-11 號，左右對轉寫法，在古文字中無別。
　　（2）9 號。
　　（3）12-13 號。

（4）14 號。

（5）18-19 號，左右對轉寫法。

（6）24 號。

（7）26 號。

（8）27 號。

（9）28 號。

（10）29 號。

（11）30 號。

第三組十一個符號無法辨識，可以不論。

第二組四個符號類似象形字，純就形體相似辨識，像是簡化了的象形字，但也可能只是刻畫符號的不同變化，因爲半坡符號全都由線條組成，沒有明顯的原始圖形。

在半坡出土的遺物中，除了陶片，還有一些完整的陶器。在這些陶器上有一些圖畫，跟後來的圖形文字便十分相似，很可能是圖形文字的來源（見圖表 40）。從這些圖畫看來，當時已有軟性的畫畫工具，有如後來的毛筆。

殷周青銅器上的一些簡單的動物圖形文字，與半坡陶器上的動物圖畫十分近似。仔細觀察，早期陶器上的圖畫，或就是後來的圖形文字的來源（見圖表 41）。

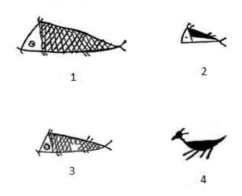

圖表 40　半坡陶器上的圖畫
來源：《西安半坡》

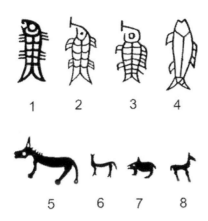

圖表 41　青銅器上的圖形文字
來源：《金文編》

在半坡陶片刻符中，第一組的五個符號都是刻畫線條，比較可能是後來數目字的來源。

就整體來說，半坡陶片上刻畫的符號，形體多樣，所表達的意思顯然也多樣，很可能是文字。

半坡陶符的重要性在於年代早。如果半坡陶片上的這些刻畫的符號是文字，那麼，中國文字的歷史就從殷代提前約兩千年了。這是半坡刻畫符號在漢字歷史上的重要意義。

（3）姜寨陶符

姜寨位於陝西臨潼縣，距離半坡遺址只有 15 公里。於 1972 年秋天至 1974 年發掘，年代約西元前 3500 年，比半坡略晚，也屬於仰韶文化時期。

姜寨出土的遺物和半坡出土的大致相同，屬於仰韶文化中的同一類型。不過，姜寨也出土龍山文化時期的遺物。

姜寨出土的陶器刻符不多，只有四個，屬於仰韶文化時期（見圖表 42）。

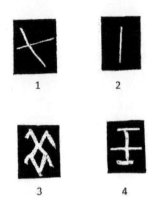

圖表 42 姜寨陶符
來源：1973 年《考古》第三期

　　四個陶符之中，1 號和 2 號兩個符號和半坡的符號相似，可以
解釋爲數目字。其餘兩個符號，無法辨識，也未見於半坡符號中；
3 號像圖案，4 號像刻畫。就整體來說，四個符號都由簡單線條組
成，沒有很強的圖畫風格，像刻畫多於象形。

圖表 43　姜寨陶器上的圖畫
來源：1975 年《文物》第八期

　　在姜寨出土的陶器上還有一些簡單的動物圖畫。從這些圖畫看
來，當時已有軟性的畫畫工具，有如後來的毛筆。

圖表 43 中的簡單的動物圖畫，與後來殷周青銅器及甲骨上的一些簡單的動物圖形文字十分近似（見圖表 44）。

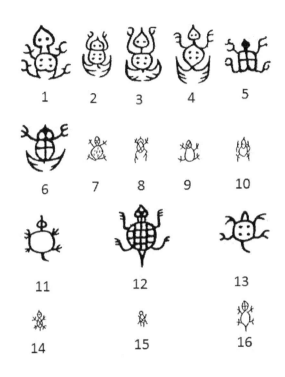

圖表44　金文與甲骨文中的圖形文字
來源：《金文編》及《甲骨文編》

圖表 44 中，1-6 與 7-10 號分別爲金文與甲骨文「黽」字，11-13 與 14-16 號分別爲金文甲骨文「龜」字。姜寨陶器上的圖畫，與後來殷周青銅器及甲骨上的動物圖形文字相一致。這一點，在討論漢字起源時，有重要意義。

（4）大汶口陶符

大汶口遺址位於山東泰安縣，在 1950 年代初期發掘，年代約

西元前 4500-2300 年，比半坡文化略晚，比山東龍山文化早，可能
是龍山文化的前驅。

　　大汶口文化的陶器分別在三個地方出土。大汶口之外，另外兩
個是：莒縣淩陽河（大汶口東南約 160 公里處），諸城縣前寨（大
汶口東面約 200 公里處）。

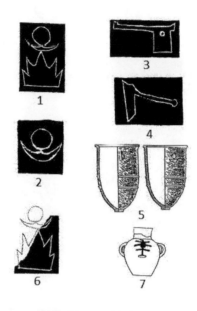

圖表 45　大汶口陶符
來源：《大汶口》

　　陶片上刻畫的符號共六個，其中兩個相同。這六個符號都是圖
畫，跟半坡陶片上的符號顯著不同。單就形體來說，跟後來的圖形
文字相一致（見圖表 45）。

　　如果這些刻寫的圖畫是文字，那麼，中國文字的歷史可以從殷
代提前約一千年。

　　古文字學者雖認爲這幾個圖形是文字，但看法並不一致。

　　（1）1 號圖形，唐蘭先生釋爲「炅」字。這是個象意字，由
三個偏旁組成，最上一個是日，中間是火，下面是山（見〈再論大

汶口文化的社會性質和大汶口陶器文字〉，《光明日報》1978 年 2
月 23 日）。

于省吾先生釋爲「旦」字，認爲中間的偏旁是雲，即日出山頭
雲端（見〈關於古文字研究的若干問題〉，1973，《文物》201 期
32-35）。

（2）2 號圖形，唐蘭先生也釋爲「炅」字，是省體，也就是
後來的《說文》中所收的正體。

（3）3 號圖形，唐蘭先生初釋爲「戉」字，是斧頭的象形
（見〈從河南鄭州出土的商代前期青銅器談起〉，《文物》106 期 5-
14 頁）；後來釋爲「戌」字，也是斧頭的象形字（見〈從大汶口文
化的陶器文字看我國最早文化的年代〉，《光明日報》1977 年 7 月
14 日）。其實這個字釋爲「戊」字也無不可，「戊」、「戌」、
「戉」的本義都是斧頭。這個圖形是不是文字，無法確定。如是文
字，又是哪個字，也無法確定。

（4）4 號圖形，唐蘭先生釋爲「斤」字，也是斧頭的象形字
（見上引兩文）。

（5）7 號圖形，唐蘭先生釋爲「莍」字，是花的象形字（見〈
從大汶口文化的陶器文字看我國最早文化的年代〉）。甲骨文
「莍」字作 ，象禾類植物之形，本義不明。此字形體不似花
朵，似非花朵的象形字。

在甲骨文和金文中，一些圖形文字中的斧頭偏旁，與大汶口的
3 號圖形十分相似（見圖表 46）。

圖表 46 的圖形文字中，1-3 號取自《金文編》，4-6 號取自
《甲骨文編》，都是以斧頭砍伐的圖像。斧頭在上古時代是重要的
武器。

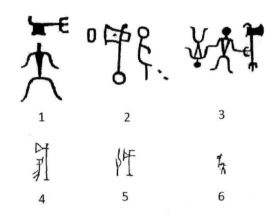

圖表 46　金文與甲骨文中斧頭偏旁的圖形文字
來源：《金文編》與《甲骨文編》

唐蘭先生認爲，大汶口陶符是文字。其重要性有三點（見<再論大汶口文化的社會性質和大汶口陶器文字>，《光明日報》1978年2月23日）。

其一，這幾個字在不同地方出土。這表示這些字在大汶口文化地區廣泛使用。

其二，無論是寫的還是刻的，這些字都很工整，尤其是「炅」子的三個字形，雖然在兩個地方出土，形體和結構都很整齊，像一個人寫的一樣。這表示這些字已經規範化，就像後來的小篆和楷書。這表示不是原始的文字，而是已經過一個發展的過程，還有簡體。姜寨陶文與大汶口陶文同一個時期，但很幼稚，可能已經受到大汶口陶文的影響。

其三，大汶口陶文的字形，在兩千年後的商周甲骨文和金文中找到相應的字形。

在這三點中，第一點和第三點都很有意義，但第二點，字形是否工整，純爲書法的風格，因人而異。甲骨文爲晚商的文字，而各個時期的書寫風格並不相同，有的工整美觀，有的草率。儘管各個時期的風格可以分別出來，但形體和結構都沒有規範化。大汶口陶

文刻寫整齊，並不表示當時文字已經規範化了。姜寨陶文的草率與大汶口陶文的整齊，僅是書寫風格的差異而已。

年代較早的半坡與姜寨陶器上都有可以解釋爲數目字的刻畫，年代較晚的大汶口卻沒有。大汶口陶器上的刻符都是圖畫，可以解釋爲圖形文字。

陶器刻畫在半坡與大汶口這兩個階段的發展，跟郭沫若先生的說法相一致，即：刻畫早於圖形，指事字早於象形字。

唐蘭先生按照他的古文字分期（見《古文字學導論》），把大汶口陶文歸入遠古期。當時，僅有象形和象意字。形聲字屬於近古期。甲骨文即近古期文字。至於他的原始期文字，尚未發現。唐蘭先生認爲，大汶口陶文已經過幾百年的發展。

于省吾先生認爲「炅」字的繁體由三個獨體字組成，而獨體字是合體字的基礎，因此，這些獨體字必定更早發展，大汶口陶文必定已經過一個時期的演變，並不是原始的文字。當時必定還有更多合體字，只是還沒發現（見〈關於古文字研究的若干問題〉，刊於1973 年《文物》201 期）。

就字形看來，這些字都是由線條構成的，雖然圖畫的性質還很強，但已較細緻的圖畫簡單，應已經過一段時間的演變。調查報告說，這些字中間的空白處填上紅色的顏料。這樣的填實方式是早期文字的特點。由於刀刻在陶器上比較難填實，所以在刻畫線條後，用顏料填實。這樣，字形就更加接近所象的實物。

文字一旦用刀刻寫，其圖畫性質必定會減少。大汶口陶文在刀刻後填上紅色，當就是爲了讓字形更接近實物。

（5）城子崖陶符

山東龍山文化很可能是大汶口文化的延續。兩者大致在同一個地區，出土的遺物也相似。山東龍山文化的年代在 2400-2000 年。

山東龍山文化最重要的遺址是 1930 年發掘的城子崖，靠近龍山鎮，故名龍山文化。城子崖遺址有兩個文化層。下層爲新石器時代文化類型，與商代文化相關聯；上層爲東周文化類型。

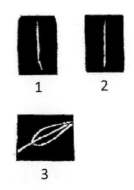

圖表 47　城子崖陶符
來源：《城子崖》

　　上下兩個文化層都出土刻畫陶文。由於上層年代太晚，可以不論。下層出土三個陶符只有三個，其中兩個相同（見圖表 47）。

　　（1）1 號和 2 號陶符相同，與半坡陶符 1 號相近似，可以釋爲「一」字或「十」字。

　　（2）3 號陶符像葉子，又與甲骨文「羽」字寫法近似。

　　半坡和大汶口遺址的年代都較城子崖爲早。大汶口和城子崖在同一個地區。如果半坡與大汶口當時有通行的文字，很可能會傳播到城子崖。以上三個符號中，有一個跟半坡的相近似，但跟大汶口的不相近似。由於城子崖的符號太少，難於推測當時的情況，更無法推測三個遺址之間的關係。

（6）二里頭陶符

　　二里頭在河南偃師，1959 年開始發掘。二裏頭遺址的文化層分爲四個時期。第一第二期屬於新石器時期的龍山文化。第三第四期屬於商代早期。

　　二里頭出土的陶符一共二十四個。其中有些與半坡出土的陶符相同（見圖表 48）。

　　這二十四個符號可以分爲三組。

第一組共七個符號，可以解釋爲數目字（29.1%）。

（1）1 號，可釋爲「一」或「十」。
（2）2 號，可釋爲「二」或「廿」。
（3）3 號，可釋爲「三」或「卅」。
（4）8 號，可釋爲「五」。
（5）13 號，可釋爲「四」。
（6）18 號，可釋爲「八」。
（7）23 號，可釋爲「七」與「十」合文。

第二組共四個符號，可以解釋爲圖形字（16.6%）。
（1）4 號，可釋爲「俎」。
（2）7 號，可釋爲「井」。
（3）17 號，可釋爲「又」。
（4）20 號，可釋爲「死」。

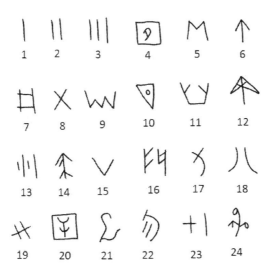

圖表 48　二里頭陶符
來源：《河南偃師二里頭發掘報告》

第三組共十三個符號，無法辨識（54.1%）。

（1）5 號。

（2）6 號。

（3）9 號。

（4）10 號。

（5）11 號。

（6）12 號。

（7）14 號。

（8）15 號。

（9）16 號。

（10）19 號。

（11）21 號。

（12）22 號。

（13）24 號。

二里頭陶符有兩點重要的歷史意義：

其一，二里頭遺址可能是商湯的都城西亳。

其二，其年代早於甲骨文，可能是甲骨文的前身。

不過，目前尚缺更加確切的地下資料以進一步瞭解二里頭陶符與甲骨文的聯繫。

（7）二里崗陶符

二里崗遺址位於鄭州西南。發掘的文化遺物分上下兩層，均屬於商代中晚期，較小屯遺址早，而晚於二里頭遺址。

商代第十一王中丁都隞，位於滎澤西南約七公里，鄭州西二十五公里處。

在二里崗出土的文化遺存中，共有 785 片甲骨，其中兩片刻有文字（見圖表 49）。

就所刻文字形體與結構看來，均與甲骨文字無異。這對於瞭解漢字早期的歷史，有兩點啓示：

其一，在甲骨上刻字的習慣亦見於商代中期。

其二，二里崗出土的甲骨文與晚商的甲骨文相一致。

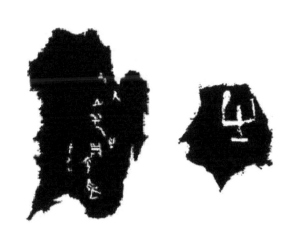

圖表49 二里崗出土甲骨片
來源：《鄭州二里崗》

這樣看來，甲骨文很可能是商代早期，甚至於商代以前就已在用的文字。

雖然二里崗遺址中出土的甲骨文字，可以肯定當時已有真文字，但在二里崗出土的陶片刻畫符號中，並沒有與甲骨文字相同的圖畫文字。因此，二里崗陶片上的符號都屬於刻畫系統的陶符（見圖表50）。

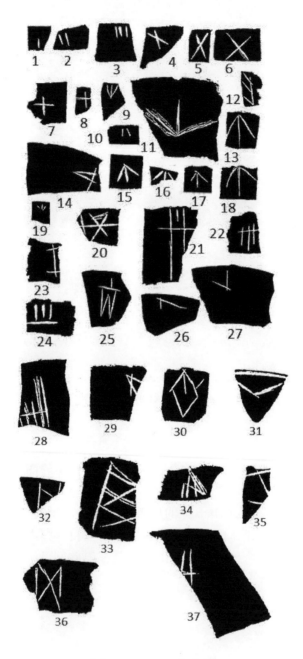

圖表 50　二里崗陶符
來源：《鄭州二里崗》

二里崗陶片上的符號，依據形體來辨認，可以分爲三組。

第一組，六個符號，可以解釋爲數目字（20.6%）。

（1）1 號，可釋爲數字「一」。

（2）2 號，可釋爲數字「二」。

（3）3 號，可釋爲數字「三」。

（4）4、5、6 號，可釋爲數字「五」。

（5）7、8 號，可釋爲數字「七」。

（6）9 號，可釋爲數字「八」。

第二組，三個符號，可以解釋爲象形字（10.3%）。

（1）10、11 號，可釋爲象形字「中」。

（2）12 號，可釋爲象形字「皀」。

（3）13 號，可釋爲象形字「戈」。

第三組，其餘二十個符號，無法辨識（68.9%）。

（1）14、15、16、17、18 號，五個形體。

（2）19 號。

（3）20 號，字形殘缺。

（4）21 號。

（5）22 號。

（6）23 號。

（7）24 號。

（8）25 號。

（9）26 號。

（10）27 號。

（11）28 號。

（12）29 號。

（13）30 號。

（14）31 號。

（15）32 號。

（16）33 號。

（17）**34** 號。

（18）**35** 號。

（19）**36** 號。

（20）**37** 號。

　　雖然在全部二十九個符號之中，大都無法辨識，但有一點很可注意的是：一共有八個符號，即：1、2、4、7、9、10、12 等，與半坡陶片上的符號相同。這表示，這些陶符顯然有長久的歷史，并非即興刻畫。

　　二里崗遺址的年代相當於商代中期，當時已確定有文字，與商代晚期的甲骨文相同。因此，如果二里崗的陶符并非隨意刻畫而是文字，那麼，半坡陶片上的陶符也應是文字了。這一點對於瞭解漢字的起源與歷史十分重要。這些陶符可以把漢字的起源提前到公元前四千年。

　　在觀察這些史前陶器刻符時，最重要也最難斷定的便是：是不是文字。其所以難於斷定的原因在於：這些刻符都是單獨出現的，看不出與語言的直接聯繫。

2、刻畫與圖形

　　史前各遺址出土的陶器符號，按照郭沫若先生的分類，可以分爲兩個系統：

其一，刻畫系統

其二，圖形系統

　　這兩個系統的符號，後世漢字都有，所以純就形體來說，這些符號就是後來文字的祖先，有其道理，但是就使用情況來說，不能確定其爲文字，也有道理。正因此，有的學者稱其爲陶文，有的學者稱其爲陶符。這裏把似文字階段陶片刻畫的符號稱爲陶符，真文字階段陶片刻畫的符號稱爲陶文。

　　在這兩個系統的符號中，以刻畫系統的爲多。就似文字階段七個遺址出土的陶符來觀察，可以半坡和大汶口分別代表兩個系統。

在似文字階段七個遺址出土的陶片刻符中，只有大汶口出土的符號屬於圖形系統，其餘六個遺址出土的陶符都屬於刻畫系統。這可能是由於這三個原因：

其一，因為刻畫系統的符號出現的年代較早，在史前陶器上普遍應用，而圖形系統的符號出現的年代較晚，在史前陶器上并不普遍應用。

其二，可能是因為出土的陶片不多，圖形系統的符號資料還有待日後更多發掘。

其三，陶器上只需用到一些簡單的刻畫符號。

從半坡與姜寨的陶器上所見的圖畫看了，圖畫另有用途，用作裝飾。這些裝飾圖畫與後來的圖畫文字，風格一致。這些圖畫應就是圖畫文字的前身。圖畫文字由圖畫簡化而來。

四　真文字階段：陶文

陶文指真文字階段刻畫在陶器上的符號。陶符則是指似文字階段刻畫在陶器上的符號。兩者的主要區別不在於形體和風格，而在於是不是跟語言相結合。如果日後證明似文字階段的陶符也是文字，那麼，陶符這個名稱就可以取消了。

1、商代陶文

現在所看到的陶文都是屬於商代的。這個時期的陶器符號是文字，是基於這兩個因素來斷定的：

其一，商代已出土成熟的甲骨文字。
其二，這個時期的陶器符號和商周文字有傳承關係。

商代陶文和甲骨文的年代相重疊，而最大的一批陶文就出土於甲骨文遺址小屯。台西、吳城、小屯是這個時期出土陶文的三個遺址。

這三個遺址出土的陶文中，台西陶文與小屯陶文屬於大汶口系統，即圖形系統；吳城陶文一大半屬於大圖形系統，一小半屬於刻畫系統。

以下就詳細討論上列三個遺址出土的陶文，以及相關的問題。

（1）台西陶文

台西遺址位於河北省藁城縣。其年代相當於商代早期。遺址位於河北，而非商代政治中心的河南。這顯示與甲骨文同類的文字通行的區域已很廣闊了。

在台西出土的陶片中，有十二片刻有文字（見圖表51）。

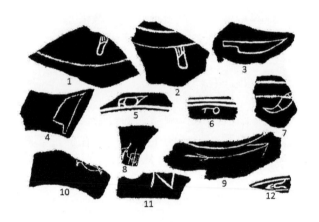

圖表 51　台西陶文
來源：1974 年《文物》第 8 期

就字形看來，台西陶文比小屯甲骨文更加原始些，而近於商代早期青銅器上的圖形文字。台西陶文與甲骨文之間的字形關係顯而易見。這一點對於瞭解漢字的歷史十分重要。

在台西陶文中，有兩個重複，實際是十個字，均可以解釋爲象形字。

（1）1、2 號，可釋爲「止」。

（2）3、4 號，可釋爲「刀」。

（3）5 號，可釋爲「臣」或「目」。

（4）6 號，可釋爲「巳」。

（5）7 號，可釋爲「魚」，字形殘缺。

（6）8 號，或爲動物象形，字形殘缺。

（7）9 號，可釋爲「冊」。

（8）10 號，不可釋，字形殘缺。

（9）11 號，可釋爲「矢」。

（10）12 號，可釋爲「大」。

台西陶文的形體與甲骨文及金文形體的關係十分明顯。其爲商代文字，可以無疑。

在台西陶文中，除了 10 號因殘缺而不可解釋之外，其餘都是圖形文字。至於其他遺址中出土的刻畫符號，台西遺址中未見。這是真文字時期陶文的共同特點。

（2）吳城陶文

吳城遺址位於江西省清江縣，發掘於 1973 年。這個遺址出土的遺物可以分爲三個文化層。下層最早，屬於商代中期（相當於二里崗上層）；中層其次，屬於商代晚期（相當於小屯中上層）；上層最晚，屬於商代晚期（相當於小屯下層）至周朝早期。

吳城遺址在歷史與地理兩方面都很有意義。其歷史年代相當於商代中晚期，這個時候的商文字已經十分成熟。其地理位置在江西，屬於長江流域，遠離當時北方的文化中心。這裏是古代苗越部族的居住地。苗越人的語言與文化均有別於商人。這一點從吳城遺址出土的文化遺物可以窺見一二。

雖然苗越人的語言與文化均有別於商人，然吳城遺址出土的文化遺物卻與商代文化有密切關係，顯示出兩種同時文化的異同。這對於瞭解當時的歷史與文化傳播很有意義。

吳城陶文共 66 個單字，包括異體（見圖表 52－53）。

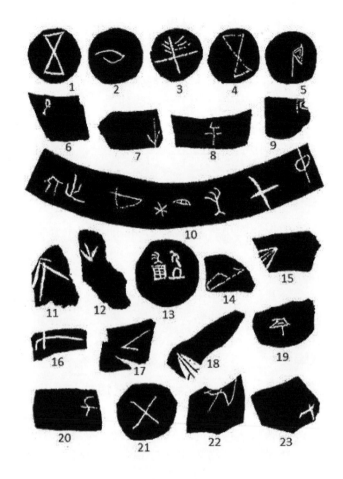

圖表 52　吳城陶文
來源：1975《文物》第 7 期

　　吳城出土的陶文依據文化層分爲三期。第一期最多，共 39
字，刻於陶片；第二期次之，共 19 字，刻於陶片與石模；第三期
最少，共 8 字，刻於陶片（見圖表 53）。除去異體，共 47 字。這
些陶文多單獨刻畫，只有少數幾個字刻在一起。

圖表 53 吳城陶文分期
來源：1975《文物》第 7 期

這些陶文大多無法辨識，大致可以分爲三組。

第一組，共兩個字，可以解釋爲數目字（4.3%）。

（1）1、2、40、41、42 號，可釋爲數字「五」。

（2）3 號，可釋爲數字「七」。

第二組，共十三個字，可以解釋爲象形象意字（27.7%）。

（1）4 號，可釋爲「止」。

（2）5 號，可釋爲「豆」。

（3）6 號，可釋爲「目」。

（4）7、8 號，可釋爲「帚」。

（5）9 號，可釋爲「中」。

（6）10 號，可釋爲「田」。

（7）11 號，可釋爲「土」。

（8）12 號，可釋爲「人」。

（9）13、14、15 號，可釋爲「网」。

（10）44、45 號，可釋爲「中」。

（11）43 號，可釋爲「刀」。

（12）46、47、59、60 號，可釋爲「戈」。

（13）48 號，可釋爲「㞢」。

第三組，共三十二個字，無法辨識（68.1%）。

（1）17 號。

（2）18 號。

（3）19、20 號。

（4）21 號。

（5）22 號。

（6）23 號。

（7）24 號。

（8）25 號。

（9）26 號。

（10）27 號。

（11）28 號。

（12）29 號。

（13）30、61 號。

（14）31 號。

（15）33、34 號。

（16）32 號。

（17）35 號。

（18）36 號。

（19）37 號。

（20）38 號。

（21）39 號。

（22）49 號。

（23）50 號。

（24）51 號。

（25）52 號。

（26）53 號。

（27）54 號。

（28）55 號。

（29）56 號。

（30）58 號。

（31）62 號。

（32）57、63、64、65、66 號。

　　唐蘭先生在仔細研究吳城陶文後，認爲吳城陶文可能是已經消失了的文字（見〈關於江西吳城文化遺址與文字的初步探索〉，刊於《文物》第七期）。

　　由於長江流域的部族與黃河流域的不同，語言文字不一樣也是很自然的事。仔細觀察吳城陶文，其中可以解釋的字，與商代的甲骨文及金文大致相同，並非完全不同的系統，但這類可以解釋的字只佔一小部分，而大部分不可解釋。

　　越人所用文字或許有別於商人，然當時商人的文化顯然高於越人，而文化傳播時，一般是由高文化地區傳向低文化地區，因此，越人所用文字極有可能是從北方傳來的，或許越人也借用一部分商人的文字。因此，吳城文字中可以解釋的字與商代的甲骨文及金文大致相同，並非完全不同的文字系統。這情形就如漢字後來傳播到日本等鄰近地區一樣。漢字在這些鄰近地區用來代表不同的語言。當然，越人在採用商人的文字之後，仍需爲越語造一些新字，以補充商人文字之不足，就如日本在採用漢字之後，另造一些新字來表達日語，就是日文漢字。

越人所造的新字，不同於商人的文字，自然在後來的漢字中找不到相應的字，也就無法辨認了。

《甲骨文編》中所收單字 4672 個。其中約 63% 不可考釋。《金文編》中所收單字 3093 個，其中約 38% 不可考釋。這些不可考釋的字都是因爲後來失傳了，未見於《說文解字》等字書，沒有相應的字可以比對，因而無法辨識。

周人與商人的方言或不相同，所用的是同一種文字。這種文字一直保留到今天。

越人與商人語言不同，雖然可以採用同一系統的文字，但因所表達的語言不同，已變成另一種文字，後來失傳了。

（3）小屯陶文

小屯遺址在河南省安陽縣，爲商代最重要的文化遺址。這裏是殷代從盤庚到帝辛，十二位君王的首都，共 273 年（約前 1300-1027）。

小屯出土的文化遺物中，最重要的便是甲骨上的刻辭，有助於瞭解殷商時代的歷史與文字發展。

除了甲骨之外，尚有一批刻字陶片，爲歷來發掘陶片中最大的一批，共 69 個單字，以及若干異體字，大多可以考釋（見圖表 54）。

這批陶文出土的地點與甲骨文相同，而甲骨文是商代的文字，爲古文字中最早的成熟文字。小屯陶文既出土於同一地點，其爲商代的文字可以無疑。

就文字形體結構來考察，小屯陶文是研究似文字階段陶符的橋梁。小屯陶文既與甲骨文同時并存，同屬商代文字，其刻畫符號又與史前陶符相聯係，成爲探討似文字階段陶符的基礎。這是小屯陶文重要的歷史意義。

圖表 54 小屯陶文
來源：《小屯殷墟器物甲編陶器》

圖表 54 小屯陶文（續）
來源：《小屯殷墟器物甲編陶器》

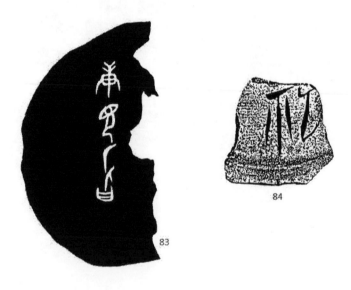

圖表 54 小屯陶文（續）
來源：《小屯殷墟器物甲編陶器》

李孝定先生最早考釋小屯陶文。以下依據李先生的考釋，把這批陶文分爲五組，略加說明。

第一組，共七個字，可以解釋爲數目字（10.1%）。

（1）1 號，可釋爲數字「一」或「十」。

（2）2 號，可釋爲數字「三」或「卅」。

（3）3 號，可釋爲數字「四」或「冊」。

（4）4-8 號，可釋爲數字「五」。

（5）63 號，右一字可釋爲數字「六」。

（6）10-17 號，可釋爲數字「七」，或「才」、「甲」。

（7）37 號，有一字形體與 1 號同，可釋爲數字「十」。

第二組，共三十二個字，可以解釋爲圖形文字（46.4%）。

（1）18-19 號，可釋爲「左」。

（2）22-25 號，可釋爲「右」。

（3）20-21、63 號，可釋爲「中」。

（4）18-19 號，可釋爲「左」。

（5）24 號，可釋爲「魚」。

（6）27、30-32 號，可釋爲「犬」。

（7）27-29 號，可釋爲「虫」。

（8）33 號，可釋爲「龍」。

（9）36 號，右一字可釋爲「丁」。

（10）39 號，可釋爲「夔」。

（11）40 號，可釋爲「父」。

（12）37 號，上一字可釋爲「戊」。

（13）37 號，下一字可釋爲「母」。

（14）38 號，右一字可釋爲「帚」。

（15）38 號，左一字可釋爲「守」。

（16）41 號，可釋爲「戈」。

（17）42-43 號，可釋爲「戌」。

（18）44-47 號，可釋爲「木」。

（19）48-49 號，可釋爲「井」。

（20）50-51、53 號，可釋爲「中」。

（21）55 號，可釋爲「車」。

（22）57 號，可釋爲「響」。

（23）58 號，可釋爲「田」。

（24）62 號，右一字可釋爲「且」。

（25）63 號，左一字可釋爲「甘叀」二字。

（26）63 號，中一字可釋爲「多」。

（27）63 號，右一字可釋爲「六百」。

（28）63 號，右一字可釋爲「友」。

（29）83 號，上一字可釋爲「庚」。

（30）83 號，上第二字可釋爲「見」。

（31）83 號，中第二字可釋爲「石」。

（32）56 號，可釋爲「秅」。

第三組，共兩個字，可以解釋爲形聲字（2.9%）。

（1）83 號，下一字可釋爲「旨」。

（2）84 號，可釋爲「祀」。

第四組，共七個字，字形可以考釋，結構不詳（10.1%）。

（1）30、32 號，右一字可釋爲「易」。

（2）35 號，可釋爲「己」。

（3）36 號，可釋爲「乙」。

（4）54 號，可釋爲「枼」。

（5）60-61 號，可釋爲「亞」。

（6）62 號，左一字可釋爲「今」。

（7）63 號，左一字與下一字可釋爲「叀」。

第五組，共二十一個字，無法考釋（30.4%）。

（1）9 號。

（2）3 號。

（3）37 號，右下一字。

（4）38 號，中一字。

（5）52 號。

（6）59 號。

（7）62 號，中一字。

（8）64 號。

（9）65-68 號。

（10）69 號。

（11）70 號。

（12）71 號。

（13）72-73 號。

（14）74 號。

（15）75 號。

（16）77 號。

（17）79 號。

（18）78 號。

（19）76 號。

（20）81 號。

（21）82 號。

　　以上討論了似文字階段與真文字階段的陶器符號的結構與形體，以及這些陶器符號與漢字的關係，以下進一步討論這些符號歷史意義，以及與後世文字的傳承關係。

2、歷史傳承關係

（1）歷史意義

　　在真文字階段的三種陶文中，小屯陶文的歷史意義最爲重要，因爲這些陶文出土的地點與甲骨文相同，而甲骨文已確定是商代的文字，那麼，小屯陶文也是商代的文字了。其字形結構與甲骨文相一致，可以確定爲真文字無疑。

　　這三種陶文在漢字歷史上有兩點重大的意義：

其一，與似文字階段的刻畫習慣一脈相承。

其二，小屯陶片的符號既然是文字，似文字階段的陶符也應該是文字。

判斷陶器上的刻畫符號是不是文字，須有確實的基礎。這基礎主要建立在這三方面：

其一，以甲骨文爲基礎，討論小屯陶器符號是否爲文字。

其二，以小屯陶文爲基礎，討論前此各遺址的陶器符號是否爲文字。

其三，以金文中的族徽爲基礎，討論陶器符號是否爲文字。

前兩個基礎爲李孝定先生所採用，以探討半坡陶器符號是不是文字，第三個基礎爲郭沫若先生所採用，以探討半坡陶器符號是不是文字。

漢字起源是幾千年前的事，誰都沒有親歷其境，也沒有看到明確的記錄。後世學者便只能對這個問題加以推測，然而這推測不能天馬行空，毫無根據，必須以後世同類事物的認知爲基礎，也就是郭沫若先生所說的「由後以例前」。

唐蘭先生不肯定半坡陶器符號爲文字，可能與他對指事字的看法有關。他在《古文字學導論》（25-32 頁）中說：

> 至於文字學者們所熱烈維持的一種古老的見解，有一種指事文字（或象事），發生在圖形文字之前（或同時）————這是大可不必的。像「二」、「三」這類字，古人以爲「指事」，其實只是「象事」：」一二」和「□○」，雖沒有實物，但在文字發生時，人們早已有這種觀念，而實際有這種觀念，而且有代表這種觀念的事物。例如計數的算子，方形的匡，圓形的環。所以這些文字還是圖形，而且並不是代表抽象的意義。……
>
> 指事字只是前人因一部分文字無法解釋而立的。其實這種文字大都是象形或象意，在文字史上根本就沒有發生過指事文字。

　　唐蘭先生所否定的指事字，其中包括數目字，而半坡陶器符號中，有一些正可以解釋爲數目字。如果這些刻畫符號確爲數目字，而出現的時間又如此早，就顯然跟唐先生的理論不一致了。

　　漢字起源畢竟是幾千年前的事，肯定與否定或未定，都有道理。要對這樣的課題得出一個較爲合理的説法，除了以甲骨文與小屯陶文的認知爲基礎之外，　金文中的圖形文字與刻畫文字，也是重要的基礎。

　　在對比商周時期的其他陶器上的刻畫時，仔細觀察其相似與相異處，借以判斷其間的關係。這是合理的方法。商周時期已有成熟的文字，觀察同一時期的文字可以得出較合理的判斷。李孝定先生與郭沫若先生在這方面發表了三篇重要論文：

從幾種史前與有史早期陶文的觀察蠡測中國文字的起源(1969)
再論史前陶文和漢字起源問題（1979）
古代文字之辯證的發展（1972）

　　前兩篇爲李孝定先生所作，第三篇爲郭沫若先生所作。這是就陶器符號討論漢字起源問題極其重要的三篇文章。

　　李孝定先生的第一篇論文，〈從幾種史前與有史早期陶文的觀察蠡測中國文字的起源〉，推斷西安半坡陶器上的刻畫爲起源時期的漢字。推斷的基礎便是他對甲骨文與小屯陶文的認知。他是第一個考釋小屯陶文的學者，也是第一個作甲骨文字集釋的學者。他便是在這樣的基礎上判斷半坡陶文的性質。

　　三年後，郭沫若先生作〈古代文字之辯證的發展〉，也得出同樣的結論。

　　兩位學者立論的基礎不同，討論的對象相同，所得到的結論也相同，　都以半坡陶器上的符號爲早期的漢字。這也可以支持彼此的判斷。郭沫若先生在文章中說：

由後以例前，也就如由黃河下游以溯源於星宿海，彩陶上的那些刻畫記號，可以肯定地說就是中國文字的起源，或者中國原始文字的孑遺。

　　以後世類似事物的認知爲基礎，推測與解釋數千年前的事物，這是考古學常用的方法。考古學者所探討的往往是千百年前沒有記錄的事物。這麼悠久以前的事，誰都沒經歷過，無法明確知道，只能「由後以例前」，因而想像力必不可少，還需要推測的能力。沒有想像能力與推測能力，考古學將無從建立，而想像與推測必須有基礎。這基礎便是建立在對後世同類事物的認知。考古學者所考究的事，動則幾千年前，乃至於幾萬年前。只有在對後世的認知基礎上才能對幾千年前，乃至幾萬年前的事得出有意義的想像與推測。

　　史前各個時期出土陶器上刻畫的符號大多無法考釋，也就難以確定是否爲文字了。在探討陶器上的符號是不是文字時，主要的方法便是分析其結構，並與後世文字相比較，以推斷是否與後世的結構相一致。

　　在真文字階段的符號中，有一些可以用六書來分析，其結構與後來的漢字相一致，因而可以判斷屬同一個系統。

　　在分析商代陶文之後，再回過頭來觀察「似文字時期」的「陶符」，可以推斷其性質是否相一致。這是探討似文字階段的陶器符號是不是文字的方法。

　　李孝定先生便是用這個方法，分析各時期陶器符號的結構，是否有傳承關係。就方法與結構分析兩方面來看，所得結論都合理。

　　在遠古陶器上刻畫符號，與傳說中的刻契是一脈相承的習慣。這種習慣源遠流長，並成爲在堅硬材料上的書寫習慣。甲骨文與金文也是延續這種書寫習慣。

　　商代青銅器上的銘文，字數甚少，與史前陶器上刻字的習慣，一脈相承。這樣的習慣，到後來的瓷器，也傳承下來。由於瓷器上有釉彩與圖畫，直接刻字將破壞瓷器表面的美觀，所以改爲在瓷器底部簽名蓋印，或寫上帝王年號。陶器、青銅器、瓷器，刻字與簽名的習慣，顯然一脈相承。

　　郭沫若先生以金文中的圖形文字與刻畫文字，與半坡陶器上的符號相比較，也得出合理的結論。

　　在陶文出土之前，已知最古的漢字是甲骨文與金文。這兩種文字都見於商代，已是十分成熟的文字，不是起源時期的漢字。

在甲骨文出土之前,歷代研究文字的學者,多以小篆爲最古的文字。實則小篆是秦朝統一時的文字,離開漢字起源時期又更遙遠。

陶文出土後,讓學者有機會看到提前兩千年的資料,對漢字的起源得出合理的推測,有助於對這個課題的進一步瞭解。這是陶文的重大歷史意義。

在似文字階段與真文字階段的十個遺址中,主要分佈在河南與陝西一帶,也就是古代的中原。中國文化在這裏發源,然後東漸到河北山東一帶。史前的仰韶文化在西邊,稍晚的龍山文化在東邊。後來的文化格局也大致如此。

王國維把戰國時期,位於中原的秦國籀文稱爲「西土文字」,位於東邊六國的古文稱爲「東土文字」。這個概念似乎也可用於陶文。河南一帶的陶文或可稱之爲「西土陶文」,山東一帶的陶文或可稱之爲「東土陶文」。

陶文先通用於中原的仰韶文化區,然後傳到東邊的龍山文化區,再傳到其他地方。大致的格局如此,還需等待更多地下資料出土,才能詳細瞭解。

（2）傳承關係

各地遺址出土陶片上的符號跟後世文字的傳承關係,可以從這兩方面來觀察:

其一,各地出土陶器符號的結構是否相一致?
其二,如果結構相一致,是否屬於同一種文字?

結構相一致的文字,可以代表不同的語言,例如漢字之中,有一部分也用來代表日語,但用法並不相同,因而日文與漢文並不是同一種文字。

如果各地陶符中,只有一些爲漢字的祖先,則這些陶符與後來的漢字便自然有傳承關係,但究竟哪一些是漢字的祖先,那又是一個難題。

郭沫若先生在觀察半坡陶片上的符號後,斷定這些符號是原始漢字的孑遺,並把原始漢字分爲兩個系統,即:

其一，刻畫系統

其二，圖形系統

用後來的六書來比對，刻畫系統屬指事，圖形系統屬象形，都在六書之內。

李孝定先生以六書來分析各遺址出土陶器符號的結構，也得出相同的看法。這個分析解答了陶片上的符號與後來文字的傳承問題。只有屬於同一系統的文字才可能承續，不屬於同一系統的文字就沒有承續問題了。討論這些陶符與後世文字的承續關係時，重點在於這些陶符的結構跟後世文字的結構是否一致。

在不能十分肯定這些符號是不是文字時，只能根據符號的形體結構來觀察是否與後世文字相一致。其結構與後世文字相一致，才可以推斷與後世文字的傳承關係。

郭沫若先生把陶器符號分爲刻畫系統與象形系統，這是指這兩類符號的來源不同，彼此的構造方法也不同。在六書中，指事字與象形字的構造方法不同，但同屬漢字。

史前陶器上的符號大都可以歸入刻畫類，只有一小部分可以歸入圖形類。這兩類符號在與語言相配合而成爲文字後，文字系統相同。源於刻畫的指事字與源於圖形的象形字，只是六書結構不同，其爲文字則屬於同一個系統。

由於各個遺址分佈的範圍很廣，在這個範圍內，今天有許多不同的方言。說不同方言的人的遠祖，是不是同一個民族？他們說的是不是同一種語言？這都很難斷定。

今天居住在長江流域的人，在上古時代，即使到了漢代依然是南蠻，其部族和語言都有別於中原。

遠古的黃河流域，居住的是否同一種民族？他們說的是否同一種語言？這也無從斷定。因此，在這個廣大的範圍內，各個遺址出土的符號，實難於斷定全都是後世漢字的祖先。就現在的方言與語言分佈來看，遠古中國境內的方言與語言也必有多種，文字也應不止一種，但在匯合而成爲漢字之後，融合爲一，文字系統自然相同，與後世漢字也就有傳承關係了。

第二節　從圖畫到文字

一　圖形文字

1、組成因素

　　圖畫用以表達意義，所以圖畫由兩個因素組成，即：圖形和意義。

　　文字爲表達意義而造，所以也有相應的兩個因素，即：字形和意義。

　　文字和圖畫在表達意義方面的基本不同是：圖畫表達意義並不直接明確，相比之下，文字就直接明確得多。

　　文字表達意義比圖畫更加直接而明確，因爲文字比圖畫多了一個因素，即：讀音。

　　文字的讀音即來自語音。這是因爲文字在表達意義時，與語言緊密配合。文字所具備的意義和讀音都直接來自語言。語言表達清楚，文字也就自然跟著清楚，直接而明確。

　　文字源自圖畫，意思是圖畫賦予文字形體。至於意義，圖畫與文字的意義可能相同，也可能不完全相同，因爲圖畫的意義往往比文字複雜。比較簡單的圖畫，例如動物的象形，圖畫與文字的意義比較一致。畫一隻老虎，意義就是老虎。這看起來好像是圖畫賦予文字意義，其實不然。文字的意義來自語言，不是圖畫。只有在圖畫與語言相配合時，文字才產生。這時，文字既有了聲音，也有了意義。

　　判別圖畫與文字的界限即在於有沒有跟語言相結合，跟語言相結合的圖畫才是文字，沒有跟語言相結合的圖畫，雖然可以表達意義，仍然只是圖畫。

　　在甲骨文與金文中，尚保留許多圖形文字。從這些圖形文字可以清楚看出圖畫與文字的淵源。在這些圖形文字中，有簡單的圖畫，例如動物的象形，也有比較複雜的圖畫，例如人與動物的關

係。簡單的圖畫可以直接與語言中動物的名稱相配合，成爲表達動物名稱的文字；複雜一些的圖畫所傳達的意義往往是間接的，暗示的，需要觀察與猜測才能明白其意義，例如以人與動物的情境關係來表達的動詞，必須聯想到語言中的詞語才能明白其意義，正如許慎所說的：「比類合誼，以見指撝。」

由簡單的動物圖形造成的字，是獨體字；由複雜的圖畫情境造成的字，是合體字。這兩類字在漢字的原始階段都有，對探討漢字起源十分重要。

2、獨體與合體

郭沫若先生把原始漢字歸納爲兩個系統，即：刻畫系統和圖形系統，就六書而言，便是指事和象形。刻畫系統比圖形系統早，也就是指事早於象形。彩陶和黑陶上的刻畫符號是汉字的原始階段。

雖然刻畫系統的符號可能出現在圖形系統符號之前，但爲數甚少，保留下來的只是幾個數目字。相比起來，圖形文字要多得多。

就漢字的內部結構說，數目字的數量實在太少了，與象形字不可同日而語。象形字是漢字整體的基礎，而指事字只是極少的一部分罷了。指事字與漢字後來的發展，沒有多大關係。

圖形系統文字不僅數量較刻畫系統文字多，而且最早出現的獨體圖形文字成爲漢字的基礎。合體字便是在這些獨體字的基礎上兩兩拼合而造出來的。正因此，漢字整體有很强烈的圖畫性質。

圖形文字的來源便是原始的圖畫，因此，文字學者在說到漢字的起源時，往往歸之於圖畫，即漢字起源於圖畫。不僅漢字如此，埃及的圖形文字也如此。

發展成文字的圖畫并不是如純美術的圖畫那麼複雜，而是簡單的圖畫，也就是簡化了的圖畫。這種簡化了的圖畫有獨體與合體兩類。這兩類圖形文字都保留在金文與甲骨文的圖形文字中。金文中所保留的圖形文字往往比甲骨文的顯得更加原始。

在金文的圖形文字中，獨體的是簡單的實物圖像，在語言中則多是名詞；合體的是由獨體實物拼合而成的圖像，所傳達的是生活中的事情，在語言中則多是動詞（見圖表55）。

　　圖表55中所列的圖形文字中， 單獨一個形體的是獨體字，多過一個形體的是合體字。合體字由獨體字拼合而成。無論獨體還是合體，都是圖畫。從這些圖形文字可以清楚看出漢字起源於圖畫。

圖表55　金文中的圖形文字

　　在圖表中，1、2、4、6、9、11、12 號，這八個是獨體字，其餘都是合體字。

　　1 號是一個站立的人
　　2 號是一隻青蛙
　　3 號是一個站著的人與一隻青蛙
　　4 號是一隻魚
　　5 號是兩隻手捉一隻魚
　　6 號是一個小孩子
　　7 號是一個老人和一個小孩子

8 號是一個小孩子在家裏
9 號是一個側面站立的人
10 號是一個大人背一個小孩子
11 號是一隻大象
12 號是一個貝殼
13 號是一隻手拿著勺子吃飯
14 號是兩個人對面就食
15 號也是兩個人對面就食，下面有個儲物箱子

從這些圖形文字清楚可見，漢字起源於圖畫。這些圖畫和語言相結合後，便形成文字，就是後來六書中的象形字和會意字。

語言由語音和語義兩個因素組成。無論獨體字還是合體字，字形表面都或多或少傳達意義。一個完全不懂漢語的人，只要明白漢字構形偏旁的基本含義，便能推測字形表面可能傳達的意義。當然，要深入瞭解每一個字的含義，便須學習漢語，以及漢語語詞的文化涵義。

獨體字形并不直接表達語音。在明白字形所傳達的意義，并與語言中的詞語相結合，才能讀出所表達的語音。合體字中的會意字與獨體字的這一個特點相同。

刻畫系統和圖形系統的獨體字，儘管構形方式有別，其爲漢字的符號系統則相同。合體字以獨體字爲基礎，這也只是構形的方式不同，其爲漢字的符號系統仍然一樣。

二　圖形文字的演進

1、金文圖形文字

文字發展的大致年代，除了就文字結構的演變來推測之外，還可以就文字形體的演變來推測。

在商周青銅器上，有一些圖形文字，很可能是早期漢字的遺存。唐蘭先生在《古文字學導論》（下編 37 頁）中討論青銅器上的圖形文字時說，這類文字是「較近原始的象形或象意字」，大都

是遠古文字的殘留:

> 其實在卜辭裏的圖形文字，並不比銅器少，……雖比銅器筆
> 畫略簡，大體説來，卻比銅器裏來得更原始而近於圖
> 繪。……銅器裏的氏族名稱往往是圖形文字，和其他銘文不
> 同。這是因爲當時人對氏族名稱，尚視爲神聖，所以普通文
> 字雖隨時代演進，獨對於這一部分，總保留著最古的型
> 式。……我們現在所能搜集到的圖形文字只是狠少的一部
> 分。這一部分裏又大都是遠古型的殘留，和純粹殷商系或兩
> 周系的文字相隔狠遠，中間的連鎖狠多已經湮滅。

這類圖形文字，在漢字形體演變的歷史上，有很重大的意義。
雖然「中間的連鎖狠多已經湮滅」，仍可以依據來推測早期漢字的
形體演變。

郭沫若先生分析金文中的圖形文字，分爲「刻畫系統」與「圖
形系統」（見〈古代文字之辯證的發展〉）。

他用「系統」這樣的名稱，容易引起誤解，以爲是兩種獨立的
文字系統，有如中文與日文，實則他所說的「系統」只是個小類別
的概念，也就是六書中的「指事」與「象形」兩類字。

他在文中引用金文中的圖形文字有三類，即：人、動物、器
具。人與動物爲原始繪畫中常見的題材，器具則是戰爭與生產工
具，在原始社會很重要。

古文字學者認爲這類圖形文字爲原始氏族的族徽，在原始社會
有神聖性，所以一直保留下來。這類文字出現的年代久遠，可能是
最早的漢字。學者就根據這類圖形文字來推測其年代。

出土的青銅器多屬於周朝，但有上述圖形文字的青銅器則與甲
骨文大致屬於同一個時代。

這類字出現在青銅器上，多是一兩個字，因此學者推測，這類
字應爲原始氏族的族徽，神聖而受尊重，得以保留原來的圖形。這
是一個原因。

圖表56　郭沫若引用的金文圖形文字

　　青銅器在古代是國之重器，非常尊貴，通常放在宗廟裏，用於祭祀，代表氏族的存在，因而把族徽鑄在青銅器上，希望子子孫孫永寶用。這是第二個原因。

　　此外，又由於在青銅器上鑄字的方法適合鑄造這樣的圖形文字，所以這類字才出現在青銅器上。這是第三個原因。

　　基於以上三個原因，這類圖形文字鑄在深受尊重的青銅器上，文字與器物都極其精美，放置在宗廟裏，成爲祭祀祖先的禮器。

2、殷代古文與殷代今文

　　金文中的圖形文字與原始繪畫十分相似，很可能就是最早的文字，成爲瞭解原始漢字非常重要的資料。

　　董作賓先生把這類圖形文字與甲骨文相比較後認爲，這類圖形文字是「殷代古文」，而甲骨文則是「殷代今文」。他說（見〈中國文字的起源〉，刊於《大陸雜誌》1952年五卷十期，28-38頁）：

現在可以根據殷代的今文和古文，以推求中國文字的起源
了。中國文字到了殷代，距離圖畫已遠了，造字的方法六書
都有了，已完全演進到用綫條寫生的符號了。殷代二百七十
三年之間，干支字二十二個，可以說沒有太大的變化；從此
以下到秦代的小篆，大約有一千年，干支字也可說沒有太大
的變化。從殷代文字最晚的，向後推一千年，而無大變化，
這是事實。據此以推，從殷代文字最早的，向前推一千年，
難道就會有大的不同嗎？就不會是符號而是圖畫嗎？文化的
進程，照例是先緩後急。後一個一千年，有春秋戰國社會的
劇變，秦代統一文字時，變化猶不過如此；前一個一千年
內，是殷商前期、夏代、唐虞二代，唐虞夏商，皆承平盛
世，文字竟有若何大的變動，似乎是不可能的。所以由殷向
上推，三百年以前不會是圖畫文字，五百年或一千年以內，
也決不會是圖畫文字，這可以說是一個合理的推論。關於殷
代的古文──銅器銘刻，確是原始的圖畫文字，我們就可以
和埃及文、麼些文比較一下。埃及文至少使用了三千年，始
終是圖畫；麼些文從創造到現在，算它一千年，也始終是圖
畫；都沒有變成符號。由此推斷，我們殷代的古文──原始
圖畫文字，究竟是何時創造的？用過了多少年，以後才演變
爲像甲骨文一樣的符號文字？這年代應該如何估計？埃及人
用圖畫文字，三千年不變，麼些族用圖畫文字，一千年不
變，我們中國人用圖畫文字，總不會創造了之後，馬上就改
爲符號，算它用過一千年，就不能說多，再少，算它五百
年。接上去殷虛文字的年代，一千年是符號，五百年是圖
畫，這估計只有少不會多的。這樣算，殷虛的初年是公元前
一三八四年，加上一五〇〇年，當爲公元前二八八四年，大
約距今爲四千八百多年。

董作賓先生以金文中的圖形文字爲原始漢字，即殷代古文，並
把這種圖畫文字與與甲骨文，即殷代今文，兩相比較，以推求中國
文字的起源的年代。他認爲，由殷代今文向後推，一千年內沒有太
大的變化，向上推一千年內也不會有太大的變化。

他再把圖畫文字，即殷代古文，與埃及文字，以及雲南麼些族的文字，兩相比較。由於「埃及文至少使用了三千年，始終是圖畫；麼些文從創造到現在，算它一千年，也始終是圖畫」。因此，殷代古文也應該用了一千年，至少五百年。這樣算來，中國文字的起源，當在公元前二八八四年，大約距今爲四千八百多年。

李孝定先生認爲董作賓先生的推測合理，只是過於保守。他説（見〈中國文字的原始與演變〉，收在《漢字的起源與演變論叢》，101頁）：

> 董先生這推測是合理的，而且也是保守的，雖然找不出絕對年代的根據。所幸近數十年，考古學者們在中國大陸先後發現了幾批史前與有史早期的陶文，根據這批資料的研究，使我們對中國文字起源的探討，漸露曙光，也間接的爲董先生的推測找到了佐證。

李先生所説的有史早期陶文，主要是指西安半坡出土的陶文，大約屬於公元前四千年左右的資料，即大約比董作賓先生推測的年代早一千年左右。

雖然董先生所説的殷代古文，即金文中的圖形文字，確實的年代無從得知，但他的推測很合理，雖然保守了些，卻有助於瞭解漢字起源與演變的年代。

殷代今文，即甲骨文，已是很成熟的文字，也必定已經過很長時間的演變。

就形體來觀察，金文中的圖形文字與實際的原始繪畫很近似，離開起源時期應不遠。這是推測漢字起源的可靠資料。

董作賓先生以金文中的圖形文字爲依據來推測漢字的發展歷史，唐蘭先生以古文字結構爲依據來推測漢字的發展歷史，雖然所得年代各不相同，但都各有依據，各有見地，有助於瞭解漢字起源的年代。

3、結構發展與文字演進

分析文字結構與形體的演變，對文字發展的歷史軌跡都有所啓示。學者可以根據結構的演變推測各類文字產生的大約年代，也可以根據形體的演變來推測圖畫文字發展的大約年代。

唐蘭先生在討論文字的六書結構後，提出三書說。三書即：象形、象意、形聲。他把三書定爲三個發展的階段，並推測三書產生的年代（見《古文字學導論》上冊）：

> 我們在文字學的立場上，假定中國的象形文字，至少已有一萬年以上的歷史，象形象意文字的完備，至遲也在五六千年以前，而形聲字的發軔，至遲在三千五百年前，這種假定決不是誇飾。……由繪畫到象形文字的完成，是原始期。由象意文字的興起到完成，是上古期。由形聲文字的興起到完成，是近古期。

從以上論述，象形字、象意字、形聲字，分別代表文字發展的原始期、上古期、近古期。原始期在一萬年前開始，上古期在約六千年前開始，近古期在三千五百年前開始。

這樣的分期很容易明白，只是太過理想了。其中最欠說服力的是，象形字與象意字之間相隔達四千年。這不合已知文字起源的歷史，因爲這兩種文字都是從原始繪畫演變而來的。在原始繪畫中，不會只有單獨的人和單獨的動物，必定也有人和動物之間的關係和動作（見蓋爾普《文字研究》24頁）。這種表達人與動物之間的關係和動作的圖畫變成文字，便是象意字。

單獨的象形字雖然也能表達意義，但僅限於實物的名稱，而僅僅實物的名稱並不足以表達複雜的語言。象形字與象意字的差別，就語法說，基本就是名詞與動詞的差別。表達單獨實物的象形字是名詞，表達動作的象意字是動詞。在語言中，單靠名詞並不足以表達動作與思想，文字也是如此。象意字和象形字必定是一開始便同時並存的。在三類字中，形聲字的結構有別於前兩類字，而且必須以象形字爲基礎才能造字，產生的時間較晚。因此，以象形、象意、

形聲三類字分屬三個時期的説法過於理想，欠缺説服力。

依據上述三期説，則象形字的起源比半坡陶文還早得多。這還有待更多出土資料，才能檢驗是否成立。

在這三個時期中，只有第三個時期，即近古期有較多資料。商代的甲骨文資料便屬於這一個時期。

大汶口陶器的文字，唐蘭先生以爲是中國現行文字的遠祖。他在<從大汶口文化的陶器文字看我國最早文化的年代>文中説（見《光明日報》，1977 年 7 月 14 日）：

> 大汶口文化的陶器文字是我國現行文字的遠祖，它們已經有五千五百年左右的歷史了。

大汶口陶器的文字可以提供一點上古期的信息，但資料太少了，只有四個圖畫文字，無法提供這個時期文字的詳細情況。

遠古期的地下資料至今尚缺，只能有待於將來了。

雖然以象形、象意、形聲三類字分屬三個時期的説法過於理想化，欠缺説服力，但就文字結構來推測文字發展的年代，仍然可作爲理論依據。待日後有更多相關的考古資料時，這樣的推測將變得更加切實。

4、圖形演變的三個階段

圖形文字有助於瞭解原始時期的漢字。仔細觀察金文圖形文字的形體特徵，可以分爲三個階段：

第一階段：填實
第二階段：勾勒
第三階段：線條

從這三個階段的實例，可以更清楚看出圖形文字演變的軌跡。再進一步與甲骨文及小篆的字形相比照，可以更深入瞭解漢字早期的演變歷史。

以下就選若干個例字，列入表中，觀察各字從圖畫形體到線條

形體的演變過程，並列入甲骨文與小篆的形體，以資比較（見圖表57）。

第一個階段，字形與實物的樣子相近似。在描畫實物圖形之後，再填實。填實是第一階段字形的特色。這種特色與原始繪畫十分近似，填實書寫方式顯然源自原始繪畫。這樣的書寫方式很費時，速度慢，所以後來就慢慢演變成勾勒輪廓的方式，簡化形體，快速書寫。

第二個階段，在勾勒實物的輪廓後，中間或填實，或不填實，字形與實物的樣子仍然相近似。勾勒是第二階段書寫風格的特色。勾勒書寫方式使文字的圖畫性質減弱。填實的繪畫風格逐漸消失。

第三個階段，由勾勒輪廓變成以簡單的線條來構成字形。原始繪畫的風格幾乎已完全消失。這項轉變對漢字形體演變的影響很大，導致後來漢字由更簡單的筆畫構形。

從半坡與姜寨陶器上的圖畫可以看出，當時已有類似於毛筆的軟性筆用於畫畫。可以想見，岩洞中的壁畫與圖形文字的書寫風格，都必定與軟性筆有關。陶器上的圖畫並用填實與勾勒兩種繪畫方式。這兩種方式當也并用在早期文字。

在青銅器上鑄寫文字與紋飾時也顯出類似於軟性畫筆所顯示的風格。在別的材料，如木牘或竹簡上，也都可以用軟性筆來書寫。

漢字最後以線條構成文字，是在演變過程中，爲求快速書寫而有意逐漸失去繪畫風格的結果。促成這項變化的主要因素是：

其一，書寫草率
其二，省改字形

由繪畫形體轉變爲線條形體，並不限於漢字。各古老文形體演變都朝這個方向（見蓋爾普《文字研究》97頁）。

漢字至今仍然是由線條筆畫構成，是說明文字形體演變的最佳實例。從金文各字第一階段的形體可見，最大的特色是填實。不過，並非這一階段中所有例字都填實。有的字一半填實，一半勾勒，例如「正」字，下半部的雙足填實，上半部的方形表示城郭，只是勾勒，并不填實。據此推測，第一階段早期文字已簡化，以便於書寫。這是很重要的轉變，文字因此而有別於原始的繪畫。

　　在金文的圖形文字中，有一些字的形體僅用填實寫法（見《金文編》791-922）。這顯示第一階段所經歷的時間很長，有一些字的形體僅見於這一階段，沒有第二第三階段的形體留存下來。

　　就字形整體來説，第一階段的填實書寫風格很細緻，到第二階段轉爲粗略的線條描畫，即勾勒。繪畫的性質雖仍然可見，但已不如早期那麼明顯，正逐漸消失。

　　金文的書寫方法是鑄造，填實與勾勒都方便。甲骨文用刀刻寫，填實的方法就不方便，勾勒輪廓相對容易些，所以表中各甲骨文例字的形體顯示出金文第二階段的特色。

　　金文的圖形文字中，也有許多只見於第二階段，大都無法識讀（見《金文編》791-922）。這當是因爲第二期也經歷了很長的時間，以至許多圖形文字淘汰了，沒有留存下來，因而只屬於第二階段的圖形文字無法識讀。

　　勾勒輪廓的書寫方法也是從原始繪畫演進而來的，但用於文字時，相較於填實的書寫方法，業已簡省。到了第三階段，便純用綫條來書寫了。表中各甲骨文與小篆例字的形體顯示出金文第三階段的特色。

　　第三階段各例字形的圖畫性質已進一步消失，也進一步遠離原始繪畫。這個時期的金文字形與小篆字形已十分近似。

　　小篆的字形顯然是依據這個階段的金文規範而來，也就是《説文解字·敘》中所説的「或頗省改」。《金文編》（1-790頁）中可以識讀的字大都屬於這個階段，而《金文編》（923-1033頁）中不可識讀的字，也有一半屬於這個階段。這顯示第三階段也經歷了很長的過程。因此，金文中有很多字只見於這個階段，後來完全消失，以至無法識讀。

　　由填實演進到線條書寫方法，對漢字形體演變起了極大的促進作用。線條書寫法使漢字更進一步脫離圖畫性質。漢字順著這個方向演進，最終完全失去圖畫性質。

	金文			甲骨文	小篆
	一期	二期	三期		
天					
元					
戈					
丙					
辛					
戊					
咸					
家					
正					
尋					

圖表 57　圖形文字演變的三個階段

資料來源：《金文編》、《甲骨文編》、《說文》

　　由於各個階段所歷經的時間都很長，各階段中的字都有多個形體，也都各有不同的省改。雖然一個字在同一個階段或有不同的寫法，但書寫的風格是一致的。圖表 57 中的例字均顯出各階段的代表風格。

　　由於各個階段所歷經的時間都很長，各階段中所出現的字並不都相同。有些字經歷了三個階段，有些字只出現在其中一個階段。這是文字新陳代謝的正常現象。有的字消失了，又有新的字造出來。那些只出現在第一或第二個階段中的字，在第三個階段中消失了，往往無法識讀。

5、從圖形文字到小篆

　　上述三個階段的擬議，雖然是針對金文，但也可以用來概括古文字形體的演變過程，也就是從圖形文字到小篆的演變過程。

　　第一階段的金文圖形文字當就是漢字最早的樣子。雖然無法確知產生的年代，但就其形體風格近似圖畫來推斷，距離漢字初形成的年代當不遠。

　　以下就選若干個例字，列入表中，觀察各字從圖畫形體到小篆的演變過程。（見圖表 58）。

　　甲骨文的書寫風格與第一階段的金文圖形文字不同。由於甲骨文以刀爲書寫工具，而甲骨表面堅硬，便於勾勒而不便於填實，因而與金文圖形文字整齊美觀的填實風格不同。

　　甲骨文的書寫風格較爲簡便自由。雖然也有近似圖畫的形體，較之金文的圖形文字顯然年代較晚。這只要把金文字形與甲骨文字形對比來觀察，就明顯可見。圖表 58 顯示這兩種字形顯然分屬兩個時期。金文的字形近於圖畫，而甲骨文的字形已簡化而與金文中的線條字形相近似。

　　以金文的圖形文字、甲骨文字、小篆排列對比，就更加容易看出甲骨文所處的位置。甲骨文中有的字形與金文第二階段的字形近似，有的又與金文第三階段的字形近似。小篆的字形也與金文第三階段的字形近似。因此，甲骨文字的年代正處於第二階段之末與第三階段之始，而小篆則處於第三階段之末。

　　金文的圖形文字中，有些沒有第二階段字形，有些沒有第三階

段字形。以甲骨文字的形體放在金文圖形文字第一階段之後，可以看出從金文第一階段到小篆的形體演變過程。

在這三個階段中，每一個都經歷漫長的演變。因此，在同一個階段之中，一個字通常都有多個不同的形體。這顯示出古文字的形體隨意自由。每個字的形體都在漸變，有時只是字形局部的變化。

以上分期僅爲説明方便，各期均經過漫長的演進，無法斷然區劃。在演進期間，不同的字形並存並用。在演進過程中，舊的字形消失，新的字形產生。這可以從現存古文字中以下三種情形看出來。

其一，金文圖形文字中，第一階段與第二階段的字形，大都沒有留下直系的形體，只有一小部分在甲骨文中留下直系的字形（見《金文編》791-922 頁，《甲骨文編》637-975 頁）。

其二，《甲骨文編》中共收錄 4672 個單字。其中僅有 941 字見於《説文》，可以識讀，782 字可以分析其偏旁而辨識，2949 字無法辨識。

其三，《金文編》中一共收錄 3093 個單字。其中 1894 字可以辨識，大都見於《説文》，另外一些無法辨識，只能分析其偏旁而解釋。1199 字未見於《説文》，無法辨識，其中一些是圖形文字（見《金文編》791-1033 頁）。

除了商周古文字中有的字未見於《説文》之外，先秦古籍中也有好些字未見於《説文》（見徐鉉本《説文解字》每部之末新附字）。商周古文字中有的字未見於後世，原因可能很多。資料有限與限於内容記錄事項應是主要原因。因此， 商代所用的字不會全都見於甲骨卜辭中；周代所用的字也不會全都見於青銅器銘文中。

另外，文字規範也可能是一個重要原因。文字規範之後，難免有些字廢棄了。因此，周代所用的字與商代所用的字必不完全相同。周代與商代的地理與歷史背景不一樣，所用語言也必不一樣，所用文字也很自然不會完全一樣。

吳城陶文與甲骨文約屬同一個時期，而文字大不相同，商人與周人所用文字也必有差異。因此，周人在推翻商朝之後，必也規範文字，有如秦始皇之統一文字一樣。

商文字形體之有異於周文者，或表達商人語言所專有之字，便

因規範而消失，未見於後世。應就是在這樣的背景之下，周宣王命太史籀作《史籀篇》以規範文字，罷其不與周文合者，就如秦始皇之制定小篆，統一文字一樣。先秦古籍中有好些字未見於《說文》，當是因爲這些字在秦時廢棄了，或爲秦文字所取代。

上述三個階段純就古文字形體演變來劃分的假說，無法確定其實際年代，僅可以依據已知漢字歷史來推測。這有助於進一步瞭解漢字的起源。

雖然依據考古資料來推測漢字的起源十分重要，但考古的資料都很零碎，也未能完全確定與後世漢字的直系關係，因而從其他資料來瞭解漢字起源的問題亦有參考意義。

上述古文字形體演變的第三階段，大約起自晚商甲骨文時期，歷經同一時期的周代金文，直到秦時的小篆。文獻系統的史籀大篆、小篆、六國古文等，均屬於這個時期。從晚商到秦代，約千餘年。在此千餘年間，個別字形的變化或很大，但基本特徵並無多大改變。

這第三個階段之前的兩個階段，都難以推定其實際年代。

歷代書體的產生都與當代政治有關，但每一種書體都經過長時間的演變，並非突然產生，與朝代的興衰並無必然關係。以小篆爲例，雖在秦代規範制定，但小篆並非秦代才產生，而是經過長時間的演變，至秦時才正式規範。秦朝的歷史只有十五年，但小篆的歷史遠超秦代。今日所通用的簡體字亦如此。今日的簡體字在 1956 年正式規範制定，但這些簡體字並非當時新造出來的，而是出自宋元以來的俗字。

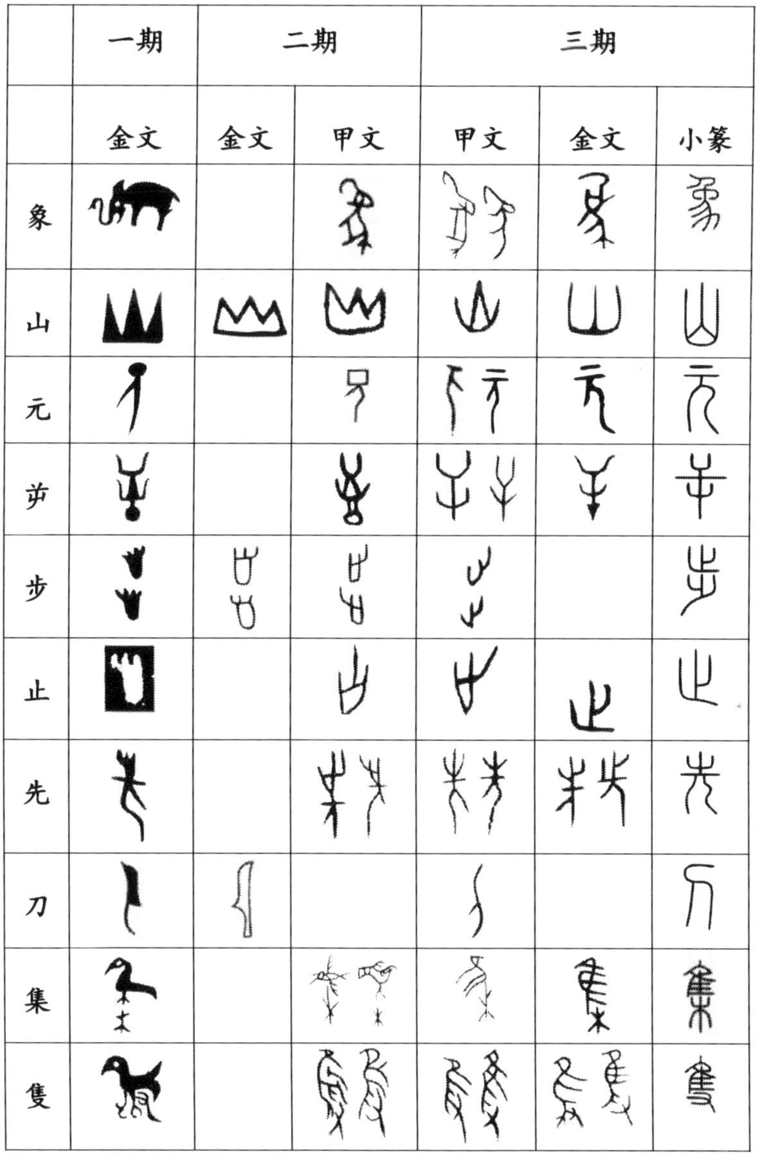

	一期	二期		三期		
	金文	金文	甲文	甲文	金文	小篆
象						
山						
元						
屰						
步						
止						
先						
刀						
集						
隻						

圖表 58　從圖形文字到小篆的形體演變
資料來源：《金文編》、《甲骨文編》、《説文》

　　就上文圖表 58 中所列的字形來觀察，小篆的字形與一些甲骨文的字形十分近似，小篆的歷史顯然可以追溯到殷商晚期。秦朝規範制定小篆時，只是把商周以來的文字「或頗省改」而成。小篆代表最後一代的古文字。

　　上述三個階段中，只有第三階段的年代較爲明確，前此兩個時期的年代都無法確知。假定各個時期都經歷千餘年的演變，則第一階段當始於公元前三千餘年。實際的年代當遠早於此，因爲圖形文字源自原始繪畫，字形近似於實物，圖畫性質強，書寫速度緩慢，變化也自然緩慢。文字在遠古社會的應用並不如後世頻繁而廣泛，自然也不如後世那樣要求快速書寫。

　　從地下出土的原始文字資料，例如陶文，用刀筆刻寫在質地堅硬的材料表面，刻寫速度必定緩慢。刀筆易於勾勒實物輪廓而不易於填實。這種刻寫方式必定導致文字形體的圖畫性質消失。

　　勾勒輪廓的書寫方式，當就是由於在堅硬表面上刻寫圖畫文字極爲艱難的結果。上文所說的古文字第二個階段，文字書寫的主要特徵便是勾勒實物輪廓。

　　大汶口陶器上刻寫的圖畫文字，與後來的圖形文字基本一致。其書寫方式即以刀筆或尖筆刻寫。大汶口陶文在刻寫之後，再以朱紅色顏料填實。這樣的方式顯然是爲了讓所刻寫的圖形更加近似於原始繪畫。這正是第一階段古文字的特點。這樣看來，大汶口陶文的年代或落在第一階段與第二階段之間。

　　考古方法測定大汶口遺址的年代約在公元前三千年。依此可以把第二階段的開始定在公元前約三千年。至於第一階段的年代，則無從確定。不過，大致可以假定第一階段的開始時間在第二階段開始之前約兩千年。

　　這樣推測各期的年代，純爲假說，在思考漢字的起源問題時，可供參考。由於文獻不足徵，有關漢字起源的情形始終不清楚。

　　文獻上的記錄，　只是一些傳說。雖然這些傳說也有其意義，但畢竟只是傳說，不是實際記錄。

　　考古的資料雖然可以提供一些信息，但都很零碎，也無法對漢字起源的情況有清楚瞭解。

　　上古的圖形文字資料相對就比較多，與後世文字有直系關係。後世學者對商周兩代文字的結構與形體兩方面都有知識。因此，以此爲基礎，探討圖形文字與漢字起源的關係，甚有意義。

　　圖形文字源自遠古繪畫，自不待言，而由繪畫演變爲文字，乃是簡化的過程。即使是遠古的圖形文字，也已較原本的繪畫簡單。由繪畫演變成文字後，仍然朝向簡化的方向演進。仔細比較上古圖形文字的形體，可以清楚看出簡化演進的軌跡。

　　基於這樣的認識，把圖形文字分階段觀察，可以清楚看出早期漢字形體演變的歷史軌跡。把這方面的觀察，結合考古資料所提供的信息，可以推測各個階段的年代，提出假說，以便對瞭解漢字的起源有所幫助。

第五節　漢字起源與藝術催生

　　從陶器刻符與繪畫可以看出，當時人已有能力製造陶器和繪畫工具，已非原始社會的初民，離開原始時期已很遠。

　　在陶器上刻畫與畫畫，是當時人的藝術表現。

　　在那之前，穴居的時期，尚未製作陶器的年代，藝術表現在石壁上。在石壁上畫畫是更早的藝術表現。在陶器上刻畫與畫畫，顯然是石壁上畫畫的延續，早期美術的傳承。

　　郭沫若先生<古代文字之辯證的發展>說：

> 本來中國的文字，在殷代便具有藝術的風味。殷代的甲骨文
> 和殷、周金文，有好些作品都異常美觀。留下這些字迹的
> 人，毫無疑問，都是當時的書家，雖然他們的姓名沒有留傳
> 下来。但有意識地爲文字作爲藝術品，或者使文字本身藝術
> 化和裝飾化，是春秋時代的末期開始的。這是文字向書法的
> 發展，達到了有意識的階段。作爲書法藝術的文字與作爲應
> 用工具的文字，便多少有它們各自的規律。

　　這段話點出商周文字的藝術性質與特徵。這樣的藝術性質與特徵，不僅見於商周文字，也見於史前陶器上的圖畫。

史前陶器上的圖畫與商周文字一脈相承，並成爲漢字的傳統。這傳統形成後世的書法。

漢字的藝術與漢字的起源密切相關。

一　漢字的藝術性質

史前社會，有文字之前，藝術的重要性不亞於語言。藝術的主要表現形式是跳舞和唱歌。跳舞唱歌爲遠古社會人群的日常生活。

在原始社會中，具象的藝術出現很早，但需依賴思維。由思維產生藝術品。

具象的藝術品中，有具體的事物，例如以貝殼爲項鏈便是。這類實物的圖像便成爲文字。

因天地與祖先崇拜而產生的藝術圖像如：族徽、紋飾等，是宗教藝術品，也可以成爲文字。

意義與聲音相結合而成爲語言，這需要很長時間的發展才能成事。意義與圖像相結合而成爲美術品，則相對較容易些。

具象的藝術變爲符號，與聲音結合即爲文字。早期的文字即由圖像與意義相結合而成。殷周的圖形文字便是這樣產生的。

從史前的陶器圖畫，以及殷周的圖形文字可以看出，漢字起源於藝術的催生作用。殷周青銅器上的紋飾，實爲原始圖畫藝術的延續。青銅器紋飾中的簡單圖像即爲圖畫文字。後來瓷器上的紋飾又是青銅器紋飾的延續。

在實用的陶器上加上紋飾而成爲藝術品。裝飾的圖畫簡化後便成爲文字。文字形成後，又成爲藝術品，於是有書法。漢字始終不失其藝術性質。

二　實用與藝術

1、由實用到藝術

原始社會的器物，本是爲了實用而製作的。實用的器物裝飾後便成爲藝術品。原始社會的人以紋身爲美，器物上加以裝飾也爲了美觀。裝飾器物的方式通常有兩種，一種是在器物上刻印花紋，一

種是畫畫。這兩種裝飾方式都保留在後來的瓷器上。由陶器到青銅器，再到瓷器，裝飾習慣一脈相承。

遠古陶畫的產生，可能有兩個目的：

一是藝術。以繪畫來裝飾器物，追求美感。

一是宗教。在器物上繪畫族徽，以示對部族與祖先的尊敬；或繪上吉祥圖畫以祈福。

器物上刻畫的花紋多屬於幾何圖案，不是具體的事物圖像，畫上去的圖畫則多屬於具體的事物如動物之類。無論刻畫的還是繪畫的，都是爲了讓器物更加美觀。由實用的轉爲藝術的，這是原始具象藝術的起源。

原始社會的藝術表現，不限於器物，還有早期的岩畫、壁畫，以及後來青銅器上的紋飾。

岩畫和壁畫的產生，可能有兩個動機：

一是娛樂自己。隨心所欲的畫出來，不爲別人，純爲自己快樂。

一是紀錄生活。記錄所見飛禽走獸，以及當天所做的事，例如：打獵。

原始社會，人與動物的關係密切。狩獵與畜牧都是爲了生活與生存。因此，在原始繪畫中，常常以動物爲題材。

中國的原始山洞壁畫不多見，不像歐洲的原始山洞壁畫那樣震撼人心。例如法國拉斯科洞窟（Grotte de Lascaux）中，屬於舊石器時代的壁畫，畫面奔放豪壯，距今約一萬七千年（見圖表 59-60）。

圖表 59 爲拉斯科洞窟壁畫中狂奔的野牛與野馬，場面壯闊，氣勢磅礡。這樣的風格成爲後來西洋美術的傳統。

圖表 60 爲拉斯科洞窟壁畫中的人與野豬，是原始社會的狩獵畫面。這樣的畫面反應出原始社會的生活，生動有趣。

中國的繪畫不向大佈局發展，而是向精巧發展。因此，中國上古的繪畫，表現於陶器和青銅器上的均屬精巧佈局。

這就像後世的中西繪畫一樣，有明顯的差異。歐洲有壁畫的傳統，而且畫作非常傑出，可是中國壁畫一直都不發達，較爲人知的

只有敦煌，而敦煌的壁畫卻是受佛教影響的產物。

圖表 59　法國拉斯科洞窟壁畫的野牛與野馬

圖表 60　法國拉斯科洞窟壁畫的人與野豬

圖表 61　鸛魚石斧紋彩陶缸

　　圖表 61 爲鸛魚石斧紋彩陶缸，是中國新石器時代仰韶文化時期的器物。畫面傳神優雅。

圖表 62　半坡人面魚紋彩陶盆

　　圖表 62 爲人面鱼紋彩陶盆，出土於西安市半坡，也是中國新石器時代仰韶文化的器物。風格古樸有趣。

　　陶畫在似文字階段就有完美的發展，青銅畫則稍後些，在真文字階段十分特出，精美之至（見圖表 63）。

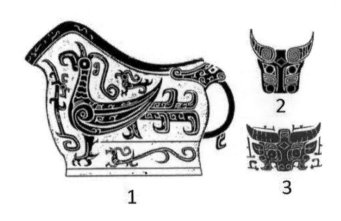

圖表 63　青銅器紋飾

　　在圖表 63 中，1 號是鳳鳥紋，即鳳鳥圖形文字的來源；2 號是牛首紋，3 號也是牛首紋，成爲金文中牛字的來源。牛首的眼睛，則是「目」的圖形文字。

　　從陶畫中可以看出早期圖畫與文字的淵源關係；從青銅畫中也可以看出早期圖畫與圖形文字近於二位一體。

2、由藝術到實用

　　由繪畫的圖像簡化而成爲文字，這是圖形文字的起源。就這一點說，原始的繪畫藝術催生原始的圖形文字。

　　用圖畫來裝飾實用的器物，從而成爲藝術品，也產生裝飾藝術。由裝飾藝術轉爲實用達意的符號，進而用來紀錄語言，文字由是而生。

　　漢字起源於藝術，由藝術發展成爲文字後，仍然保留其藝術的性質，所以有書法。在往後幾千年裏，文字始終具備「實用」和「藝術」兩種性質。這是一開始就決定了的。

　　現在發掘出來的原始社會陶器上，刻畫花紋和繪畫都很常見。一般彩陶都有圖畫。畫上去的圖畫，多種多樣，其中以動物爲多。這是因爲在原始社會，動物和人的生活關係甚爲密切。狩獵時代如此，農牧時代也是如此。人往往依賴動物而得以生存，所以動物圖像也往往成爲氏族的象徵。陶器上和青銅器上的圖畫大抵屬於這一類的居多。

　　陶器是實用的，陶器上的圖畫是藝術的。這些遠古的圖畫當就是後來文字的本源。由繪畫演變成文字，則是由美術又轉爲實用。

第四章　結構演變

　　漢字的構形有兩個層面，一個是外在的形體，一個是內在的結構。許慎在《说文解字·叙》中說：

> 倉頡之初作書也，蓋依類象形，故謂之文；其後形聲相益，即謂之字。文者，物象之本；字者，言孳乳而寖多也。

這是漢代人對「文」與「字」的分別。這種分別就在於文字結構的差異。文字的基本結構是指文字的構造方式。這跟造字方法直接相關。依據許慎的說法，最早產生的文字，來自圖畫，即「依類象形」，稱之為文。這種象形文字為基礎，在這樣的基礎上，由表形與表聲兩個偏旁造成更多的文字，即「形聲相益」，稱之為「字」。這兩類字合起來，便稱之為「文字」。

　　漢代人把造字的方法分為六類，就是六書。

第一節　　基本結構：六書

　　漢代學者記錄古人造字的方法有六類，稱為六書。漢代有三位學者記錄六書：

> 班固《漢書·藝文志》
> 鄭眾《周禮·保氏注》
> 許慎《說文解字·敘》

三家所記並不完全相同。三家之中，班固與鄭眾都只是記錄六書的分名，不加解釋，只有許慎對每一書都舉例解釋，成為後世學者瞭解六書的依據。

一　來源

「六書」名稱首見於《周禮・地官・保氏》：

> 保氏掌諫王惡，而養國子以道。乃教之六藝：一曰五禮、二
> 曰六樂、三曰五射、四曰五馭、五曰六書、六曰九數。

《周禮》記錄的「六書」是「六藝」之一，是保氏教養國子的內容。
這六書應就是識字教學，跟漢代學者說的六書也應相同，只是《周
禮》未列出六書的具體內容。

1、三家傳承

漢代三位學者所記六書的分名略有不同。班固在《漢書・藝文
志》中說：

> 古者八歲入小學，故周官保氏掌養國子，教之六書，謂：象
> 形、象事、象意、象聲、轉注、假借，造字之本也。

班固列出六書的具體名稱，並明白說是「造字之本」。

班固的《漢書・藝文志》是根據劉歆的《七略》編寫而成的。
班固的說法，實也就是劉歆的說法。

鄭眾注《周禮・地官・保氏》說：

> 六書：象形、會意、轉注、處事、假借、形聲也。

鄭眾列出的六書具體名稱與班固的略有出入，但基本內容是一致的。
鄭眾的父親鄭興受業於劉歆，因此，鄭眾的說法也應來自劉歆。

許慎在《說文解字・敘》中說：

> 一曰指事，指事者，視而可識，察而見意，上下是也；
> 二曰象形，象形者，畫成其物，隨體詰詘，日月是也；
> 三曰形聲，形聲者，以事爲名，取譬相成，江河是也；
> 四曰會意，會意者，比類合義，以見指撝，武信是也；
> 五曰轉注，轉注者，建類一首，同意相受，考老是也；
> 六曰假借，假借者，本無其字，依聲托事，令長是也。

許慎不僅記錄六書的具體名稱，也舉例解釋。許慎的解釋當然前有所承，但每一書的定義工整，必定有他自己的見解。這是漢代留下的唯一解釋資料，成爲後世學者講六書的依據。

許慎受業於賈逵，賈逵的父親賈徽受業於劉歆。劉歆正是漢代創立古文經學的人，因此，班固、鄭眾、許慎所說的六書名稱，原本應都是傳自劉歆。

許慎是漢代非常重要的古文經學家，有「五經無雙許叔重」的美譽。他應用古文經學家研究古文字的知識，編寫《說文解字》，成爲文字學的經典。文字學的基礎也由他奠定。

2、六書分名

漢代三位學者所記錄的六書分名略有出入：

班固：象形　象事　象意　象聲　轉注　假借
鄭眾：象形　會意　轉注　處事　假借　諧聲
許慎：指事　象形　形聲　會意　轉注　假借

六個分名中，有三個相同，即：

象形、轉注、假借

其餘三個各不相同：

班固：象事　象意　象聲
鄭眾：處事　會意　諧聲
許慎：指事　會意　形聲

其中，「會意」這個名稱，鄭眾與許慎同用，而班固用「象意」。「指事」和「形聲」，三家都不同。

除了名稱有出入之外，六書的排列次第也有出入。六書的次第顯示出文字產生的先後。其中有三點最堪注意：

其一，班固和許慎都把「轉注」和「假借」排在最後，顯然是因爲這兩書與前四書的性質有區別。後世學者就依據這一點提出「四體二用」說。

其二，鄭眾把「假借」置於「諧聲」之前，或是以爲由假借產生諧聲。

其三，班固和鄭眾都把「象形」排在第一位，這是因爲象形字最先產生。許慎把「指事」排在第一位，顯示他認爲指事產生在象形之前。這一點，後世學者時有爭議。

「六書」的分名和此地都來自劉歆，原本應該三家所記都相同，但是由於經輾轉流傳，後人的理解和演繹不同，名稱自然也有了變化。三家所記不同，實際顯示出三家的理解和演繹不一樣。

3、次第

六書名稱的排列先後，就是六書的次第，一直都是學者研究的課題。六書次第並非單純的排列先後問題。其意義在於以次第說明六書各類文字產生的先後。

六書次第問題最多的爭議在於象形字與指事字的先後。這個問題無論如何解釋都無法圓滿。

就文字的來源看，最早的文字是由圖畫變成的，於六書屬「象形字」。那麼，象形字理應排在第一位了。可是，指事字中的簡單數目字，又似乎更早產生。郭沫若把最早產生的漢字分爲「刻畫系統」和「圖形系統」。隨意刻畫較容易，應最先發生，畫圖畫較難，應後出。按照六書的說法，就是指事字先於象形字。

這樣安排主要是因爲半坡陶器上的刻畫符號的年代早，可能是最早的漢字。然而，指事字中，除了極少的數目字之外，都是在象形字的基礎上產生的。就這一點看，說指事字產生在象形字之後，也有道理。

唐蘭先生在《古文字學導論》中，認爲數目字是計算工具，如算子等物的象形，所以把數目字歸入象形字。在象形字基礎上產生的指事字則歸入象意字，乾脆把指事字取消了。這樣安排也有道理。唐蘭先生並不認爲半坡陶器上的刻畫符號是文字。指事字中的數目字屬於六書的哪一類，始終無法圓滿解釋。

「會意字」則是由兩個象形字合成，當然在象形字之後。這時，文字的數量不多，不夠應用，於是有「假借」。

「假借」容易引起混亂，於是加上形旁產生「形聲字」。

「形聲字」中有一些形成「轉注」關係。

彤聲造字法產生後，漢字就停留在形聲的階段，不再需要新的造字法了。因此，六書的次第可以這樣安排：

圖畫→象形→指事→會意→假借→形聲→轉注

六書的次第，實就是文字產生的先後。

二　定義

許慎解釋文字，以秦代的小篆爲依據。他給六書下的定義，也以小篆爲依據。歷代學者解釋六書中各書的涵義，都以許慎的說解爲依據，但因各人的理解不同，解釋也就往往各異，乃至於衆説紛紜。

1、指事

許慎給指事下的定義是：

指事者，視而可識，察而見意，上下是也。

這個定義主要有兩句話。第一句是「視而可識」，就是看字形可以認得。第二句是「察而見意」，就是仔細觀察可以明白所表達的意思。「上」和「下」是兩個例子。這兩個字的篆文作 ，不大容易看出造字的用意。甲骨文作 二、，就比較容易看出來。長的線條表示平面，短的線條在上面和下面，表示上下兩個意思。這樣的方法就是「指事」，直指其事。指事造字法的特點是：

其一，由抽象的刻劃線條構成簡單的數目字，如：一、二、三。「上」與「下」兩字也是由簡單的線條構成。

其二，由簡單的象形字加上簡單的指事符號構成字，如：本、末、朱。篆文作 、、。這三個字都用「木」字來

造。在木字下方加一短畫，表示「本」的所在，就是根；在木字上方加一短畫，表示末的所在，就是樹梢，意思是末端；在木字中間加一短畫，表示朱的所在，就是樹心，意思是朱色。

　　第一類指事字，可能來自原始的刻契，其年代久遠，較畫畫容易，應當在原始圖畫之前。在六書之中，則是指事在象形之前。

　　第二類指事字與象形字很相似，是在象形字的基礎上造成的，產生在象形字之後。

2、象形

　　許慎給象形下的定義是：

　　象形者，畫成其物，隨體詰詘，日月是也。

　　「畫成其物」，意思是把物體畫出來；「隨體詰詘」，按照物體外形的彎曲來畫。這就是用畫圖畫的方法來造字。「日」和「月」是兩個例子。這兩個字篆文作 ⊙、☽。日字還可以看出象太陽之形，月字就不那麼容易看出象月亮之形來了。甲骨文作 ⊙、☽，就比較容易看出是象日月之形。在六書之中象形的定義比較清楚，後世學者的理解也較少分歧。

　　由於象形字是直接把物體畫出來,所以是一個整體，是獨體字。象形造字法的特點是：

　　其一，由簡單的圖畫逐漸演變而成，一個象形字就是一幅簡單的實物圖畫。

　　其二，象形字都是具體事物的圖畫，所以都是實物的名稱。

　　其三，象形字是其他各類字的基礎，也就是全體漢字的基礎。

象形字產生得早，對其他各類字的影響也最大。後起的各類字都是以象形字為基礎而造出來的。

3、形聲

許慎給形聲下的定義是：

形聲者，以事爲名，取譬相成，江河是也。

「以事爲名」，意思是按照事物的類屬來造字；「取譬相成」的「譬」是「譬況」，就是比喻該事物的語音，也就是選取一個音同或音近的字來表示讀音。前一句指表示義類的形旁，後一句指表示讀音的聲旁。兩相配合就是形聲字。「江」與「河」是兩個例子。這兩個字篆文作、。左邊的「水」表示義類，右邊的「工」、「可」表示讀音。

形聲字是由一形旁加一聲旁造成的，是合體字。這類字必須以象形字爲基礎來造。在《說文》中，形聲字約佔九成，是最多的一類字。形聲字造字法的特點是：

其一，通常由兩個象形字組合而成，一個表義類，就是「形」，一個表讀音，就是「聲」。

其二，有些形聲字的表音偏旁也表意，與會意字無異，稱爲「形聲兼會意」。

其三，形聲造字法很簡便，適合漢語單音節的特點，漢字因此就停留在形聲階段。

漢字發展到形聲字後，就不再有新的造字方法。後世所造的字，幾乎全都是形聲字。

4、會意

許慎給會意下的定義是：

會意者，比類合誼，以見指撝，武信是也。

「比類合誼」，「比」即排比，「類」即事類，「合誼」即合義，意思是把兩個偏旁的意義拼合起來；「以見指撝」，「指撝」

即「指揮」，意思是看出所要表達的意思。「武」與「信」是兩個例子。這兩個字的篆文作 。

「武」爲會意，是取《左傳》「止戈爲武」的說法。至於「信」則是取「人言爲信」的說法。雖然後世學者對這兩個例子不很滿意，但在許慎的年代，以小篆爲研究對象，採用大家接受的說法也無可厚非。會意造字法的特點是：

其一，由兩個字組合而成，會合兩個字的意義而得出新的意義。

其二，兩個表意的偏旁通常都是象形字。

有些會意字的兩個表意偏旁中，有一個也表音，與形聲字無異，稱爲「會意兼形聲」，如：媚、湄。女子眉美爲媚，眉也表音；湄爲水之邊，有如眉在目之邊，眉也表音。

5、轉注

許慎給轉注下的定義是：

轉注者，建類一首，同意相受，考老是也。

許慎的這個定義，後世學者的理解與解釋最爲分歧，而且相去甚遠。這裏採用比較容易說通的解釋。

「建類」，指「義類」，「一首」，指同一個部首，「同意」，指意義相同，「相受」，指相互授受，就是相互解釋。

轉注不是一種造字法，而是指一對字的關係。這一對字屬於同一個部首，字義相同，可以互相解釋。

許慎舉「考老」爲例子，因爲這兩個字同屬「老」部，意義相同，可以互相解釋。《說文》中的解釋是：「老，考也」，「考，老也」。

轉注字的特點是：

其一，轉注是指一對字之間的關係，本義相同，可以互相註釋。

其二，由於新造的字幾乎全都是形聲字，所以有轉注關係的字大多是形聲字。

語言隨時間與空間的不同而不同，字形、字音、字義也都可能隨之而變。兩個字之間的轉注關係，應該跟古今詞語差異，方言詞語不同有關。相同的事物，古今所用詞語和方言所用詞語不同，因而造不同的字來表達，其含義與用法相同，可以相互解釋，這是轉注字的來源。這樣的成對轉注字，主要都是形聲字。

這裏又帶出另一個問題，這種成對的轉注字，是否必須是形聲字？這一點將在下文討論。

6、假借

許慎給假借下的定義是：

假借者，本無其字，依聲托事，令長是也。

漢字起源於圖畫，而圖畫所能畫的有限，許多事物是不能以圖畫來表達的。於是，借用音同或音近的字來用，乃是補救文字不足的方法。

「本無其字」，意思是有的語詞沒有適當的字來表達。「依聲托事」，意思是依據語詞的音，找一個字來用，把新的意義寄托在借用的字上。這樣就可以補救文字不足的困難，也可以增加原有文字的使用率。

「令」的本義是號令，也可以用來表示發號令的人。「長」的本義是不短，也可以用來表示長者和長官。這樣，「令長」兩個字就用來表達新的意義，也就是表達新產生的語詞。

許慎的這個定義說的很清楚，但後世學者也有不滿意之處，以爲許慎所舉的兩個例子錯了，因爲「令長」兩字用來表達新意義的方式是「引申」，不是「假借」。

《易經・繫辭上》云：

引而伸之，觸類而長之，天下之能事畢矣。

這是「引申」的意思。訓詁學的「引申義」是宋代戴侗在《六書故》中才開始用的。在許慎的年代，還沒有後世的「引申」概念。

「依聲托事」的假借是由本來的意義生出另一個意義，引申也是由本來的意義產生出另一個意義。凡此種用法，許慎便以爲是假借。因此，他舉「令長」爲例子，並無不妥。

後世訓詁家把假借與引申截然分開，當然就認爲許慎所舉的例子不妥當了。

假借方法的特點是：

其一，假借的方法只是借用原有的字，並不另造新字。

其二，假借可以增加原有的字的使用率，幫助解決字不夠用的困難。

假借是不得已而用的辦法，可以解決一時無字可用的困難。一個字借用一次，原有的字就增加一倍，借用十次，就增加十倍。這樣的方法很方便，但借用多了，必定引起新的困難，就是一個字表達多個不相關的意義，造成一形多義的混亂。於是又產生一個補救的辦法，就是在借用字旁邊加一個「形旁」來表意，藉以區分不相關的假借義，形聲造字法由此而生。

第二節　結構演變三要素

從六書的次第可以看出漢字發展的過程。在整個過程中，有三個基本因素在推動漢字的發展。這三個因素就是：偏旁、引申、假借。

這三個因素在不同的階段發揮作用，推動漢字的結構循序演變。

一　偏旁

1、作用

在漢字結構的發展過程中，偏旁觀念的形成起決定性的推動作用，最終導致漢字停留在表音義的階段，而不進一步發展成拼音文字。

漢字有獨體與合體之分。獨體字基本都是象形字，由兩個象形字合成一個合體字。構成合體字的兩個象形字，便是兩個偏旁。偏旁最早出現於合體字，由象形字轉來。

最早產生的漢字，由圖畫演變而成。最初的圖畫文字中，獨體合體的都有，就文字的結構說，就是象形字和會意字都有，因為圖畫不會只限於單獨一樣東西，必定也有兩樣東西的關係，因此，獨體字與合體字必定並存（見圖表 64）。

在由獨體字發展成合體字的時候，偏旁觀念日漸形成。這之後，新造的字都由偏旁組成，不僅構成會意字，也構成形聲字，並且使漢字停留在形聲字階段。

2、象形與偏旁

圖表 64 中列出金文的圖形文字中一些獨體字與合體字的字形，圖表 65 中列出一些獨體字與合體字之間的關係。

1 號是獨體的「戈」字，2 號是合體的「人」荷負「戈」，即「何」字，顯出人與戈的關係。就字形結構說，合體是由兩個偏旁構成，即：人、戈。

3 號是一隻右手，就是獨體「又」字；4 號是兩隻右手，兩個「又」字，即合體「友」字；5 號是右手拿著一把斧頭，即合體「父」字。

6 號和 7 號都是一隻豬在家裏，即「家」字；6 號的豬身體填實，更近於圖畫，是比較早的寫法，7 號簡化了，全用線條，這是文字漸離圖畫的表現。這個趨勢使到漢字最後都變成由簡單的線條組成，也就是筆畫。

8 號是一隻羊的圖形，9 號是一隻羊在牢圈裏，就是「牢」字，10 號是手持羊鞭牧羊的圖形，就是後來的「養」字。

11 號是一隻獨體的鳥，即「隹」字；12 號是一隻手捉住一隻鳥，是合體「隻」字。

　　13 號是「凡」字，即後來的「盤」字；14 號與 15 號都是四隻手把一個大盤擡起來，即「興」字；這兩個字形的演變，與 6 號和 7 號的「家」字相同。

　　這些獨體的象形字與合體的會意字之間的偏旁關係非常明顯。合體字是以獨體字爲偏旁構成的。構成合體字的象形字漸漸成爲形旁，不僅成爲構成會意字的形旁，也成爲後來構成形聲字的形旁。

　　形聲字的形旁一般都只是表達義類，只有其中一部分的轉注字，如考與老，形旁可以準確表達形聲字的意義。

　　在由獨體字向合體字發展的過程中，偏旁觀念日漸形成。這對漢字結構的演變起決定性的作用。

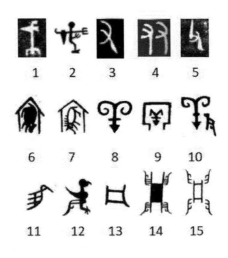

圖表 64　金文中獨體字與合體字

二　引申

1、定義

　　每個字在造字之初都有個基本意義，也就是「本義」。在應用之後，可以逐漸產生不止一個的衍生意義。通常這種衍生的意義通過兩種方式產生，一種是引申，一種是假借。引申產生的衍生意義

叫「引申義」，假借產生的衍生意義叫「假借義」。這兩類衍生的意義有時比字的本義更常用，因而把本義取代了。

　　一般字典中收錄每個字的全部意義，因而每個字之下所記錄的意義都有好多個。其中只有一個是造字之初的本義，其餘都是衍生的意義，即引申義和假借義。

　　本義和假借義之間沒有意義聯繫，本義和引申義之間有意義聯繫，就語言說，是同源的詞語。

　　一個字在衍生多個意義之後，字形可以不變，就用原字。例如，「日」字的本義是太陽，引申而用爲「日子」的意思，仍舊用「日」字來表達，字形沒有改變。

　　在衍生的意義漸多之後，造成一字多義，難免混亂。爲了減輕字形的負擔，區別本義和衍生義，於是又另造專字來表達衍生的意義。例如，「左」字的本義是左手，引申而用爲輔助的意思，便加個「人」字偏旁作「佐」，於是成爲兩個同源字，就語言說，則是兩個同源詞。

　　一個詞由於引申應用而產生同源詞，在文字中加以區別，產生新字，這是越到後來文字的數量越多的一個主要原因。

　　在象形字產生之後，引申是促使文字發展的重要因素。在會意字產生之後，引申又是促使文字向形聲字發展的重要因素。

2、引申與同源字

　　文字的產生遠在語言之後，同源詞的產生也遠在文字之前，因此，同源詞在遠古語言中的發展，有時實在難以確知一對同源詞之間，何者先出，何者後起（見王力《漢語史稿》卷三 566 頁）。

　　同源字的情形就不一樣，從字形結構可以判斷一對同源字之間，何者先出，何者後起。這是就文字來說的。一對同源字的先後與相應的同源詞的先後未必一致。雖然如此，對同源字的分析仍有助於瞭解同源詞之間的關係。

　　在分析同源字之間的關係時，主要觀察字的結構及在古籍中的用法。字的結構則依賴《説文解字》的分析，以及古文字的資料。依據文字的結構來分析其本義與引申義，有以下幾種情況。

（1）本義與引申義爲同一字

同一個字，既表達本義，也表達引申義，則與該字結構直接相關聯的即爲本義，另一個則爲引申義。這是出於這樣的假定：字形直接表達意義，意義反映於字形結構，與字形結構相應的即爲本義。以下是幾個例子。

■ 目

《說文》：「目，人眼，象形。」

目即人的眼睛，篆文作 目，甲骨文作 ，是眼睛的象形，與《說文》的解釋一致

段玉裁注曰：「目之引伸爲指目、條目之目。」

「目」由名詞引申爲動詞而用爲「指目」，即以目視之，再由此引申爲「矚目」。「條目」則是比喻而用爲名詞。

■ 牢

《說文》：「牢，閑養牛馬圈也。从牛冬省，取其四周币也。」

牢本義爲牛馬圈，即關養牛馬的地方。篆文作 ，其外部近似「冬」字，甲骨文作 ，其外部實爲牛馬圈的象形，牛關養其中。

段玉裁注曰：「引伸之爲牢不可破。」這是引申爲形容詞用法。另外還有個常用的引申義爲牢房，則是名詞。

■ 長

《說文》：「長，久遠也。从兀从匕。兀者，高遠意也。久則變化。亡聲。」

篆文作 ，甲骨文作 。甲骨文以人之髮長來表示長的意思。「久遠」則是引申義。

段玉裁注曰：「引伸之爲滋長、長幼之長，今音知丈切；又爲多餘之長，度長之長，今音直亮切。」滋長、度長，則是由形容詞轉爲動詞，也都是引申義，改變讀音，以爲區別。

■ 補

《說文》：「補，完衣也。从衣甫聲。」

篆文作䙢，形聲字，本義爲補衣服。

段玉裁注曰：「引伸爲凡相益之稱。」引申義擴大了。

（2）本義獨體與引申義合體

本義與引申義分別由兩個字表達，一個獨體字，一個合體字。獨體字表達本義，合體字表達引申義。這是基於這樣的假定：獨體字先出，表達本義，合體字後出，表達引申義。以下是幾個例子。

■ ナ與左（佐）

《說文》：「ナ，ナ手也。象形。」

篆文作ナ，爲左手的象形，本義即左手，名詞，引申而用爲動詞左助，於是另加偏旁「工」造「左」爲動詞專字。偏旁「ナ」表義也表音。

《說文》：「左，手相左助也。从ナ工。」

篆文作ナ，是象意字，偏旁「ナ」表義也表音。後「左」也用爲左手義，於是再加偏旁「人」作「佐」爲「佐助」形聲專字。後又由佐助義引申爲助手，名詞。

■ 文與彣

《說文》：「文，錯畫也。象交文。」

篆文作文，爲錯畫象形，本義爲花紋。

《說文》：「彣，𢽾也。从彡从文。」

段玉裁注曰：「遒畫者，文之本義；彣彰者，彣之本義。義不同也。」

「文」的本義是錯畫，也就是花紋，引申爲文採、文章，於是另造「彣」爲專字。再由此引申而用爲動詞，即「文過飾非」的「文」。

「文」字後來的意義擴大了，取代了「彣」，而「彣」字遂廢。

（3）本義與引申義均爲合體

本義與引申義分別由兩個合體字表達，一個象意字，一個形聲字。象意字所表達的爲本義，形聲字所表達的爲引申義。這是基於這樣的假定：象意字先出，形聲字後出。先出的象意字表達本義，後出的形聲字表達引申義。以下是幾個例子。

■ 買與賣

《說文》：「買，市也。从网貝。」

篆文作 ▨ ，會意字，本義爲買入。

《說文》：「賣，出物貨也。从出从買。」

篆文作 ▨ ，會意字，本義爲賣出。「買」與「賣」同源，「賣」源自「買」，買亦表音，實爲聲旁，只是聲調改變了。「買」爲本義，「賣」爲引申義。

■ 採與菜

《說文》：「採，捋取也。从木从爪。」

篆文作 ▨ ，會意字，本義爲採摘，是動詞，後引申而用爲名詞，指所採摘的草類，以爲食物，於是另造「菜」字。

《說文》：「菜，艸之可食者。从艸采聲。」

篆文作 ▨ ，形聲字，義爲採摘以爲食之草類。由動詞轉爲名詞，改變了聲調。

段玉裁注曰：「此舉形聲包會意。古多以采爲菜。」

「采」與「菜」同源，「菜」源自「采」，采亦表音，實爲聲旁。《說文》解爲形聲字，故段玉裁注曰「形聲包會意」。

「采」爲本義，「菜」爲引申義。「采」爲會意字，本義爲採摘，後又借用爲「文采」義，於是再加偏旁「手」造「採」字，成爲本義形聲專字。

（4）本義與引申義均爲形聲

　　本義與引申義分別由兩個形聲字表達，其中一個字形較爲簡單，一個字形較爲複雜，則以字形較爲簡單的形聲字所表達的爲本義，字形較爲複雜的形聲字所表達的爲引申義。這是基於這樣的假定：字形較爲簡單的形聲字先出，字形較爲複雜的形聲字後出。先出的形聲字表達本義，後出的形聲字表達引申義。後出的形聲字在原字加一形旁而成。以下是幾個例子。

■ 亭與停（渟）

　　《説文》：「亭，民所安定也。亭有樓。从高省丁聲。」

　　篆文作 ，形聲字，本義爲亭子。

　　段玉裁注曰：「亭之引伸爲亭止，俗乃製停、渟字。」

　　亭的本義爲名詞，引申而用爲動詞，義爲亭止。「停」與「渟」並爲後起形聲字，加形旁「人」、「水」而成。

■ 賈與價

　　《説文》：「賈，賈市也。从貝襾聲。」

　　篆文作 ，形聲字，本義爲售賣。

　　段玉裁注曰：「引伸之，凡賣者之所得，買者之所出，皆曰賈，俗又別其字作價。」買賣雙方所出，即價值。這是由動詞轉爲名詞，改變了聲調。

　　另外，由出售義引申爲出售之人，即商賈的賈。這也是由動詞轉爲名詞，改變了讀音。現代音聲韻調都不同了。

■ 飯與餴（飰）

　　《説文》：「飯，食也。从食反聲。」

　　篆文作 ，形聲字，本義爲食。

　　段玉裁注曰：「云食也者，謂食之也。此飯之本義也。引伸之所食爲飯。今人於本義讀上聲。於引伸之義讀去聲。古無是分別也。……古衹有飯字。後乃分別作餴。俗又作飰。」

　　飯的本義爲食之，是動詞，用爲名詞，指食物，於是，另造餴（飰）字，爲後起形聲字。

在分析本義與引申義的關係時，除了依據字形結構外，還須參考各字在古籍中出現的先後。這樣分析所得結果才較爲可靠。語言詞義的演變是很古遠的事，沒有確實的記錄可以參考。探討本義與引申義的關係有助於瞭解詞義的發展。

由以上的分析，詞義的引申可以歸納出這兩種方式（見王力《漢語史稿》卷三564頁）：

其一，同一個本義，可以產生不止一個引申義。每一個引申義都與本義有密切關係，如上述「目」字與「長」字的本義與引申義的關係。

其二，由本義產生的引申義，又可以成爲本義，產生出新的引申義，如上述「文與㲋」字，「ナ與左（佐）」字的本義與引申義的關係。

從語詞與語法的關係來看，本義與引申義之間有這四種關係。

其一，由本義產生引申義，同字同音，沒有語法改變，如「目」字，由眼睛引申爲項目；「牢」字由養圈引申爲牢獄。

其二，由本義產生引申義，雖同字同音，而有語法改變，如「目」字，由眼睛引申爲目視，由名詞轉爲動詞；「牢」字由養圈引申爲牢固，由名詞轉爲形容詞。

其三，由本義產生引申義，雖同字不同音，並有語法改變，如「長」字，由長短的「長」引申爲生長的「長」，由形容詞轉爲動詞，伴隨音變。

其四，由本義產生引申義，不同字、不同音，並有語法改變，如「ナ」字，引申而另造「左」與「佐」；「賈」字引申而另造「價」字。

在語言中，表達本義與引申義的詞語，實際是不同的概念，各自獨立。

第一種情形，同字同音，易於看出兩者的語源關係。

第二種情形，同字同音，有語法改變，仍然易於看出兩者的語

源關係，因爲詞性改變在中國語言中並不明顯，只在句子中才容易看出來。

第三種情形，同字不同音，伴隨語法改變，就不易於看出兩者的語源關係了。

第四種情形，不同字也不同音，還伴隨語法改變，就更不易於看出兩者的語源關係了。

這四種情形都十分常見，是因引申而起的訓詁問題，而第四種情形，又因爲另造新字，也成爲文字發展的問題。

3、引申與象意字

在文字的原始時期，象形字與象意字並存，兩者都來自圖畫。這兩類文字都經過很長時間的發展，並非在很短的時間發展完成的。兩者之中，象意字多爲合體，需在象形字的基礎上合成，發展的時間相對較晚。

就造字的方式看，象形字爲具體事物的圖形，而象意字主要表達事物的動作，以及事物之間的關係。

象形字與象意字之間的關係是任意的，並無必然約束。不過，在象意字之中，有一類字與相應的象形字之間有語源關係，因而字形結構也有密切關係。這一類象意字是由相應的象形字字義引申，並有語法改變，由名詞變爲動詞之後而造的。先出的象形字表達名詞本義，而後出的象意字表達動詞引申義。

爲了明確區別名詞本義與動詞引申義，以免混淆，兩者分別造字亦甚爲必要。兩字的結構關係十分明顯。由於象形字已先出，相關的象意字也就易於造成。這類象意字的產生，時間應該很早。很可能是在相應的象形字產生之後不久便隨著產生了。

這類成對的象形字與象意字，顯然表達兩個同源詞，分析其結構，可以推斷象形字所代表的是本義，象意字所代表的是引申義。

詞義與詞性的差異往往伴隨語音改變，如聲調改變，在古代漢語中就很常見，只是因爲欠缺語料，這樣的改變實難於推究（見王力《漢語史稿》卷二 217 頁、周祖謨〈四聲別義釋例〉）。

在甲骨卜辭中，這類成對同源字往往可以通用。其中一部分當是同音的，後來的語音也相同。爲進一步瞭解這類字的特殊性，以下就古文字中所見的這一類字，具體分析討論。

■ 壴與鼓

《説文》：「壴，陳樂立而上見也。从中从豆。」

篆文作 $\stackrel{\text{壴}}{}$，是鼓的象形字，中間的圓形即鼓面，上面的是裝飾，下面的是鼓架。

「壴」爲名詞，引申而用爲動詞，義爲擊鼓，動詞。後在「壴」字加個偏旁「攴」，表示擊鼓，成爲動詞專字。

《説文》：「鼓，擊鼓也。从攴从壴，壴亦聲。」

篆文作 $\stackrel{\text{鼓}}{}$，左邊的偏旁是鼓的象形字，右邊的偏旁是手持鼓棒擊鼓。此爲動詞專字，後詞義擴大，也用爲名詞，於是，名詞的「壴」字廢棄了。

■ 青 與 殸

《説文》：「青，幬帳之象。从日屮，其飾也。」

篆文作 青，不似「幬帳之象」，當是鼓類打擊樂器，是名詞。

《説文》：「殸，从上擊下也。一曰素也。从殳 青 聲。」

篆文作 殸，類似「鼓」字，即打擊樂器的動作，是動詞。這是由名詞引申而用爲動詞之後所造的專字。

■ 声與殸

篆文中沒有獨體的「声」字，也沒有象意的「殸」字，但有形聲的「磬」字；「声」字與「殸」字都包含在此形聲字中。「殸」爲《説文》籀文字形。

《説文》：「磬，樂石也。从石殸。象縣虡之形。殳，擊之也。古者母句氏作磬。」

「聲」字下注云：「殸，籀文磬。」

「磬」字下注云：「殸，古文磬字。」

照許慎的說法，殼即磬字。

「殼」字甲骨文作　、　、　，手持鼓棒，打擊樂器「聲」。聲為石製樂器。

就結構說，「声」是名詞，引申而用為動詞，便是擊聲，於是另造「殼」字為動詞專字。

「磬」是後起形聲字。許慎解曰「从石殼」，以為會意字，「殼」亦表音。依清人觀念，則是「會意兼形聲」或「形聲兼會意」。「磬」字後世替代了「声」與「殼

磬為打擊樂器，其讀音即其名稱，於是又有同源的「聲」字。

《說文》：「聲，音也。从耳殼聲。殼，籀文磬。」

「聲」字後用為聲音的通名。

■ **工與攻**

《說文》：「工，巧飾也。象人有規榘也。」

篆文作工，甲骨文作　、工，為兩塊玉係在一起，成一個單位。「工」是名詞，引申而用為動詞，則是雕琢玉石，於是另造「攻」字為動詞專字。詩云：「他山之石，可以攻玉」，即用「攻」字本義。

《說文》：「攻，擊也。象人有規榘也。从攴工聲。」

「攻」為會意字，「工」亦表音。

「工」字又引申而用為形容詞，即許慎所說的「巧飾也」。

■ **它與迤（迆）**

《說文》：「它，虫也。从虫而長，象冤曲垂尾形。上古艸居患它，故相問無它乎。」

篆文作　，為蛇的象形字。引申而用為動詞，指蛇行，於是另造「迤」字。此字不見於《說文》，保留於《玉篇》與《廣韻》。因「它」字與「也」字形近似，而訛變為「迆」。

《說文》：「迆，衺行也。从辵也聲。」衺行即蛇行走的樣子。

《淮南子》云：「河以逶蛇，故能遠。」「逶蛇」亦即「逶迆」。

「迆」爲象意字，而「它」亦表音。

■ 羊與𦍌（養）

《説文》：「羊，祥也。从䒑，象頭角足尾之形。」

篆文作羊，甲骨文作𦍌，是羊的象形字。引申而用爲動詞，指牧羊，於是另造一專字，甲骨文作𦍌，手持羊鞭趕羊。後改換偏旁作「養」。《説文》尚保留其古文字形。

《説文》：「養，供養也。从食羊聲。𦍌，古文養。」

養字後來詞義擴大爲養育義。

■ 魚與漁

《説文》：「魚，水蟲也。象形。」

篆文作魚，甲骨文作𩵋，是魚的象形字。引申而用爲動詞，指捕魚，於是另造「漁」字。

《説文》：「灋，捕魚也。从䰢从水。」

篆文作漁，甲骨文作𩵋，以魚在水中象意。偏旁「魚」表義也表音。

■ 井與阱

《説文》：「井，八家一井，象構韓形。」

篆文作井，甲骨文作井，是井的象形字。引申而用爲動詞，指以陷阱捕獸，於是另造「阱」字。

《説文》：「阱，陷也。从𨸏从井，井亦聲。」

篆文作阱，甲骨文作阱，以阱捕鹿象意。偏旁「井」表義也表音。

■ 丑與羞

《説文》：「丑，紐也。十二月，萬物動，用事。象手之形。」

篆文作丑，甲骨文作𠃌，是手的象形字，用爲干支字，則是假借。引申而用爲動詞，指進獻，於是另造「羞」字。

《説文》：「羞，進獻也。从羊，羊，所進也；从丑，丑亦聲。」

篆文作羞，甲骨文作 🐑、🐑。古時祭祀，以羊進獻，故从羊；以手獻羊，故从丑。「羞」爲象意字，偏旁「丑」表義也表音。

■ 冊與𠕋

《説文》：「冊，符命也。諸侯進受於王也。象其札一長一短，中有二編之形。」

篆文作 冊，甲骨文作 冊，是竹簡木札編成冊的象形字，「符命」是其本義，後詞義擴大指書冊。

「冊」又引申而用爲告，於是另造「𠕋」爲專字。

《説文》：「𠕋，告也。从曰从冊，冊亦聲。」

篆文作 𠕋，甲骨文作 𠕋、𠕋，篆文从曰，甲骨文从口，可通用。「𠕋」是象意字，偏旁「冊」表義也表音。

■ 宁與貯

《説文》：「宁，辨積物也。象形。」

篆文作宁，甲骨文作宁，是儲物器具的象形字，引申而用爲動詞，義爲儲物，於是另造「貯」爲專字。

《説文》：「貯，積也。从貝宁聲。」

篆文作貯，甲骨文作貯，本是象意字，偏旁「宁」表義也表音。

■ 冖與幎

《説文》：「冖，覆也。从一下垂也。」

篆文作冖，是覆蓋用布類象形字，引申而用爲動詞，義爲覆蓋，於是另造「幎」字。這個字的本義保留在《玉篇》中。

《玉篇》：「幎，覆禰巾也。又幎蓋也。」

《禮記》：「犧尊疏布幎。」以疏布蓋禮器，動詞用法。

《説文》亦收羃字，而解釋云：「鼏，以木橫貫鼎耳而舉之。

从鼎冂聲。」這可能是假借義，或另一字。

篆文作 ，以疏布蓋鼎之象，是動詞專字。偏旁「冂」表義也表音。

■ 幸與執

《説文》：「幸所以驚人也。从大从￥。一曰大聲也。凡幸之屬皆从幸。一曰讀若瓠。一曰俗語以盜不止爲幸，幸讀若籛。

篆文作 幸，甲骨文作 、，是手銬的象形字，引申而用爲動詞，義爲拘捕，於是另造「執」字。

《説文》：「執，捕罪人也。从丮从幸，幸亦聲。」

篆文作 執，甲骨文作 ，以手銬銬罪人象意專字，偏旁「幸」表義也表音。

■ 可（丂）與何

《説文》：「可，冏也。从口丂，丂亦聲。」

篆文作 可，形聲字。甲骨文有兩種寫法：、。前者即形聲「可」字，後者爲斧柄象形字，即「丂」字，亦即「柯」本字。

《説文》：「柯，斧柄也。从木可聲。」「柯」爲後起形聲字。

「丂」字借用爲肯可義後，加偏旁「口」而成形聲字。

長柄武器和工具通常都擔在肩膀上，因而由「斧柄」引申而用爲動詞「儋負」義，於是另造「何」字。

《説文》：「何，儋也。从人可聲。」「儋」即「擔」，荷負肩上。

篆文作 何，甲骨文作 、，以荷負斧柄肩上象意，偏旁「丂」表義也表音。

「何」以「可」取代「丂」而成形聲字。

■ 衣與依

《説文》：「衣，依也。上曰衣，下曰裳。象覆二人之形。」

篆文作🅐，甲骨文作🅑、🅒，衣服象形，引申而用爲動詞，衍生兩個意義，一個是穿衣，如《莊子‧盜跖》云：「不耕而食，不織而衣。」另一個是依靠，人依靠衣服以蔽體保暖，於是另造「依」爲動詞專字。

《說文》：「依，倚也。从人衣聲。」

篆文作🅓，甲骨文作🅔，人在衣服中，即穿衣之意，偏旁「衣」表義也表音。

■ 食與飤（飼）

《說文》：「食，一米也。从皀人聲。或說人皀也。」

篆文作🅕，甲骨文作🅖、🅗，是食物在豆類食器中的象形，引申而用爲動詞，衍生兩個意義，一個是「吃」，另一個是「養」，於是另造「飤」字以爲動詞專字。

《說文》：「飤，糧也。从人、食。」

篆文作🅘，甲骨文作🅙、🅚，取人就食之意，偏旁「食」表義也表音。

後又加聲旁「司」作「飼」，爲後起形聲字，取代「飤」。

■ 止與之

《說文》：「止，下基也。象艸木出有址，故以止爲足。」

篆文作🅛，甲骨文作🅜、🅝，是腳的象形，《說文》的解釋是引申義。

由本義腳引申而用爲動詞，則是以腳行走，於是另造「之」字以爲動詞專字。

《說文》：「之，出也。象艸過中，枝莖益大，有所之。一者，地也。」

篆文作🅞，甲骨文作🅟、🅠，象腳在地上行走之意，「止」下橫畫即代表地面，偏旁「止」表義也表音。

《說文》以爲是草出地面而釋爲「出也」，非本義，「止」亦非「艸」。

古籍中，「之」的用法與「往」近似，而略有區別。之的後面可以跟地名詞，往不可以。

■ 又與右（佑、祐）

《説文》：「又，手也。象形。三指者，手之列多略不過三也。」

篆文作㕛，甲骨文作㕚，是右手的象形。

一般人習慣用右手，出右手以助人，故引申而用爲動詞助義，於是另造「右」字以爲動詞專字。

《説文》：「右，手口相助也。从又从口。」

篆文作㕜，甲骨文用「又」本字。

「右」爲象意字，偏旁「又」表義也表音。後世又加偏旁「人」作「佑」，也是會意字，偏旁「右」表義也表音。

還有一後起字作「祐」。《説文》：「祐，助也。从示右聲。」

篆文作祐，也是會意兼形聲字，偏旁「右」表義也表音。

■ 子與字

《説文》：「子，十一月，陽气動，萬物滋，人以爲偁。象形。」

篆文作㜽，甲骨文作㜽、㜽，是小孩子的象形。引申而用爲動詞，義爲養育，於是另造「字」字以爲動詞專字。

《説文》：「字，乳也。从子在宀下，子亦聲。」

篆文作字，甲骨文未見，金文作字、字，與篆文同，以家中孩子取義，爲象意字，偏旁「子」表義也表音。

■ 眉與媚

《説文》：「眉，目上毛也。从目，象眉之形，上象頟理也。」

篆文作眉，甲骨文作眉、眉，是眉毛的象形。因眉毛單獨象形不易顯示，故與眼睛一起畫出。

女子以眉美爲尚，故引申而用爲形容詞，義爲美眉，於是另造

「媚」字以爲專字。

《説文》：「媚，說也。从女眉聲。」

篆文作🈴，甲骨文作🈴、🈴，是一女子象形，而誇大眉目，以顯示美眉，爲象意字，偏旁「眉」表義也表音。

從以上二十個例子，可見在圖畫文字發展的過程中，由於詞義的引申衍生，文字也往往跟著衍生，由獨體圖畫文字發展出意義相關聯的合體圖畫文字。這些詞義相關聯的文字有語源關係，構成合體字偏旁的獨體字，既表義也表音。這類字，就結構說是象意字，但也可以說是形聲字。這是因爲受詞義引申的影響，而由象形字發展成象意字的其中一個方向。

這一類既是象意，又是形聲的字，唐蘭先生在《古文字學導論》中稱爲聲化象意字，或象意字聲化。清朝學者稱之爲會意兼形聲，或形聲兼會意。這類同源字是訓詁學中的「右文說」的基礎。

4、引申與形聲字

在漢字發展的過程中，偏旁觀念的形成是非常重要的因素。這個因素不僅幫助象意字的發展，也幫助形聲字的發展。

在上一節討論引申與象意字的關係時，從所舉的例子中可以看出詞義的引申，一方面幫助象意字的發展，隨後也幫助形聲字的發展。這些隨詞義引申而造的象意字和形聲字，組成一組一組的同源字，在語言中，則是一組一組的同源詞。在漢字的發展過程中，詞義引申是非常重要的促進力量。以下是幾個例子：

■ ナ與左、佐

「ナ」由本義左手引申爲動詞左助，另造象意字「左」爲動詞專字。後「左」也用爲左手義，於是再加偏旁「人」作「佐」爲「佐助」義形聲專字。

■ 又與右、佑、祐

「又」由本義右手引申爲動詞相助，另造「右」爲專字。後「右」也用爲右手義。於是再加偏旁「人」作「佑」，加偏旁「示」

爲「祐」，成爲助義形聲專字。

■ 声與殼　磬、聲

「声」由本義石製樂器引申爲動詞擊聲，另造「殼」爲專字。後又加偏旁「石」作「磬」爲本義後起形聲專字。後又引申爲聲音義，於是另加偏旁「耳」作「聲」成爲形聲專字。「聲」後用爲聲音通名。

■ 食與飤、飼

「食」由本義食物引申而衍生兩個動詞意義，一個是「吃」，另一個是「養」，於是另造「飤」字以爲動詞專字。後又加聲旁「司」作「飼」爲後起形聲字，取代「飤」。

■ 采與菜、採

「采」由本義採摘引申指採摘的草類食物，於是加偏旁「艸」作「菜」。「采」又借用爲「文采」義，於是再加偏旁「手」造「採」字，成爲本義形聲專字。

從以上例子可見，語言中先有引申而生的同源詞，而後文字中才有引申而生的同源字。這些同源字最初產生的是獨體的象形字，然後產生合體的象意字，再產生合體的形聲字，成爲一組同源字，像一個家族。

在象意造字法產生後，語言中詞義仍在引申，因而又在象意字旁邊加上一個表義的偏旁造形聲專字，促進形聲字的發展。以下再舉幾個例子。

■ 屰與逆

《説文》：「屰，不順也。从干下屮。屰之也。」

篆文作 Ψ，甲骨文作 Ψ、Ψ，是倒轉的人的象形，形容詞。由「不順」引申而用爲動詞「迎」義，於是加上偏旁「辵」作「逆」。

《説文》：「逆，迎也。从辵屰聲。關東曰逆，關西曰迎。」

篆文作𧼨，甲骨文作𣥂、𣥊，表示迎接來人之意，象意字，偏旁「止」與「辵」均表示行動，在古文字偏旁中通用。原本的獨體字「屰」表義也表音。「逆」的結構與形聲字無異。

■ 启與啓

《說文》：「启，開也。从戶从口。」

篆文作启，甲骨文作𢻻、𢻱、𢻨、𢻣，以手推開窗戶取意，是動詞。由「開啓」義引申而用爲「啓蒙」義，即「教」，亦即《說文》「啟」字的意義。

《說文》：「啟，教也。从攴启聲。《論語》曰：不憤不啟。」

篆文作啟，甲骨文作𢼄、𢻹，把上引兩個寫法合成一新字。篆文手的象形變爲「攴」。

■ 取與娶

《說文》：「取，捕取也。从又从耳。《周禮》『獲者取左耳。』《司馬法》曰『載獻聝。』聝者，耳也。」

篆文作取，甲骨文作𠬝、𠬞，以手取耳象意，動詞。由「取耳」義引申而轉爲「取婦」義，於是加偏旁「女」，另造「娶」成爲形聲專字。

《說文》：「娶，取婦也。从女从取，取亦聲。」

篆文作娶，甲骨文作𡜟。就結構說，是個會意字，偏旁「取」表義也表音，實際與形聲字無異。

■ 仦（乑）與眾

《說文》：「仦，眾立也。从三人。」

篆文作仦，甲骨文作𠈌，以三人並立象意。三人即多人，亦即眾人。古有「人三爲眾」的說法。就字形結構說，「仦」與「乑」無異。至於「仦」「讀若欽崟」，或因方音而異讀。後世俗字「众」當即本於「仦」，亦即「乑」。俗字來自古字的其他例子如：「云」本爲「雲」的古文，後世用爲俗字簡體。

「伙」引申指勞苦大衆，於是加上偏旁「日」，另造「眾」字。《說文》：「眾，多也。从乑、目，衆意。」

篆文作𥅫，甲骨文作𥅫、𥅫，以眾人在日下勞動象意。篆文「日」訛變爲「目」。就偏旁說，从「目」亦可通，取眾目之意。原本的偏旁「乑」表義也表音。

■ 干與扞、捍、敌、戟

《說文》：「干，犯也。从反入，从一。」

篆文作干，甲骨文作𠦂、𠦂、𠦂，是盾的象形。盾的功用在於保護人，引申而有「捍衞」義。於是在本字加上偏旁「手」作「扞」。

《說文》：「扞，伎也。从手干聲。」

篆文作扞。「伎也」是引申義。或又改聲旁爲「旱」作「捍」。

此字《說文》不收，然保存於古籍中。或又由「捍衞」義引申爲「制止」。於是改形旁爲「攴」作「敌」。

《說文》：「敌，止也。从攴旱聲。」

篆文作敌。「攴」與「手」於偏旁可以相通。

由於「干」字多用其引申義，因而本義漸晦，於是另造「戟」字。

《說文》：「戟，盾也。从戈旱聲。」

篆文作戟。這是「干」字的後起形聲字。

「干」字衍生幾個引申義，也造出幾個形聲字：扞、捍、敌、戟。

■ 止與阯、址

「止」的本義是脚（見上文），引申而用爲「基」義，於是加上偏旁「𭃄」而另造「阯」字。

《說文》：「阯，基也。从𭃄止聲。」

篆文作阯，爲引申義之形聲專字。或又作「址」，篆文作址，

亦爲形聲字，本字「止」表義也表音。

　　「止」字多用引申義，本義隱晦，於是另造「趾」字，即在本字「止」加上偏旁「足」。《說文》不收「趾」字。

　　《爾雅》：「趾，足也。」這是「趾」字的本義，也是「止」字的本義。

■ 乳與孺

　　《說文》：「乳，人及鳥生子曰乳，獸曰産。从孚从乙。乙者，玄鳥也。」

　　篆文作𠃊，甲骨文作𠃊，是媽媽給孩子哺乳的象意字。

　　就語源來説，「乳」最早的意義當是「乳房」，引申爲「乳汁」、「哺乳」。造「乳」字時，則是以「哺乳」象意，是動詞，同時也表達「乳房」、「乳汁」兩個名詞意義。

　　至於《說文》所説的「生子曰乳」，則是引申義，用爲動詞。另外還有個引申義「孩子」，於是另造「孺」爲形聲專字。

　　《說文》：「孺，乳子也。一曰輸也，輸，尚小也。从子需聲。」

　　篆文作𡥀。「乳子」即「孺子」，小孩子。「孺」與「乳」是同源字。

　　從上引例子可以清楚看出引申與形聲字之間的關係。

　　在上文討論引申時，説到經過引申之後，本義與引申義分別由兩個形聲字表達，其中一個字形較爲簡單，一個字形較爲複雜，字形較爲簡單的形聲字所表達的爲本義，字形較爲複雜的形聲字所表達的爲引申義。這也是由引申産生形聲字的方式。其中幾個例子如（詳見上文討論）：

■ 亭與停（渟）

　　本字「亭」是個形聲字，引申而産生的「停」字與「渟」字也都是形聲字。由本字「亭」加形旁「人」、「水」而成。

■ 賈與價

本字「賈」是個形聲字，引申而產生的「價」也是形聲字。由本字「賈」加形旁「人」而成。

■ 飯與⿰飠弁（飰）

「飯」的本義爲食，是動詞，用爲名詞，指食物，於是，另造⿰飠弁（飰）爲形聲專字。

■ 殸與磬

「声」的本義是石製樂器，是名詞，引申而用爲動詞，便是擊聲，於是另造「殸」字爲動詞專字。「磬」是後起形聲字，「殸」表義亦表音。

磬爲打擊樂器，由其聲音得名。於是又有同源的「聲」字，用爲聲音的通名。

■ 羪與養

「羊」的本義即動物羊，引申而用爲動詞，指牧羊，於是另造一專字羪，後又改換偏旁作「養」，爲形聲專字，後來詞義擴大爲養育義。

這五組形聲字中，同組的兩個字有同源關係。同源字的根源便是語言中的同源詞。

就文字結構看，由引申而造的象意字中，原本的獨體象形字既表義也表音。這樣的象意字與形聲字的結構無異。

在形聲造字的方法產生後，新造的字幾乎全都是形聲字。所以形聲字中所包含的同源字非常多。這是清代訓詁學家「會意兼形聲」與「形聲兼會意」理論的基礎，也是「右文說」的基礎。

三　假借

1、定義

許慎在《説文解字》中給「假借」下的定義是：

假借者，本無其字，依聲托事，令長是也。

這個定義本極清楚，但現代學者以爲許慎所舉的例子「令長」兩字錯了，因爲這兩個字的用法實爲詞義「引申」，而非假借。

就現代的觀念說，確是如此，然在許慎的時代，並沒有引申的觀念，引申與假借是合成一體的。段玉裁的注解中就說的很清楚：

> 如漢人謂縣令曰令長。縣萬戶以上爲令。減萬戶爲長。令之本義發號也。長之本義久遠也。縣令縣長本無字，而由發號久遠之義引申展轉而爲之。是謂段借。

許慎所歸納的假借，實包含引申在內。就這一點說，許慎的定義和他所舉的例子並非不一致，只是現代學者的分析更加細緻些，把引申和假借分開來了。

許慎在說解個別字時，也反映出他不分假借與引申，例如「止」字下云：

> 止，下基也。象艸木出有址，故以止爲足。

段玉裁注云：

> 此引申假借之法。

許慎以「下基也」爲「止」的本義，由這個意義聯繫而假借爲「足」。這是假借，也是引申。

許慎在說解「鳳」、「烏」、「來」、「韋」、「西」等字時，也都把引申與假借合爲一體。兩者有一共同點，即：用一個原有的字表達一個不同的意義。這樣，可以增加原有文字的使用率。

2、作用

甲骨文字出土後，學者對六書的研究有更加深入的瞭解。在早期文字發展的過程中，假借有很重要的位置，對形聲字的出現起促進作用。在六書的排列次第中，假借當在象形、指事、會意之後，形聲、轉注之前。前三者基本是圖畫文字，後兩者則是形聲文字。這樣的排列並無任何疑問。

假借的應用，並非在前三者可造之字都造完之後，或在前三者都停用之後，而是在前三種造字法遇到困難，無法造出所需的字時才應用。

圖畫文字的數量畢竟有限，在前三種方法都無法造出所需的字時，假借便是最方便的方法。在假借法應用之後，前三種方法仍然可以繼續應用，只是所能造的字數量不多。因此，假借造字法必定出現得很早。李孝定先生在〈從六書的觀點看甲骨文字〉（刊於《南洋大學學報》，1968 年第二期）文中統計，在甲骨文字中，假借字約佔 11%。其中，象形、指事、會意字都有，而以象形字為多。數目字「百」、「千」、「萬」都借自象形字。數目字為常用字，出現的時間必定很早。因此，假借字必定是在象形、指事、會意字產生後就出現了。

由於象形、指事、會意三種方法所能造的字為數很少，因此必須以假借法來補救。假借法是表達難於造字的詞語的最佳辦法。純就理論說，每一個字都可以借用。如果每一個字都借用一次，現有的文字的數量可以增加一倍；如果每一個字都借用數次，現有文字的數量就可以增加數倍了。這樣，假借法就成為增加現有文字使用機會的最佳辦法。這是假借法在漢字發展史上的重要意義。

由於漢字源自圖畫，圖畫性成為漢字的特點，也是弱點。在初始階段，只有易於畫出來的事物才能造字，難於畫出來的事物就無法造字了。為了克服這樣的障礙，假借是最方便的辦法。借用的結果是，每一個字都可以當表音符號用，不必理會其本義。這樣一來，對文字的形體寫法必定有影響。

越早產生的象形文字必定越接近實物，以便顯示出所表達的意義。這樣的象形文字在借用後，僅僅重視其表音功能，完全不重視其表義功能。這樣一來，象形文字是否接近所表達的實物不再重要。這必定加速象形文字的形體改變，趨於簡化。

這項演變的結果是：象形文字的圖畫性質在聲化與簡化的過程中，漸漸消失。到了漢代的時候，形聲字成為漢字中數量最多的一種，而象形文字的圖畫性質幾乎消失殆盡。

假借方法的應用，是文字聲化的開始，並由此導致形聲字的產生。這是假借法在漢字發展史上的另一個重要意義。

在甲骨文字時代，文字的數量尚不多，通常一個字只借用一次，表達一個同音詞語。在形聲字大量產生之後，同音字越來越多。用字的人可以隨手借用多個同音字或音近字來表達同一個詞語。這完全是爲了用字方便，卻因此造成混亂。有時，又爲了方便，即使已有本字表達的詞語，卻不加細究，仍然隨手借用同音字來表達。這便是訓詁學所說的「通假」。一對通假字的讀音相同或相近，在用來表達同一個詞語時，可以通用，互相代替。例如：

■ 爵與雀

《説文》：「爵，禮器也。象爵之形，中有鬯酒，又持之也。」
段玉裁注：「假借雀字。」
《説文》：「雀，依人小鳥也。从小、隹。讀與爵同。」
「爵」與「雀」音同而借用。

■ 首與手

《説文》：「首，𦣻同。古文𦣻也。巛象髮，謂之鬊，鬊卽巛也。」
段玉裁注：「儀禮古文假借手爲首。」
《説文》：「手，拳也。象形。」
「手」與「首」音同而借用。

■ 蚤與早

《説文》：「蚤，齧人跳蟲。」
段玉裁注：「經傳多叚爲早字。」
《説文》：「早，晨也。」
「蚤」與「早」音同而借用。

■ 格與假

《説文》：「格，木長皃。从木各聲。」
段玉裁注：「或借假爲之。」
《説文》：「假，非眞也。从人叚聲。一曰至也。」
「格」與「假」音同而借用。

■ 饋與歸

《說文》：「饋，餉也。从食貴聲。」
段玉裁注：「饋多假歸爲之。」
《說文》：「歸，女嫁也。」
「饋」與「歸」音同而借用。

「通假」爲「假借」的自然結果。兩者都源於借用，性質相同，差別在於假借是一個字借用來表達一個新意義，通假是多個字借用來表達同一個意義。

在漢字發展的過程中，假借與引申所扮演的角色十分相似，兩者對形聲字的產生都起促進作用。

3、假借與形聲

假借對形聲字的產生起促進作用。引申也有這樣的作用，兩者的差別是：由引申而產生的形聲字與本字有語源關係，由假借產生的形聲字與本字沒有語源關係。前者的數量有限，後者的數量就非常多。

一個字在引申之後，引申義與本義並存並用，爲免於混亂，可在原字加上一個表義的偏旁，以原字爲聲旁，組成形聲字。這是引申對形聲字的催生作用。

假借對形聲字的促進作用與此相似。一個字在假借之後，假借義與該字本義並存並用，爲免於混亂，也可在原字加上一個表義的偏旁，以原字成爲聲旁，組成形聲字。這是假借對形聲字的催生作用。

由引申和假借產生的形聲字，應是最早產生的兩類形聲字。隨後產生的形聲字不必經過引申，也不必經過假借，只需選用一個形旁和一個聲旁相配合，便組成一個新的形聲字。

由於這種方法很簡便，而且與漢語單音節的特點完美配合，新造的字便幾乎全都是形聲字。在這之前的會意造字法只是偶爾還用，象形與指事便都用不上了。

漢字的發展至此便停留在形聲階段，不再向前發展成爲字母拼音文字。

在甲骨文字中，借用字約佔 11%。這可見當時假借的方法已經普遍應用。從中也可見由假借產生的形聲字。

由假借產生形聲字，有三種方式。

（1）爲借義造形聲專字

第一種方式是，在借用之後，加上形旁成爲借義的形聲專字，而本字本義如舊。這樣的新造字甚多見。以下是一些例子。

■ 冎與䍐

《説文》：「冎，剔人肉置其骨也。象形。頭隆骨也。」

篆文作𩨂，甲骨文作𩨂，是牛肩胛骨的象形字。在商代，牛的肩胛骨用於占卜，故冎字又寫作𩨂，「卜」表示骨上裂紋。《説文》的說解是用爲動詞的引申義。

在甲骨卜辭中又借用爲「禍」義。後又加犬偏旁作𤞤，成爲形聲專字，以犬代表動物，表示遠古時代動物可對人造成禍害。這個字形後世廢棄了。

■ 隹與唯

《説文》：「隹，鳥之短尾總名也。象形。」

篆文作𨾴，甲骨文作𨾴、𨾴，是小鳥的象形字。在卜辭中，多借用爲語助詞，於是又加上偏旁「口」成爲形聲專字。

《説文》：「唯，諾也。从口隹聲。」

篆文作𠰓，甲骨文作𠰓、𠰓。

在後世所造的字中，凡是象聲詞、語助詞等，無法造字，便借用一個音同或音近的字，加上偏旁「口」成爲專字。這類字在翻譯的佛經中尤多，南方方言字中也很多。

■ 巳與祀

《説文》：「巳，已也。四月，陽气已出，陰气已藏，萬物見，成文章，故巳爲蛇，象形。」

篆文作𢀇，甲骨文作𢀇、𢀇，是嬰兒胚胎的象形。在卜辭中，

多借用爲動詞祭祀義。於是又加上偏旁「示」成爲形聲專字。

《説文》：「祀，祭無已也。从示巳聲。」

篆文作祀，甲骨文作祀、祀、祀。偏旁「示」本義是神主牌。凡與祭祀有關的字均从示旁。

■ 帚與婦

《説文》：「帚，糞也。从又持巾埽冂内。」

篆文作帚，甲骨文作帚、帚，是掃帚的象形，「糞也」是引申義。在卜辭中，借用爲「婦女」義，於是加上偏旁「女」作「婦」，爲形聲專字。

《説文》：「婦，服也。从女持帚灑掃也。」

篆文作婦，甲骨文作婦、婦。就甲骨文字形看，帚與婦的關係至爲明顯，帚爲婦的聲旁，而後世兩字讀音卻大不相同，或由於方音歧異所致。

■ 羽與翊（翌）

《説文》：「羽，鳥長毛也。象形。」

篆文作羽，甲骨文作羽、羽，是鳥類羽毛的象形。在卜辭中，多借用爲「明日」義，於是加上「日」爲偏旁作「翊」，成爲形聲專字，即後來的「翌」字。

《説文》：「翌，明日也。从日立聲。」

甲骨文作翊、翊，从日羽聲。此字形後來廢棄了。另造「翌」爲專字，从日立聲。「羽」與「翌」，後世讀音有異，或爲方音差異所致。

■ 鼎與鼑（貞）

《説文》：「鼎，三足兩耳，和五味之寶器也。……籒文以鼎爲貞字。」

篆文作鼎，甲骨文作鼎、鼎，是三足鼎的象形。在卜辭中，多借用爲「卜問」義，於是加上偏旁「卜」作「貞」成爲形聲專字。

《説文》：「貞，卜問也。从卜，貝以爲贄。一曰鼎省聲。京房所說。」

篆文作貞，甲骨文作闬、闬。篆文形體已訛變爲从卜从貝。

■ 人與千

《説文》：「人，天地之性最貴者也。此籀文。象臂脛之形。」

篆文作尺，甲骨文作ㄅ，是人的象形字。在卜辭中，多借用爲數詞「千」，於是加上數字「一」成爲形聲專字。

《説文》：「千，十百也。从十从人。」

篆文作十，甲骨文作十，在人字中間加上「一」，意即「一千」。就結構說，「一」實爲形旁，「人」則是聲旁。

■ 白與百

《説文》：「白，西方色也。陰用事，物色白。从入合二。二，陰數。」

篆文作白，甲骨文作白、白，是拇指的象形。「白色」爲假借義。在卜辭中，又借用爲數字「百」，於是加上「一」成爲形聲專字。

《説文》：「百，十十也。从一、白。數，十百爲一貫。貫，章也。」

篆文作百，甲骨文作白、白，加「一」於「白」，義爲「一百」，本字「白」成爲聲旁。

■ 歬與衕

《説文》：「歬，不行而進謂之歬。从止在舟上。」

篆文作歬，甲骨文作歬、歬，是盆中洗足的象意字。小點即水。盛水的盆即「凡」，也就是「盤」。「凡」後來訛變爲「舟」。「歬」後又作「前」，乃是從「剪」字變來。

《説文》：「剪，齊斷也。从刀歬聲。」

篆文作剪。其形旁「刀」右移，即成「前」字。

卜辭中「㞢」借用爲「行進」義。於是加上偏旁「行」作 ⿰行㞢、
⿰彳㞢，成爲形聲專字，从行㞢聲。字形後世廢棄不用。

（2）爲本義另造形聲專字

由假借產生形聲字的第二種方式是，在借用之後，本義日漸不
明顯了，甚或消失，於是，加上形旁成爲本義的形聲專字。本字則
爲借義所專。這樣的情形較少見。以下是一些例子。

■ 來與麥

《説文》：「來，周所受瑞麥來麰。一來二縫，象芒束之形。
天所來也，故爲行來之來。」

篆文作 ⿰來，甲骨文作 ⿰、⿰、⿰，是麥棵有穗的象形。在卜辭
中借用爲「行來」義，本義不顯，於是另加上偏旁「止」作「麥」
爲形聲專字。

《説文》：「麥，芒穀，秋種厚薶，故謂之麥。麥，金也。金王
而生，火王而死。从來，有穗者；从夊。」

篆文作 ⿱來夊，甲骨文作 ⿱、⿱，从夊來聲，「夊」即倒「止」，
或即表示「天所來」之義。

■ 其與箕

《説文》：「箕，簸也。从竹；⿱，象形；下其丌也。……
⿱，籀文箕。」

篆文當作 ⿱，《説文》不單獨列出「其」，字形來自籀文。
甲骨文作 ⿱、⿱，即簸箕的象形。

卜辭中借用爲「豈」義。後又多借用爲「其他」義。字形爲借
義所專，於是另加上偏旁「竹」作「箕」，从竹其聲。

■ 或與國

《説文》：「或，邦也。从口从戈，以守一。一，地也。」

篆文作 ⿰或，甲骨文作 ⿰、⿰，从口从戈，是執干戈保衛社稷

的象意字。卜辭中用其本義，但古籍中借用爲「或者」義，字形爲借義所專，於是加上偏旁「囗」作「國」。

《説文》：「國，邦也。从囗从或。」

篆文作 ▨，爲本義形聲專字，本字「或」成爲聲旁。

■ 各與佫

《説文》：「各，異辭也。从口、夂。夂者，有行而止之，不相聽也。」

篆文作 ▨，甲骨文作 ▨、▨，「口」象居所，上古穴居，以「口」表示居穴；「夂」即倒「止」，表示行走，回到居所。各的本義即「至」。

古籍中多用爲「異辭」，即各別的意思。甲骨文又作 ▨，當是各字形體爲借義所專後，加上偏旁「彳」而造的形聲專字。

《玉篇》：「佫，至也。」這是「各」的本義，也是「佫」的本義。

文字經假借後，僅用其表音功能，而忽略其表義功能，每一個字都可以變成表音符號。這是形聲字產生的關鍵。

（3）爲圖形字注音成爲形聲字

在早期的圖形文字中，有一些字形容易混淆，或不容易確認其讀音，便在這類字旁加一音同或音近字表示讀音。這樣，原來的圖形文字就變成了形聲字。

這樣的注音方法產生的時間應該很早，是在文字的圖畫性質很強的時期，才需要這樣子注音。這種注音方法並不普遍應用，只是偶一爲之。到了篆文階段，文字的形體已經確定，形聲造字法也已普遍應用，注音的方法就不需要了。以下是幾個例子。

■ 鳳

《説文》：「鳳，神鳥也。天老曰：鳳之象也，鴻前麐後，蛇頸魚尾，鸛顙鴛思，龍文虎背，燕頷雞喙，五色備舉。出於東方君子之國，翺翔四海之外，過崐崙，飲砥柱，濯羽弱水，莫宿風穴。

見則天下大安寧。从鳥凡聲。」

　　篆文作🦅，甲骨文作🦅、🦅、🦅，是鳳鳥的象形，而特別突出其羽毛茂美。鳳的象形字並無固定的畫法，字形難於確認，便加上注音符號「凡」作🦅、🦅，成爲形聲字。篆文簡化成「从鳥凡聲」。

■ 雞

　　《說文》：「雞，知時畜也。从隹奚聲。」

　　篆文作🐔，甲骨文作🐔，是公雞的象形，而特別突出其羽毛茂美。雞字與鳳字的形體都難於有固定的畫法，難於確認其字形與其他鳥類象形字的區別，於是，加上注音符號「奚」作🐔、🐔，成爲形聲字。篆文簡化成「从隹奚聲」。後又有異體作「鷄」，从鳥奚聲。

■ 晶與曡

　　《說文》：「晶，精光也。从三日。」

　　篆文作晶，甲骨文作🌟、🌟、🌟，是星星的象形。字形中空的地方，往往加一點，後變爲一橫，成爲「日」字。

　　由於字形不易辨認，於是加注聲符「生」作🌟、🌟，篆文作🌟。

　　《說文》：「曡，萬物之精，上爲列星。从晶生聲。一曰象形。从口，古口復注中，故與日同。」後又簡化作🌟，即「星」字。

　　「晶」與「曡」本是同一字，「精光也」是引申義。後世音義有別，分化爲兩個字。

■ 萑與蒦

　　《說文》：「萑，鴟屬。从隹从艹，有毛角。」

　　篆文作🦉，甲骨文作🦉，是有角冠鳥類的象形。後又加注聲

旁「〇〇」作「雚」。

《說文》：「雚，小爵也。从萑吅聲。」

篆文作雚，甲骨文作🐦。「萑」與「雚」當是一字，後世讀音有異，分化爲兩字。

■ 求與裘

「求」是「裘」的古文。求字先出，裘字後起。

《說文》：「裘，皮衣也。从衣求聲。一曰象形，與衰同意。……求，古文省衣。」

篆文作裘，甲骨文作🐾、🐾，即「求」字，動物皮毛的象形，用來作寒衣，或又作🐾，是製成寒衣的象形。

到了金文和篆文時期，把兩種形體合二爲一，就結構說，已變爲从衣求聲的「裘」字了。

在古籍中，「求」這一形體用爲要求義，而「裘」則用爲寒衣義，分化爲兩字。

■ 寶

《說文》：「寶，珍也。从宀从玉从貝，缶聲。」

篆文作寶，甲骨文作🏠、🏠，是家中有貝、玉等寶貝的象意字。

金文作🏠、🏠、🏠、🏠，加注聲符「缶」，成爲形聲字。第三個字形與篆文結構相同，第四個字形从宀缶聲，爲簡化的字形。

■ 耤

《說文》：「耤，帝耤千畝也。古者使民如借，故謂之耤。从耒昔聲。」

篆文作耤，甲骨文作🧑、🧑，象人以耒破土耕種之意。

金文字形作🦌，加注聲符「昔」成爲形聲字。

甲骨文中又有這樣的形體🌾、🌾，當是簡體，从耒昔聲，爲篆文所本。

■ 鑄

《說文》：「鑄，銷金也。从金壽聲。」

篆文作 ，甲骨文作 ，象雙手把熔化金屬倒入模範中之意。

金文作 ，與甲骨文同，或又作 ，加上形符「金」，又加注聲符「」成爲形聲字。金文或又簡化作 ，从金壽聲，即篆文所本。

上述三種由假借產生形聲字的方式中，第一種最常見，其餘兩種較不普遍。這三種方式的共同作用催生了形聲字。

假借法在漢字發展歷史上有兩大貢獻：一是使每一個字都可以變成表音的符號，一是催生形聲字。

漢字發展到形聲造字方法產生後，就一直停留在這個階段，不再向前發展成拼音文字。

第三節　形聲字的發展

一　形聲造字法

1、義值與音值

構成一個字的三個因素：字形、字音、字義，彼此之間的關係不是平面的，而是包含三個層次。最下一層是「字義」，中間一層是「字音」，最上一層是「字形」。字義和字音分別代表一個字的兩個「值」：「義值」和「音值」，統攝於字形之下，成爲字形的兩個值。

「字義」是抽象的，看不見，必須由「字音」來代表。有了聲音便能聽見，於是形成語言中的語詞。因此，字音代表字義。

字音可以聽見，但看不見，必須由字形來代表。因此，字形統攝並代表字音和字義，於是有了文字。文字代表語詞，擴大來說，便是文字代表語言。

　　一個字原本的「義值」和「音值」都是固定的，爲了解決文字數量不足的難題，於是每一個字都可以通過引申與假借的方法，以增加其「義值」和「音值」。

2、借用與訓讀

　　通過引申法產生多個意義相關聯的字，成爲同源字，組成字族。由於字義須由字音代表，因此，字義引申也需通過字音。

　　在同一種方言，或親屬方言中，引申可以看成是縱的借用。

　　另外還有一種可以看成是橫的借用。這樣的借用在南方的方言中十分普遍。南方的方言中，往往有很多常用的詞語，沒有適當的字來表達，於是不得已而借用北方方言中的同義字來表達，例如，廈門話中，「塊」字的讀音是 kuai11，可是口語中相應詞語的音是 de11，可是沒有適當的字來表達，於是便借用「塊」字，而按照口語中的音 de11 來讀。這是口語與書面語之間出現脫節時，求變通的借用辦法。這樣的辦法，訓詁學稱爲「訓讀」。

　　這樣的辦法和文字學習慣所説的假借有一個相同的地方，就是口語中的詞語在書面中沒有適當的字可用，只好假借。不過，兩者也有個不同的地方，就是：文字學的假借，所借的是同音字，而訓讀所借用的是同義而不同音的字。

　　日文和韓文借用漢字時，也用這樣的辦法。在日語和韓語中，有的詞語沒有適當的字來表達，便借用一個同義而不同音的字來表達。

　　訓讀是依據字的義值來借用，而不計其音值。

　　依據字的義值來引申，與依據字的音值來假借，這兩種辦法在漢字史上有極其重要的作用，導致形聲造字法的產生。這之後，新造的字便幾乎都是用形聲的辦法來造的了。

3、無限造字

　　引申與假借可以增加已有文字的使用，看起來似乎足以應付語言中的任何詞語，而實際則未必，而且勢將帶來兩個問題。

一個是，這兩種方法用多了，同一個字用來表達數個意義，勢必造成字形與字義脫節，引起書面表達的混亂。

另一個是，口語中沒有適當的字來表達的詞語，未必能借用完全同音的字來表達，於是退而求其次，借用一個音近的字來用，這又勢必造成字形與字音脫節，引起書面表達的混亂。

這兩個缺陷都將造成對書面記錄的難解，或不解，乃至於誤解。在形聲造字法產生之後，可以彌補這兩個缺陷。

形聲造字法可以用來造任何想造的字，以表達語言中的任何詞語，讓文字的形音義得到統一。這是形聲造字法的最大優點。

一個字在借用來表達新的意義之後，實際是表達一個新的詞語，就這一點說，被借用的字已變成一個新字。無論借用的字與所表達的詞語是音同還是音近，都可以在借用的字旁邊加上一個形旁，造成一個表達新義的專字，與本字本義區別開來，原先因借用而造成字形與字義的脫節也就因此而得以解決。

形聲造字法確實十分方便，可以因應需要，造新字來表達任何詞語。形聲造字法是假借法的延續，也是假借法的修訂。

4、聲化

在漢字結構發展的過程中，從圖畫文字到形聲字，可以清楚看出聲化的趨勢。假借法的應用，是漢字聲化的第一步。

在漢字總數之中，形聲字佔絕大多數，達百分之九十以上。在形聲字的兩個組成偏旁中，有一個是表音的聲旁，這是漢字聲化的第二步。

漢字聲化的結果變成獨特的表音文字，不同於字母拼音的文字。漢字表義也表音。

漢字從圖畫文字開始，獨體的象形字成爲漢字的基礎。在這個基礎上發展出指事字、會意字、形聲字。每一個字都離不開象形字。

在各類字之中，指事字數量很少，與漢字後來的發展也沒有什麼關係，實可以不計。會意字與形聲字都比象形字多，而形聲字尤多。可以這麼說，漢字的基礎是象形字，漢字的主體是形聲字。

每一個形聲字都由兩個偏旁構成，一個是表意義的形旁，一個

是表讀音的聲旁。無論是形旁還是聲旁，其結構都是象形字。這極
易於讓人誤以爲漢字是單純的表義文字，只表義，不表音。

　　每一個字都是獨立的，都有獨立的讀音與意義。這讀音與意義
來自語言中的詞語。一個獨立的字記錄語言中獨立的單音詞語。至
於語言中的多音詞語，則是由單音詞語構成，分別由多個字來記錄。
單音的漢字，一開始就與漢語中單音的詞語相對應。因此，漢字是
表義音文字。

　　漢字所代表的是語言中的單音節詞語的義與音，不同於音節文
字與字母文字的表音形式。趙元任以漢字爲表詞素文字，即著眼於
此。

　　儘管對於漢語是不是單音節語言有爭論，　以單音節語言來歸
類漢語最易於清楚明白。漢語中有意義的單位説出來便是一個音。
多音節的詞語由意義獨立的單音節詞語組合而成。正是漢語的這種
單音節性質決定了漢字的單音節性質，所以漢字從未有雙音節或多
音節，也沒有近於一個半音節的複輔音。這是漢語有別於歐洲語言
之處。

　　形聲造字法與漢語的單音節性質配合無間。漢語中任何詞語都
可以形聲造字法造出所需的字來表達。不僅新造的字幾乎都是形聲
字，就是原有的象形字與會意字中，也有一些轉爲形聲字，即另造
一個形聲結構的字來代替。因此，形聲字在各類字中所佔的比例，
隨時間而增加。

　　形聲造字法在原有文字的基礎上造字。每一個字都可能用做形
旁或聲旁來造新的形聲字。這個方法十分簡便，因而形聲字的數量
隨著時間而迅速增加。漢字無需進一步演變爲拼音文字。

5、優點與缺點

　　形聲字除了配合漢語的單音節特點之外，還有別的優點。

（1）區別同音詞語

　　漢語的單音節特性難免造成許多同音的詞語，假借的方法就在
這個基礎上產生。隨著假借字逐漸增加，一個字借用來表達多個互

不相干的意義，造成解讀的困難，甚至於書面的混淆。在形聲造字法產生後，可以輕易解決一字多義造成的混亂，只需就不同的意義分別造不同的形聲字便可以區別。

（2）易於造新字表達任何詞語

形聲造字法在已有文字的基礎上，造新字以表達語言中的任何詞語都十分簡便。語言中原本沒有適當的字表達的詞語，都可以用形聲造字法造出新字來表達。這樣便可以解決文字不足夠的問題。

（3）漢語方言共用的文字

漢語方言的分歧很大。許多方言之間彼此無法通話。形聲字爲漢字的主體，聯合原有的象形字與會意字，可以跨越方言間的鴻溝，成爲各方言的共同文字。

（4）聲旁的功能隨時間而減弱

以上三個優點，讓漢字在商代以後，約四千年中，一直停留在形聲字階段，不再進一步演變成爲單純拼音的音節文字或字母文字。

形聲字雖有上述優點，但也並非毫無缺陷。其最大的缺陷是，有一些表音的聲旁，隨著語音的變化而逐漸減弱其表音的功能。

有些形聲字在造字時，未能找到完全同音的字爲聲旁，只能找個音近的字來用。在往後千百年間，由於語音的變化，造成形聲字與其聲旁的讀音漸行漸遠。如此一來，造成聲旁漸漸失去原本的表音功能。

舉個例子，「江」字從水工聲。在造字時工與江並非完全同音，只是十分近似。在往後千百年中，由於音變，江與工的讀音各往不同的方向變化，到現在的北京話中，已差別很大。「江」音 jiāng，「工」音 gōng。

工字完全失去原本的表音功能。不過，在南方的方言中，例如粵語，工字的表音功能並未減弱，因爲粵語保存較多的古音特點。因而工字用爲江字的聲旁，仍然具有跨方言的功能。

　　雖然形聲字中，有些字的聲旁已失去表音的功能，然而就整體而言，大多數形聲字的聲旁，表音的功能仍然有效。這是因爲語音的變化並非任意無章，而是受到語言內部語音規則的節制。原本同音的字，雖經過千百年的演變，仍然同音。原本音近的字，雖經過千百年的演變，大多仍然音近。如此，形聲字的聲旁一般仍然具備表音的功能，而形聲字也仍然是表義也表音的文字。

　　《說文》中一共收錄二十個以「工」爲聲旁的形聲字。以下是這些字的今日北京音。

玒	gōng/gāng
訌	hòng
攻	gōng
唯（鳴）	hóng
缸	gāng
杠	gàng
貢	gòng
邛	qióng
粓	hóng
空	kōng
仜	hóng
項	xiàng
忎（恐）	kǒng
江	jiāng
扛	gāng
巩	gāng
紅	hóng
虹	hóng
功	gōng
釭	gōng

　　這二十個形聲字的共同聲旁「工」，經過千百年的音變之後，除了少數幾個字之外，大都仍然有效。

　　就語法說，漢字在各個時期一直都表達語言中的詞語。在任何一個時期，每一個漢字的讀音都與當時語言中的詞語的音相應。語言中的詞語的音變了，文字的讀音也就自然相應而變。只要聲旁的表音功能仍然有效，就不必改變。

　　漢字雖然有其內在的保守性，然而無論語言中的詞語在什麼時候起變化，也無論如何變化，文字隨時都可以調整以表達詞語的音。因此，任何方言區的人都可以用自己的方音來讀古代任何時期的典籍。各個時期的語音雖不斷變化，漢字之爲表義音文字卻歷時不變。漢字可以適應各個時期的語音。漢字之爲跨時代的文字，其意義也就在於此。

　　無論是哪一個時期，每一個字都可以用當時任何一種方言中相應詞語的音來讀。雖然方音各地不同，然而語音與字音的相應關係，各地一樣。

　　北方各地官話，順時而下，各個時期的音變較爲快速；南方各地方言的音變則較慢些。這影響到形聲字與組成聲旁的語音關係。例如，有些形聲字與聲旁，在今日北京話中，讀音差異較大，聲旁不能有效表音，但在南方的廣州話和廈門話中，這些形聲字與組成偏旁，讀音差異不大，聲旁仍能有效表音。下列例子所用音標，北京話用漢語拼音符號，廣州話和廈門話則用國際音標。

　　這一類例子，在各地方言中很多，以上舉出十個，已很足夠說明形聲字與其聲旁的讀音關係。在廣州話與廈門話中，比在北京話中，聲旁的表音功能更爲有效。

　　漢字在任何時期，都用來表達各種方言，不限於北京話。雖然北京話成爲數百年來的標準官話，政治地位與社會地位高於其他方言，然就語言說，仍然只是衆多方言之一。

　　千百年來，漢字是說各種方言的人的溝通工具，克服方言間的障礙。就這一點說，漢字具有超方言的溝通功能。只要方言仍然存在，漢字的這種功能不會消失。這也就是爲什麼漢字雖然有缺點，卻始終有很強的生命力。中國文化傳統，歷經數千年而屹立不倒，漢字是最重要的原因。

	北京話	廣州話	廈門話
仇	chóu	k'au21	kiu24
九	jǐu	kau35	kiu51
愁	chóu	ʃau21	ts'iu24
秋	qǐu	tʃau55	ts'iu55
脾	pí	p'ei21	pi24
卑	bēi	pei55	pi55
江	jiāng	koŋ55	kaŋ55
工	góng	kuŋ55	kaŋ55
喊	hǎn	ha:m33	ham51
咸	xián	ha:m21	ham24
姓	xìng	ʃiŋ33	siŋ11
生	shēng	ʃa:ŋ55	siŋ55
滑	huā	kwa:t5	kut5
骨	gǔ	kwat5	kut32
忒	tè	tlk5	t'ik32
弋	yì	jlk2	ʔik5
雜	zá	tʃa:p2	tsap5
集	jí	tʃa:p2	tsip5
積	jī	tʃlk5	tsik32
責	zé	tʃa:k33	tsik32

圖表 65　形聲字與偏旁讀音在方言間的差異

　　如僅以北京話爲例子,斷言漢字已不是表音的文字，只知其一,不知其二，必然謬以千里。即使僅以北京話爲例，有些形聲字與其聲旁的讀音，歷經千百年的變異之後，表音功能變弱了，也只是表音的功效有高低之分,而並非全然消失。此類偏旁表音功能變弱了，既不影響形聲字的結構，也不影響漢字之爲表音的文字。

　　形聲字造成之後，字形並非固定不變。如果後世字音變了，聲旁的表音功能變弱了，可以換一個字，成爲形聲字的新偏旁。新字

爲舊字的異體字。

　　《說文》：「箸，飯敧也。从竹者聲。」

　　箸就是筷子。大約在魏晉時期，「箸」改爲「筯」。這是官話區另造的異體字。圖表 66 列出北京話、廣州話、廈門話的讀音差異。

	北京話	廣州話	廈門話
箸 者	zhù zhě	tʃy22 tʃe35	ti33 tsia51
筯 助	zhù zhù	tʃy22 tʃɔ22	ti33 tsɔ33

圖表 66　形聲字偏旁表音功能在方言間的差異

　　由「箸」變爲「筯」，顯然是依據官話來造的異體新字。今日的粵語和閩語，「者」和「助」的表音功能都較弱，而閩語尤其弱。

　　新造的「筯」雖然聲旁「助」有較強的表音功能，卻未能取代「箸」成爲正體，兩字並存。這主要因爲大約在明朝時候，「箸」改稱「筷子」了。明陸容《菽園雜記》云：

　　民間俗諱，各處有之，而吳中爲甚。如舟行諱「住」，諱「翻」，以「箸」爲「快兒」。

忌諱是促使語言詞語改變的常見因素。由於忌諱，「箸」改爲「快」，再在「快」字加上形旁「竹」成爲形聲專字「筷」。

　　從明朝到現在近七百年，「箸」、「筯」、「筷」三字並存。「筯」字是因爲音變而造的異體字，「筷」則是語言中有了新名稱而造的相應新字。今日北京話用「筷」字，廣州話亦用「筷」字，唯閩語仍用「箸」（筯）字。

　　「箸」、「筯」、「筷」三字都是形聲字，正可見後來新造的字多是形聲字。漢字也因此不改其表音的性質。

　　形聲字在發展的過程中，也有一些相反的改變，由原本的形聲

字變爲會意字，或因結構變化而無法用六書來歸類。不過這樣的變化爲數甚少，並不影響漢字的表音性質。

漢字從形成之初，其功能便是記錄語言中的詞語，因而「音」與「義」並記。就結構來說，在假借與形聲造字法產生之後，漢字也是表音的文字，但不同於音節文字與字母文字。儘管語音隨時而變，漢字表音的基本性質並沒有改變。

二　轉注字

在形聲造字法產生後，造字十分方便，需要造的字，可以輕易造出來，不需要造的字，也輕易造出來了。於是，語言中同一個詞語，卻先後造出不同的字來表達。這一類同義同音不同形的字，表達語言中的同一個詞語，便是異體字，也叫或體。

在漢字的歷史上，每個時期都造出許多新字，往往並非出於需要，只是隨意造出許多字來。這些字都收在歷代所編的字典中，因而單字的數量，越到後來越多。

異體字也並不都是在形聲造字法產生之後才產生的。在早期所產生的圖畫文字中，也普遍存在異體。這是因爲遠古時期，無論什麼字形都是手寫的，並沒有固定的寫法，筆畫多少也沒有規定，可以隨意變化，因而異體衆多。這樣的情形要到秦始皇統一文字的時候才規範下來。

《甲骨文編》與《金文編》中所收錄的字形，幾乎每一個字都有多個異體。象形字與會意字都如此。在小篆成爲規範字體之後，這些異體就很少保存下來了。

後世所見的各類異體字中，一般形聲字的異體仍然是形聲字，只有極少數變爲會意字，又有些變成既不是形聲字，也不是會意字，因爲字形訛變了，無法用六書來歸類。

在後世所造的新字中，除了異體字之外，還有一類字，與異體字相類似，卻又不同。這類字即六書中的轉注字。

異體字是一個字有幾個不同的寫法，字形雖然不同，音義完全相同。轉注字是幾個字表達相同的意思，但音和義都不同，即表達語言中同義不同音的詞語。

　　轉注字在六書之中，後世學者的解釋最爲紛紜。這主要因爲許慎給轉注下的定義難於清楚理解，因而後世學者的解釋言人人殊。雖然大家都依據許慎的定義來解釋，但由於各自的理解不同，解釋也就自然不一樣。

1、定義

　　許慎給轉注字下的定義是：

　　轉注者，建類一首，同意相受，考老是也。

　　這個定義在許慎是很清楚的，但後世學者卻覺得不夠清楚。雖然大家都接受這個定義，但理解並不一樣，以至於衆説紛紜。儘管大家的理解並不一致，甚至於大不相同，卻都以自己的解釋爲許慎的本義。

　　章太炎<小學略説>（收在《國學講演錄》）中對清人的解釋有扼要説明。

　　江聲、曾國藩説，「同部之字，筆劃增損，而互爲訓釋，斯爲轉注。」

　　戴東原説，「轉相訓釋，即所謂同意相受。建類一首者，謂義必同耳。《爾雅》：初、哉、首、基、肇、祖、元、胎，俶、落、權輿，始也。此轉注之例也。」

　　許瀚修訂戴説，「戴氏言同訓即轉注，固當；然就文字而論，必也二義相同，又復同部，方得謂之轉注。」

　　劉臺拱又補充戴説，「所謂轉注者，不但義同，音亦相近。」

　　章太炎在以上各説的基礎上，解釋轉注云：

　　轉注云者，當兼聲講，不僅以形義言。所謂「同意相受」者，義相近也。所謂「建類一首」者，同一語原之謂也。同一語原，出生二字，考與老，二字同訓，聲復疊韻。古來語言不齊，因地轉變，此方稱老，彼處曰考；此方造老，彼處造考，故有考老二文。造字之初，本各地同時並興舉，太史採集異文，各地兼收，欲通四方之語，故立轉注一項。是可知轉注

之義，實與方言有關。《說文》同部之字，固有轉注；異部之字，亦有轉注，不得以同部爲限也。

章太炎的解釋中，有一點很重要，就是著眼於語言詞語的發展變化。這變化因地域而異，便是見於方言詞語的差異。由於方言詞語的不同，分別造字，成爲義同而形音不同的字，也就是轉注字。人類生活受時間與空間的限制，文化亦然。語言是文化的產物，自然也就會隨時間與空間而起變化。

方言詞語既會因地域而異，也自然會因時代而異。時代與地域是產生轉注字的兩個主要因素（見《戴震文集》64 頁，馬叙倫《中國文字之源流與研究方法之新傾向》99-101 頁）。

在語言的發展歷史上，事物的名稱並非一經確定就永遠不變。同一事物往往因時間與空間不同而有不同的名稱，轉注字便因此而產生（見王力《漢語史稿》576-587 頁、房特利耶斯《語言論》212-230 頁）。

在許慎的定義中，「建類一首」最不易理解。段玉裁在《説文解字注》中說：

建類一首者，謂分立其義而一其首，如《爾雅‧釋詁》第一條說始是也。

王筠的解釋與段玉裁大致相同（見丁福保《説文解字詁林》卷一）：

建類者，建，立也；類，猶人之族類，如老部中字皆老之類，故立老字爲首，是曰一首。

就字面看，段王的解釋都很合理。許慎在《説文解字‧敘》中也這麼說：

其建首也，立一爲耑，方以類聚，物以群分。

這段話似乎是「建類一首」的説明。「首」即指部首，「類」則是指義類。因此，「建類一首」當即指《説文》中同一部首之字。

　　定義中的第二句話「同意相受」，大家的理解就沒那麼分歧。「同意」即意思相同，「相受」即相互解釋。這是轉注的基本含義。轉注的名稱當即「轉相爲注」的意思。

　　轉注不是造字法，而是兩個字之間的關係。並不是依照轉注法來造字，而是字造出來之後，自然產生的同義關係。

2、條件

　　按照許慎的定義，有轉注關係的字須具備這兩個條件：

　　其一，有轉注關係的字須具有相同的部首，即屬於《說文》中的同一部。

　　其二，有轉注關係的字本義相同，可以互相注釋。

　　就語言中的同義詞語而言，只有第二個條件才是關鍵。語言中任何意義相同的兩個詞語都具有轉注關係，即使沒有適當的字表達，仍然具有轉注關係。

　　就文字來說，則必須具有兩個條件才能成爲一對轉注字。

　　爲什麼有轉注關係的兩個字會同部呢？

　　部首即造字的偏旁。在造合體字時，都以獨體的象形字爲偏旁。這些獨體字在文字發展的過程中，已逐漸用來表達約定俗成的意義，成爲造字時慣用的偏旁。後起的形聲字，造字時就採用慣用的偏旁來表達義類。許慎編字典時，就把這些偏旁定爲部首。義類相同的轉注字，屬於同一部是很自然的事。

　　然而由於同一義類可以用不同的偏旁來表達，因此，有轉注關係的兩個字並不一定都採用相同的偏旁，在字典中，也就不一定同部，所以章太炎說：

　　《說文》同部之字，固有轉注；異部之字，亦有轉注，不得以同部爲限也。

　　文字的轉注關係，實本於語言，文字只是跟著語言走而已。因此，同部不同部並非轉注關係的決定性因素。只是因爲六書是以文字爲分析對象，偏旁與部首也就自然成爲轉注字的條件。

　　每一個字初造時，都只有一個意義，即其本義。在使用的過程中，逐漸生出許多個引申假借的意義。許慎作《説文解字》時，所分析的是每個字的本義，因此，在討論轉注字的同義關係時，所指的也是本義，而非衍生的意義。

　　戴東原與段玉裁以《爾雅・釋詁》第一條說始爲例子說轉注，其中各個詞語的含義並非都是本義。就語言中詞語的轉注關係來說，未嘗不可，但就轉注字來說，則太廣泛了，不符合許慎的定義。

　　有轉注關係的兩個字之間，是否也有語音關係，也是學者間意見分歧的地方。

　　章太炎說：

　　所謂「建類一首」者，同一語原之謂也。

　　這「語原」即指詞語的起源。至於「類」字，他沒有明顯的解釋，當是指聲音。他在《國故論衡》中說：

　　類，謂聲類。……首者，今所謂語基。

　　馬叙倫在《中國文字之源流與研究方法之新傾向》中，以「類」爲義類，這是字面較爲明顯的解釋，其他學者也多取此說；至於「首」，他解釋爲「音紐」和「韻部」。

　　轉注字是由於古今詞語或方言詞語的不同而分別造的字，其中有一些或有語源關係，因而讀音也有關係。至於那些沒有語源關係，純出於來源不同者，就未必有讀音關係了。

　　把「類」解釋爲「聲類」不及段玉裁與王筠解釋爲「義類」更有說服力。以「類」爲「義類」，以「首」爲「部首」，正可配合。

　　許慎以「考老」爲例子說轉注，符合他的定義。剛好這兩個字之間有語源關係，因而有語音關係，但並非所有轉注字都具有語音關係。例如「白」部屬下的字：皎、曉、晳　皤、皅、皚、皦、皛，與「白」都有轉注關係，其中只有「皤」、「皅」兩字與「白」音近，其餘幾個字的音就與「白」字大不相同了。

　　許慎給「白」字的解釋是：「白，西方色也。陰用事，物色白。从入合二。二，陰數。」這個解釋與古文字形不合。白字是大

拇指的象形，用爲白色是借義。白部下的字都是用這個借義來造的形聲字。

同源詞的孳生有內在的聯繫，有如同一個家族的人之間的血統關係。一個源自舊詞的新詞，很自然的顯示出兩者之間的語音關係。

從語源來看，完全同義的字，往往有語音的聯繫。同源的詞語構成一個語族，屬下的詞語大致都有語音關係。仔細分析同一個語族的字，可以看出其間的語音變化。從同義的新詞與舊詞之間的語音關係也可以看出語音的變化規律（見王力《漢語史稿》卷三）。

因此，一對有轉注關係的字之間有內在的語音聯繫是很自然的事，但並非所有轉注字都如此。語音關係並非轉注字的必要條件。

3、類別

以許慎的定義爲基礎，參考後世學者的解釋，轉注字包含以下幾項內容：

其一，有轉注關係的字通常屬於同一個部首，但並不限於同一個部首。

其二，轉注字的本義相同，可以互相解釋。

其三，同源的轉注字有語音關係，不是同源的轉注字沒有語音關係。

其四，轉注是兩個字之間的語義關係，轉注即以此種關係而得名，並非造字法；轉注字也不是一類字，就結構說，一般都是形聲字。

就轉注字的結細加觀察，大致可分爲以下三類（見馬叙倫〈中國文字之源流與研究方法之新傾向〉、王力《古代漢語》卷二、梁東漢《漢字的結構及其流變》）。

第一類，兩個轉注字在《説文》中同部。先造的一個爲象形或會意字，後造的一個爲形聲字。

■ 老部：考與老

《説文》：「老，考也。七十曰老。从人、毛、匕。言須髮變白也。」

《説文》：「考，老也。从老省，丂聲。」

「老」、「考」兩字同部互訓。老字先造，爲會意字；考字後出，以老爲偏旁，爲形聲字。兩字同源，有語音關係。

■ 盾部：盾與瞂

《説文》：「盾，瞂也。所以扞身蔽目。象形。」

《説文》：「瞂，盾也。从盾犮聲。」

「盾」、「瞂」兩字同部互訓。盾字先造，爲象形字；瞂字後出，以盾爲偏旁，爲形聲字。兩字不同源，沒有語音關係。

第二類，兩個轉注字在《説文》中同部，均爲形聲字。難於確定何者先造，何者後出。

■ 頁部：顛與頂

《説文》：「顛，頂也。从頁眞聲。」

《説文》：「頂，顛也。从頁丁聲。」

「顛」、「頂」兩字同部互訓，均爲形聲字。難於確定何者先造，何者後出。

兩字同源，有語音關係。

■ 艸部：薐與芰

《説文》：「薐，芰也。从艸淩聲。楚謂之芰，秦謂之薢茩。」

《説文》：「芰，薐也。从艸支聲。」

「薐」、「芰」兩字同部互訓，方言名稱不同，均爲形聲字。難於確定何者先造，何者後出。兩字不同源，沒有語音關係。

第三類，兩個轉注字在《説文》中不同部，沒有共同的偏旁，但偏旁可以通用。兩個轉注字均爲形聲字，難於確定何者先造，何者後出。

■ 牛部角部：牴與觸

《說文》：「牴，觸也。从牛氏聲。」

《說文》：「觸，牴也。从角蜀聲。」

「牴」、「觸」兩字不同部互訓。偏旁「牛」和「角」可以通用。兩者均爲形聲字。難於確定何者先造，何者後出。兩字不同源，沒有語音關係。

■ 鳥部佳部：鷻與雕

《說文》：「鷻，雕也。从鳥敦聲。」

《說文》：「雕，鷻也。从佳周聲。」

「鷻」、「雕」兩字不同部互訓。偏旁「鳥」和「佳」可以通用。兩者均爲形聲字。難於確定何者先造，何者後出。兩字不同源，沒有語音關係。

　　許慎所舉的兩個轉注例字「考」和「老」，屬於上列三類轉注字中的第一類。這兩個例字中，「老」是「考」的偏旁也是部首。「老」並不僅僅是「考」的偏旁，而是「考」的確實意義，也就是同義字。

　　在其餘兩類轉注字中，共同的偏旁，或通用的偏旁，都只是表達義類而已。

　　就許慎的定義說，第一第二類轉注字都與許慎的定義相符合，第三類轉注字沒有共同的偏旁，但可以通用則是擴大範圍的轉注字。

　　由於偏旁只是表達義類，而同一義類可以由不止一個偏旁表達，因此，造字時有較多偏旁供選擇。這些表達同一義類的偏旁也就自然可以通用。

　　這種情形在異體字中也很常見。第三類的例字「牴」，異體字作「觗」。其偏旁「角」便與轉注字「觸」的偏旁相同。「牴」與「觗」的表義偏旁「牛」與「角」可以通用。

　　另一對例字，「雕」的異體字作「鵰」。其偏旁「鳥」便與轉注字「鷻」的偏旁相同。「雕」與「鵰」的表義偏旁「鳥」與「佳」也可以通用。

造字的人在選用表義偏旁時，只需考慮是否可以表達所造形聲字的義類，而不是非選用哪一個偏旁不可。可以表達同一義類的偏旁都可以通用。

由於形聲造字法普遍應用，造字者可以自由選擇偏旁，因而許多形聲字雖有相同的義類，卻用不同的偏旁來表達。許慎在編《說文》時，也就自然列於不同的部首之下。

從上列第三類的兩對例字可見，雖然表義偏旁不同，但可以通用。每對例字的本義相同，顯示出轉注的關係。

基於這樣的理解，「建類一首」的「類」當指義類，而「首」當是指部首了。

無論是同一個偏旁，還是可以通用的偏旁，都可以適切表達義類。就這一點說，《說文》同一個部首中的字，除了訛變者外，都具有相同的義類。

以上是轉注字的幾個基本問題。除了上述幾個問題之外，還有一些可以討論的延伸問題。

4、語義與字義

轉注字的成因是古今殊言、方言異語。

這古今與地域所造成的差異，是指來源不同的詞語，不是指同一個字的古今音異，或方言音異。

由於語言處於經常變化的狀態之中，任何一個字的古今音都不同，方言音也都不一樣。這種差異存在於任何一個字。

至於轉注字則是指至少一對字而言。這一對字的來源不同，在任何一個時期，或任何一種方言中都是異音同義的，可以互相注釋。

語言在發展的過程中，涵蓋的時間越長，變化越多，涵蓋的地域越廣，變化也越多。同一事物，古今說法不同，各地說法不同，這不同的說法便有轉注關係。

由於古今產生的詞語不同，因而有舊語與新言之別。這種新舊詞語的差別存在於同一個時期同一種方言之中，可以並存並用，顯示出轉注的關係。

由於各地方言都有慣用的詞語，在不同的方言詞語相交流時，

便顯示出彼此的差異來，同義的方言詞語也就顯示出兩者之間的轉注關係。

時間與地域這兩個因素是互相影響的，除非有明確的記錄，否則難於分辨轉注字的產生是出於時間原因，還是出於地域原因。就一般所見，詞語的流動，往往是時間與地域兩個因素都在起作用。

在語言漫長的歷史中，不同的説法往往並存，但在並存使用後，有些後出的説法取代了先出的説法。這是語言内部的新陳代謝。

在新詞語取代舊詞語之後，成爲常用的詞語。舊詞語未必完全消失，而是保存在書面語中，或引申而衍生出不同的用法，或與別的詞語組成合成詞語，繼續存在（見王力《漢語史稿》47-48 頁、房特利耶斯《語言論》192-193 頁）。

語言中同一事物的不同説法，分別造字便成爲轉注字。因此，造成轉注字的主要原因是先於文字而存在的語義因素。由語義轉爲字義，語義相同，字義也相同。這便是轉注關係。

「筷子」古代稱爲「箸」。明朝的時候，因爲吳地船夫的忌諱「箸」與「住」同音，便改稱爲「快」，再加個偏旁「竹」，另造「筷」字。如果僅就吳地方言來觀察，「箸」與「筷」僅是吳語中的一對轉注字。當「筷」字的使用範圍擴大了，進入其他方言與雅言，「箸」與「筷」便成爲一對普遍的轉注字了。這裏有地域原因，也有歷史原因。

這是古今與地域因素造成事物異名而產生的轉注字。這樣的轉注字都保存在字典中。這是任何一個時期，語言中都有大量同義詞語，字典中都有大量同義字的原因。這也是漢字隨時間而大量增加的原因。

無論是由於古今因素還是地域因素而產生的轉注字，一般都是形聲字。因此，形聲造字法的普遍應用是漢字快速增加的主要原因。

在形聲字的發展過程中，由於讀音起了變化，原來的聲旁不能明確表音，於是換一個更有效的聲旁，成爲一個新的形聲字。這樣形成的新字只是異體字，而非轉注字。例如，「箸」字，聲旁「者」的表音功能衰弱了，於是改用「助」爲新的聲旁作「筯」。這「箸」與「筯」只是一對古今異體字，不是轉注字。

許慎的定義是依據字義來說的。上文有關轉注問題的討論，也都是依據字義來說的。

戴震和段玉裁以《爾雅・釋詁》第一條說始爲例來解說轉注，爲後來學者所不取。

戴段所依據的是語言中詞語的轉注關係而非文字。就《爾雅・釋詁》第一條說始所用的字說，有本義，也有借義。這不是許慎定義的意思。然而，轉注的關係本就源自語言，如單就語言來說，則戴震和段玉裁的解說也未嘗沒有道理。

轉注字既是一對字的意義關係，這意義關係先存在於語言，字形的關係就不重要了；而且，轉注的關係也不必只存在於形聲字，其他結構的字也儘可以有這樣的關係。

再說，轉注既是意義的關係，而這意義是屬於語言的，那麼，反映到文字的是借義的還是本義，也就不那麼重要了。

轉注的關鍵是語義的關係而非字義的關係。不過，許慎說解時依據的是字義，並列轉注爲「六書」之一，後世學者在闡釋時，也只能遵照許慎的舊解。

古代學者並不把語言與文字明確分開來討論，而主要專注於文字，由於文字有許多問題需要解決，便把語言忽略了。

漢代以後，學者逐漸重視分析字音，並注意到語言問題。

到了清代，學者對文字和語言的問題非常重視，於是古音學與訓詁學都十分發達。戴震和段玉裁都是古音學和訓詁學專家。他們以《爾雅・釋詁》第一條說始爲例子來解說轉注，便是出於對語義的關注。雖然這樣的解說與許慎的定義不一致，但就字義與語義的轉注關係而言，則是進了一步。

5、甲骨文中的轉注字

《說文》中所收錄的九千餘字中，約百分之八十屬於形聲字，其中約三分之一是轉注字（見馬叙倫《說文解字研究法》）。從這數字可見轉注字是漢字急速增加的主要原因。

《說文》中的字都是前代累積下來的。那麼，在甲骨文時代是否已有轉注字呢？

　　形聲字在甲骨文中約佔五分之一。李孝定先生在分析甲骨文的結構後，所得結論是（見李孝定先生〈從六書的觀點看甲骨文字〉）：

　　甲骨文中未發現任何兩字可以解釋爲轉注字的例子。

　　這是就甲骨文字在卜辭中的實際用法來說的。如果單就文字的結構來看，有幾對字或可解釋爲轉注字。

■ 考與耆

　　「考」和「老」是許慎列舉的一對轉注字。考字甲骨文作 🔣、🔣，是扶杖老者的象形。老部屬下的字與老字都有轉注關係。甲骨文有「耆」字作 🔣，从老至聲。此字在卜辭中雖僅一見，然結構清楚。

　　「老」與「耆」可釋爲甲骨文中的一對轉注字。

■ 之與㞷

　　《說文》：「之，出也。象艸過屮，枝莖益大，有所之。一者，地也。」

　　許慎的解釋非本義。甲骨文作 🔣、🔣，脚走在地面上，是個象意字。

　　《說文》：「往，之也。从彳㞷聲。」甲骨文作 🔣、🔣，即「往」字右偏旁「㞷」，从之王聲，是個形聲字。後加偏旁「彳」作「往」，而「㞷」字遂廢棄。

　　《說文》：「㞷，艸木妄生也。从之在土上。讀若皇。」

　　許慎的解釋亦非本義。「㞷」爲「往」的本字。

　　「之」與「㞷」可釋爲甲骨文中的一對轉注字。

■ 先與衍

　　《說文》：「先，前進也。从儿从之。」

　　甲骨文作 🔣、🔣，从儿从之。儿即人，之表示行走，是個象意字。

《說文》：「歬，不行而進謂之歬。从止在舟上。」

甲骨文作 ![字形]、![字形]，从止从凡。凡即盤的初文，表示在盤中洗足，是個象意字。「凡」訛變爲「舟」。前進義爲假借，或因此借義促使「凡」訛變爲「舟」。

後來的「湔」字，當是「歬」字假借爲前進義後另造的本義形聲專字。

《說文》：「湔，水。出蜀郡綿虒玉壘山，東南入江。从水前聲。一曰手瀚之。」

水名當是假借義。「手瀚之」爲本義。

《廣韻》：「湔、洗也。一曰水名。」洗即其本義，水名爲借義。

甲骨文有一「衏」字，作 ![字形]、![字形]，當是「歬」字假借爲前進義後，加上形旁「行」另造的借義形聲專字。

「先」與「衏」可釋爲甲骨文中的一對轉注字。

■ 逐與追

《說文》：「逐，追也。从辵，从豚省。」

甲骨文作 ![字形]、![字形]，从止从豕，表示人追逐野豬，是個象意字。

《說文》：「追，逐也。从辵 ![字形] 聲。」

甲骨文作 ![字形]、![字形]，从止 ![字形] 聲。

「逐」與「追」可釋爲甲骨文中的一對轉注字。

■ 訊與問

《說文》：「訊，問也。从言卂聲。」

甲骨文作 ![字形]、![字形]，表示一個跪地的人，雙手反綁，受訊問，是個象意字。篆文變作形聲字。

《說文》：「問，訊也。从口門聲。」

甲骨文作 ![字形]、![字形]，从口門聲，與篆文同。

「訊」與「問」可釋爲甲骨文中的一對轉注字。

■ 邑或邦

《說文》：「邑，國也。从口；先王之制，尊卑有大小，从卪。」

甲骨文作𠆢、𠆤，口表示都城，即邦國，口下方爲一個跪地的人，即人守衛國土，象意字。篆文結構相同。

《說文》：「或，邦也。从口从戈，以守一。一，地也。」

甲骨文作𢦏、𢦒，戈爲武器，口表示都城，即執干戈以衛社稷，象意字。篆文結構多一橫畫，爲字形繁化，無義。

《說文》：「邦，國也。从邑丰聲。」

甲骨文作𤰈，从田丰聲，與篆文偏旁不同，結構同爲形聲字。

「或」後世多借用爲或者義，於是另加形旁口作「國」。

《說文》：「國，邦也。从口从或。」爲本義形聲專字。

「邑」、「或」、「邦」可釋爲甲骨文中的一組轉注字。

甲骨文字雖爲商代晚期的文字，但已經非常成熟，並非草創時期。形聲造字法也已普遍應用。當時有轉注字亦是很自然的事。

以上所列舉的僅數例，就其結構說，當時已有一些可以解釋爲轉注字。

甲骨文字已有記錄的約四千餘字，但可以考釋的僅四分之一。倘有更多字可以考釋，則可以解釋爲轉注字的例子必定增加。

6、圖形文字的轉注關係

許慎舉「考」、「老」爲轉注例字。其中，「考」是形聲字，「老」是會意字。

部首「白」與屬下的字：皎、曉、皙、皤、皬、皚、皦、皛，都有轉注關係。許慎給「白」字的解釋是：「白，西方色也。陰用事，物色白。从入合二。二，陰數。」

許慎以白色爲白字的本義，而實際白字是大拇指的象形。甲骨文作𦣞、𦣝，即「擘」的初文。

《說文》：「擘，撝也。从手辟聲。」

許慎解釋爲動詞，實爲引申義。

段玉裁注云：「巨擘、謂手大指也。凡大指主開，餘四指主合。故謂之巨擘。」

《集韻》：「擘，蒲歷切，音甓。亦大指也。」

大拇指於五指之中最大，用來指人，便是「伯」，加偏旁「人」爲形聲專字。

《集韻》：「白，步化切，音杷。亦西方色也。又博陌切。與伯同。長也。」

白爲象形字，用爲白色是借義。白部下的字都是用這個借義來造的形聲字。

就上引兩對轉注字看，後起的是形聲字，先出的是象形與會意字。那麼，在形聲造字法普遍應用之前，象形與會意字中，是否也有轉注關係呢？

轉注的關係先存在於語言中而後見於文字。語言中的轉注關係才是關鍵。戴震與段玉裁純就語義來說轉注，原因即在於此。既然語言中的轉注關係是關鍵，那麼，在形聲字產生之前，轉注關係未嘗不可能見於圖形文字之中。以下就圖形文字中所見的一些例子來討論。

■ 首（百）與頁

《說文》：「百，頭也。象形。」

甲骨文作 ，是頭的象形。

《說文》：「首，百同。古文百也。巛象髮，謂之鬖，鬖卽巛也。」

甲骨文作 ，也是頭的象形，把頭髮也畫出來了。首與百是異體字。

《說文》：「頁，頭也。从百从儿。」

甲骨文作 ，也是頭的象形。畫出一個跪地的人，誇大頭部和頭髮。

首與頁是同一事物的不同名稱，當是由於歷史或是地理原因，

語音不同，意義相同，顯然有轉注關係。這兩個名稱分別造字，也就成爲兩個不同的字。雖然兩者都不是形聲字，但卻是一對有轉注關係的字。如果其中一個是形聲字，便符合許慎的定義了。

在形聲造字法普遍應用之後，又出現「頭」字。這個字甲骨文中沒有，只見於篆文。

《說文》：「頭，首也。从頁豆聲。」

「頭」與「頁」顯然也是同一事物的不同名稱，分別造字。「頁」字先出，是象形字，「頭」字後出，是形聲字。兩字顯然是一對轉注字，符合許慎的定義。

「首」與「頭」，也有轉注關係，把許慎的定義放寬來應用，則「首」與「頭」也可以算是一對轉注字了。

■ 單干毌

《說文》：「單，大也。从吅、甲，吅亦聲。闕。」

許慎的解說非本義。「大也」爲引申義。甲骨文作 𝌀、𝌀、𝌀、𝌀，爲盾牌的象形。

《說文》：「干，犯也。从反入，从一。」

許慎的解說亦非本義。「犯也」爲引申義。甲骨文作 𝌀、𝌀、𝌀，亦爲盾牌的象形。

《說文》：「毌，穿物持之也。从一橫貫，象寶貨之形。」

許慎的解說亦非本義。甲骨文作 𝌀、𝌀、𝌀，亦爲盾牌的象形。

單、干、毌是同一事物的不同名稱。三者的形制略有不同，應是不同地方或時期的產物，因而名稱亦有差別。三者均爲象形字，而顯然有轉注關係。雖與許慎的定義不一致，卻可以解釋爲象形字中的轉注字。

■ 入與内

《說文》：「入，内也。象从上俱下也。」

甲骨文作 𝌀，結構不清楚。卜辭中用其本義。

《說文》：「内，入也。从冂，自外而入也。」

甲骨文作�、�。从門，當是表示入口。古人穴居，當即居處入口。从入，則是表示入內。入亦表示讀音。

人與內顯然有轉注關係，亦大致符合許慎的定義。

■ 身與孕

《說文》：「身，躳也。象人之身。从人厂聲。」

許慎的解釋「躳也」爲引申義。甲骨文作�、�，畫一人身，而誇大其腹部，表示懷孕，即後世所說的「有身」。

《說文》：「孕，裹子也。从子从几。」

許慎的解釋爲本義，而分析結構則有誤。甲骨文作�、�，畫一懷孕婦人，本義即「裹子」。

「身」與「孕」是同一件事的不同說法，當是因爲方言不同的緣故。兩者都是象意字，而顯然有轉注關係，是圖形文字中的一對轉注字。

■ 正與伐

《說文》：「正，是也。从止，一以止。」

許慎的解釋爲引申義，而分析結構則有誤。甲骨文作�、�、�、�、�，从止，表示征戰，从口，表示都城。

後又加「行」作�、�，行表示道路，亦即出征，即後來的「延」與「征」二字。

《說文》：「延，正行也。从辵正聲。」許慎的解釋亦爲引申義。

段玉裁注云：「延或从彳。引伸爲征伐。孟子曰：征之爲言正也。」

《韻會》：「征，伐也。」是其本義。

征伐的本意是改正被征伐者之錯誤，故曰「征之爲言正也。」此與「政者，正也。」意思相同。

後世「正」用爲正確義，「征」用爲征戰義，遂分爲二字。

《說文》：「伐，擊也。从人持戈。一曰敗也。」

甲骨文作 、 、 ，象以戈擊人之意。

「正」與「伐」爲同一事之兩種説法，當是源於不同方言。兩者都是象意字，而顯然有轉注關係，是圖形文字中的一對轉注字。

從以上各對例字的結構與本義，可以清楚看出彼此之間的轉注關係。

漢語涵蓋的地方大，時間長。在不同時期，不同地區，同一事物有不同的名稱是很自然，也是很常見的事。這些不同的名稱應用的範圍隨使用者的移動而擴大，在同一時間，同一範圍之內並存，彼此顯然有轉注關係。

這些名稱在並存通用之後，可能有的淘汰了，有的取代了其他名稱，成爲標準，也可能都淘汰了，被新的名稱取代，例如，「單」、「干」、「冊」這三個名稱，後來都淘汰了，爲新的名稱「盾」所取代。「干」的本義則保存在合成詞語「干戈」中。

其他例子如：首與頁、入與内、身與孕、正與伐，首、入、孕、伐四字仍用其本義，其他幾個例字則是用衍生義。這是同義詞語淘汰與留存的規律，也是轉注字淘汰與留存的規律。轉注字是代表同義詞語的書面形式。

基於以上的理解，可知轉注的關係並不只存在於形聲字，也可以存在於形聲字產生之前的象形字與會意字中，只是這類例子很少，因爲象形字與會意字的數量不多。形聲字佔漢字總數的八成以上，因此，一般所見的轉注字都是形聲字。

上文討論戴震與段玉裁對轉注字的解釋，以《爾雅‧釋詁》第一條說始爲例子來解釋轉注，因爲他們只關注語言中詞語的轉注關係。釋詁第一條中的字，所表達的是本義還是衍生義，並不重要，是不是形聲字，也不重要。

這樣的解釋不爲後世學者所接受。章太炎在《小學略說》中批評說：

> 余謂此說太泛，亦未全合。……若《爾雅》所釋，同一訓者，皆可謂同意相受，无乃太廣泛矣乎？

《爾雅》中代表同義詞語的字，未必都是其本義，而往往是引申義和假借義。這不符合許慎轉注的定義，所以章太炎批評「太泛」。

雖然戴震與段玉裁對轉注字的解釋與許慎的定義不一致，但就字義與語義的轉注關係而言，則是進了一步。畢竟轉注的關係先存在於語言中的同義詞語，轉注字只是反映同義詞語的這種關係而已。語言詞義互訓是文字轉注的基礎。

三 形聲化訛變替代

1、形聲化

在漢字發展的歷史上，偏旁觀念起很大的促進作用，導致形聲造字法的產生。形聲造字法產生之後，普遍應用，於是漢字的發展完全朝向形聲字的方向，具體表現如下：

其一，新造的字幾乎全都是形聲字。
其二，引申假借應用的字加上偏旁成爲形聲字。
其三，原本是象形與會意的字，加上偏旁成爲形聲字。
其四，原本已是形聲的字，也加上偏旁成爲新的形聲字。
其五，原本已是形聲的字，改變偏旁成爲新的形聲字。

這種種情形顯示，漢字的發展朝向形聲化的方向。尤其是上列第四第五兩種情形，一個形聲字再加上一個偏旁，或改變原來的偏旁成爲一個新的形體，只是個異體字，沒有特別的意義。這種變化在古文字中已很常見。以下列舉一些例子來說明。

■ 呂與宮

《說文》：「宮，室也。從宀，躳省聲。」

甲骨文作 吕、❻，本是宮室相連的象形。後又加形旁作 ❻、❻，成爲形聲字。

後世通用「宮」，而「呂」廢棄了。

■ 鬼與 魂

《說文》：「鬼，人所歸爲鬼。从人，象鬼頭。鬼陰气賊害，从厶。魂，古文从示。」

甲骨文作 ☒、☒，象人而大頭，是個象形字。古文字形加偏旁示，成爲形聲字。

後世通用象形的「鬼」，而形聲的「魂」反而廢棄了。

■ 壺與 鏙

《說文》：「壺，昆吾圓器也。象形。从大，象其蓋也。」

甲骨文作 ☒、☒，是壺的象形字。金文作 ☒、☒，與甲骨文大致相同。金文中另有一形體，加偏旁「金」作 ☒，成爲形聲字。

後世仍通行「壺」，而「鏙」廢棄了。

■ 戈與 鈇

《說文》：「戈，平頭戟也。从弋，一橫之。象形。」

甲骨文作 ☒、☒，是戈的象形。金文作 ☒、☒，與甲骨文大致相同。金文又有一個形體，加偏旁「金」作 ☒，成爲形聲字。

後世仍通行「戈」，而「鈇」廢棄了。

■ 厎與 派

《說文》：「厎，水之衺流別也。从反永。」

甲骨文作 ☒、☒，是河流分支的象形。或又加「水」作 ☒、☒，成爲形聲異體字，即「派」字。

《說文》：「派，別水也。从水从厎，厎亦聲。」

後世通用「派」，而「厎」廢棄了。

■ 淵與 淵

《說文》：「淵，回水也。从水，象形。左右，岸也。中象水兒。⽚，淵或省水。囦，古文从口水。」

甲骨文作⿴，即《說文》所收古文⿴所本，爲「回水」的象形。

甲骨文中或又加「水」作⿴，金文作⿰，成爲形聲異體字，即「淵」字。

後世通用「淵」，而「⽚」廢棄了。

■ 戶與牗

《說文》：「戶，護也。半門曰戶。象形。牗，古文戶从木。」

甲骨文作⼾、⼽，即「半門」的象形。或又加偏旁「木」作「牗」，成爲形聲異體字，即《說文》中所收的古文。

後世通用象形的「戶」，而形聲異體「牗」廢棄了。

■ 乂與刈

《說文》：「乂，芟艸也。从丿从乀，相交。刈，乂或从刀。」

甲骨文作乂，爲剪草刀的象形。《說文》的解釋爲引申義。或又加偏旁「刀」作「刈」，成爲形聲異體字。

後世通用形聲的「刈」，而取代了原來的象形本字「乂」。「刈」通用爲動詞，即《說文》中的引申義。

■ 冊與籄

《說文》：「冊，符命也。諸矦進受於王也。象其札一長一短，中有二編之形。籄，古文冊从竹。」

甲骨文作⿰、⿰、⿰，爲竹簡書冊的象形。或又加偏旁「竹」作「籄」，成爲形聲異體字，即《說文》所收古文。

後世通用象形的「冊」，而形聲異體「籄」廢棄了。

■ 罔與蜀

《說文》：「蜀，葵中蠶也。从虫，上目象蜀頭形，中象其身蜎蜎。」

甲骨文作 ⬟、⬟、⬟，爲蠶的象形，即「虫」字。或又加偏旁「虫」作 ⬟，金文作 ⬟，成爲形聲異體，即「蜀」字。

後世通用形聲的「蜀」，而象形本字「虫」廢棄了。

■ 𤔔與鑃

《說文》：「鑃，酒器也。从金，𤔔，象器形。𤔔，鑃或省金。」

甲骨文「𤔔」字作 ⬟、⬟，爲酒器象形。篆文作 ⬟。或又加偏旁「金」作 鑃，成爲形聲異體，即「鑃」字。

後世通用形聲的「鑃」，而象形本字「𤔔」廢棄了。

■ 𤰃與疇

《說文》：「疇，耕治之田也。从田，象耕屈之形。𤰃，疇或省。」

甲骨文「𤰃」字作 ⬟、⬟，即田疇的象形。篆文加偏旁「田」作 ⬟，成爲形聲異體，即「疇」字。

楷書作「疇」，爲通用字形。

從上列古文字例子清楚可見，在形聲造字法普遍應用之後，漢字形體有明顯的形聲化趨勢。原本是象形的圖形文字，加上偏旁，變成形聲字。這樣的改變並無必要，只是出於心理的要求，另造一個形聲異體字。這新舊兩個異體字並存並用，最後其中一個取代另一個，成爲通用形體。

在象形與形聲兩個異體字中，最後並不是一定由形聲異體取代象形異體。何者被取代，何者通用，主要取決於象形字是否爲常用字。是常用字就最後通用，不是常用字就最後被取代。

在上列例字中，鬼、壺、戈、戶、冊等五字，都是常用字，所以始終通用，而相對的形聲異體就被取代了。另外七字，呂、辰、冎、义、虫、𤔔、𤰃，都不是常用字，所以被形聲異體取代了。

最後一個例字「畧」，本也是「疇」的聲旁，卻被筆畫繁多的「壽」取代，也就是因為「壽」是常用字。

2、訛變

在漢字發展史上，訛變經常發生。這不僅影響到文字的形體，更影響到結構。造成訛變的原因主要有兩個。

其一，有些字的筆畫繁多，容易寫錯，造成訛變。

其二，由於形聲造字法的普遍應用，造成形聲化的心理。有些原本不是形聲結構的字，部分字形變得與個別形聲字相似，許慎在說解文字時，便當成形聲字來分析，造成錯誤。

在異體字中，有一些因筆畫改變而造成。這種筆畫改變，其實是字形的訛變。這樣的例子十分常見。

小篆是規範的文字。古文字發展到小篆時，形體有了很大的變化。這樣的變化也造成訛變。

後來的楷書也是規範的文字。楷書形體的變化更大。這樣的變化也造成訛變。

小篆在漢字的歷史上有重大意義。這一來因為小篆是規範的文字，二來因為小篆是最後一代古文字。許慎就是以小篆為依據來說解文字。

由於古文字發展到小篆時期，形體訛變的例子很多，許慎沒看到更早的漢字，因而依據小篆來說解文字的結構時，受形聲化心理的影響，造成說解錯誤也就在所難免。以下就舉出一些這種訛變的例字來說明。

■ 鼉

《說文》：「鼉，水蟲。似蜥易，長大。从黽單聲。」

甲骨文作　、　，為水蟲象形。金文變作　，小篆作　。字的上半部與「單」字相似，下半部與「黽」字相似。

許慎依據小篆，難以說解其結構，便以「鼉」為形聲字，「从

黽單聲」。這是字形訛變的結果。

■ 單

《說文》：「單，大也。从吅、甲，吅亦聲。闕。」

許慎的解說非本義。「大也」爲引申義。甲骨文作 ¥、¥、¥、¥，爲盾牌的象形。

金文作 ¥、¥，與甲骨文大致相同。

篆文作 單，字形上部變爲兩個口，與「吅」相似。「吅」與「單」音近，許慎便把「吅」解釋爲表音偏旁。如此一來，單字下半部不成字，便無法解釋了。

■ 鼖

《說文》：「鼖，大鼓謂之鼖。鼖八尺而兩面，以鼓軍事。从鼓，賁省聲。」

甲骨文作 ¥、¥、¥，是大鼓的象形。字形上部爲裝飾。

篆文作 鼖，裝飾部分與鼓身分離，許慎因而解釋爲「賁省聲」。「鼖」字實爲整體象形，非形聲字。

■ 罕

《說文》：「罕，网也。从网干聲。」

甲骨文作 ¥、¥，爲捕鳥網的象形。

篆文作 罕，字形上部變與「网」字同，下部變與「干」字同。因「干」與「罕」音近，許慎便解釋爲「从网干聲」。

■ 良

《說文》：「良，善也。从富省，亡聲。」

甲骨文作 ¥、¥、¥，當爲器物之象形，然究爲何物，則不詳。

甲骨文第三字形部分已變與「亡」字相似，爲金文所本，作 ¥、¥。

篆文作 🗲，承自金文而來。許慎依據訛變字形，以「亡」與「良」音近，便解釋爲「从富省，亡聲」。

■ 弘

《說文》：「弘，弓聲也。从弓厶聲。厶，古文肱字。」

甲骨文作 🗲、🗲，爲「弓」之象形。弓上一短畫，或表示拉弓之意。其本義或爲「弓聲」。

篆文作 🗲，短畫與弓分離，形似「厶」字，許慎便解釋爲「古文肱字」，以「肱」與「弘」音近，因而解釋爲「从弓厶聲」。

■ 函

《說文》：「函，舌也。象形。舌體 🗲🗲。从 🗲，🗲亦聲。」

甲骨文作 🗲、🗲、🗲，爲放箭袋子的象形。

金文作 🗲、🗲，與甲骨文大致相同。

篆文作 🗲，已失去原本的箭袋象形，許慎無法解釋，以爲象舌形，又以上部的提帶爲「🗲」字，兼爲聲旁。

■ 南

《說文》：「南，艸木至南方，有枝任也。从 🗲 🗲聲。🗲，古文。」

甲骨文作 🗲、🗲、🗲，爲鐘類樂器的象形，借用爲南方字。

金文作 🗲、🗲，與《說文》所收古文 🗲 大致相同。篆文作 🗲，與原本的象形差別較大，許慎無法解釋，以借義爲本義，解釋爲形聲字。

■ 巛

《說文》：「巛，害也。从一雝川。」

甲骨文作 🗲、🗲、🗲、🗲、🗲。第一第二個形體是大水的象形，表示大水泛濫成災。第三第四個形體，中間是「才」字，甲

骨文作 ⩔、十，表示讀音。第五個形體，中間的「才」字簡化成一橫，爲篆文作 �506 所本。許慎據篆文解釋爲「从一雝川」。

■ 昃

《說文》：「昃，日在西方時。側也。从日仄聲。」

甲骨文作 ⩔、⩔、⩔、⩔，畫日西斜時，人影傾側，象日落之意。

金文作 ⩔，與甲骨文第三字形相同。

篆文作 ⩔，字形已訛變从「仄」。因「仄」與「昃」音近，許慎便解釋爲「从日仄聲」。

■ 盡

《說文》：「盡，器中空也。从皿㶳聲。」

甲骨文作 ⩔、⩔、⩔，畫一首持刷子，清洗器皿，象完盡之意。

金文作 ⩔，與甲骨文字形大致相同。

篆文作 ⩔，字形上部與篆文「㶳」字作 ⩔ 相同。許慎便以「盡」爲形聲字，解釋「从皿㶳聲」。

■ 聖

《說文》：「聖，通也。从耳呈聲。」

甲骨文作 ⩔、⩔，畫一人在聽他人説話，而誇大其耳朵，表示聽覺靈敏。引申而用爲聖人之義。

金文作 ⩔、⩔、⩔。第二第三字形下方訛變爲「壬」字。

篆文作 ⩔，即來自金文第二第三字形。許慎便以聖爲形聲字，解釋爲「从耳呈聲」。

■ 歙

《說文》：「歙，歠也。从欠酓聲。」

甲骨文作 [字形]、[字形]、[字形]，畫一人俯身吐舌飲水，象意字。

金文作 [字形]、[字形]，原爲舌之象形已訛變與「今」字同。

篆文作 [字形]，原爲人之象形訛變爲「欠」字。許慎便以歙爲形聲字，解釋爲「从欠酓聲」。

■ 眣

《說文》：「眣，目不正也。从目失聲。」

甲骨文作 [字形]、[字形]、畫一箭指向眼睛，因而目不能正視，是個象意字。

金文作 [字形]、[字形]，與甲骨文同。

篆文作 [字形]，原本的偏旁「矢」訛變爲「失」。許慎據篆文解釋爲「从目失聲」。

■ 登

《說文》：「登，豆屬。从豆[字形]聲。」

甲骨文作 [字形]、[字形]、[字形]、[字形]，雙手奉豆，内盛米祭神，象意字。第三字形米字移至下方，第四字形下方加一偏旁「禾」，也是祭品。

金文作 [字形]、[字形]，與甲骨文同。

篆文作 [字形]，上方變與「采」字同。許慎據篆文解釋爲形聲字，「从豆[字形]聲」。

■ 并

《說文》：「并，相從也。从从开聲。」

甲骨文作 [字形]、[字形]、[字形]，兩人相從，象意字。

篆文作 [字形]，字形分成上下兩部分。下半字與「开」字作 [字形] 相同。許慎據篆文解釋成形聲字，「从从开聲」。

■ 長

《說文》：「長，久遠也。从兀从匕。兀者，高遠意也。久則變化。亡聲。」甲骨文作 🔲、🔲，畫一扶手杖長髮老者，以長髮表長義。

金文作 🔲、🔲、🔲，第一第二個字形與甲骨文近似，第三個字形訛變而與甲骨文字形差別較大，爲篆文字形 🔲 所本。許慎據篆文解釋爲形聲字

■ 朢

《說文》：「朢，月滿與日相朢，以朝君也。从月从臣从壬。壬，朝廷也。🔲，古文朢省。」

甲骨文作 🔲、🔲、🔲、🔲、🔲，畫一人舉頭而誇大其目，表示仰望之義。後三個字形下方漸變爲「壬」字，即《說文》古文所本。

金文作 🔲、🔲，爲篆文作 🔲 所本。字形下方訛變爲「壬」字。許慎據篆文解釋，以「壬」表示「朝廷」。

金文或又作 🔲、🔲，偏旁目訛變爲「亡」。

篆文作 🔲，與金文同。

《說文》：「望，出亡在外，望其還也。从亡，朢省聲。」

許慎據篆文訛變字形解釋爲形聲字，「从亡，朢省聲」。「望其還」爲引申義。

漢字在演變過程中，訛變的例子很多。以上所舉爲古文字中所見的一些例子。訛變導致字形結構難以解釋，誤解在所難免。有的例子如「朢」與「望」分化爲兩字，則因字義引申所致。

3、替代

在圖形文字階段，無論象形字還是象意字，都很容易產生異體，因爲圖形文字沒有固定的寫法，筆畫增減都很隨意，所以幾乎

每一個象形字和象意字都有多個異體。一直到小篆的規範化之後，異體字才近於完全消失。

小篆是在形聲造字法普遍應用之後的文字。其中形聲字所佔比例多達八成。

在形聲造字法普遍應用之後，由於造字非常簡便，想造的字都可以輕易造出來。結果是，需要造的字造出來了，不需要造的字也造出來了。於是，異體字又大量湧現。原有的象形字和象意字中的一部分被新造的形聲異體所替代，因爲形聲字較易於記認。在形聲字中，也有一部分被新造的形聲異體所替代。

在漢字發展史上，異體字產生後，並存並用。過了一段時間之後，有的象形象意字被新造的形聲異體替代了，也有的象形象意字繼續使用，而新造的形聲異體字被替代了，還有一些異體字因爲引申假借而有不同意義，變成不同的字。

在形聲字中的異體，情形也大致如此：新造的異體取代舊的，或者舊體依然通用，而新的異體廢棄了。各類異體字彼此消長的情形均如此。

通常，新字替代舊字的原因主要是爲了簡化，方便書寫。這些新舊異體字都保存在字典中。這是漢字不斷增加的一個主要原因。

以下就古文字中舉出若干例子，說明異體字的替代關係。

■ 圌與囿

《說文》：「囿，苑有垣也。从口有聲。一曰禽獸曰囿。圌，籀文囿。」

甲骨文作圌、圌，園地中種植樹木花草，象形字。爲籀文作圌所本。

金文作圌，爲新造形聲字。爲篆文作圌所本。

金文較籀文及甲骨文筆畫簡單，篆文因而選取爲標準字形，替代原來的象形字。

■ 珏與瑴

《說文》：「玨，二玉相合爲一玨……瑴，玨或从殼。」

甲骨文作 ✦、✦、✦，兩塊玉合成一個單位，象形字。

金文作 ✦、爲篆文或體 ✦ 所本，从玉殼聲。

「玨」與「瑴」，古籍中並用。後世「玨」因筆畫簡單而通用，替代形聲的「瑴」。

■ 虹

《說文》：「虹，螮蝀也。狀似蟲。从虫工聲。」

甲骨文作 ✦、✦，爲雙首彩虹之象形。

篆文作 ✦，爲後起形聲字，替代原本的象形字。

■ 岳與嶽

《說文》：「嶽，東岱；南霍；西華；北恆；中泰室。王者之所以巡狩所至。从山獄聲。✦，古文象高形。」

甲骨文作 ✦、✦，象山巒之形，爲《說文》古文所本。

「嶽」與「岳」至今並存。「嶽」用其本義，而「岳」借用爲姓氏字。

■ 烖與災

《說文》：「烖，天火曰烖。从火 ✦ 聲。灾，或从宀火。✦，古文从才。災，籀文从 ✦。」

《說文》：「✦，害也。从一雝川。」

《說文》：「✦，傷也。从戈才聲。」

篆文中的這幾個字實只是同一個字的或體。

「烖」、「灾」、「✦」，就火災造字。篆文作 ✦，从火 ✦ 聲。

「灾」是會意字。甲骨文作 ✦、✦，象火燒房子之意。

「✦」是形聲字，从火才聲。甲骨文作 ✦，篆文作 ✦，與甲骨文同。

「⺻」是就水災造字。甲骨文作 ≋、川、川、川。第一個是象形字，象大水泛濫成災之形；第二第三個是形聲字，从水才聲；第四個是前兩字的簡化，許慎解釋爲會意字，「从一雝川」。

「戈」就兵災造字，从戈才聲。甲骨文作 才、才、才，金文作 戈，篆文作 戈，與金文及甲骨文同。

這些字的取意雖不同，含義卻是一樣的。「栽」並非專指火災，「⺻」並非專指水災，「戈」也並非專指兵災。在語言中是同一個詞語，同一個音。

「災」字甲骨文作 災，从水从火，當即籀文作 災 所本，从⺻从火，既指水災，也指火災，意義並無分別。後世「災」字通行，替代其他異體。

■ 歙與飲

《說文》：「歙，歠也。从欠酓聲。……㴱，古文歙，从今水。𩚜，古文歙，从今食。」

甲骨文作 飲、飲、飲，畫一人俯身吐舌飲水，爲象意字。

《說文》收兩個或體，「㴱」从水今聲，「𩚜」从食今聲，並爲形聲字，後世均廢棄。

到漢隸時，另造一個形聲字作 飲，从食欠聲。今「飲」通用，替代「歙」。

■ 聞與䎽

《說文》：「聞，知聞也。从耳門聲。䎽，古文从昏。」

甲骨文作 聞、聞，畫一人跪著報告，象意字，本義爲告知。「知聞」爲引申義。

金文作，聞、聞，畫一人站著報告，與甲骨文大致相同。

金文辭中除用本義外，也用借義「昏」與「婚」，「䎽」字或是在本字借用後，另造來表達本義。

篆文「聞」作 ，从耳門聲，爲另一形聲或體，至今通用，替代象意本字與古文或體「睯」。

■ 羴與羶

《說文》：「羴，羊臭也。从三羊。羶，羴或从亶。」

甲骨文作 、，以許多羊在一起表達「羊臭」義，象意字。

金文簡化作 、，與甲骨文表達方式相同。

篆文作 ，與甲骨文金文相同。篆文或體作 是形聲字，爲後世通用，替代原來的象意字。

■ 毓與育

《說文》：「育，養子使作善也。从 肉聲。毓，育或从每。」

甲骨文作 、、，母親產子，頭朝下，小點爲羊水。

金文作 、、，與甲骨文同。

篆文育作 ，从 肉聲。「」即子，形聲字。或體毓作 ，即從金文演變而來。左从「每」，即「母」，右邊偏旁即子與羊水演變而來。

形聲字「育」筆畫較少，後世通用，替代象意字「毓」。

■ 湏與沬

《說文》：「沬，洒面也。从水未聲。湏，古文沬从頁。」

甲骨文作 ，一人蹲於水盆前洗臉，象意字。

金文作 、、、，一人雙手倒水洗臉，與甲骨文大致相同，象意字。

《說文》古文作「湏」，當即從金文第四個形體變來。

後世通用形聲字「沬」，替代古文或體「湏」。

■ 譅與訊

《說文》：「訊，問也。从言卂聲。[古文字]，古文訊从鹵。」

甲骨文作[圖]、[圖]，一人跪地雙手反綁受詢問，象意字。

金文作[圖]、[圖]、[圖]，與甲骨文大致相同。

篆文作[訊]，爲後起形聲字，从言卂聲。古文[古文字]亦爲後起形聲字，从言鹵聲。

後世通用形聲字「訊」，原本的象意字與古文均廢棄。

以上所舉例字僅就古文字中所見，一般多是用形聲或體替代原本的象形字與會意字，例如「沬」替代「湏」；也有原本的象形與會意字替代形聲或體，如「玨」替代「瑴」。

像這類替代與廢棄現象，在漢字的漫長歷史上，非常多見。在各種異體字中，均有很多這樣的例子（詳見下文第六章）。

第四節　結構特徵

在漢字結構演變的過程中，有許多不同的因素在起推動作用，從而形成不同的發展階段，各有不同結構特點，歸納起來便是傳統的六書。

六書各有不同特徵，這些特徵便是各個階段起推動作用的因素，六書就是根據這些因素歸納而來的。

一　歸納特徵

六書所具備與顯示出來的特徵，歸納起來，大致有這七種。在六書之中的反映各有不同。先解釋這七項特徵的含義。

- **個體：**指不能切分的字，與傳統的「獨體」相當。
- **合成：**由兩個偏旁組合成字，相當於傳統的合體。
- **表形：**以畫出事物的形體而成的獨體字。
- **表義：**指合成字中的一個偏旁，表達意義的類別。

■ **表音**：指合成字中的一個偏旁，表達讀音，即語音。
■ **造字**：指造字的方法，即造出新字的方法。
■ **用字**：使用原有的字，沒有造出新字。

傳統小學習慣於把文字分爲「獨體」和「合體」。獨體指象形字和指事字，合體指會意字和形聲字。這兩個概念已根深蒂固。爲免混淆，這裡換用「個體」與「合成」。其餘各項也都是文字學中常說的文字要點。

二　特徵表

個體一項，只反映在象形字，最爲單一。

其餘各書的特徵反映，有時並不是單一的，例如，指事字中，有的是個體的，有的是合成的。在個體與合成兩項中，指事都有正反映，也有負反映。會意字中，有的是個體的，有的是合成的。在個體與合成兩項中，會意字也都有正反映和負反映。

假借字是應用原有的字，其中包括象形字、指事字、會意字，所以假借字在個體與合成兩項有正反映，也有負反映。

會意字中，有一些的偏旁也有表音功能，就是「會意兼形聲」。這類會意字在表音一項有正反映，也有負反映。

造字之法與用字之法，各書的反映最爲單一，只能是其中一項，非彼即此。

以下把六書與各項特徵相匹配，以正號（+）和負號（−）來表示各項特徵之有無，表列如下：

	個體	合成	表形	表義	表音	造字	用字
象形	+	−	+	−	−	+	−
指事	+ −	+ −	−	+	−	+	−
會意	− +	+ −	−	+	− +	+	−
形聲	−	+	−	+	+	+	−
假借	+ −	+ −	−	−	+	−	+
轉注	− +	+ −	+ −	+ −	+ −	−	+

圖表 67　漢字結構特徵表

　　漢字的合成方式，指事字與會意字的合成偏旁都是表義的。會意兼形聲的字，兩個合成偏旁也都是表義的，只是其中一個既表義，也表音。

　　指事字中，有些是數目字，是個體；有些加上指事符號，則是合成字。

　　形聲字兩個偏旁的合成方式是，一個表義偏旁加一個表音偏旁組合成字。

　　轉注字是一對字的關係。這種關係存在於形聲字之中，也存在於圖形文字之中。因此，除了造字與用字兩項特徵之外，其餘各項都有正反映，也有負反映。

　　由於這種種變化，造成漢字結構的特徵錯綜複雜。上表是對漢字結構特徵的簡單表達，從中可以一目瞭然。

第五節　結構演變的幾個問題

　　漢字發展過程中，有各種因素在起作用，產生複雜的變化。把這種複雜的變化歸納起來，成為漢字的結構理論，即六書。

　　上文討論六書的發展過程，也就是漢字的發展過程。其中有幾個問題經常引起爭論。

一　關於最早產生的字

　　第一個問題是：六書各類字中，最早產生的是哪一類？

　　這是個老問題，就是文字學史上一直在爭議的問題：象形字和指事字，何者最早產生？

　　這兩類字中，象形字是漢字的基礎，決定漢字發展的方向。指事字的數量很少。其中可以分爲兩類，一類是在象形字的基礎上造出來的，　一類是與象形字沒有多大關係的數目字，但這一類指事字只有幾個，微不足道。因此，解答這個問題的關鍵在於「一二三」這類數目字的線條性質。就形體結構看，是「積畫成文」。唐蘭先生則歸入象形字，把指事類取消了。一直到半坡陶器上的刻畫符號出土後，郭沫若先生才提出一個新的看法。他斷定這些陶器符號就是最早產生的漢字，屬於刻畫系統，也就是指事字，並認爲這類字產生在象形字之前。因爲刻畫較畫畫容易，所以指事字應該比象形字先產生。這個說法與傳說的刻契相呼應。

　　這又帶出另一個問題：這類隨意刻畫的符號是不是一開始就與語言中的詞語相配合，因爲只有跟語言中的詞語相配合才能成爲文字。如果這些符號並非一開始就與語言中的詞語相配合，而是到了後來才逐漸與語言中的詞語相配合成爲文字，那就難以確定是否比圖畫文字更早了。

　　象形字來自遠古的圖畫，這圖畫的歷史也很久遠，在成爲文字之前，必定也經過很長時間的演變。

　　唐蘭先生以「算子」來解釋「一二三」等數目字，把這樣的指事字也歸入象形字，不無道理。他取消了指事這一類字，合併到象形字中，並建立「三書」分類法。這類數目字當然可能來自具體的實物，然而在半坡陶器刻符出土後，似乎這類數目字，也可能來自刻畫，就如傳說中的刻契。

　　人類對事物的認識，從具象到抽象，文字的產生也應該如此。

象形是具象的，指事是抽象的，就這一點來看，指事字應當在象形之後出現才合理。

二　關於文字的產生與發展

第二個問題是：文字如何產生？怎樣發展？

從圖畫到文字，最先採用的主要是個體字，就是單獨實物的圖像。這種單獨圖像的涵義就是實物本身，也就是語言中的名稱。這是單獨圖像的基本涵義。文字產生初期，大抵以這類個體字為主。

有時候，單獨圖像也可以傳達象徵的意義，例如：

側面的「人」，涵義是人，是具體實物。

正面的人是「大」，由站立的大人也可以傳達出抽象的涵義「大」。

半圓的「月」涵義是月，是具體實物。

由半圓的「月」也可以傳達出抽象的涵義「夕」。

不過這一類字不多，可以看成是一對「同形字」。

由單獨圖像產生的個體字為數很少。這個時候，文字不足應用。為了有足夠的文字可用，必須有急速增加的辦法。於是，文字向兩個方向發展：一個是從形體著手，由個體走向組合，一個是從圖像表達走向語音表達，就是使字形和語音緊密配合，於是文字逐漸走上表音的路，由「假借」開始，走向「形聲」。只有使字形和語音緊密配合，文字才能更好地表達語言，不虞匱乏，而且學起來也容易。

漢字的造字方式由個體走向組合是必然的發展。由表義走向表音，也是必然的發展。

三　關於文字結構如何演變

第三個問題是：文字的結構如何演變？

象形、指事、會意、形聲是四種造字方式，其中以象形為其他三類字的基礎，由象形字產生其他三類字。

　　象形來自遠古的圖畫，就是實物的圖像，其結構最爲簡單，沒有什麼發展變化。其他三類字都經過不同的發展變化，大致都可以分爲兩個階段。

　　指事字經歷了「刻畫成文」和「點畫合成」兩個時期：

　　前期：刻畫成文，如：一二三、上下。
　　後期：點畫合成，如：象形加上指事符號：刃、亦、本。

　　會意和形聲一開始便都組合成字。其中，會意字經歷了「象意合成」和「會意合成」兩個階段。

　　前期：象意合成，如：牧、美、鄉。
　　後期：會意合成，如：森、林、信、尖、尘。

　　「象意」指圖形文字階段，一個象意字是一幅合成的圖畫。「會意」指圖畫性質漸漸變淡後，由兩個偏旁合成的會意字。

　　形聲字經歷了「象意合成」和「音義合成」兩個階段。

　　前期：象意合成，如：羞、養、友
　　後期：音義合成，如：梅、松、柏

　　象意字一般都是由兩個偏旁組成的。象意字與象形字都屬於圖畫文字，所不同的是，象形字是簡單的實物圖畫，是靜態的個體字；象意字則是合成的圖畫，表示個體實物的動作，是動態的。

　　在象意字發展成熟的時候，其中有一些自成一類，在兩個組成的偏旁中，有一個的音義都與合體的象意字相同。這類字就是後來清朝學者所說的「會意兼形聲」字。這類象意字的結構，與形聲字實際沒有分別，也可以歸入形聲字。這是前期象意合成的形聲字。

　　在形聲造字法普遍應用時，造任何新字都十分簡便，只需用一個偏旁表義類，一個偏旁表讀音，便可以合成一個形聲字。這是形聲字發展後期的音義合成方式。

　　象形、指事、會意，　這三類字的結構雖然不一樣，但是產生的時間不會相隔很遠，因爲在原始的圖畫中，起初或許先出現的是個體的動物，或自然事物，但不會只有個體的圖畫，必定也有人和

動物的關係，以及自然景象的圖畫。由原始的圖畫演變爲後來的文字時，其中的個體動物圖畫便成爲象形字，而那些表現人與動物的關係以及自然景象的圖畫便成爲象意字。如：牛與牧，羊與養，日和莫，水和災等。這些個體和組合的字產生的時間，不會有太大的距離。

象形字是指事、會意、形聲的基礎，也就是全體漢字的基礎。象形字來自圖畫。實物與圖像都是眼睛看得見的。象形字的意義就是眼睛看得見的實物。「日」的圖像所包涵的意義便是「日」，「月」的圖像所包涵的意義便是「月」，非常直接，毫不婉轉。

同一圖像，用來造指事、會意、形聲字時，其作用便不一樣了。以下舉幾個例子來說明。

象形	指事	會意	形聲
人	亦	从	千

圖表 68　同一圖像造合成字的作用例一

圖表 68 中的基本獨體字是「人」。在人字的基礎上造出指事、會意、形聲字。

「人」字甲骨文作 ，篆文作  ，是一個側面站立的人的象形。

指事字「亦」甲骨文作 ，篆文作 ，是一個正面站立的人腋下加兩點造成。這兩點是指事符號，表示腋下的位置。

會意字「从」，甲骨文作 ，篆文作 ，是兩個側面站立的人，一人在前，一人在後，表示跟從的意思。

　　形聲字「千」，甲骨文作 ，篆文作 ，在人字上加一橫，表示一千，成爲形聲字，从一人聲。

　　圖表 69 中的基本獨體字也是「人」。在人字的基礎上造出指事、會意、形聲字。

　　指事字「身」，甲骨文作 ，篆文作 ，是一個大肚子的人，在肚子上加一點，表示人身上的一個部位。大肚子也可以解釋爲懷孕，即「有身」。

　　會意字「企」，甲骨文畫一個人舉起一只腳作 。其中的「止」字也表示讀音，變成了形聲字。「企」既是會意字，也是形聲字。這就是「會意兼形聲」或「形聲兼會意」這兩個概念的來源。

　　形聲字「依」，甲骨文畫一個「人」在一件「衣」中作 ，篆文作 ，表示人穿衣的意思。這是會意字「依」。其中的「衣」字也表示讀音，也變成了形聲字，是會意兼形聲字。

象形	指事	會意	形聲
人	身	企	依

圖表 69　同一圖像造合成字的作用例二

　　圖表 70 中的基本獨體字是「木」。在木字的基礎上造出指事、會意、形聲字。這些字都用了共同的圖像「木」，但是在各個字中的作用不同。指事字「本」，金文作 ，在木的根部加點，表示本之所在，點爲指事符號。

　　會意字「林」，甲骨文作 ，篆文作 ，兩棵樹表示多樹成林。

　　形聲字「沐」，甲骨文作 ，篆文作 ，從水木聲。

象形	指事	會意	形聲
木	本	林	沐
𣎳	𣎵	𣏳	𣹭

圖表 70　同一圖像造合成字的作用例三

　　單就字形來看,「木」這個圖像是這些字的共同基礎。沒有木字這共同的基礎,其他三類例字就造不出來了。

　　象形字是其他三類字的基礎,也是全體漢字的基礎。

四　關於圖像與表音文字的發展

　　第四個問題是：圖形文字如何發展成表音文字?

　　象形、指事、象意三種造字方式所造的都是圖形文字。其基本特點是,先造一個字形,用來表義,而聲音隨之。

　　在象形、指事、會意的基礎上產生的形聲字,造字的方向則相反,是先想到選用已有的字形來表達音和義,然後合成一個新的字形。文字發展到形聲的階段,方便而自由,想造的字都可以造出來。

　　由圖像構成的象形、指事、會意三類字,數量偏少,不足應用,於是向形聲發展。這中間還經過「假借」階段。

　　假借其實就是寫別字。第一個運用別字表音的人是天才,後來寫別字的人便是蠢才了。

　　後世學者或以為許慎解釋「假借」時所舉的例子錯了,令長是引申,不是「假借」。其實,引申是後來的觀念,在許慎的時代,還沒有引申,只有「假借」。

　　許慎以假借和引申合一,著眼於用字,而不是另外造字這一點。清朝人把假借和引申分開,與許慎的觀念不同。這是後人研究精進的緣故。

圖像文字，就是象形、指事、會意這三類字，和後來的形聲字，其實都有表音的功能，所表的音都來自語音，這點並無二致。其分別在於表面的結構。象形、指事、會意三類字的表面沒有標音的成分，而形聲字有。前三類字習慣目爲圖形文字，或形系文字，特點是以形表義，而形聲字的特點是字形表音也表義，因而目爲表音文字。把這四類字合起來，就只能籠統的稱爲義音文字了。

五　關於形聲字形旁和聲旁的選擇

第五個問題是：形聲字形旁和聲旁如何選擇？

文字在假借應用之後，加注一個形旁，成爲形聲字。這或就是許慎所説的「形聲相益」的本義了。

造形聲字時，形旁的選取是隨意的，只要能表達義類即可。這完全根據造字者當時的靈感。這可以從偏旁不同的異體字看出來。一對異體字之中，造第一個異體的人隨意選用一個形旁和聲旁，造第二個異體的人也隨意選用一個形旁和聲旁。於是這一對異體字的形旁和聲旁之中，可能一個不同，也可能兩個都不同。形旁不同者如：

篓：戔

櫓：艣

糊：餬

這種例子十分多見。聲旁不同者如：

線：綫

櫓：樐

糊：粘

這種例子也十分多見。形旁和聲旁都不同者如：

篓：栧

櫓：艒

颿：帆

　　形旁和聲旁的選擇都是隨意的。形旁只需表達義類，不同的形旁，義類相同便可以通用；聲旁與形聲字同音最好，退而求其次，只要音近也就可以了。這種形聲字和聲旁音近的關係，往往隨時間而變得差異較大。

　　形聲字偏旁的左右位置也是隨意的，並不都是「左形右聲」，完全根據造字者當時的靈感而隨意安排。這也可以從偏旁不同的異體字看出來。造字的人隨意決定偏旁的位置，後世用字的人，也像造字的人一樣，隨意改變偏旁的位置，左右位置不同者如：

　　夠：够

　　翅：翄

　　融：螎

這種例子十分多見。偏旁由左右變爲上下者如：

　　峰：峯

　　峨：峩

　　詞：䛐

這種例子也十分多見。偏旁由裏外變爲左右者如：

　　裏：裡

　　闊：濶

　　匯：滙

這種例子就較爲少見。

　　由於形聲造字法的應用十分簡便，只需隨意選取一個形旁與一個聲旁相配合便可輕易造字。在選取形旁與聲旁時也沒有嚴格的規矩。形旁秩序能夠表達義類，聲旁只需與所構成的形聲字音同或音近就可以。採用這樣的方式可以造出任何想造的字。這也是形聲字數量越來越多的原因。

六　關於轉注字的含義與成因

第六個問題是：轉注的含義與成因爲何？

唐蘭以爲以形注聲是形聲，以聲注形是轉注，就字形來説，未嘗沒有道理，是否許慎的本意則不得而知。就「考」、「老」兩字的形體關係看來，似乎如此。果真如此，後造的轉注字也都是形聲字，所以唐蘭以轉注爲形聲字的造字方法之一（見《中國文字學》）。

戴震和段玉裁以語言中的同義詞語來解釋轉注，不爲文字學者所接受。然而，如單就語言來説，則戴震和段玉裁的解説也未嘗沒有道理。轉注字既是一對字的意義關係，形體的關係就不那麼重要了。而且，轉注的關係也不必只存在於形聲字，其他結構的字也儘可以有這樣的關係。

再擴大來説，轉注既是字義的關係，這意義本就屬於語言，那麼，反映於文字，這意義是借義還是本義，也就不那麼重要了。

轉注的關鍵是語義的關係，而非文字的關係。不過，許慎既已列爲「六書」之一，後世學者在闡釋時，也只好遵照許慎的舊解。因此，唐蘭的解釋似乎也言之成理。

轉注的關係當是古今殊言、方言異語造成的。在語言中，是一對同義詞。

這樣的差別造成語言中有不同的説法，但意義相同的詞語，跟同一個字的古今音、方言音的差異，並不一樣。任何一個字的古今音、方言音本就不一樣，但因爲是同一個字，也就當然沒有轉注關係。轉注的關係首先必須是不同的詞，但意義相同，寫出來兩個字，不是同一個字，但意義相同，這才是轉注字。

轉注字的異音，可以是「大異」，也可以是「小異」。

「小異」的例子如：老、考，白、皤。讀音小異是因爲兩個字的語源可能相同。

「大異」的例子如：白、皙。讀音大異則是因爲兩個字的語源不同。

方言詞語在不同的方言區流傳，起了音變，音不同而義相同，造字的人就兩個音分別造字，成爲兩個不同的詞形，也就成爲一對轉注字。由於兩個音之間是同一個來源，所以兩個音之間有關聯，

如：老、考。

如果兩種方言之間的同義詞，彼此並非相衍生而成的，原本就沒有關係，那就不會有讀音關係了，如：老、耋。

如果一對轉注字出自同一種方言，或相鄰近的兩種方言，彼此有相生的關係，則這對轉注字可能有聲音關係。

如果一對轉注字出自兩種方言，彼此沒有相生的關係，則這對轉注字就可能沒有聲音關係。有轉注關係的字，當以此類居多。

轉注的關係在於字義而不在於字形，但因造字者在選取偏旁時，有普遍的共同觀念，而形聲字在全體漢字中所佔的比例最大，所以有形體關係的轉注字佔多數。

由於方言中的同義詞越來越多，反映到文字中，便是轉注字。這類意義可以轉注的字，有兩種情形：

其一，有相同的偏旁，如：老、考。
其二，偏旁不同，但可以相通，如：但、裼。

由於轉注字的意義相同，分別造字時雖然選用不同的兩個形旁，兩者的意義必定相近，可以通用。

兩個同源的轉注字，讀音必有關係。不同源的轉注字，讀音當然就不會有關係了。

在語言中，同源的詞語越來越多，反映到文字中，便是同源的字越來越多。兩個同源字分別造成，後造的字以先造的字爲基礎，兩字的形體便有關係。如：考與老。這就是會意兼形聲字或形聲兼會意字的來源，也就是右文說的依據。

許慎的轉注定義中，「同意相受」是語言的事，文字只是反映語言而已。文字也就跟著語言而「同意相受」了。

至於「建類一首」，那只是湊巧，許慎在編字典，因而得出這樣的觀念。

「同意相受」的字，分別由不同的人在不同的時候造成，字形之間未必有關係，也就未必可以「建類一首」。這只需分析可以「同意相受」的字，就可以明白其形體關係了。

轉注字的意義關係是否必須就「本義」來說呢？學者間有不同

的看法。有的人以爲只能就本義來説，而戴震與段玉裁並不這樣想。

其實，轉注原本是語言現象，並無所謂「本義」和「借義」。本義和借義純爲文字的事，而文字是跟著語言走的。

借義和本義的關係是相對的。一個字的借義通行後，本義往往不明顯，造字的人自可以依據借義來造字，例如：「白」字的本義是「伯（擘）」，「白色」是借義。「白」部的字，如：皎、曉、皙、皤、皠、皚、皦、皛等，都是用「白」的借義造的。

依據《說文》的定義，「白」和「皚、皤」之間顯然有轉注關係。所以本義不是轉注的必要條件。

戴震和段玉裁的轉注見解爲後來學者所詬病，是因爲彼此所著眼的地方不同的緣故。戴震和段玉裁的見解是基於語言，而不是文字，不拘於字形和本義，所以看到問題的關鍵；後世學者拘於字形，忽略了轉注乃是語言的現象。戴震和段玉裁的見解實在十分可取。因此，轉注字也就不必限於形聲字了。

第五章 形體演變

第一節 形體與書體

　　本文中應用的這三個用語：字形、字體、書體，需略加說明。

　　「字形」就是「文字形體」的簡稱，又簡稱爲「形體」；「字體」本是個人的寫字風格，因人而異。由於個人的秉性不同，寫字的習慣也不同，因而書寫的風格也就自然人人不一樣。個人的寫字風格可以擴大而影響及於一個時代，成爲當代通用的「書體」。無論是哪個時期，哪一種書體，風格都千差萬異，絕不可能完全相同，但是卻有可能逐漸發展出基本一致的風格，成爲一個時代的書體。書體往往是約定俗成的，然後由官方規定，如小篆與楷書便都如此。

　　漢字的構形有兩個層面，一個是外在的形體，一個是內在的結構。漢朝人分析文字的結構得出一套理論，就是上一章中所討論的六書。至於形體，則是隨時間而改變的漢字外貌，也就是歷代通行的書體，也稱之爲字體。

　　文字學者討論歷代書體時，習慣分爲兩大類別，即古文字與今文字。古文字與今文字的區別就在於形體，不在於結構。

　　古文字和今文字的區分，包含兩層意義：

　　其一，時代意義
　　其二，書體意義

　　漢朝人稱漢朝爲今，漢朝以前爲古。漢朝的文字是今文字，漢朝以前的文字是古文字。這個分類爲後世學者所沿用。

　　文字起源於圖畫，逐漸變成線條，越到後來，圖畫性越弱，線條性越強。到了漢代的隸書，線條代替了圖畫，文字於是純由筆畫

構形。古文字和今文字的區分，主要就在於圖畫性的強弱差異。古文字的演變，到了小篆，圖畫性已很弱了，只是勉強可見。一變爲隸書，圖畫性就頓然消失，於是成爲今文字。

漢字從古文字到今文字，經歷了幾個階段，形成幾種書體。

一　字體與書體

在印刷術發明以前，文字都用手寫。個人的寫字風格各不相同，形成個人的字體。當個人的字體影響及於眾人時，個人的風格便成爲時代的風格，從而產生時代通行的書體。

書寫所用的工具有硬性的，如刻刀，也有軟性的，如毛筆。不同性質的書寫工具對書寫風格有決定性作用。同一個時代，大家都用相同的書寫工具，則決定書寫風格的主要因素是寫字的人的氣質與情緒。

手寫的字形，開始時，追求簡便約易，風格必都潦草，然後趨向工整，之後又趨於潦草，然後再趨於工整，循環不止。

甲骨文的字體一般都潦草，但已開始趨向工整。金文則一般都追求工整。小篆則字字工整劃一，因受圖畫風格影響，線條彎曲圓轉。

小篆時期已有毛筆和竹簡。這兩種書寫工具有助於字形追求規整劃一。

隸書爲求規整劃一，字體趨近於方正。寫字時，爲求形體整齊，則字形難免改變，筆畫順勢以求書寫便利。

現代文字至隸書已漸定型。古文字的線條至隸書而變爲筆畫。有些字形原本不同，至隸書而混同。這是破壞，也是建設。

隸變和書寫工具有密切關係。當時的書寫工具是：毛筆、紙、竹簡、木牘。其中毛筆與書寫速度關係密切。秦漢兩代都用毛筆，小篆的字形變化小，隸書的字形變化大。這主要是因爲小篆是官定的書體，還保留圖畫的風格，書寫的速度慢，所以變化不大。隸書爲求快速書寫而產生，而毛筆的應用有助於加快書寫速度，從而破壞了小篆僅有的圖畫風格，字形由原來的線條變爲筆畫。例如：

水、心、手這三個字，小篆用在偏旁與本字寫法相同，隸書這三個字用在偏旁與本字就不一樣了。這樣的字形分化，是隸變的結果（詳見下文第六章）。

隸書帶出了楷書，成爲正規的書體，一直沿用到今天。

二　形體演變的趨勢

1、從圖畫到線條筆畫

越是早期的漢字，與圖畫的關係就越密切。雖然兩者關係密切，但文字畢竟不同於圖畫，最大的差別在於文字比圖畫簡單。由圖畫過度到文字，便是把精細描繪的圖畫簡化成線條描畫。就是早期的圖畫文字，也大多以線條勾勒輪廓。這樣的書寫方式，在漢字演變的歷史上，是改變圖畫性質，轉爲記號文字的關鍵。

圖畫文字的書寫速度慢，在大量使用文字時不方便，線條有助於加快速度。到小篆時代，雖然還保留一些圖畫的性質，基本已是線條文字。到隸書時，就變成純由筆畫構形的記號文字了（詳見下文〈從圖形到線條〉一節）。

記號文字是相對於圖畫文字來説的。圖畫文字直接來自實物的圖畫，圖畫性質爲其特徵，後來轉變爲記號文字時，此種圖畫性質便完全消失了，所以説，到隸書時代，原來的象形字已不再象形，只是記號。

記號文字並不是與表音文字相對的，因爲記號文字也表音。凡是文字都表音，只是表音的方式各不相同。漢字始終是表音的文字，不表音便不成其爲文字了。就是到隸書時代，原來的會意字依然會意，原來的形聲字也依然形聲，而每個字都表音，只是漢字的表音方式不同於拼音文字由字母來表音的方式。趙元任《語言與符號系統》對漢字的這個性質，有清楚分析。他説（原爲英文，此爲譯文）：

> 漢字是語素文字的最佳例子。漢字的每一個符號統稱爲字，所代表的是一個語素。由於語素大都是單音節的，一個字也代表

一個音節。在古漢語中，一個語素也是一個獨立的詞，因此，漢字也可以稱爲語詞文字。……有一種錯誤的分法，以爲漢字表義，而音節文字和字母文字表音。「人」字與口語中的「rén」音，都同樣表達「人類」的意思。英文的「man」字，與口語中的「mæn」音，也都同樣表達「人類」的意思。兩者之間的主要差別在於所表達的語音單位大小不同。

漢字所表達的是語言中的音節，而字母文字所表達的是語言中的音素。兩者都表音，只是所表達的語音單位大小不同而已。不表音，只表義的記號，不是文字，例如，交通標志表示意義，但不表音，所以不是文字。任何記號只要與語言中的詞語相配合，有義，也有音，便成爲文字。

漢字成爲記號文字後，基本的構形便是「點線面」，例如「冰」字，其外形基本是方形。這是方塊字的基本形狀，也就是漢字的「面」。構成「冰」字的筆畫便是「點」和「線」。「水」字的面也基本是方形，用作偏旁時則是三點，一般稱爲「三點水」。

漢字的「點」和「線」並非任意搭配，而是來自原本的圖畫形體。由於原本的象形字構成漢字的基礎，所以漢字的點線面均受原來的象形字制約，不能隨意更改。

2、從多異體到規整

漢字源自圖畫，有先天的隨意性。在面對同一實物時，所畫出來的畫，因人而異。書寫圖畫文字時，也是如此。因此，每一個圖畫文字都有多個異體，例如，甲骨文中的「虎」字，是老虎的象形，但畫虎不必人人相同，所以異體眾多。圖形文字一般都如此。

圖表 71 中列出二十九個虎字異體。1-22 號，虎頭向左，由繁體到簡體；23-29 號，虎頭向右，由繁體到簡體；27-29 號，三個簡體爲篆文所本，篆文作🐅。

書寫時的隨意表現，是漢字異體眾多的主要原因，越是早期便越是如此。異體字眾多勢必造成學習困難，於是便有規範劃一的要求。古文字到了小篆時，借助政治力量，整齊劃一，成爲官定的文

字。

在形聲造字法通行之後，受不同地區方言的影響，異體字又不斷出現。唐代雖推行字樣，統一文字，但異體字始終不曾斷絕。一直到現代又有精簡文字的運動，有利於學習，也有利於印刷。

異體字需要精簡文字運動來統一，而統一文字始終需要政治力量才易於成功。

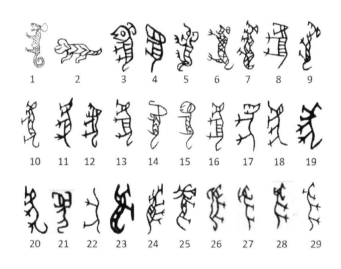

圖表 71　甲骨文虎字異體

3、從繁體到簡體

圖畫文字的形體演變趨勢，一直都是由繁趨簡。圖畫文字越像實物，形體越繁，爲求書寫簡便，圖畫文字形體的演變基本就是由繁向簡，也就是簡化。

金文中的「戈」字是象形字，也有多個不同異體。圖表 72 列出金文戈字的異體。1-10 爲填實風格，11-15 爲勾勒風格，由繁體到簡體；16-21 爲篆文所本，篆文作戈；22-28 爲鳥蟲書，29-31 加偏旁「金」成爲形聲字。

　　古文字中，圖畫文字所佔的比重大，簡化的趨勢十分明顯。又由於象形字是漢字的基礎，隨之而來的合體字，形體的演變也是簡化。在形聲造字法通用後，新造的形聲異體字，也往往是爲了簡化（詳見下文第六章）。

　　無論是古文字還是現代文字，形體的演變都是由繁向簡。

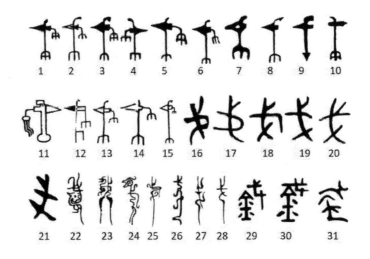

圖表 72　金文戈字異體

三　書體形成的推動因素

　　任何時代的書體都源自個人的字體，由個人的字體變爲時代通行的書體，有兩個主要的因素起推動作用。這兩個因素是：政治力量與書法人物。

　　政治的力量來自政府的政策，制定規範書體，推行天下。書法人物則是通過書法作品，發揮社會效應，推廣書體，爲衆人學習仿效，成爲一個時代的書體。

1、政治力量

　　文字是個人，也是社會的交流工具，爲衆人所共用。文字又是統治社會的工具，政府通過政策可以發揮文字的力量；文字依靠政治，可以發揮更大的力量。政治可以統一天下，文字也可以統一天下。在漢字歷史上，先後有三次同文運動。

　　第一次在西周宣王的時候，由太史籀作《史籀篇》，規範文字，就是籀文。籀文成爲周朝統一通用的文字，直到六百年後，爲第二次規範的小篆所取代。

　　第二次在秦始皇的時候，由丞相李斯作《倉頡篇》，中車府令趙高作《爰歷篇》，太史令胡毋敬作《博學篇》，制定小篆，通用全國，是爲書同文運動。

　　第三次在唐朝，從貞觀（627－650）到開成（836－841）年間，前後約兩百年，推行字樣運動，奠定了楷書的地位。這是漢字史上規模最大，也最成功的同文運動。

　　這三次同文運動，都由官方推動，規範文字，推行至全社會。

　　除了這三次正式的運動得到政治力量推動之外，還有一次非正式的改變，就是秦隸成爲通用的書體，也是依靠政治力量的推動才得到成功。正如郭沫若先生〈古代文字之辯證的發展〉文中所說：

　　秦始皇時代，官書極爲浩繁。《史記·秦始皇本紀》言「天下之事無大小皆決於上，上至以衡石量書」。石是120斤，這是說秦始皇一天要親自過目120斤竹木簡寫成的官文書。秦始皇的特出處，是他准許並獎勵寫草篆，這樣就使民間所通行的草篆登上了大雅之堂，而促進了由篆而隸的轉變。

　　這一次的改變雖然不是官方推行的運動，卻是依靠秦始皇的獎勵，草篆才能成爲通行的書體。

　　第一次規範的籀文，也就是大篆，成爲第二次制定小篆的依據。小篆的草體產生隸書，隸書規範而形成楷書，在第三次運動中奠定其歷史地位，正式取代隸書。

　　全賴政治的力量，這三次同文運動才得以順利推行，奠定三種正規書體的地位。

2、書法人物

政治的力量需要政治人物制定政策去發揮才能把一種書體推行至全社會。一種書體的形成，還需要另外一種人，就是書法人物。

在書體形成的過程中，書法人物起引導推進作用。有書法人物引導推進才能形成新書體。書法人物寫的字，本只是自己的風格，學的人多了，便能形成時代風格。書法人物以作品和主張影響社會大眾，帶動新的書體得以形成，成爲時代通行的書體。

程邈改變篆書，寫出自己的風格，爲世人所學習，於是形成秦隸。王次仲爲漢隸作楷法，也寫出自己的風格，是漢隸書法名家，也爲世人所學習，於是形成楷體隸書，亦即隸書楷體。歐陽詢（557-641）、顏真卿（709-785）、柳公權（778-865）等書法名家，對唐代楷書的影響也都如此。

籀文得以推行，太史籀是關鍵人物。他是個官員，但也通書法，才能制定籀文。

小篆得以推行，李斯等人是關鍵人物。他們是大官，但也通書法，才能制定小篆。

由小篆變爲秦隸，程邈是關鍵人物。他的身分與太史籀相似，是個小官，但也通書法，推行隸書，代替小篆。

由秦隸到楷書，還經歷了漢隸階段。由漢隸到漢代楷書，這中間有兩個關鍵人物，就是王次仲和鍾繇（151－230）。王次仲是創立楷法的人，鍾繇則是書法名家。王次仲創立字方八分的隸書楷體，字形略扁，只是方形的八分，鍾繇則進一步形成字方十分的楷書，也就是後來通稱的方塊字。

唐代的字樣運動配合印刷術，奠定楷書的地位。印刷所用楷體字，即歐陽詢、顏真卿、柳公權等當代書法名家的字體。宋代發明活字印刷後，所用仍然是唐代書法名家的字體。楷書的地位，至今不變。

第二節　演變趨勢

一 從繁複到簡省

最早產生的圖形文字，書寫就像畫畫一樣，越畫得像事物，形體就越繁複。這之後的發展，則相反，越往後就越簡省。由於圖形文字書寫的速度太慢，為求快速，便難免草率與簡省。圖表 71 的「虎」字，與圖表 72 的「戈」字，都是實物的圖形文字。最早的字形，近於圖畫，十分繁複，演變到後來字形就變得簡單了。這是漢字形體演變的一大特點。

在文字形體演變過程中，還有一種力量影響文字形體變簡省，那就是統一與規範文字的要求。

文字是社會的產物，也是社會的交流工具。在通行的過程中，文字的形體不斷起變化，新的字形不斷產生。不一致的文字形體造成文字的混亂，於是形成一股社會力量，要求文字統一與規範。其結果往往是採取簡省的字形，代替繁複的字形。

戰國時期，文字不統一的混亂局面，由小篆來統一。小篆便是由籀文和大篆「或頗省改」而來。因而小篆比大篆與籀文都簡省。

小篆在通行以後，由於書寫速度慢，便產生了草率的寫法，形成秦代隸書。到了漢代，隸書草率不統一的混亂局面，產生了隸書「楷法」，也就是統一規整的隸書，於是產生了楷書。隸書比小篆簡省，楷書又比隸書簡省。楷書通行一千年間，產生了無數簡體俗字。這些俗字最後變成正字，便是今天通用的簡體字。

從繁複到簡省是文字形體演變的一大特點。

二 從圖形到線條

無論漢字還是其他古老的文字，都源自原始的圖畫。金文中的圖形文字與原始繪畫十分近似，很可能就是最早的漢字，可以從中看出原始漢字的面貌。

郭沫若先生在觀察半坡陶器符號後，以這些符號為最早的漢字，並分為兩個系統：刻畫系統與圖形系統。刻畫系統的符號先於圖畫系統的符號。他所說的「系統」指的是文字的小類別，並非獨

立的文字，有如中文與外文的區別。他解釋說：

> 在結構上可以分為兩個系統，一個是刻畫系統（六書中的「指事」），另一個是圖形系統（六書中的「象形」）。刻畫系統是結繩、契木的演進，為數不多。這一系統應該在圖形系統之前，因為任何民族的幼年時期要走上象形的道路，即描畫客觀物象而要能像，那還須要有一段發展的過程。隨意刻畫却是比較容易的。

刻畫產生的是線條，圖畫則由點線面構成，比刻畫繁複得多。圖形文字形成之初，近似於圖畫，但在通用之後，逐漸簡化，變成了線條。這是字形演變的另一個特點。

由於圖形文字的書寫速度慢，為求快速書寫，必須簡化。結果便是由圖形逐漸變為線條。上文第三章中，把圖形文字的演變分為三個階段：

第一階段：填實
第二階段：勾勒
第三階段：線條

在第一個階段，字形與實物的樣子相近似。在描畫實物圖形之後，再填實。填實是第一階段文字的特色。這樣的書寫方式很費時，速度慢，所以後來就慢慢演變成勾勒輪廓的方式。這樣一來，字形便簡化了，書寫速度也加快了。

在第二個階段，字形由圖畫變為勾勒輪廓。這是第二階段書寫風格的特色。這就導致繪畫風格逐漸消失。

到了第三個階段，由勾勒輪廓變成以簡單的線條來構成字形。原始繪畫的風格幾乎已完全消失。這項轉變對漢字形體演變的影響很大，導致後來漢字由更簡單的筆畫構成。在歷史上，小篆就是在這個階段產生。

漢字最後以線條構成文字，最大的動力便是加快書寫速度。這個因素也導致字形逐步簡化。這是漢字發展的大趨勢。

從圖形文字到小篆的演變，也就是從圖形到線條的演變。

第三節　古文字

漢朝人所說的古文字是指漢代以前的文字。漢朝人所看到的古文字資料不多，遠不及今天的古文字資料多。

今天文字學所說的古文字，內容有些龐雜，難於說清楚。這主要是因爲古文字的內容，除了漢朝人所看到的之外，還有漢代以後，從地下發掘出來的古文字資料。這些考古資料遠比漢朝人所看到的多。

爲便於說明漢字從古文字到今文字，經歷了哪些變化，以下把古文字分爲兩個系統：一個是文獻系統，就是漢朝人所看到的古文字；一個是考古系統，就是漢朝以後，從地下發掘出來的古文字。

一　文獻系統

文獻系統的古文字是指《說文解字》中所記錄的古文字。這方面的資料不多，主要包括這四種古文書體，即籀文、大篆、古文、小篆。

文字學的「古文」，指古代文字。不同時期的人所說的「古代」當然不一樣。

文字史上，有兩個時期的人說的兩個古代，一個是漢朝人所說的古代，一個是現代人所說的古代。漢朝人所說的古代即漢代以前，現代人所說的古代則是現代以前。

漢代人所說的古文，主要是《說文解字》中所保存的古文字。現代人所說的古文則包含以前所有的古文字。

以下就文獻系統的四種書體，彼此之間的差異與關係，略加說明。

1、籀文

許慎《說文解字‧敍》云：

周宣王太史籀著大篆十五篇，與古文或異。

《漢書・藝文志》著錄《史籀》十五篇，注云：

> 《史籀》十五篇，周宣王太史籀作大篆。……《史籀篇》
> 者，周時史官教學童書也。與孔氏壁中古文異體。

《漢書・藝文志》所著錄的《史籀篇》，在《說文解字》中或稱爲《史篇》。

從許愼與班固的記錄看來，《史籀篇》當是最初的書名，「大篆」則是後起的書體名稱，相對於「小篆」而得名。小篆是秦時的書體，於時間已晚了很多。

「籀文」之名即來自書名。《史籀篇》後世已失傳，只在《說文》中保留了 225 個字。

《史籀篇》在漢字史上有重大意義。太史在古代是主要應用文字的人，天天記錄國家大事。文字對太史十分重要。

史籀是西周宣王（前 827 － 前 780）時的史官。他編《史籀篇》的主要原因應是整理和規範文字。當時是在西周（前 1046 年 － 約前 771）建立後約兩百年，統一文字是急需的措施。籀文成爲周朝統一通用的文字，直到六百年後，爲第二次規範的小篆所取代。

《史籀篇》是教學童識字的教科書，所用字體必須規範。這本書就像秦時的《倉頡》、《爰歷》、《凡將》等篇，是規範文字的教科書。正如羅振玉（1866 － 1940）《殷商貞卜文字考》所說：

> 《史籀》一篇，亦猶《倉頡》、《爰歷》、《凡將》、《急
> 就》等篇，取當世用字，編纂章句，以便頌習。

王國維（1877 － 1927）《史籀篇疏證・序》亦云：

> 《史籀》一書，殆出宗周文勝之後，春秋戰國之間，秦人作之
> 以教學童，而不行於東方諸國。

王國維把《史籀篇》的成書時間挪後到春秋戰國之間。他以籀文爲秦國人用的文字，漢朝時候還能看到。

籀文和古文之間的差異和關係，一直到王國維的〈戰國時秦用

籀文六國用古文說>、〈史籀篇疏證·序〉、〈史記所謂古文說〉、〈漢書所謂古文說〉四篇文章（收在《觀堂集林》卷七）才解釋清楚。

王國維把戰國文字分爲東西兩類。他在〈史籀篇疏證·序〉中說：

> 《史篇》文字，就其見於許書者觀之，固有與殷周間古文同者，然其作法大 抵左右均一，稍涉繁複，象形象事之意少，而規旋矩折之意多，推其體勢，實上承石鼓文，下啓秦刻石，與篆文極近。至其文字出於《說文》者，才二百二十餘，然班固謂《倉頡》、《爰歷》、《博學》三篇文字多取諸《史籀篇》，許慎謂其皆取《史籀》大篆，或頗省改，或之者、疑之；頗之者，少之也。《史籀》十五篇，文成數千，而《說文》僅出二百二十餘字，其不出者必與篆文同者也。……篆文固多出於籀文，則李斯以前，秦之文字，謂之用篆文可也，謂之用籀文亦可也。則《史籀篇》文字、秦之文字，即周秦間西土之文字也。至 許書所出古文，即孔子壁中書，其體與籀文、篆文頗不相近，六國遺器亦然。壁中古文者，周秦間東土之文字也。

王國維的解釋非常清楚，也很合理。

秦在西土，爲周朝故地，繼承周人文字，用籀文；六個在東土，用古文。然而無論哪個時期的文字，都不會無中生有，突然出現，必定是傳承前代文字而來。西土所用的籀文與東土所用的古文，實都來自商周文字，只不過是因爲地域不同，方言各異，讓兩地所用文字漸行漸遠。雖然如此，也還是大同小異，而不至於完全不同。因此，漢代的讀書人中，如許慎等人，還能識讀古籀文字。

2、大篆

大篆相對於小篆而得名。小篆是秦統一天下之後的規範字體，保留在《說文》中。大篆就沒有這麼多資料留下來。許慎《說文解字·敘》中說：

周宣王太史籀著大篆十五篇，與古文或異。

《漢書‧藝文志》中也說：

《史籀》十五篇，周宣王太史籀作大篆。

太史籀所作的《史籀篇》，所用文字就是大篆，大篆也就是籀文。籀文因《史籀篇》而得名。大篆因與小篆相對而得名。如許慎所說，小篆是「取史籀大篆，或頗省改」而來，則大篆也就包含在小篆之中了。

許慎的《說文解字》雖以小篆為解釋對象，但在小篆與籀文字形不同時，也把籀文字形保存下來。這對於瞭解籀文很有幫助。

3、古文

王國維在《史籀篇疏證‧序》中的說法，以籀文為西土文字，古文為東土文字，均源自商周文字。他在<戰國時秦用籀文六國用古文說>文中也說：

司馬子長曰：「秦撥去古文」，揚子雲曰：「秦剗滅古文」，許叔重曰：「古文由秦絕」。案：秦滅古文，史無明文，有之，惟一文字與焚詩書二事。六藝之書行於齊魯，爰及趙魏，而罕流布於秦，（猶《史籀篇》之不行於東方諸國）其書皆以東方文字書之。漢人以其用以書六藝，謂之古文。而秦人所罷之文與所焚之書，皆此種文字，是六國文字即古文也。
觀秦書八體中，有大篆無古文，而孔子壁中書與《春秋左氏傳》，凡東土之書，用古文不用大篆，是可識矣。故古文、籀文者，乃戰國時東西二土文字之異名，其源皆出於殷周古文，而秦居宗周故地，其文字猶有豐鎬之遺，故籀文與自籀文出之篆文，其去殷周古文反較東方文字（即漢世所謂古文）為近。

王國維的東西土文字之分，有助於瞭解戰國時期各國文字的差異。

到了唐代，古文之名又有個新的含義。韓愈與柳宗元等提倡的古文，指的是三代兩漢的文章。這是文學語言，與古文字無關。

4、小篆

小篆，又名篆文、篆書。小篆與大篆對舉。

籀文大篆是秦國（約前 902-前 222）時代所用的文字，也是春秋（前 770-476）戰國（前 475-221）時代所用的文字；小篆則是秦朝（前 221-前 206）時代所用的文字。許慎《說文解字·敘》云：

> 秦始皇初兼天下，丞相李斯乃奏同之，罷其不與秦文合者。斯作《倉頡篇》，中車府令趙高作《爰歷篇》，太史令胡毋敬作《博學篇》，皆取史籀大篆，或頗省改，所謂小篆者也。

小篆延續大篆而來，是秦朝統一文字的規範書體。統一的文字當然以原有的文字為基礎。許慎作《說文解字》時，便以小篆為解釋對象，但並不全為小篆，而是古文籀文也收錄書中。他說：

> 今敘篆文，合以古籀。

這句話說出小篆與古文籀文的異同與關係。王國維在〈今敘篆文合以古籀說〉文中有很清楚的解釋。他說：

> 許君〈說文叙〉云：「今叙篆文，合以古籀。」段君玉裁注之曰：「小篆因古籀而不變者多，其有小篆已改古籀，古籀異於小篆者，則以古籀附小篆之後，曰：古文作某，籀文作某，此全書之通例也。其變例則先古籀後小篆。」又於「皆取《史籀》大篆，或頗省改」下注曰：「許所列小篆，固皆古文大篆。其不云古文作某、籀文作某者，古籀同於小篆也。其既出小篆，又云古文作某、籀文作某者，則所謂或頗省改者也。」此數語可謂千古卓識。……篆文者，乃秦并天下後所制定之文字。秦之政治文化皆自用而不徇人，主今而不師古。其易籀為篆，不獨有所省改，抑且有所存廢，……故叙所云「今叙篆文，合以古籀」者，當以正字言，而非以重文言。重文中之古籀，乃古籀之異於篆文及其自相異者。正字中之古籀，則有古籀篆文俱有此字者，亦有篆文所無而古籀獨有者。

古文與籀文分別通行於東西土，兩者隨時間地域而逐漸分歧，在所難免，然均源自商周文字，同源異流，就如今天的簡體字與繁體字，大同小異。

小篆源自古籀大篆，則小篆與大篆同源異流，彼此之間，亦必是大同小異。許慎作《說文解字》時，便把古文、籀文、小篆都合在一起了，如王國維的解說。

許慎《説文解字‧敘》中說到秦朝時期有八種書體：

> 秦書有八體：一曰大篆，二曰小篆，三曰刻符，四曰蟲書，五曰摹印，六曰署書，七曰殳書，八曰隸書。

其中，刻符、蟲書、摹印、署書、殳書等五種都是特殊用途的字體，不是一般社會大眾所廣泛應用的書體。只有大篆、小篆、隸書等三種是社會通用書體。大篆是小篆的前身，隸書是小篆的後世。

許慎《説文解字‧敘》中說到小篆的來源云：

> 秦始皇初兼天下，丞相李斯乃奏同之，罷其不與秦文合者。斯作《倉頡篇》，中車府令趙高作《爰歷篇》，太史令胡毋敬作《博學篇》，皆取史籀大篆，或頗省改，所謂小篆者也。

李斯等是制定小篆的人。可是許慎《説文解字敘》中另一段話又說，作小篆的人是程邈：

> 篆書，即小篆，秦始皇帝使下杜人程邈所作也。

這可見到了漢代，已有不同説法。小篆的形體特點是：

> 其一，圖畫性質已變弱，趨向以線條構形。
> 其二，形體規範，筆畫均勻，寫法固定，異體字少。
> 其三，字形規整，大小劃一，整體略似橢圓形，多曲筆。

小篆爲秦朝官定的書體，官方的文件如：公文、法令、詔書等都用小篆。小篆由大篆「或頗省改」而成，是最後一代古文字，與

晚期金文風格近似，筆畫多彎曲形，整個字呈橢圓形，書寫速度慢。

俊世傳說，又以程邈爲制定隸書的人。説法雖然不同，但説的是同一個人。由於小篆是規範統一的文字，這需要政治人物策劃，政府推動，由李斯等人進行較爲合理。隸書開始時並不是正規的文字，由民間人物程邈來推動的説法合理。無論如何，一種新書體的產生與推動，需要擅於書法的人開始，小篆與隸書也都如此。

二　考古系統

文獻系統的古文字，主要資料受《説文解字》所限，視野狹窄，無從瞭解原始漢字的起源與演變。

研究文字的學者中有舊派與新派之分。舊派學者多爲傳統小學的學者，以《説文解字》爲研究依據。有的學者以史籀大篆爲最古的文字，還有的以小篆爲最古的文字，不承認甲骨文。新派的學者則熱心於考古發掘的文字資料。

清朝末年，甲骨卜辭資料出土後，擴大了文字的研究領域，成爲一時的顯學。在這之前，並不爲世人所知。

隨著考古發掘的資料漸多，學者對古文字的認識也漸多。在甲骨文之前有陶文，與甲骨文同時，而跨越的時間更長的金文。

考古系統文字中，還有石鼓文，並不是現代發掘的，而是發現於唐代，屬於秦國時期的文字，也就是大篆。

隸書是現代文字，通稱漢隸，也就是今隸。在隸書之前，小篆之後，還有一種介於兩者之間的古隸，也就是秦隸，爲地下出土的資料，屬考古系統的文字。

以下就簡略介紹各種考古系統的文字。

1、陶文

在各種考古系統的文字中，陶文的年代最早，因爲刻畫在陶器上而得名。考古學界對於陶文，沒有一致的意見，所用名稱也不一致，或稱「陶文」，或稱「陶符」。

　　由於陶器上的資料跨越的時間很長，又很零碎，也缺少歷史記錄以爲佐證，不易得出明確的結論。可以這麼說，在出土的陶器刻畫中，尚未能確定爲文字的可以稱爲「陶符」，可以確定爲文字的稱爲「陶文」。「陶符」是似文字，「陶文」則是真文字。

　　在似文字階段，刻畫符號的陶片出土於在不同的地方。其中有些符號看起來類似文字，都是有意爲之的。其具體意義雖無從斷定，但可以肯定是表達思想的。這些符號是不是文字，關鍵在於是不是跟語言有對應關係，即各個符號是不是有音有義。在確定這些符號是不是有音有義之前，可以稱之爲似文字。

　　由於這些符號都只是單獨出現在陶片一類刻契材料上，無法確定是不是代表語言中的具體詞語，因而無法肯定是不是文字。就個別符號的形體來看，跟後世的一些字形相似，或可以說是文字。這只是就形體來說，至於是否有音義，還是無法確定。因此，各個考古遺址出土的符號，說是文字有道理，說不是文字，也有道理。爲與後世的真文字相區別，可以說是似文字。

　　在真文字階段，由於已有真正的文字，有了歷史記錄，相對就容易說清楚得多。現在所肯定的真文字，年代最早的已是商代。這在文字演變史上已很晚。在這之前應有一段很長的演變時間，只是因爲缺乏資料，無法清楚說明。

　　商代的小屯陶文出土的時間較早，但並未引起太大的注意，因爲當時已有十分成熟的甲骨文。學者的注意力都在甲骨文身上。甲骨學成爲一時的顯學。

　　在似文字階段，刻畫符號的陶片出土的遺址，分佈面積很廣，跨越時間很長，從黃河流域到長江流域都有，不容易看出各遺址之間的聯繫。探討各個遺址的符號之間是不是有聯繫，卻是個很重要的問題。

　　歷史上，中原是中國文化的中心。文字產生在這裏是很自然的事。這些符號是不是中原先發明了，再傳到其他地方，也是個很重要的問題。

　　這些出土的符號，是不是各個地方分別發明，彼此沒有聯繫的呢？如果是各個地方分別發明的，所代表的語言可能不同，那麼，這些符號是不是同一個系統的呢？

這些問題都很簡單，又都很重要，卻都不容易回答。

如果各個遺址中出土的符號是文字，是否爲早期的漢字？這也是很重要的問題。

在斷定陶器符號是不是文字，主要的辦法便是與後世漢字形體相比較。至於這些遺址的年代，則可以依據放射性碳元素來斷定。這是比較客觀的答案。

在晚清以前，學者講文字的起源，以小篆或史籀大篆爲依據。自從發現甲骨文以後，把文字的確實歷史推前一千多年。

如果這些陶片上刻畫的符號即爲早期漢字，其年代比甲骨文要早得多，漢字的歷史可以再推前兩千年。這些陶器符號的重大歷史意義便在於此。

史前各遺址出土的陶器符號，大致可以按照形體特點分爲兩個系統（見郭沫若〈古代文字之辯證的發展〉）：

其一，刻畫系統
其二，圖畫系統

這兩個系統的符號，後世漢字都有，所以純就形體來說，這些符號就是後來文字的祖先，有其道理。由於無法確定這些符號是否與語言中的詞語相結合，無法確定其爲文字，也有道理。因此，有的學者稱其爲陶文，有的學者稱其爲陶符。

爲了對這些符合有更好的瞭解，這裏把這些符號劃分爲兩個階段。商代以前的陶器符號屬於似文字階段，稱爲陶符；商代的陶器符號屬於真文字階段，稱爲陶文。

在上述個系統的符號中，以刻畫系統的爲多。就各個遺址出土的陶符來觀察，可以半坡和大汶口分別代表兩個系統，即：

其一，刻畫系統：半坡系統
其二，圖形系統：大汶口系統

在各個遺址出土的陶片刻符中，只有大汶口出土的屬於圖形系統，其餘各個遺址出土的陶符都屬於刻畫系統。這當然可能是因爲刻畫系統的符號出現的年代較早，在史前陶器上普遍應用，而圖畫系統

的符號出現的年代較晚，在史前陶器上並不普遍應用；也可能因爲刻畫系統的符號有特定的意義，適合刻寫在陶器上，而圖畫系統的符號並不適用；也可能只是因爲出土的陶片不多，圖畫系統的符號資料，還有待日後更多發掘。不過，在半坡與姜寨的陶器上所見的圖畫，與後來的圖畫文字，風格一致。這些圖畫當就是圖畫文字的前身。圖畫文字由圖畫簡化而來。

就年代說，陶文是最早的漢字，但陶文的資料不多，實際應用的情形還有待日後更多出土資料才能確實瞭解。

2、甲骨文

甲骨文是因爲刻寫在龜甲和獸骨上而得名。因以刀刻寫，所以也叫契文。其通行的時間主要在商朝晚期（前 14 至前 11 世紀）。漢字發展到這個時期，已有完整的系統。商代以前的漢字資料則甚少。甲骨文仿佛是突然出現的成熟文字。

甲骨文的刻寫材料主要是烏龜的殼和牛的肩胛骨。這是當時用來占卜的材料。占卜的結果就刻在甲骨上。出土的資料約在盤庚至帝辛之間（前 1401 至前 1122），占卜的內容主要關於祭祀、田獵、求雨、諸事吉凶等。

甲骨文出土地點在河南省安陽縣小屯村，爲殷商故都，因稱殷墟。出土時間在清末光緒二十五年（1899）。當時，小屯村農民耕種時發掘出大批甲骨，當作龍骨賣給藥鋪，用做藥材。首先發現甲骨文的是當時在北京擔任國子監祭酒的王懿榮（1845－1900）。他精通金石，因生病，從買回來的藥材中發現甲骨。他斷定這些龍骨爲商代占卜材料，上面所刻文字即商代文字。這是清末考古的第一大事。因他大力收集甲骨，甲骨文始爲世人所知。

次年，八國聯軍侵入北京。王懿榮爲國捐軀。他所收集的甲骨轉歸劉鶚（1857－1909）。

光緒二十九年（1903），劉鶚把所收到的甲骨編成《鐵雲藏龜》。這是第一本甲骨文專書。

光緒三十年（1904），孫詒讓著《契文舉例》。這是考釋甲骨文的第一本專書。這以後，殷墟開始了連續不斷的發掘，研究甲骨

文盛極一時。

甲骨文出土有兩個重大意義。一是大大推前漢字的歷史。在這之前，一般學者都以篆文與籀文爲最早的漢字。有了甲骨文，漢字的歷史可以推前到商代。一是對中國上古歷史有更多瞭解，不僅商史，更可知夏代確實存在。

出土的甲骨片大都殘缺不全。歷次發掘的殘片爲數約十五萬。其中，中國北京保存約九萬七千多片，台北保存三萬多片，約三萬多片流落國外，其中日本在侵略期間盜掘，約有一萬二千片，其他歐美各國合共兩萬六千多片。甲骨片散落外國的情況正反映清末受侵略的情況。

甲骨上所刻的是占卜的結果，因稱卜辭。在劉鶚編的《鐵雲藏龜》之後，著錄甲骨卜辭的書主要有：

羅振玉：《殷虛書契》、《殷虛書契後編》

加拿大明義士：《殷虛卜辭》

日本林泰輔：《龜甲獸骨文字》

王襄：《簠室殷契徵文》

董作賓：《殷虛文字甲編》、《殷虛文字乙編》

胡厚宣：《戰後寧滬新獲甲骨集》、《甲骨續存》、《戰後南北所見甲骨錄》、《戰後京津新獲甲骨集》

郭沫若、胡厚宣：《甲骨文合集》

至於研究的主要學者與著述則有：

孫詒讓：《契文舉例》

羅振玉：《殷虛書契考釋》

唐蘭：《殷虛文字記》、《古文字學導論》

楊樹達：《耐林廎甲文說》、《積微居甲文說》

郭沫若：《卜辭通纂考釋》、《殷契粹編考釋》、《甲骨文字研究》

于省吾：《甲骨文字釋林》

王國維：《殷卜辭中所見先公先王考》、《續考》

董作賓：《殷曆譜》

甲骨文出土的地點殷墟是商代晚期的首府，從盤庚遷殷至末代紂王，共約二百七十三年，歷八世十二王。這二百多年的資料需斷代分類才能方便應用。

董作賓先生是發掘殷墟甲骨的主持人。他依據世系、稱謂、貞人等十項標準，把甲骨資料劃分爲五期：

第一期：盤庚、小辛、小乙、武丁
第二期：祖庚、祖甲
第三期：廩辛、康丁
第四期：武乙、文丁
第五期：帝乙、帝辛

甲骨卜辭的內容，除了記錄占卜結果外，還反映出商代社會的各個方面，如：農業、氣候、畜牧業、漁獵、商業、交通，疾病、天文歷法等。

卜辭的語法與後世習慣基本一致。詞類有名词、代名词、動词、形容词等，用法與後世也基本一致。

甲骨文大約有單字四千多個，可考釋的約一千多個，佔四分之一左右。李孝定先生把已考釋的 1225 個字，按六書分類（見〈從六書的觀點看甲骨文字〉，收在《漢字的起源與演變論叢》，聯經出版社，1986 年）。

雖然依據卜辭中的用法，未見轉注例子，但基本的六書造字方法，當時均已具備，只是形聲字爲數尚少。這是因爲甲骨文的年代形聲字形成不久，越到後來，形聲字的數量就越多。

甲骨文因爲是用刀刻寫的，形體的特點是：

其一，筆畫細而硬，多方筆。
其二，少圓筆，字形以線條爲主。
其三，多異體，寫法不固定。
其四，並非初創時期的文字，但仍有很強的圖畫性。

甲骨文是目前所看到的最早而系統完整的文字。甲骨文之前的文字，現在所知尚少，資料零星。就甲骨文所見的六書結構說，在這之前必已經過很長時間的發展和演變。

	字數	百分比
象形	267	22.53
指事	20	1.63 強
會意	396	32.33 強
假借	129	10.53 強
形聲	334	27.27 弱
轉注	0	0
未詳	70	5.71 強
總計	1225	100

圖表 73　甲骨文字的六書分類

3、金文

　　金文是青銅器上的文字。青銅器是用銅和錫合金製造的，而以銅爲主。銅器造成時，顯出金黃色，近似黃金，故上古把銅稱爲金，青銅器上的文字就稱爲金文。

　　青銅器經過多年之後，氧化生鏽，顯出灰黑色，再經過多年，顯出青色，因而稱爲青銅。青銅器一般以鐘和鼎爲代表，所以金文也叫鐘鼎文；文字銘刻於銅器，故也稱爲銘文、彝器銘文，又稱爲金石文字、鐘鼎款識、彝器款識等。

　　青銅器上的文字通常在製造器物之前，先在模範上鑄字，也有的在器物造成之後，以刀刻寫上去。以刀刻寫的字筆畫較細，往往較草率，類似甲骨文。鑄寫的字，筆畫字形均工整。商代的青銅器銘文少，筆畫較肥大填實，近似於圖畫。

　　現在所看到的金文，從商代到戰國年間都有。容庚《金文編》中所收錄的金文單字，正文 2420 字，附錄 1352 字，合計 3772 字。

　　青銅器上的銘文，商代的極少，周代的較多，因而一般以金文
爲周代的文字，實則金文跨越的時間很長，從商到周，一千多年。
秦漢銅器也有銘文，但字數不多。

　　現在所看到的青銅器，最早是夏代的，但沒有銘文。商代的青
銅器上的銘文通常是單字，或兩三個字。周代的銘文篇幅較長，如
毛公鼎有 497 個字。銘文的內容一般是記錄王侯大臣所參與的歷史
事件，如：祭祀、賞賜、王命、征戰、狩獵、盟約等，可以補充史
書之不足。在祭祀祖先時，以青銅器爲禮器，以銘文告知祖先，亦
可光宗耀祖。

　　許慎《説文解字・敘》云：

　　郡國亦往往于山川得鼎彝，其銘即前代之古文，皆自相似。

可知青銅器在漢代已出土，其銘文即許慎所說的「前代之古文」，
也就是金文。金文跨越的時間很長，歷經四個時期：

　　商代（約前 1600 － 前 1046）
　　西周（前 1046 － 前 771）
　　東周（前 770 － 前 222）
　　秦漢（前 221 － 219）

　　商代早期的青銅器已出土的不多，銘文甚少。商代後期出土的
青銅器較多，銘文也較多。

　　西周出土的青銅器甚多，王侯均鑄造青銅器，並鑄銘文記事。
青銅亦爲賞賜大臣的禮物。大臣獲賞，亦鑄造青銅器，並以銘文記
事。

　　東周出土的青銅器爲數亦甚多，樂器尤其多，有大套編鐘，然
鐘上刻鑄的銘文不多。此時期，鐵器已出現，可用於兵器、工具
等。

　　秦統一天下後，以秦國文字爲本，統一文字，便是小篆。小篆
的前身是大篆，即戰國時期的金文，只是當時各國文字並不統一，
多有分歧。青銅器在秦以後漸爲鐵器所取代。金文亦爲小篆所取
代。

　　歷代學者對青銅器的研究主要在兩方面：一是研究青銅器的紋飾，一是研究青銅器的銘文。宋代學者較注重著錄青銅器及其紋飾，著述如：

劉敞：《先秦古器圖碑》
呂大臨：《考古圖》、《考古圖釋文》
王黼：《宣和博古圖》
薛尚功：《歷代鐘鼎彝器款式法帖》
歐陽修：《集古錄》
趙明誠：《金石錄》
薛尚功等：《鐘鼎篆韻》
王俅：《嘯堂集古錄》

清代學者則注重研究銘文，著述如：

阮元：《積古齋鐘鼎彝器款識》
吳榮光：《筠清館金文》
吳式芬：《攟古錄金文》
吳大澂：《字說》、《說文古籀補》
孫詒讓：《古籀拾遺 》、《古籀餘論》、《名原》

現代學者亦注重研究銘文，著述如：

羅振玉：《三代吉金文存》
容庚：《商周彝器通考》、《殷周青銅器通論》、《金文編》
郭沫若：《兩周金文辭大系圖錄考釋》
陳夢家：《西周銅器斷代》
白川靜：《金文通釋》
林巳奈夫：《殷周青銅器綜覽》
周法高：《金文詁林》
嚴一萍：《金文總集》
中國科學院考古研究所：《殷周金文集成》
劉雨：《近出殷周金文集錄》、《近出殷周金文集錄二編》

金文與甲骨文的數量多，爲最重要的兩種古文字，兩者可以互補。金文中保留較多的圖形文字，對研究早期漢字有極大的幫助。金文的形體特點是：

其一，以模範鑄寫的銘文，筆畫粗而均勻。

其二，以刀刻寫的銘文，筆畫細而硬，字形易於草率。

其三，銘文以鑄寫的爲多，整體較爲工整，逐漸脫離圖畫，趨向線條。

其四，商代的青銅器常鑄寫族徽，圖畫性強。

其五，字形與筆畫均不固定，沒有規範，異體甚多。

金文跨越的時間長，到戰國時期的金文，字形與後來的小篆大體一致。

4、石鼓文

石鼓文是刻在石墩上的文字，因石墩的形狀似鼓而得名。石鼓高約二尺，直徑一尺有餘。

石鼓文是秦國時期的文字，字形屬於大篆，爲小篆的前身。小篆是秦朝時期的文字。

圖表 74　宋拓石鼓文樣本

唐朝時候，在天興縣（鳳翔府治所，即秦時雍邑）三畤原（今陝西省寶雞市鳳翔縣）收集到十個石鼓。韓愈曾作〈石鼓歌〉。

石鼓文中有記述周穆王狩獵的事，因而又稱「獵碣」或「雍邑刻石」。這些石鼓在秦以後輾轉流離，逐漸不爲人知。

宋徽宗大觀二年（1108），遷至汴京國學。南宋時期，金人南下掠走石鼓。到了元代，把石鼓存放在北京文廟。

抗日戰爭時期，故宮博物院院長把石鼓遷到江南避亂。抗戰勝利後運回北京故宮博物院。

宋歐陽修以石鼓文爲周宣王時期史籀所作。

清末羅振玉作《石鼓文考釋》，馬敍倫作《石鼓文疏記》，認爲石鼓文是秦文公（前？－前716）時期的遺物。

馬衡先生作〈石鼓文爲秦刻石考〉，以爲秦穆公（？－前621）時物。

郭沫若先生作《石鼓文研究》，以石鼓文爲秦襄公八年（前771）所作。

唐蘭先生作〈石鼓年代考〉，以爲秦獻公十一年（前374）所作。

大致說，石鼓文是秦國時代的文字，年代則眾說紛紜。

宋人製作石鼓文拓片，爲現存最早拓片，讓後人得見石鼓文字形風格，爲研究石鼓文的依據。清乾隆五十五年（1790），仿刻石鼓，置於辟雍（大學），現在北京國子監。石鼓形狀與刻字部位均有異於原石鼓。

石鼓文爲秦國君之物，刻字規整，與後來的小篆之爲規範文字一樣，屬於戰國時期的金文。因爲秦國文字，故與六國文字有別。

小篆爲秦朝時期所定的文字，以秦國時期的文字爲依據，即大篆，亦即籀文。石鼓文亦屬大篆籀文。大篆籀文是書體的名稱，石鼓文則是刻在石鼓上的大篆籀文。石鼓是材料，只因爲這十個石鼓上刻了一些文字，就特別取個名稱叫石鼓文。

大篆的時代，也就是金文的時代。大篆即籀文，是周朝統一規範的字體，而金文跨越的時間長，變化多，沒有統一規範的字體。鑄寫的金文，字體工整，刻寫的金文易於潦草，因青銅材質堅硬，不易刻字。

　　石鼓的材質不如青銅堅硬，刻字時可以細加佈局彫字，故字體嚴謹工整，筆畫粗而均勻，圖畫性質弱，趨向線條。

　　由於秦國時期所用的文字是大篆，而大篆又是小篆的來源，所以石鼓文與小篆一脈相承，並無多大差異。

5、古隸

　　漢朝通用隸書。文獻上所說的隸書即指漢朝的通用書體，小篆則是秦朝官定的通用書體。

　　1975 年，湖北出土秦時的竹簡，即《雲夢睡虎地秦簡》，世人才看到秦朝時期的隸書。當時雖然官方規範的字體是小篆，而民間已在用隸書了。

　　秦隸是草率的小篆，或者說是由小篆草率書寫變成，因而從秦隸的形體仍然可以看出小篆的痕跡。秦隸是小篆與漢隸之間的過度字體。漢隸是漢代文獻所用的書體。

　　今隸的資料除了漢簡之外，還有漢碑。古隸的資料則有秦簡與帛書。

　　由小篆到漢隸的變化很大，像是突然間的斷裂，中間顯然有斷層。秦隸出土之後，可以彌補其間的斷層，清楚看出由小篆經秦隸到漢隸逐漸變化的軌跡。許慎《說文解字‧敍》說：

> 秦燒滅經書，滌除舊典，大發吏卒，興戍役，官獄職務日繁，初有隸書，以趨約易，而古文由此絕矣。

　　按照許慎的說法，隸書是秦朝時候產生的，當時也叫「佐書」，也就是秦隸書。秦朝的隸書是簡化小篆而來的。隸書產生後取代了小篆，古文也從此消失了。許慎《說文解字‧敍》又說：

　　由小篆到漢隸的變化很大，像是突然間的斷裂，中間顯然有斷層。秦隸出土之後，可以彌補其間的斷層，清楚看出由小篆經秦隸到漢隸逐漸變化的軌跡。許慎《說文解字‧敍》說：

> 篆書，即小篆，秦始皇帝使下杜人程邈所作也……佐書，即秦隸書。

圖表 75　郭店楚簡老子樣例（古隸）

圖表 76　居延漢簡樣例（漢隸）

許慎在敘中既云小篆爲李斯等所作，又云小篆爲程邈所作，前後不一致。大概這些傳說到漢時已不一致了。從「佐書」之名可知，程邈所作的當是隸書。這隸書是輔佐小篆的，所以也叫「佐書」。

晋衛恆《四體書勢》云：

秦既用篆，奏事繁多，篆字難成，即令隸人佐書，曰隸字。

衛恆也認爲小篆簡化而成「隸字」，爲「隸人佐書」。他不提程邈。唐張懷瓘在《書斷》中說：

按隸書者，秦下邽人程邈所作也。邈字元岑，始爲縣吏，得罪始皇，幽繫雲陽獄中，覃思十年，益小篆方圓而爲隸書，三千字，奏之。始皇善之，用爲御史，以奏事繁多，篆字難成，乃用隸字，以爲吏人佐書，故曰隸書。

張懷瓘是唐代人，而所說有關程邈的事跡卻比之前的更多。這是傳說的特點，越往後故事越多。

小篆是最後一代古文字，還保留圖畫性質，字形多曲筆。這是圖畫的特點。

秦隸對小篆的最大改變便是把小篆的圓筆改爲方筆，即橫行直落的筆法。在漢字形體演變的歷史上，這個改變讓漢字逐漸變爲方塊字，全由筆畫組成。秦隸是古文字與今文字的分水嶺。再下去便是近於方正的漢隸了。

第四節　今文字

古文字和今文字以漢朝爲分界。漢朝人把漢朝之前的文字稱爲古文字。這個習慣一直沿用到今天。現在文字學所說的古文字仍然是指漢朝以前的文字。小篆是古文字最後一種書體，隸書則爲今文字之始。

漢朝之後，文字並未停止在隸書階段，而是繼續發展。隸書之後還有楷書、行書、草書。三者都是常見的書體。其中只有楷書用

於印刷，成爲正規的書體。

就今文書體的應用範圍，可以分爲正規系統和藝術系統兩大類。

一　正規系統

正規的文字是指官方所用的文字，自然也成爲社會大衆所學習的文字，也就是用於教育的文字。

秦朝的官方文字是小篆，而民間所用的是隸書，就是秦隸。秦隸由草率的小篆變成。到了漢朝，進一步演變爲漢隸。漢隸成爲漢朝的官方文字，也就是正規實用的文字。

隸書既成爲漢朝的正規文字，也就自然成爲社會大衆學習的文字。於是，形體又逐漸規範，成爲標準的文字，楷書便因此產生。

到了唐朝，印刷術發明後，楷書更進一步演變爲印刷用的字體。這就是唐朝以來的楷書。

隸書與楷書是今文字正規系統的書體。

1、今隸

今隸指漢朝通用的書體，也叫漢隸。

今隸在漢字形體演變史上是一大轉折。今隸之前是古文字，從今隸開始是今文字。上文引晉衛恆《四體書勢》中的說法，由小篆簡化而成「隸字」，爲「隸人佐書」。

郭沫若先生〈古代文字之辯證的發展〉說：

篆書之名始于漢代，爲秦以前所未有，究竟因何而名爲篆書呢？我認爲這是對隸書而言的。秦始皇帝改革文字的更大功績，是在採用了隸書。《漢書・藝文志》說：「是時始建隸書矣，起於官獄多事，苟趨省易，施之於徒隸也。」施於徒隸的書謂之隸書，施於官掾的書便謂之篆書。篆者掾也，掾者官也。漢代官制，大抵沿襲秦制，內官有佐治之吏曰掾屬，外官有諸曹掾史，都是職司文書的下吏。故所謂篆書，其實就是掾

書，就是官書。篆書在後來的官印和私章上都還沿用著它。今天的情況已大有改變，只是在有限的私章上還有些孑遺而已。

隸書與篆書在秦代是並行的兩種書體，其地位有高低之分。隸書爲地位較低的徒隸所用，篆書爲地位較高的官掾所用。隸書爲民間書體，篆書爲官方書體。

隸書是如何產生的呢？郭沫若先生說（見同上）：

> 隸書，前人以爲作於程邈，其實是一種傳說，而且說法不一。隸書無疑是由草篆的演變。秦始皇時代，官書極爲浩繁。《史記・秦始皇本紀》言「天下之事無大小皆決於上，上至以衡石量書」。石是120斤，這是說秦始皇一天要親自過目120斤竹木簡寫成的官文書。秦始皇的特出處，是他准許並獎勵寫草篆，這樣就使民間所通行的草篆登上了大雅之堂，而促進了由篆而隸的轉變。程邈或許是最初以草篆上呈文而得到獎勵的人，但決不是最初創造隸書的人；一種字體也決不是一個人一個時候能創造出來的。

隸書是由草篆演變而成的新書體。由於篆書的書寫速度太慢，而秦始皇每天得處理的文書繁多，呈上文書的官吏爲求快速書寫，自然草率。這草率的篆書就變成了隸書。

程邈可能是以草篆呈上文書的人，未必是創造隸書的人，但他是用隸書的重要人物。一種書體當然是許多人共同努力，逐漸發展而形成的，但需要有人帶動，才能廣被接受。程邈推動隸書，就像王次仲、鍾繇、歐陽詢、顏真卿、柳公權等人推動楷書成爲時代書體一樣。

隸書與篆書有何區別呢？郭沫若先生說（見同上）：

> 隸書與篆書的區別何在呢？在字的結構上，初期的隸書和小篆沒有多大的差別，只是在用筆上有所不同。例如，變圓形爲方形，變弧線爲直線，這就是最大的區別。畫弧線沒有畫直線快，畫圓沒有畫方形省。因爲要寫規整的篆書必須圓整周

到，筆畫平均。要做到這樣，每下一筆必須反復回旋數次，方能得到圓整，而使筆畫粗細一律，這就不能不耗費時間了。改弧線爲直線，一筆直下，速度加快是容易了解的。變圓形爲方形，表面上筆畫加多了，事實上是速度加快了。要把圓形畫得圓整，必須使筆來回往復，那決不是兩三筆的問題了。此外，當然還有些不同的因素，如省繁就簡，變連爲斷，變多點爲一畫，變多畫爲數點，筆畫可以有粗細，部首可以有混同……這樣寫字的速度便自然加快了。注意到了這些，爲了提高工作效率，而有意識地採用了隸法，這是秦始皇的傑出處。但也應該看到：這是社會發展的力量比帝王強，民間所流行的書法逼得上層的統治者不能不屈尊就教。是草篆的衝擊力把正規的篆書沖下了舞台，而形成了隸書的時代。秦始皇的傑出處就在於順應了歷史潮流，他跟着時代的進步而一同進步了。

以上引文說明隸書對篆書的改變主要在這兩方面：

其一，在用筆上，變圓形爲方形，變弧線爲直線。

其二，省繁就簡，變連爲斷，變多點爲一畫，變多畫爲數點，筆畫可以有粗細，部首可以有混同等。

這兩點改變都是爲了加快書寫的速度。爲求快速，篆書很自然的變得草率了。這大大改變了端莊的篆書的形體，並使篆書變爲隸書。隸屬引起的這些改變，文字史上稱爲「隸變」。

篆書的形體是長形的，而四角轉圓，看起來像橢圓形，變爲隸書後，字形逐漸趨於方形，但不是正方形，而是略扁，八分方形，所以又名八分書。

圖表 77 並列篆文、古隸、今隸三種書體的對照樣本。從各個例字可見，古隸是篆文與今隸之間的橋梁。篆文經古隸演變至今隸。

篆書的線條多連續，隸書則斷開，成爲筆畫。隸書的基本筆畫是：橫、直、點、撇、捺，後來的楷書也繼承了這幾種筆畫。

	篆文	古隸	今隸
人			
衣			
山			
木			
石			
走			
行			
草			
和			
字			

圖表 77　篆文、古隸、今隸字形對比

　　從隸書開始，漢字的形體逐步變成由筆畫構成，外形則逐步變爲正方形，所以也叫方塊字。

　　一種正規端正的書體，爲求書寫快速，就自然會變得草率，進而形成一種新的書體。這草率的新書體一旦變正規後，又自然會變端正。篆書變隸書的情形便是如此。

2、楷書

隸書原本由篆書草率的寫法而來，在演進的過程中，變得端正，便是楷書。楷書是隸書的端正寫法。在隸書楷體的發展過程中，王次仲是最重要的書法人物。北朝王愔《文字志》云：

> 王次仲始以古書方廣少波勢；建初中以隸草作楷法，字方八分，言有楷模。

王次仲所創立的楷法，最大的特點便是「字方八分」。這是指字形並非正方形，而是略扁，只是八分方形。

宋《宣和書譜・正書叙論》云：

> 字法之變，至隸極矣，然猶有古焉。至楷法則無古矣。在漢建初，有王次仲者，始以隸字作楷法。所謂楷法者，今之正書也。人既便之，世遂行焉，……此書既始於漢，於是西漢之末，隸字石刻，間雜爲眞書，若屬國封陽茹君等碑，亦斑斑可考矣。降及三國鍾繇者，乃有賀克捷表，備盡量法度，爲正書之祖。

《宣和書譜》的説法很詳細，也很合理，跟之前有關王次仲的説法也一致。漢字的演變到了隸書，變化非常大，脫離了古文字，成爲今文字的開始，所以說「字法之變，至隸極矣。」

隸書雖爲今文字的開始，而早期隸書，即秦隸，還有一些古文字的痕跡，所以說：「然猶有古焉」。

由隸書進而發展爲楷書，則古文字的遺跡完全消失了，所以說：「至楷法則無古矣」。

隸書是草率的篆書，所以隸書是草率的書體。手寫的文字，爲求快速，難免草率，也就自然成爲草書。在通行之後，進一步發展爲標準字形，則須變爲正體，才易爲世人辨識與模仿。王次仲便是把草率的隸書變爲端正隸書的人，所以說「以隸書作楷法」，也就是王愔所説的「以隸草作楷法」，而有「楷模」，於是形成楷體隸書，或隸書楷體。

　　漢代隸書的碑文中，已可以看出端正的楷書筆法。東漢的鍾繇爲楷書名家。他的《宣示表》是當時端正楷書的代表，已與唐代的楷書很接近了。

　　漢隸又有個名稱叫「八分」，歷來解釋紛紜，而且不易理解。如《宣和書譜·八分書敘論》云：

> 爲八分之說者多矣。一曰東漢上谷王次仲以隸字改爲楷法，又以楷法變八分，此蔡希綜之說也。一曰去隸字八分取二分，去小篆二分取八分，故謂之八分，此蔡琰述父中郎邕語也。

　　明王世貞《古今法書苑》也引蔡琰如是說。「去隸字八分取二分，去小篆二分取八分」，甚難理解，不知如何去取。

　　王愔《文字志》說王次仲作楷法的話就較易於理解。其中「字方八分，言有楷模」的話，當是與方形楷書比較而言。王次仲的楷法不是方方正正的，而是略扁，只是正方形的八分，有楷書的模樣。這正是隸書的體形，是隸書楷體。

　　漢朝的隸書繼承秦朝的隸書而來，是草體的隸書，並無一定的字體形式。到了王次仲手上，才創立隸書的楷法，字方八分，隸書於是有了正體，外形略扁而近於方形，由草率的隸書變爲正規的隸書，楷書的概念得以形成。

　　手寫的文字必定是先草率而後規整。隸書始於草率的篆書，而後趨於規整。八分書爲規整的隸書，是在隸書發展之後，逐步形成的，不可能是初從篆文直接變成。漢延熹西嶽華山廟碑爲漢碑之代表，碑文即八分書（見圖表 78）。

　　圖表 78 中的字形都是略扁的方形，只是方方正正的楷書的八分。其中，有個別字，筆畫較多，如「爲」、「記」、「奉」等，字形較其他各字長，近於正方形，與後來的楷書形體近似。

　　漢代隸書的碑文中，已可以看出端正的楷書筆法。東漢的鍾繇爲隸體楷書的大名家。他的《宣示表》是當時端正楷書的代表，已與唐代字方十分的楷書很接近，所以他成爲「正書之祖」（見圖表79）。

漢字的演變到了隸書，脫離了古文字，成為今文字的開始，並進一步發展成唐代的楷書。

唐代初期，在魏晉石碑拓印技術的基礎上，發明雕版印刷術。具體方法是，在木板上刻字，單張紙印刷。最初用來刊印佛教經文和圖畫。

印刷術發明的時候，剛好配合當時規範文字的字樣運動。這個運動開始於隋朝（581-619），曹憲（約541-645）撰《文字指歸》，用以刊正文字。

唐太宗貞觀年間（627-650），顏師古（581－645）作《字樣》，以刊訂經籍文字。他的侄孫顏元孫（？－732）作《干祿字書》。

唐玄宗開元年間（713－742）作《開元文字音義》，確定楷書的寫法。

唐代宗大歷年間（766－780），張參作《五經文字》，審定字體。

唐文宗開成二年（837），唐玄度作《新加九經字樣》。從貞觀到開成年間，字樣運動前後約兩百年，奠定了楷書的地位。這是漢字史上最成功的規範運動。

雕版印刷術的發明，讓字形方方正正的楷書成為印刷用字，確定了楷書在往後千餘年的地位。隸書以後的正體楷書，又叫正書，也叫真書。

宋代發展出新的印刷術。宋仁宗慶歷年間（1041-1048），畢昇（約972-1051），把唐代的雕版印刷改良為活字印刷。

宋代的印刷體字繼承唐朝的楷書。唐代的三位楷書大家，歐陽詢、顏真卿、柳公權的楷體是宋代印刷的字體。宋代早期多用歐體，後期則多用顏體和柳體。

宋代還有一件重大事情與文字有關，那就是簡體俗字。

宋元的俗文學，小說戲曲的腳本多俗字，乃是簡省正體字而來。這些俗字到了民國初年，曾經採用為簡體字，不久又取消了。直到1956年才正式採用，成為正體字。不過，簡體字並非新的書體，只是楷書的簡體。

圖表 78　漢延熹西嶽華山廟碑文樣本

圖表 79　鍾繇宣示表樣本

二 藝術系統

書法與繪畫在中國藝術史上同受重視。由於漢字的形體結構多樣，筆下表現亦多樣，因而成爲書法藝術。

這裏的藝術系統是相對於正規系統來說的。正規系統的書體較易爲大眾所識讀，故可以用爲印刷書體。藝術系統的書體不易爲大眾所識讀，故不能用爲印刷書體，只能用爲藝術表現形式。

純就書法藝術言之，則無論哪一種書體都可以成爲藝術的表現形式。正規系統的書體當然也是藝術的表現形式。歐陽詢、顏真卿、柳公權等都是楷書的藝術名家。

郭沫若先生〈古代文字之辯證的發展〉說：

> 本來中國的文字，在殷代便具有藝術的風味。殷代的甲骨文和殷、周金文，有好些作品都異常美觀。留下這些字迹的人，毫無疑問，都是當時的書家。雖然他們的姓名沒有留傳下來，但有意識地爲文字作爲藝術品，或者使文字本身藝術化和裝飾化，是春秋時代的末期開始的。這是文字向書法的發展，達到了有意識的階段。作爲書法藝術的文字與作爲應用工具的文字，便多少有它們各自的規律。

無論哪一個時期，哪一種書體，所表現出來的藝術風格都因人而異。甲骨文和金文都因所用材料而得名，跨越的時間長，表現出來的形體風格多種多樣，不同於後來的規範書體。經過規範的書體，如篆書，形體風格較爲一致。然純就藝術風格來說，篆書的藝術風格表現，隨書法家而不同。風格可以模仿，所以歷代書法名家的風格都有模仿的傳人。

在印刷術發明之前，文字均出於手寫。不同的人手書顯現個人風格。當一種風格流行於一個時代，成爲時代風格時，便是書體。在各種書體中，成爲正規應用的便是正體書。這種正體書端正而規範。相對於正體書的隨意風格，則是藝術書體。其中較爲流行的有兩種，即：行書與草書。

1、行書

行書大抵是由於書寫時較爲隨意，筆下韻律如行雲流水而得名。《宣和書譜‧行書叙論》云：

> 自隸法掃地而真幾於拘，草幾於放，介乎兩間者行書有焉。於是兼真則謂之真行，兼草則謂之行書。爰自西漢之末，有潁川劉德升者，實爲此體，而其法蓋貴簡易相間流行，故謂之行書。德升而下，復有鍾繇、胡昭者，同出於德升之門。然昭用筆肥重，不若繇之瘦勁，故昭卒於無聞，而繇獨得以行書顯，當時謂繇善行押書者此也。及晉王羲之、獻之心得神會處，不由師授，故並臻其極，蔚然爲翰墨之冠。

真書即正書，也就是規整的書體。這種書體書寫時速度較慢，求快速些，難免草率，過於草率，形成草書，不易識讀，行書則是介於正書與草書之間的書體。行書的書寫速度較正書爲快，但又不如草書那麼快，也不如草書那麼潦草，較易於識讀，也易爲一般人所接受。

行書源自真書。真書端正，書寫速度慢，難免拘泥呆板；行書則爲快速書寫而生，快則草率。這是行書與真書的差異。正式公文須用真書，書簡筆記，可用行書。兩者同時存在，各有用途。鍾繇既是正書之祖，也是行書名家。後來的書家往往兼善行書與楷書，因爲兩者各有用途的緣故。

隸書本是篆書的草體，通行之後，成爲正規書體便須端正，於是有楷法，成爲楷書，也就是真書，正書。爲求快速書寫，便須解放其拘泥呆板形體，行書於是由此而生。然而，行書畢竟是草率的書體，無法取代真書的地位，不能用於印刷。

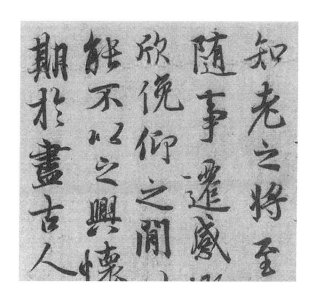

圖表 80　王羲之行書蘭亭序樣本
　　　　　唐馮承素摹本

2、草書

　　草書又比行書的書寫速度更快，更加草率，完全沒有章法，純出於作者的情緒與筆端的韻律，因而同一個字，不同的草書家所表現的情緒與筆端韻律可以完全不同，就是同一個字，同一作者在不同的時間書寫，亦可以完全不同，沒有固定的寫法。因此，草書是純粹的藝術書體。

《宣和書譜・草書敘論》云：

> 且草之所自，議者紛如，或以爲稿草之草，或以爲草行之草，或以爲赴急之書，或以爲草昧之作。然則謂之草則非正也。孔子所謂「爲命裨諶草創之」是也。

　　草書本是出於需要快速書寫而生，字體自然草率。書寫的速度因人因時而異，本無一定寫法。

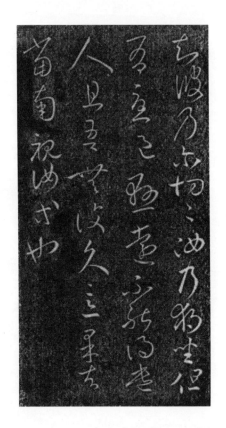

圖表 81　王羲之草書獨坐貼樣本

　　王羲之（303－361）、王獻之（344－386）等的草書已不易辨識，到了唐代的張旭（約 685-約 759）、懷素（737－799）等的草書就幾乎無法辨識了。

　　張旭的草書，師法自然，下筆如舞劍，神韻飄動，為純粹的書法藝術。

　　大抵行書離開真書不遠，還可以辨識，草書不僅離開真書很遠，就是行書，也離開很遠，完全不是實用的書體，而是純為藝術的書體。

圖表 82 張旭草書心經樣本

第五節 書體承續與特徵

一 歷史承續

上文簡述古文字和今文字的主要書體,只是選取歷代書體中有代表性的來說明,即便如此,也難以說明清楚,因爲就是同一種書體,其書寫風格也並不都一樣。

文獻系統中所介紹的四種書體:籀文、古文、大篆、小篆,風格就不一致。其中,籀文、大篆、小篆,三者的風格比較一致。小篆是秦朝規定的書體,風格最清楚,大篆是小篆的來源,風格也較清楚,籀文即大篆,也很清楚。三者一線相承。

「古文」的風格就與其餘三者不一樣了。古文這個名稱是漢朝人取的,指漢朝以前的文字,但又不是所有漢朝以前的文字,而是六國文字。六國的文字並不統一,古文只是一個整體的名稱。

在考古系統中所介紹的五種書體：陶文、甲骨文、金文、石鼓文、古隸（秦隸），風格也並不都一樣。其中，陶文、甲骨文、金文、石鼓文四者，都是依據書寫的材料來命名的。陶文與金文跨越的時間都很長，甲骨文與金文的時間重疊，其書體的風格都與古隸不同。古隸有確定的通用時間，是當時的通用書體。

書體本從個人開始，是個人寫字的風格，在眾人都趨於一致時，便成爲一時的風尚，也就是書體。從古文字到今文字，寫字的人無數，個人的字體風格當然也無數。即使在同一時代書體之中，仍然有眾多個人書體。楷書是唐代的通用書體，歐陽詢、顏真卿、柳公權，並爲當時書法大名家，而個人風格依然有別。

成爲一個時代的書體，還須得到政治力量的支持。秦始皇統一天下，然後有小篆。小篆是從當時的眾多文字中選出來的秦國文字，非秦國的文字就廢棄了。

個人的字體成爲時代的書體，與帶動者密切相關。程邈是改變小篆成爲秦隸的重要書家，王次仲則是創立隸書楷體的重要書家。後來的楷書、行書、草書，也都是由書法名家帶動的。

上文把古文字的書體分爲文獻系統和考古系統。這兩個系統的年代並不是截然分開的，而是交叉重疊的。以下就把各種書體按照時序來排列，以便看出歷史的承續。

1、史前陶文

史前陶文實際並非一種官定的書體。陶文這個名稱由刻寫的材料得名，並不是一種正規的書體，出土的地點與年代也不一樣。沒有固定的使用範圍，更沒有一致的時代風格。只是因用刀刻寫，有刀刻的風格。

陶文在漢字史上最重要的意義在於出現的年代，比確定的商代文字早了幾千年，因而把漢字的起源年代提前了幾千年。

由於出土的資料少，而且所看到的符號難以識讀，只能從少數可以辨識的刻畫符號推測這些符號與後世漢字的關係。雖然用來探討漢字起源很有意義，但畢竟不是一種正規的書體。

2、商代甲骨文

甲骨文與陶文一樣，也是因刻寫的材料而得名，並不是一種官定的正規書體。不過，甲骨文比陶文要明確得多，主要在這三方面：

其一，有明確的使用地域與時間。

其二，有相對穩定的形體。

其三，與後世漢字的關係十分清楚。

甲骨文是商朝晚期，殷代通用的文字。通行的地域即在中原，現在的河南。甲骨文雖然通行於殷代，發展歷史並不限於殷代，而是經歷了很長時間的演進，形體風格多樣。

甲骨文也不是一種官定的規範文字，異體甚多，不過，形體相對穩定。

除了甲骨文，殷墟也出土陶文，與甲骨文形體一致。這些陶文對於考識史前陶文甚有幫助。

甲骨文之前的文字，除了並不十分確定的陶文，應該還有別的書寫材料不同的文字，只是因為尚未見出土，難以確知。

3、商周金文

金文也是因書寫的材料而得名，跨越商周兩代，使用的地域與時間很明確，主要顯示在這兩方面：

其一，商周兩代通用的文字，跨越的時間很長。

其二，由於跨越的時間長，形體雖然也相對穩定，但早晚時期的形體風格往往有很大的差異。

商代的金文，字數甚少，往往是族徽，形體近於圖畫，而東周的金文已與篆書並無多大分別。

金文雖然不是一種規定的書體，但在西周宣王時，太史籀作

《史籀篇》，卻是爲了規範文字，因此，籀文是當時的規定書體。這種書體影響了後來的小篆。在金文跨越期間，從商代到秦朝，先後產生了兩種正規書體，即籀文與小篆。籀文亦即大篆。

從商代到秦朝期間，還有古文，屬於東土文字，即六國文字。此種文字亦源自西土文字，只是因爲歷史與地理原因，而與西土文字分道揚鑣。古文亦爲金文時期的文字。六國的文字並不是統一的規範書體。

另外還有石鼓文，是秦國的文字，實爲大篆，因刻寫材料而得名，究其書體，屬於篆書。

4、秦代小篆

小篆是時代地域都非常明確的一種書體。秦始皇統一天下之後，規定統一文字，由李斯等人制定小篆，成爲一個時代的書體。

秦朝的時間很短，前後只有十五年，因而小篆的應用時間至多也只有十五年，可能更短。

秦始皇還在位的時候，小篆的形體已起變化。爲了書寫快速，小篆由圓整變得草率，於是產生了草篆，也就是秦朝的隸書，並取代小篆成爲民間通用的書體。到了漢代，進而形成漢隸，又由漢隸演變成楷書，一直通用到今天。

就使用的時間說，小篆是十分短暫的書體，沒有太大的意義，但就歷史說，小篆的地位十分重要。

隨著政治天下統一，小篆成爲統一天下的文字，結束了戰國因政治分裂而文字也各自爲政的局面。小篆統一文字對中國自秦代以來的統一十分重要。

小篆是後世所知的末代古文字，又得許慎保存在《説文解字》中，成爲後世識讀秦朝以前古文字的橋梁。這讓後世學者識讀先秦古文字變得容易些。

5、秦漢隸書

　　小篆還保留古文字的基本特徵，是最後一種正規的古文字。由於小篆是官定的規整書體，書寫速度慢，爲求快速書寫，於是下筆草率，而形成草體篆書。這也就是秦隸，又稱古隸。

　　秦隸再演進，到了漢代形成漢隸，成爲漢代通行的書體，也稱今隸。

　　無論哪一種書體，初形成時都是草率的，因爲手寫的字一般都草率，必須到官方規範之後，才制定規整的書體。

　　秦隸是草書，漢隸也是草書，直到王次仲創立楷法之後，才有了較規整的字體，字方八分，已近於後來字方十分的楷書。到了三國時的鍾繇，正式奠定楷書的地位，成爲楷書的鼻祖。

　　楷書奠定後，就再也沒有正規的書體出來取代楷書了。

6、正體與草體

　　字方八分的隸書楷體，到了魏晉時期，演進成爲通行天下的楷書，字方十分，就是後來所說的方塊字。

　　唐代發明雕版印刷術，楷書便成爲印刷的書體，更加鞏固楷書的地位。

　　宋代發明活字印刷術，楷書的地位絲毫不變，一直沿用到今天。

　　楷書的地位奠定之後成爲正規的書體，沒有新的正規書體起來取代楷書的地位。藝術書體的行書與草書與楷書的風格大不相同。

　　行書與草書都源自楷書。由於楷書方方正正，書寫速度較慢，就像小篆一樣，爲求快速書寫，於是有行書與草書，就如秦時小篆因爲書寫速度慢而有草篆一樣。

　　行書與楷書的關係就如秦隸與小篆的關係。秦隸因小篆而生，依據小篆，可以識讀秦隸。小篆規整，秦隸不規整。

　　行書緣楷書而起，依據楷書也可以識讀行書。楷書規整，行書不規整。行書因形體不規整，不宜用於印刷，只能成爲藝術書體。

　　草書又緣行書而起，而字形更加草率。書寫時，隨書家情緒，任意游走，沒有固定寫法，非常難於識讀，因而完全不能用於印刷，就是成爲藝術書體，也不易普及。

　　漢隸由秦隸演進而來，兩者的差異較小。草書由行書演進而來，兩者的差異較大，遠大於漢隸與秦隸的差異。漢隸演進而產生楷法，草書則完全沒有定法。

　　由於傳統書法與繪畫同受重視，行書與草書隨書法而流傳，富於藝術生命力，卻不能成爲正規書體。正規的書體，唐代以來，就只有楷書。

　　宋元以來的俗字，雖進而成爲正規簡體字，也只是楷書個別字形的簡化，並非新的書體。

　　漢字的結構演變至形聲字而止，漢字的形體演變至楷書而止。

二　書體特徵

1、歸納特徵

　　書體的特徵與書寫工具、書寫方式、字形特性都有關係，歸納起來，有以下幾項：

（1）書寫工具

　　書寫的工具主要是刀和筆。從史前陶器的圖畫可見當時已有軟性的畫畫工具，類似於後來的毛筆。書寫用的毛筆大約是秦漢時期發明的，成爲秦以後的主要書寫工具。

　　刀和筆由人操縱，是主動的工具。主動的刀筆是影響書寫效果的重要因素。用於書寫的材料是被動的工具。書寫材料的性質也是影響書寫效果的重要因素。

　　史前的陶器，商代的甲骨，商周的青銅器，都是質地堅硬的書寫材料。書寫的方法有刀刻與模鑄，兩者的效果大不相同。

　　秦漢的簡牘和紙，配合毛筆書寫，效果隨意自如。書寫的速度較刀刻和模鑄要快得多。正是由於快速書寫，草書就因此而形成。

草率的書寫風格宜於個人，不宜於大衆，須規範才能成爲大衆遵循的標準，於是有規整的書體，並用於印刷。

（2）字形特性

漢字源自圖畫，越是早期的漢字，與圖畫的關係就越密切。隨著形體的演變，字形與圖畫的關係就越來越弱。

秦漢時期，現代漢字產生後，漢字的圖畫性質完全消失，字形變爲單純的線條符號。這是古文字與今文字的主要區別。

早期漢字，以刀刻寫，字形主要由描畫線條構成。這對漢字的演變有很大影響。到秦漢時期，漢字相對於圖畫，已變爲單純的符號，原先構形的線條變爲筆畫。於是，現代漢字便由筆畫構成。

現代漢字的主要特徵在於兩方面，一方面是字形由筆畫構成，一方面是形體逐漸變爲方形，方塊字因而形成。在印刷術發明以後，字形趨於整齊劃一，以便於刻板印刷。方塊楷書成爲後來印刷用字的標準。

漢字形體的特性包括：圖畫性、符號性、線條性。

2、特徵表

依據上文歸納的漢字特徵因素，把各代書體的特徵，列在表中，以便一目瞭然（見圖表 83）。

表的上方列出各種書體，左邊列出書寫的工具和書寫方法。不同的工具和方法形成各種不同的書體特徵。

在古文字時期，以刀筆刻寫貫串各種書體。在毛筆發明以後，取代了刀筆，但基本的作用仍然大致相同。楷書用於印刷時，則需刻於板上才能印刷。這以後，日常書寫的方式是以毛筆書於紙上，印刷時則是刻於板上，成爲底版，然後印在紙上。漢字就這樣代代相傳。

	陶文	甲文	金文	篆文	隸書	楷書	行書	草書
刻寫	＋	＋	＋	－	－	－	－	－
鑄寫	－	－	＋	－	－	－	－	－
筆寫	－	－	－	＋	＋	＋	＋	＋
草率	＋	＋	－	－	＋	－	＋	＋
定型	－	－	－	＋	＋	＋	－	－
規整	－	－	＋	＋	＋－	＋	－	－
圖畫性	－＋	＋	＋	＋	－	－	－	－
符號性	－＋	－	－	－	＋	＋	＋	＋
線條性	＋	＋	＋	＋	＋	＋	＋	＋
筆畫	－	－	－	－	＋	＋	－	－

圖表 83　歷代書體特徵表

第六章　現代漢字沿革

　　漢字有古今之分。古文字與今文字的區別主要在於文形體。古文字留存圖畫的風格，今文字則完全失去圖畫的風格，形體全由線條構成。

　　漢代是古文字與今文字的分界。漢代的文字一直沿用到今天，因此，漢代的今文字也就是現代文字。

　　現代文字的沿革可以從漢以後的字書中看出來，主要是記錄隸書的典籍。

　　漢代以後的小學家，研究漢字主要以《說文解字》爲依據，對篆書的研究很多，對隸書的研究並不多。這大概是因爲隸書的研究課題不如篆書多的緣故。

　　清代小學十分興盛，仍以研究篆書爲主，研究隸書的爲數不多。其中有兩位較專注於隸書，即：顧藹吉（生卒年不詳），作《隸辨》八卷；翟云升（1776 - 1858），作《隸篇》、《隸篇續》、《隸篇再續》各十五卷。

　　另外也有研究草書的學者，如石蘊玉（1756 - 1837），作《草字匯》，屬於書法字典。

　　現代文字學可以探討的問題不如古文字學那麼多，用心之學者亦少，所以現代文字學遠不如古文字學發達。

　　自漢代以來，在今文字的演進過程中，有三次重大的變革。第一次在漢代，第二次在唐代，第三次在現代。

第一節　第一次變革：隸書

　　隸書在秦時產生。當時與篆書並存並用，應用者不同。到了漢代，隸書完全取代了篆書，成爲一個時代的文字。

　　隸書不僅取代了篆書的地位，更大大改變了篆書的形體風格。

這種改變文字學史上稱爲隸變。就字面上說，隸變就是隸書產生的改變。這是指對篆書的改變而言。這是漢字演變史上的第一次重大變革，並爲下一代的楷書奠定基礎（參看上文第五章）。

秦始皇統一小篆，用以統治天下。可是秦朝只經過十餘年便滅亡了，小篆的實際使用時間很短。儘管統一文字在歷史上十分重要，小篆對後世文字留下的影響並不大，對政治的影響更大些。

隸書實際起於何時，並無確切記錄。文字的應用與發展，總是分兩條路線進行。一條是官定的正規路線，一條是民間的隨意路線。民間用字，易於隨意草率。正是這樣的隨意草率應用，讓文字日趨於簡易，改變形體風格，形成新的書體。隸書的產生便是如此。

從近年出土的一些簡牘，如秦朝之前的四川青川木牘與甘肅天水放馬灘竹簡，秦朝的雲夢睡虎地竹簡，可見漢朝之前，簡牘上的文字形體已與漢隸近似。這便是民間隨意簡易的書寫風格。隸書的筆式與筆畫在漢代之前已大致形成。

隸書對篆書的改變主要在這三方面：

其一，圖畫風格消失
其二，線條轉爲筆畫
其三，改變偏旁

隸變主要在書寫風格、筆畫、偏旁三方面。這三方面的改變，主要基於兩個考慮：一是書寫速度，一是字形佈局。

隸書字形佈局大致平衡，大小一致，整體更趨近於方形，筆勢順手，以便加快書寫速度。

隸書對篆書的改變，使漢字完全脫離了古文字的書寫風格，並進一步演變爲楷書，沿用至今。

一　圖畫風格消失

漢字的形體演變，簡單來說，便是逐步脫離原始繪畫的書寫風格。這樣的演變是逐漸的，而非突變的。促使這種演變的動力主要來自兩方面：

其一，書寫工具

其二，書寫速度

在這兩種動力的作用下，隸書的書寫風格變草率，也變順手。

文字的演變，年代越早演變越慢。這與書寫工具密切相關。遠古時代的書寫的工具主要是刀或尖筆，刻寫在堅硬的材料如陶器、甲骨、銅器、石塊等，速度慢。由於使用文字的機會不多，也就不要求書寫速度快，因而文字的演變速度很緩慢。

秦漢兩代的書寫工具主要是毛筆、紙、竹簡、木牘等。其中，毛筆可以快速書寫，是加快書寫速度的關鍵。

秦漢時代已普遍應用文字，所需記錄的事情多，自然要求快速書寫。這是隸書產生於秦漢時代的主要原因。

繪畫的速度慢，用於記事便不實際。文字的書寫速度加快，原始的圖畫風格也就自然消失。

篆書是古文字的最後一代，圖畫風格已變弱。隸書一出現，這已變弱的風格便完全消失了。這是隸書的第一步變革。

篆書的圖畫風格主要表現在圓轉的筆畫。隸書則把篆書的圓轉筆畫變為方直。這就讓圖畫風格完全消失了。

篆書是官定的通用書體，形體規整，近於橢圓。每個字所占空間大小一樣。

隸書源自篆書的草率寫法，並不工整。在逐步規範之後，發展出隸書楷法，形體變為八分方形，純由筆畫構形。這是楷體隸書，或隸體楷書。至此，隸書與篆書的距離更遠了。這是隸書的第二步變革。

再順著這個方向演進，形體變為十分方形，便是方方正正的楷書，成為正規書體。這是隸書的第三步變革。

隸書所引起的字形改變，在漢字史上稱為隸變。隸變徹底改變了篆書的形體風格，取代篆書的地位，成為漢代通用的書體。

隸書由草率開始，取代篆書之後，又回復規整的風格，於是有楷法。再進一步演進成正方形的楷書，成為正規書體，沿用至今。

隸書標誌著漢字從此進入現代文字階段。

二　線條轉爲筆畫

漢字發展到了篆書，已由線條構形。篆書所保留的圖畫風格，主要在於圓轉的曲筆，來自象形字「隨體詰詘」的書寫風格。隸書草率簡便的書寫風格，把篆書的圓轉線條變爲方直的筆畫，完全擺脫了篆書僅有的圖畫風格，純由筆畫構形。隸書的這項改變主要表現就在這兩方面：

其一，曲筆改爲直筆
其二，筆畫省改整合

篆書的曲筆，書寫時難免連成逆筆，隸書則改爲斷開順筆。這是隸書對篆書線條的最大改變，也是擺脫篆書圖畫風格的關鍵。後來的楷書的筆畫筆順便來自隸書。隸書進一步規整而成爲楷書。

	之	進	徒	絲	出	有	安	來	國	圖
小篆										
隸書										

圖表 84　篆書與隸書的線條筆畫

篆書的線條均勻，粗細一致，隸書則粗細不一。這樣的變化讓隸書在書寫時更加隨意。

圖表 84 中所列的隸書字形都不是手寫的草率風格，而是碑刻的規整字形。這種字形的最大特點便是「字方八分」，不是方方正正的形體，而是略扁，只有正方形的「八分」。圖表中的最後兩個字「國」與「圖」，都有個四方的外框，中間的偏旁筆畫多，字形已近於正方形了。

隸書筆畫最具特色的是書法家所說的「蠶頭燕尾」，就是圖表84中的「之」、「進」、「徒」三字的最後一筆。這種頭細尾粗的筆畫便爲隸書的風格特點。

隸書在形成過程中，還省改了部分筆畫，也有一些字的筆畫混同了，以求書寫簡便。經過隸書的變革之後，產生楷書，又回復規整風格。

三　改變偏旁

隸書由草寫篆書開始，草寫是爲了加快書寫速度。爲了達到快速書寫的目的，需減少筆畫，而且順手，就是筆順，因而需要省改偏旁的部分筆畫。

在書寫速度加快之後，又反過來要求字形富於美感。這就需要注意每個字所占的空間大小一致，四面平衡。由於每個字的筆畫多少不一，所占空間也就自然難以一致，因而需要刪減或合併構形偏旁，以求各字所佔空間近於一致，整體更趨近於方形。這樣的字形佈局的適當安排形成了楷體。

由於草寫與字形佈局安排這兩方面的考慮，讓字形逐步改變，由改變筆畫進而改變偏旁。偏旁改變了，不僅改變了形體，也改變了結構。這是隸書對篆書的最大改變。改變偏旁主要表現在三方面。

1、偏旁同化

篆書中不同的偏旁，到了隸書中變相同了。這是隸變的結果。

在討論隸變的文章中，常舉的一個例子是：「春」、「秦」、「泰」、「奉」、「奏」，這幾個字上半部在篆書中都不一樣，隸書則因訛變而混同了（見圖表85）。

「舟」、「肉」、「月」三字，在篆書偏旁中並不一樣。在隸書中，本字寫法各別，但在偏旁中，如「船」、「肥」、「明」三字的偏旁，變混同了。這也是訛變的結果（見圖表86）。

「左」、「右」兩字，在甲骨文中是左手和右手的象形字，即「ナ」、「又」。到篆書分別加上「工」、「口」，變作「左」、「右」。隸書「右」的本字偏旁變爲「ナ」了（見圖表87）。

「友」由兩個「又」字構成，隸書變爲一個「十」，一個又（右）。

	春	秦	泰	奉	奏
小篆					
隸書					

圖表 85　隸變混同不近似偏旁

	舟	船	肉	肥	月	明
小篆						
隸書						

圖表 86　隸變混同偏旁舟肉月

	左	右	友	魚	烈
小篆					
隸書					

圖表 87　隸變混同形似偏旁

「魚」本是象形字。下半字本是魚的尾巴。篆書變與「火」字相似。隸書「火」字用爲偏旁，在字的下方，如「烈」字，則變爲四點。隸書魚字的下半部也變成四點了（見圖表 87）。

偏旁混同的例子甚多見，都是隸變的結果。

2、偏旁形體分化

同一偏旁出現在不同的字中，形體各異。例如「衣」字篆書用爲形聲字的形旁時，如「衫」字，位於左邊，字形縮寫作「衤」，以便縮小所占空間，與本字的寫法不同；用爲形聲字的聲旁時，如「依」字，位於右邊，寫法與本字相同（見圖表 88）。

	衣	補	依
小篆			
隸書	衣	補	依

圖表 88　隸變造成偏旁位置差異（一）

「心」字篆書用爲形聲字的形旁時，位於左邊，如「愉」字，字形縮寫作「忄」。如位於字形下方，如「恩」字，寫法與篆書相同作「心」（見圖表 89）。

如在字下方或空擋處，如「悶」、恭兩字，寫法亦與篆書相同作「心」。這是爲形體佈局均衡。恭字隸書第二個字形爲楷書字形「恭」所本。此類例子其多見，如「糸」、「阜」、「邑」等字，用作偏旁與本字寫法都不相同。

	心	愉	恩	恭	悶
小篆			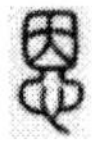		
隸書				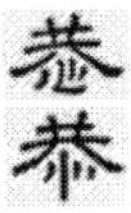	

圖表89　隸變造成偏旁位置差異（二）

3、偏旁省變

篆書中的偏旁，到了隸書省變了，也就是簡化。這樣的偏旁省變的例子非常多。這有兩種情形。

（1）偏旁省變成不同的字

偏旁省改成不同的字是爲了簡化，或爲了形體佈局均衡（見圖表90）。

	星	書	活	雷	雪
小篆				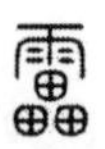	
隸書			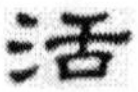	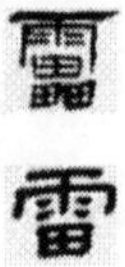	

圖表90　隸變簡化偏旁

「星」字篆書作「曐」，從晶生聲，隸書簡省形旁「晶」爲「日」。結構還是形聲，只是原本的形旁簡化了。

「書」字篆文从聿者聲，隸書有繁簡兩個字形。簡體作「書」，原本的聲旁簡省爲「曰」，勉强可以解釋爲會意字。

「活」字篆文从水𠯑聲，隸書簡省作「活」，原本的聲旁簡省爲「舌」，不是形聲，也不是會意，實已不合六書。

「雷」字篆書作「靁」，從雨「畾」聲。「畾」字形由三個「田」字構成，實際並非田字，而是表示雷聲。甲骨文作 ，金文作 、、，均表示閃電打雷。金文或又作 ，加形旁「雨」成爲形聲字，即篆文所本。隸書簡省聲旁「畾」作「田」。結構改變了，不是形聲，也不是會意，實已不合六書。

「雪」字篆書从雨彗聲。隸書有繁簡兩個字形，簡體作「雪」，原本的聲旁簡省作「彐」，爲《說文》所無，不是形聲，也不是會意，實已不合六書。

（2）偏旁融合省變而不成字

由於偏旁省改成不是獨立的字，類似訛變，字形不合六書（見圖表91）。

「道」字篆書从辵首。段注云：「首者，行所達也。首亦聲。」隸書偏旁「辵」變爲「辶」，已看不出原本的形體，不是獨立的字。

「年」字篆書从禾千聲。隸書第一個字形與篆書同，第二個字形，兩個偏旁融合一體，已辨認不出原本的偏旁。

「更」字篆書从攴丙聲。隸書變作从又，仍可解釋爲形聲字。隸書第一個字形與篆書同，第二個字形，兩個偏旁融合一體，已辨認不出原本的偏旁。

「兵」字篆書从廾持斤。斤即斧頭的象形，廾爲雙手象形，即雙手持斧頭。隸書變作「兵」，兩個偏旁融合一體，已看不出原本的結構。

「共」字甲骨文作 ，雙手持一器物。篆書變作从「廿廾」，勉强可以解釋爲二十隻手並用，是會意字。隸書字形兩個偏旁融合

一體，已辨認不出原本的偏旁。

這樣的融合演變，主要是爲了簡化與形體均衡。隸變產生的新字形已不合六書，無法用六書來解釋了。

	道	年	更	兵	共
小篆					
隸書					

圖表 91　隸變改變結構

第二節　第二次變革：楷書

一　漢楷與唐楷

楷書延續隸書的演變而成。漢字史上的楷書通常指唐代通行的書體。唐代的楷書官定爲正體，而實際源自漢代。

沈括（1031-1095）《夢溪筆談》補筆談卷二論藝文云：

今世俗謂之隸書者，只是古人之「八分書」，謂初從篆文變隸，尚有二分篆法，故謂之八分書。……《書評》云：「漢魏牌榜碑文如《華山碑》，皆今所謂隸書也。杜甫詩亦只謂之八分。」又《書評》云：「漢魏牌榜碑文，非篆即八分，未嘗用隸書。」知漢魏碑文皆八分，非隸書也。

據此可知，漢魏時的碑文如《華山碑》，北宋時以爲隸書，而

唐時以爲八分。這是漢字史上久已混淆不清的問題。

　　沈括是北宋時人。他對八分的解釋是：「初從篆文變隸，尚有二分篆法，故謂之八分書。」按照這個說法，「八分」是指八分隸書，二分篆法。

　　什麼是「八分」，歷來解釋紛紜，而且不易理解。同爲北宋的《宣和書譜》在八分書敘論中說：

　　　　爲八分之說者多矣。一曰東漢上谷王次仲以隸字改爲楷法，
　　　　又以楷法變八分，此蔡希綜之說也。一曰去隸字八分取二分，
　　　　去小篆二分取八分，故謂之八分，此蔡琰述父中郎邕語也。

　　按照《宣和書譜》的說法，「八分」是指二分隸書，八分篆法。這個說法來自漢代蔡琰（約 177－約 249）。這大概只是附會。無論是八分隸書，還是八分篆書，說法都難以理解，不知如何去取。

　　八分書的最大特色即在其名稱「八分」。這名稱的含義，當如北朝王愔《文字志》所說：

　　　　王次仲始以古書方廣少波勢；建初中以隸草作楷法，字方八分，
　　　　言有楷模。

　　這裏所說的「以隸草作楷法」，是指由草率的隸書變爲楷法隸書。這種楷法隸書的特點便是「字方八分」。

　　王愔說王次仲作楷法的話就較易於理解。其中「字方八分」的話，當是與方形楷書比較而言。後來的楷書是四四方方的字形，也可以說是「字方十分」，而八分書不是規整的四四方方形體，而是略扁，只是正方形楷書的八分，故名「八分」。這是漢代的隸體楷書，或楷體隸書，就是有楷模的隸書。

　　唐代的楷書就是在「字方八分」的基礎上更上一步，變爲正方形。楷書的形體在漢代已大致定型，到唐代最大的改變便是形體變爲正方形。雖然這看起來只是一小步，在漢字史上卻是劃時代的。楷書所造成的改變可以稱之爲「楷變」。

　　大致說，漢代楷書爲八分書，字方八分。唐代楷書爲正方書，字方十分。這是漢代楷書與唐代楷書的主要差異。

漢字的形體在唐代定型，成爲方塊字。楷書定型以後，文字的形體與結構，始終沒有停止變化，只是基本的變化與隸書大致一樣。

隸書原本由篆書草率的寫法而來，在演進的過程中變得端正，便是楷書。楷書便是隸書的端正寫法。在隸書楷體的發展過程中，王次仲是最重要的書法人物，如上引北朝王愔《文字志》所云，隸書楷法是由他創始的。

二 楷變與印刷術

隸變是對篆書來說的，楷變則是對隸書來說的。楷書所引起的變化，主要在三方面：

其一，字方八分變爲正方。
其二，形體與結構改變而不易辨識。
其三，正楷成爲規範的印刷書體。

漢字的形體由漢代楷書的字方八分，變爲唐代楷書的字方十分，就是由隸書的扁方形，變爲楷書的正方形。

楷書在漢字史上，延續隸書引起的變化，除了形體的改變之外，結構也有所改變，有些字已不容易看出原來的結構，無法以六書來解釋。

楷書在漢字史上的地位與影響遠超隸書與小篆，引起的變化十分巨大，可稱爲「楷變」。楷變讓漢字的形體在唐代定型，以後就不再有別的書體產生。漢字從此成爲方塊字，並成爲印刷書體，一直沿用到今天。

沈括《夢溪筆談》卷十七論楷變的結果說：

古文自變隸，其法已錯亂，後轉爲楷字，愈益訛舛，殆不可考。如言有口爲吳，無口爲天。按字書，「吳」字本從口、從夨，音掀。非天字也。此固近世謬從楷法言之。至如兩漢篆文尚未廢，亦有可疑者。如漢武帝以隱語召東方朔云：「先生來來。」解云：「來來，棗也。」按「棗」字從朿，

音刺，不從來。此或是後人所傳，非當時語。如「卯金刀」
爲「劉」，「貨泉」爲「白水真人」，此則出於緯書，乃漢
人之語。按劉字從卯，音酉，從金。如柳、留、駵，皆從卯，
非卯字也。貨從貝，真乃從具，亦非一法，不積壓緣何如此。
字書與本史所記，必有一誤也。

在楷變之後，就楷書形體說解文字結構，極容易錯誤。這樣的
說解雖然會成爲笑話，卻普遍存在。曾慥（約 1091－1155）《高
齋漫錄》記一則蘇東坡嘲笑王安石說字的故事：

東坡聞荊公《字說》新成，戲曰：「以竹鞭馬爲篤，以竹鞭
犬，有何可笑？」又曰：「鳩字從九從鳥，亦有證據。
《詩》曰：『鳴鳩在桑，其子七分。』和爹和娘，恰是九
個。」

王安石的《字說》三十卷已失傳，未必全書都如蘇東坡所譏笑
那樣，但這樣的笑話正是楷變的結果。

在唐代發明印刷術以前，文字都出自手寫。漢魏的碑文雖可以
拓印，但都不是大量的印刷。書籍印刷必須等到印刷術發明之後才
能實現。唐代的印刷術延續漢魏碑文拓印的技術而來。其方法是，
在木板上刻字，單張紙印刷。最初用來刊印佛教經文和圖畫。

在敦煌所保存的經卷中，有唐代懿宗咸通九年（868）木板水
墨印刷的《金剛般若波羅蜜經》，是唐譯《金剛經》最難得的善本
（現藏大英圖書館，樣本見圖表 92）。

這是有明確題款紀年的唐代刻板印刷品。留存在敦煌的唐代印
刷品主要是佛經和曆本，時間近於晚唐。

1906 年，在新疆吐魯番出土《妙法蓮華經》殘卷（現藏日本
東京書道博物館），以及 1966 年，在韓國慶州佛國寺發現的《無
垢淨光大陀羅尼經》，大約刻印於唐代武后（684－705）時期。

這類佛經印刷品，除了經文，還以圖畫配合，猶如後來的書籍
插畫，爲民間宣揚佛法之用。因爲是初始階段產品，刻板技藝還不
那麼精湛。

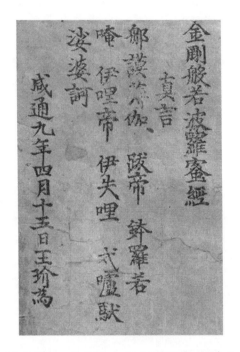

圖表 92　唐咸通九年金剛經印刷樣本

　　唐代從貞觀（627-650）到開成（836－841）年間，前後約兩百年，推行字樣運動，規範文字，楷書成爲官方書體，從此正式奠定楷書的地位。唐代的書法名家，均擅長楷書。歐陽詢、顏真卿、柳公權等，均爲唐代的楷書大家。

　　印刷術雖在唐代發明，但並不興盛。到了五代後唐（921－936），馮道（即馮瀛王，882－954）任宰相時，大規模官刻儒家經籍，印刷從而興盛，技藝也大爲提高。

　　刻板印刷的優點是，可以大量印製，遠勝於手寫。刻版印刷的缺點是，刻錯的字，難於改正。於是，到宋仁宗慶曆年間（1041－1048），畢昇（約972－1051）把唐代的刻版印刷改良爲活版印刷。沈括《夢溪筆談》卷十八〈技藝〉篇說：

> 版印書籍，唐人尚未盛爲之，自馮瀛王始印五經，已後典籍，
> 皆爲版本。慶曆中，有布衣畢昇，又爲活版。其法用膠泥刻

字，薄如錢唇，每字爲一印，火燒令堅。先設一鐵版，其上以松脂臘和紙灰之類冒之。欲印則以一鐵範置鐵板上，乃密布字印。滿鐵範爲一板，持就火煬之，藥稍鎔，則以一平板按其面，則字平如砥。若止印三、二本，未爲簡易；若印數十百千本，則極爲神速。

畢昇發明的活版印刷可以改換錯字，彌補唐代刻板印刷的不足。刻版印刷的缺點是，刻錯的字，難於改正，活版印刷則可以改換錯字。然而活版印刷也有其缺點，就是印版難以保存，因而儘管宋代有了活版印刷，但並不那麼通用，一般仍多用刻版印刷。

畢昇發明的活版印刷，用膠泥刻字。這種方法一直沿用下來，現代改用鉛字，而排版方式依舊是古法。一直到一九八十年代，電腦排版通用後，鉛字排版才停用。

圖表93　歐陽詢九成宮禮泉銘樣本

　　刻版印刷術的發明，讓字形方方正正的楷書成爲印刷用字，確定了楷書在往後千餘年的地位。

　　宋代的印刷體字繼承唐朝的楷書。唐代的三位楷書大家，歐陽詢、顏真卿、柳公權的楷體是宋代印刷的字體。

　　歐陽詢的字體纖細秀麗，爲宋代早期印刷版書所用。

　　顏真卿的字體粗重，爲宋代後期印刷書籍所用。

圖表 94　顏真卿多寶塔碑文樣本

　　柳公權的字體介於歐陽詢與顏真卿之間，秀麗而有力，亦爲宋代後期印刷書籍所用。

　　楷書的地位在唐代建立，正好與印刷術的發明相配合，成爲印刷書體。這是加强楷書地位的關鍵，成爲正規書體。宋代以後，印刷日漸盛行，楷書的地位更加確立，至今不變。

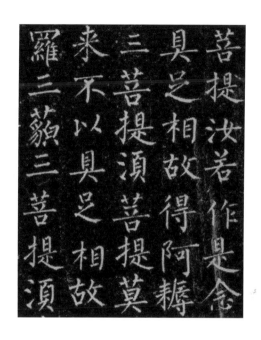

圖表95　柳公權金剛經樣本

第三節　第三次變革：簡體字

一　漢字改革背景

　　清朝國力在乾隆年間（1736－1796）十分昌盛。這之後逐漸衰落，日甚一日。

　　道光年間（1821－1851）的鴉片戰爭（1840－1842）以後，更加不堪，列强侵略，接踵而至。

咸豐（1851－1861）至同治（1862－1875）、光緒（1875－1909）年間，一些大官員，李鴻章（1823－1901）、曾國藩（1811－1872）、左宗棠（1812－1885）、張之洞（1837－1909）等，目睹形勢巨變，起而倡導洋務運動，也叫自強運動。這個運動的口號是「師夷之長技以制夷」，即以學習洋人的科技爲目標。

光緒末年的甲午戰爭（1894－1895），讓洋務運動以失敗告終。

甲午的炮聲驚醒了年輕一代人，起而呼號政治改良，於是有康有爲（1858－1927）與梁啓超（1873－1929）等人推動的公車上書（1895）和百日維新運動（1898）。這個運動的目標在於改良政治，實施君主立憲，可是只經歷了一百天便失敗了。

當時的知識界辦報紙、辦學校，鼓吹思想革命。他們以爲當時的中國，民智未開，文盲衆多，而文盲多的根源在於漢字難學。於是，在當時各種革命思想之中，有一種便是漢字革命。現代漢字的革命潮流便由此而起。

二 拼音漢字

1、傳教士的羅馬拼音

漢字改革的歷史，得從明朝(1368－1644)時候的西洋傳教士說起。

明朝末年, 歐亞之間的航路逐漸打開，歐洲人東來開拓殖民地。葡萄牙人在一五五七年佔領澳門。葡萄牙是天主教國家，天主教傳教士便通過澳門進入中國傳教。他們當時面對兩個語言問題：一個是，他們爲了傳教必須學習中文；一個是當時中國文盲甚多，看不懂《聖經》。於是，他們一邊自己學習中文，一邊幫助教民識字。爲了方便學習，他們擬定中文的羅馬字拼音字母。這是最早的漢字拼音字母。

一五八三年，義大利天主教耶穌會傳教士利瑪竇（Matteo Ricci 1552－1610）到中國傳教。

一六〇五年（萬曆三十三年），利瑪竇在北京出版《西字奇跡》，用拉丁字母拼音漢字。這是漢字改革史上第一個拼音方案。

一六一〇年，法國傳教士金尼閣（Nicolas Trigaolt 1577－1628）到中國傳教。

一六二六年，金尼閣在杭州出版《西儒耳目資》。他修訂利瑪竇的拼音法，擬定一套新的漢字注音字母。

這兩個傳教士擬定的拼音方案，給中國學者很大的啓示，進而思考拼音漢字問題。漢字改革的潮流從此開始。

2、切音字運動

切音字是在西洋傳教士的漢字拼音與洋務運動的背景下產生的漢字改良運動，也是改革自強的舉措。

切音字運動的倡導人物主要是：盧戇章（1854－1928年）、王照（1859－1933年）、勞乃宣（1843－1921）。

一八九二年，甲午戰爭前三年，福建盧戇章創制廈門話拼音文字方案《一目了然初階》。他的目的是以拼音解決漢字難學問題，開展教育，振興國家。這正是當時知識界普遍的救國思想。

盧戇章採用拉丁字母，再自加幾個符號用來拼寫廈門、漳州、泉州等地方音。他並不主張以拼音字母代替漢字，而是拼音字母與漢字並存。他雖然以拉丁字母來拼寫閩地方言，但並不限於此。他主張以南京官話爲正音，統一全國語音，也就是國語。

一八九三年，盧戇章刪簡《一目了然初階》，寫成《新字初階》，以便推廣。

一八九八年，百日維新失敗，盧戇章到臺灣,受日文假名影響，放棄拉丁字母，另創制筆畫式《中國切音字母》，用以拼寫泉州、廈門、福州等方音，以及北京音。

一九二〇年，盧戇章設計一套拼寫廈門、漳州、泉州方言的注音字母。

在現代改革漢字運動中，盧戇章是首開風氣的人物。他從運用拉丁字母開始，繼而放棄拉丁字母，自創筆畫式的中國字母，用來拼寫方音與國語。他的拼音字母只是用來幫助識讀漢字的工具。

　　王照是光緒二十年（1894）進士，供職翰林院。他支持維新運動。變法失敗後，逃亡日本。他也受假名影響，創制假名式「官話合聲字母」。

　　一九〇〇年，王照秘密回國，匿居天津，發表官話合聲字母。他的目的也是通過文字改革，普及教育，開啓民智，振興國家。他創制拼音字母，但並不排斥漢字，不主張以拼音字母代替漢字，而是兩者並行並用，互爲補充。

　　王照本是受朝廷通緝的罪犯，爲便於公開推廣官話字母，他在一九〇四年自首入獄。從這一點可以看出當時知識界關心國家的情懷，爲推廣教育救國，可以犧牲自己，無懼入獄。

　　三個月後，王照出獄，到北京創辦官話字母第一號義塾，推廣官話拼音。王照在政界有影響力。他的官話拼音字母得到政界人物的支持，其中包括袁世凱。

　　從一九〇〇到一九一〇年，十年間，推廣官話拼音的學堂遍及十三個省，影響很大。

　　勞乃宣是同治（1862－1875）年間進士，曾任縣知事。一九〇〇年，棄官回家鄉浙江從事教育，先後主持南洋公學和浙江大學堂。他贊成王照的官話字母，在浙江推行王照的切音字。

　　一九〇五年，勞乃宣修訂王照的《官話合聲字母》，寫成《增訂合聲簡字譜》，拼寫南京、蘇州、福州、廣州等地方音。他主張先學方言拼音，然後統一國語。

　　勞乃宣又在南京設立簡字半日學堂，配合王照推行拼音字母，形成清末切音字的潮流。

　　同治年間還有一種拼音字。英國駐中國使館的中文秘書，威德（Thomas. F. Wade, 1818－1895），於 1867 年出版一部北京話讀本《語言自邇集》。他擬定了一套拼音法。後來，另一個英國人翟理斯（H. A. Giles, 1845－1935）加以修訂，稱爲威妥瑪拼音（Wade-Giles System）。

　　這套拼音法也用來音譯中國人名、地名、中國事物名稱，成爲歐洲語文的通用北京話拼音法。一直到 1977 年才被中文拼音方案所正式取代。

這類羅馬字母或拉丁字母拼音法，原本是西方人擬定來學習中文用的，但是卻啓發了熱心漢字改革的中國人的思想。羅馬字母或拉丁字母拼音法，是當時改革漢字的另一個方向。

3、注音字母

清朝時候，出國留學的學生，多數到日本，流亡國外的人，也多到日本，學日文，受日本影響大。

盧戇章的《中國切音字母》爲筆畫式，便是受了日文假名的影響。王照的《官話合聲字母》也是假名式的。這是當時漢字改革的一個方向。

清末的漢字改革方案，各式各樣，五花八門。倪海曙在《清末中文拼音運動編年史》中統計，從 1892 年盧戇章創制《一目了然初階》，到一九一○年辛亥革命前夕，十八年間提出的方案有二十八種之多。其中，漢字筆畫式方案十四種，速記符號式五種，拉丁字母式五種，數碼式二種，自造符號式一種。康有爲也有一種字母拼音方案。各式各樣的拼音方案，拼寫官話與方言的都有。筆畫式的方案較多，便是因爲受日文假名的影響所致。

一九一二年，蔡元培任教育部總長。他在北京召開中央臨時教育會議，成立讀音統一會。

一九一三年，讀音統一會在北京召開。由吳敬恒任議長，王照任副議長。會議的第一項議案是審定國音。爲方便審音，議決以章太炎的紐韻文修訂後，用爲討論的記音字母。

審定國音之後的另一項議案是制定拼音方案。由於所提出的方案有假名式、符號式、羅馬字母式，各種各樣，與會者爭持不下，無法達成一致，一直爭論兩個月都沒有結果。最後由魯迅與許壽裳等提議，採取會議審音用的記音字母，定名爲注音字母，卻未及時公佈。

一九一八年，五四運動前夕，知識界要求漢字改革，教育部才在十一月廿三日正式公佈。這套假名式注音符號，一直沿用到今天。

4、國語羅馬字

　　羅馬字母與拉丁字母是同一種字母的兩個名稱。拉丁字母約在西元前七百年左右（即中國的春秋初期），由古希臘字母演變而來，是古羅馬人所用的文字，所以也稱之爲羅馬字母。

　　五四運動前後，提倡新文化的年輕一代，在主張廢棄舊文化，建立新文化時，也主張廢棄漢字，改用新文字。國語羅馬字運動就在這樣的背景下開始。

　　晚清的衰弱是各種改革思想的根源。在先後不同的階段，改革的反應不一樣。李鴻章代表的洋務運動、康有爲代表的維新運動、陳獨秀代表的新文化運動，反應一次比一次強烈。

　　陳獨秀在一九一五年創辦《青年》雜誌，那是在辛亥革命之後四年。第二年，一九一六年，雜誌改名《新青年》。這標誌一個新時代的來臨。年輕一代人在推動一場文化革命。各種新的思想與主張陸續提出來。漢字面臨一場大革命。

　　章太炎是辛亥革命的重要人物。一九〇六年出獄後，到東京主編《民報》，宣傳革命思想，影響至大。他當時也在東京講國學。聽講的學生中，黃侃、沈兼士、錢玄同、朱希祖、劉半農等，都是後來語言文字之學的重要學者，而魯迅、周作人、許壽裳則成爲文學界的重要人物。

　　一九一八年，錢玄同致函陳獨秀，論〈中國今後之文字問題〉，刊在《新青年》四卷四號。這篇文章代表當時新文化運動的主張。錢玄同在文中說：

> 先生前此著論，力主推翻孔學、改革倫理，以爲倘不從倫理問題根本上解決，那就這塊共和招牌一定掛不長久（約述尊著大意，恕不列舉原文）。玄同對於先生這個主張，認爲救現在中國的唯一辦法。然因此又想到一事：則欲廢孔學，不可不先廢漢文；欲驅除一般人之幼稚的野蠻的頑固的思想，尤不可不先廢漢文。

他不僅支持「推翻孔學」，更主張「廢漢文」。漢文當廢的原因有兩個。

　　其一，必須廢漢字，才能廢儒道之學說。

欲廢孔學，欲剿滅道教，惟有將中國書籍一概束之高閣之一法。何以故？因中國書籍，千分之九百九十九都是這兩類之書故。中國文字，自來即專用於發揮孔門學說及道教妖言故。

其二，漢字難學，不適用於新時代。

中國文字，論其字形，則非拼音而爲象形文字之末流，不便於識，不便於寫；論其字義，則意義含糊，文法極不精密；論其在今日學問上之應用，則新理、新事、新物之名詞，一無所有；論其過去之歷史，則千分之九百九十九爲記載孔門學說及道教妖言之記號。此種文字，斷斷不能適用於二十世紀之新時代。

基於這兩個原因，他宣言必須廢漢字：

我再大膽宣言道：欲使中國不亡，欲使中國民族爲二十世紀文明之民族，必以廢孔學、滅道教爲根本之解決；而廢記載孔門學說及道教妖言之漢文，尤爲根本解決之根本解決。

他主張在廢漢文之後，以世界語來代替：

至廢漢文之後，應代以何種文字，此固非一人所能論定。玄同之意，則以爲當採用文法簡賅、發音整齊、語根精良之人爲的文字 ESPERANTO。

在中國人還未學會世界語之前，則以英文或法文來代替：

此過渡之短時期中，竊謂有一辦法：則用某一種外國文字爲國文之補助，——此外國文字，當用何種，我毫無成見。照現在中國學校情形而論，似乎英文已成習慣，則用英文可也。或謂法蘭西爲世界文明之先導，當用法文，我想這自然更好。——而國文則限制字數，多則三千，少則二千。

錢玄同是章太炎的學生，跟隨章太炎學傳統小學，並在北京師範大學和北京大學教授文字聲韻學，可是卻主張廢漢字，以外國文字

來代替，正可以反映出當時年輕一代人對國家恨鐵不成鋼的心情。他們對世界語的期望也反映出對理想世界的嚮往。

當時，留學法國回來的人對世界語較抱希望。吳稚暉是大力提倡世界語的人。他在 1907 年創辦《新世紀》週刊，鼓吹無政府主義。

一九〇八年，章太炎在東京主編《民報》時，就曾撰文〈駁中國用萬國新語說〉（刊於《民報》二十一號）。他說：

> 若夫象形、合音之別，優劣所在，未可質言。今者南至馬來，北抵蒙古，文字亦悉以合音成體，彼其文化豈有優於中國哉？合音之字，視而可識者。徒識其音，固不能知其義，其去象形，差不容於一黍。故俄人識字者，其比例猶視中國爲少。日本既識假名，亦並粗知漢字。漢字象形，日本人識之不以爲奇怪難了，是知國人能遍知文字與否，在強迫教育之有無，不在象形合音之分也。

錢玄同是當時聽章太炎講《說文解字》的學生，而兩人對文字改革的識見與主張卻大不相同。

陳獨秀對錢玄同主張廢漢字，亦表贊同，但他不贊成廢漢語。他在錢玄同文末按語中說：

> 吳先生「中國文字，遲早必廢」之說，淺人聞之，雖必駭怪；而循之進化公例，恐終無可逃。惟僅廢中國文字乎？抑並廢中國言語乎？此二者關係密切，而性質不同之問題也。各地反對廢國文者，皆以破滅累世文學爲最大理由。然中國文字，既難傳載新事、新理，且爲腐毒思想之巢窟？廢之誠不足惜。……當此過渡時期，惟有先廢漢文，且存漢語，而改用羅馬字母書之；新名悉用原語，無取義譯；靜、狀、介、連、助、歎及普通名、代諸詞，限以今語；如此行之，雖稍費氣力，而於便用進化，視固有之漢文，不可同日而語。

陳獨秀主張以羅馬字母來拼寫漢語，成爲新文字，代替原本的漢字。這漢語羅馬字與明朝末年西洋傳教士的羅馬字母拼音方案基

本相同，只是重新擬定一套新的方案。

一九二三年，國語研究會的刊物《國語月刊》，特地爲國語羅馬字運動出版特刊「漢字改革號」，刊出幾篇鼓吹文章：

> 錢玄同〈漢字革命〉
> 黎錦熙〈漢字革命軍前進的一條大路〉
> 趙元任〈國語羅馬字母的研究〉
> 蔡元培〈漢字改革說〉

這幾篇文章有兩個重點：

> 其一，廢漢字
> 其二，以羅馬字母代替漢字

這幾位作者就是當時主張廢漢字，採用羅馬字母拼音的主要人物。主張廢漢字最激烈的是錢玄同。擬定國語羅馬字母拼音方案的工作則由趙元任來負責。

《國語月刊》這一期的「漢字改革號」，宣告國語羅馬字運動正式開始。

一九二三年，教育部組織國語羅馬字拼音研究委員會，並將羅馬字母作爲國音字母第二式，即與注音字母並用。

一九二五年，國語羅馬字拼音研究委員會通過趙元任與錢玄同等擬定的《國語羅馬字拼音法式》，由教育部國語統一籌備會非正式公佈，以便與《注音字母》共同推行國音。

一九二八年九月，大學院院長蔡元培正式公佈《國語羅馬字拼音法式》爲《國音字母》第二式，用以注音，實現統一國語。

這套國語羅馬字雖然是由一批專家擬定，但用起來並不方便。整個運動雷聲大雨點小，對現代漢字改革並無多大意義。

5、拉丁化新文字

在國語羅馬字運動沉寂下去之後,拉丁化新文字運動跟著興起。國語羅馬字運動由官方推動，拉丁化新文字運動則是由民間推行。

拉丁化新文字運動是由當時在蘇聯海參崴的革命志士瞿秋白、

吳玉章、林伯渠、蕭三、王湘寶等發起的。他們本著晚清愛國志士改革漢字的理想，推動拉丁化。其中，瞿秋白是主要人物。蘇聯漢學家龍果夫也參加他們的工作。

一九二九年，瞿秋白寫成《中國拉丁化字母方案》，在莫斯科出版。這個方案是整個運動的基礎。

一九二九年，瞿秋白回國，吳玉章、林伯渠、蕭三、王湘寶、龍果夫等繼續以瞿秋白的方案爲基礎，擬訂《中國漢字拉丁化的原則和規則》，成爲運動的依據。

一九三二年，成立遠東邊區新字母委員會。當時，在蘇聯遠東地區約有十萬華工。委員會就用這套拉丁字母在華工中推廣教育，掃除文盲。

一九三五年，蔡元培、魯迅、郭沫若、茅盾等六百八十八人提出《我們對於推行新文字的意見》，支持推廣拉丁化新文字。於是各地陸續成立推行新文字的團體，出版書籍和刊物，開辦教師訓練班，並設立夜校，展開教育工作。上海成爲拉丁化新文字運動的中心。

這個運動由文化界與教育界配合大眾推廣，有聲有色，非常成功。相較於前此的漢字改革運動大不相同。切音字運動和國語羅馬字運動，都只是少數幾個人在推動，影響甚小，尤其是國語羅馬字運動只靠幾個文化界的人推行，與大眾完全無關，結果完全失敗。注音字母運動通過教育部，配合學校推動便較容易成功，但也沒有拉丁化新文字那麼有聲勢。這是一個大眾教育運動。

一九四九年後，掃盲與普及教育成爲當前急務，文字改革也就自然刻不容緩。

一九五四年，中國文字改革委員會成立後，加速進行這方面的工作。

一九五八年，《漢語拼音方案》正式批准通過。晚清以來，各方努力的拼音文字，至此終於有了結果。

在這之前，一九一八年公佈的注音符號是模仿日文假名擬定而成的，按照傳統的聲母和韻母分兩類。聲母都是輔音音素，韻母除韻尾有輔音外，主要都是元音。其中單韻母是音素，也是音節，複

韻母則是音節。在發音時，每個聲母都配上一個元音，成爲一個音節，以便記認，這也是日文假名的發音習慣。

注音符號	拼音符號	注音符號	拼音符號	注音符號	拼音符號
ㄅ	b	ㄌ	l	ㄖ	r
ㄆ	p	ㄗ	z	ㄐ	j
ㄇ	m	ㄘ	c	ㄑ	q
ㄈ	f	ㄙ	s	ㄒ	x
ㄉ	d	ㄓ	zh	ㄍ	g
ㄊ	t	ㄔ	ch	ㄎ	k
ㄋ	n	ㄕ	sh	ㄏ	h

圖表 96　注音符號和拼音符號聲母

注音符號	拼音符號	注音符號	拼音符號	注音符號	拼音符號
ㄚ	a	ㄝ	ê	ㄣ	en
ㄛ	o	ㄞ	ai	ㄤ	ang
ㄜ	e	ㄟ	ei	ㄥ	ong
ㄧ	i	ㄠ	ao	ㄦ	er
ㄨ	u	ㄡ	ou		
ㄩ	ü	ㄢ	an		
ㄚ	a	ㄝ	ê	ㄣ	en

圖表 97　注音符號和拼音符號韻母

　　漢語拼音符號和注音符號都同樣分爲聲母和韻母兩類。不過，漢語拼音符號是音素符號，一個符號代表一個音素，在發音時，還是每個聲母都配上一個元音，成爲一個音節，跟注音符號相同（見圖表 96 和圖表 97）。

　　注音符號只是用來給漢字注音，而不是用來代替漢字的。漢語拼音符號是用來拼寫漢語的，其原本目的是代替漢字。不過，就實際應用來看，這兩套符號都很難代替漢字。

二　簡化漢字

1、拼音與簡化

　　晚清時期，急於改革的愛國志士，無不著眼於教育，而爲了普及教育，又無不謀求漢字改革。當時所希望的是把漢字改成像西洋的拼音文字，容易學習。至於原有的漢字，則有兩種主張，一種是比較溫和的改良派，主張漢字與拼音文字並存並用；一種是比較激烈的革命派，主張廢除漢字，以拼音文字來代替漢字。兩派都認爲漢字難學，致使教育無法普及，導致國家民族衰弱，所以漢字非得改革不可。

　　改良派並不希望看到漢字被廢除，所以主張簡化，以便易於學習，普及教育。

　　盧戇章的切音字，採用拉丁字母，可以用來拼寫口語，達到「字話一律」，就像一般的字母拼音文字一樣，但他並不主張廢除漢字，而是切音字與漢字並存並用列，通過切音字可以自學漢字。

　　王照的切音字，自創假名式字母，也可以用來拼寫口語，就如日文的假名一樣。他也不主張廢除漢字，切音字也不能用來代替漢字，而是切音字與漢字並存並用。

　　章太炎的注音字母是用來注音的符號，爲幫助學習漢字之用。

　　國語羅馬字是由主張廢除漢字的人制定的，目的當然是用來代替漢字。

　　拉丁化新文字既名爲「新文字」，當然也是爲代替漢字而制定

的了。

國語羅馬字與拉丁化新文字，無論哪一種成功推行達到目的，漢字都要被廢除。他們的主張實就是漢字革命。他們是革命派。

提倡這兩種拼音字的人都不是莽夫。 他們是知識界的佼佼者。他們之所以有這樣的主張，只因目睹晚清的腐敗衰弱，一心只想破舊，維新自強，以便國家民族能脫胎換骨，得以振興。然而，無論從哪一方面來看，廢除漢字，代之以拼音字，都非易事。

漢字如繼續應用，便須解決難學問題，於是便有簡化漢字的主張。簡化與拼音是漢字改革運動中的兩條路線，並列並行。

推行簡化字與拼音字的動機與目的一樣，都是爲了克服漢字難學問題，以便普及教育，接受新知識，振興國家。從一開始，漢字改革就不是一個單純的文字運動，而是社會政治運動。其成與敗都與社會政治相關聯。

晚清至民初，維新派還有一個相關的主張：「教育爲立國之本」。要強國必須普及教育，要普及教育便須改革漢字。

漢字改革，是教育運動，也是社會政治運動。

2、簡體字運動

簡體字運動也是由革命派推動的。這似乎是一種折中的辦法。一九二七年，魯迅在香港青年會演講,講題是<無聲的中國>。他說：

> 錢玄同先生提倡廢止漢字，用羅馬字母來替代。這本也不過是一種文字革新，很平常的，但被不喜歡改革的中國人聽見，就大不得了了，於是便放過了比較的平和的文學革命，而竭力來罵錢玄同。白話乘了這一個機會，居然減去了許多敵人，反而沒有阻礙，能夠流行了。
>
> 中國人的性情是總喜歡調和，折中的。譬如你說，這屋子太暗，須在這裏開一個窗，人家一定不允許的。但如果你主張拆掉屋頂，他們就會來調和，願意開窗了。沒有更激烈的主張，他們總連平和的改革也不肯行。那時白話文之得以通行，就因爲有廢掉中國字而用羅馬字母的議論的緣故。

這個說法用在簡體字也無不可, 廢止漢字是個激烈的革命主張, 必遭許多人反對, 於是簡化漢字便可以少了敵人。

錢玄同和魯迅都支持簡化漢字運動, 但最初由錢玄同提出來的卻是廢止漢字的激烈主張。

錢玄同在一九一八年發表的〈中國今後之文字問題〉, 是漢字革命的主張。這以後便是國語羅馬字運動。

當時的革命派也並不堅持只有廢止漢字一途。他們也準備妥協折中。錢玄同是第一個主張廢止漢字的人, 他也是第一個提議簡化漢字的人。

一九一九年, 教育部正式接手漢字改革工作, 成立「國語統一籌備會」(簡稱「國語統一會」)。由張一麐任會長, 吳敬恒任副會長, 會員包括: 蔡元培、胡適、黎錦熙、錢玄同、趙元任、劉復、沈兼士、林語堂、江怡等一百七十二人, 推動國語羅馬字的主要人物都在委員會中。

國語統一會的會員眾多, 屬下設立好幾個委員會, 即: 漢字省體委員會、國語羅馬字拼音研究委員會、審音委員會、國語辭典委員會、國語辭典編纂處等。從這幾個委員會看來, 教育部不僅要推動拼音字, 也要推動簡化字, 還要統一國語, 並編輯國語辭典, 以便推廣國語。

「漢字省體委員會」由錢玄同、胡適等十五位委員組成。錢玄同與胡適也都是極力推動國語羅馬字的革命派。

一九二○年, 錢玄同在《新青年》(六卷三號) 發表〈減省漢字筆畫的提議〉, 並在《平民教育》上發表〈漢字改良的第一步——減省筆畫〉, 簡化漢字運動正式開始。錢玄同是推動簡化漢字的主要人物。

一九二二年, 錢玄同、黎錦熙、楊樹達等向國語統一委員會提出《減省現行漢字的筆畫案》。這是漢字簡化的第一個方案。

一九二三年, 《國語月刊》(一卷七期) 編印「漢字改革號」特刊。錢玄同的〈減省現行漢字的筆畫案〉刊登在特刊上。這一期上刊登的文章主要在推動國語羅馬字拼音。

胡適為特刊撰寫了〈卷頭言〉。他說:

　　我深信語言是一種極守舊的東西，語言文字的改革決不是一朝一夕能做到的。但我研究語言文字的歷史，曾發現一條通則：

　　在語言文字的沿革史上，往往小百姓是革新家而學者文人卻是頑固黨。

　　從這條通則上，又可得一條附則：

　　促進語言文字的革新，須要學者文人明白他們的職務是觀察小百姓語言的趨勢，選擇他們的改革案，給他們正式的承認。

　　這兩條原則，是我五年來關於國語問題一切論著的基本原理，所以我不須舉例來證明了。……

　　然而這二千年的中國的小百姓不但做了很驚人的文法革新，他們還做了一件同樣驚人的革新事業：就是漢字形體上的大改革，就是「破體字」的創造與提倡。……

　　小百姓總算盡了他們的力了：現在又輪到學者文人來做審查與追認的一步工夫了。

　　這篇<卷頭言>是簡化漢字的理論基礎。就像當時提倡的白話文運動一樣，由學者文人追認小百姓的白話，成為正式的語文，代替文言。簡化漢字運動則是由學者文人追認小百姓的破體字，成為正體字，代替繁體字。簡化漢字就是在這樣的背景下推動起來。就像白話文運動一樣，簡化漢字運動也引起社會各界的熱烈反應。

　　一九三〇年，劉復、李家瑞的《宋元以來俗字譜》出版了。這是由學者文人追認小百姓俗字的重要一步，也是簡化字運動的重要一步。劉復是支持國語羅馬字運動的學者文人。在這本書中，收集宋元明清四代小說和雜劇作品所用的俗字，包括：

宋代：

《古列女傳》 349 個

《大唐三藏取經詩話》179 個

《京本通俗小說》600 個

元代：

《古今雜劇三十種》963 個

《全相話》385 個

《朝野新聲太平樂府》628 個

明代：

《嬌紅記》397 個

《薛仁貴跨海征東白袍記》304 個

《岳飛破虜東窗記》374 個

清代：

《目連記彈詞》（殘） 852 個

《金瓶梅奇書前後部》470 個

《嶺南逸史》739 個

這十二種通俗文學作品合共用了 6240 個俗字。這些俗字成爲簡化字的來源。

一九三四年，國語統一委員會通過錢玄同的《搜采固有而較適用的簡體字案》，由教育部實行。

一九三五年，由蔡元培、邵力子、陶行知、郭沫若、胡愈之、陳望道、葉聖陶、巴金、老舍、鄭振鐸、朱自清、李公僕、艾思奇、郁達夫、胡蜂、林漢達、葉籟士等兩百位上海學者文人，以及《太白》、《文學》、《譯文》、《新中華》、《讀書生活》、《世界知識》等十五家雜誌社共同發起手頭字運動。上海的報刊相繼刊登〈推行手頭字緣起〉和〈手頭字第一期字彙〉（收錄 300 字）。所謂手頭字，就是簡體俗字。

這個手頭字運動參與的學者文人衆多，聲勢浩大，影響也大。教育部於是正式公佈《第一批簡體字表》（324 字），主要來自〈手頭字第一期字彙〉和錢玄同所編的《簡體字譜》（2400 字）。

一九三六年，第一批簡體字因爲受到戴季陶等文化元老的強烈反對而廢止。簡體字運動也就暫時停止。

一九四九年，中國文字改革協會成立，負責文字改革工作。主任吳玉章是提倡拉丁化新文字的主要人物之一，改革的重點在於推廣新文字。

當時，正是百廢待興的時候，文字改革則是國家大事。學者文人的看法趨於理想，國家領導人的看法則務實。劉少奇致函吳玉章說：「可以組織這一團體，但不能限於新文字，漢字簡體字也應研究整理一下，以便大眾應用。」這項指示讓簡化漢字成爲中國文字改革協會的首要工作，對簡體字運動十分重要。

一九五〇年，毛澤東也給吳玉章指示，把簡體字放在第一位，以免脫離實際，割斷歷史。這個指示起決定作用，文字改革工作的重點因而轉向簡體字。漢字簡化成爲當前急務。

一九五一年，中國文字改革研究委員會成立。馬敘倫爲主任委員，吳玉章爲副主任委員。委員有：丁西林、胡愈之、黎錦熙、羅常培、王力、韋愨、陸志韋、林漢達、葉籟士、倪海曙、呂叔湘、周有光等十二人，都是語言文字專家。

一九五二年，中國文字改革協會改爲中國文字改革研究委員會，並成立漢字整理組。簡化與整理漢字的工作正式開始。

一九五四年，中國文字改革協會改爲中國文字改革委員會，吳玉章爲主任委員，胡愈之爲副主任委員。委員包括：丁西林、王力、朱學範、吳玉章、呂叔湘、邵力子、季羨林、林漢達、胡喬木、胡愈之、馬敘倫、韋愨、陸志韋、傅懋勣、葉恭綽、葉聖陶、葉籟士、董純才、趙平生、黎錦熙、聶紺弩、魏建功、羅常培等二十三位專家。中國文字改革委員會負責三項重要工作：漢字改革、推廣普通話、制訂和推行漢語拼音方案。

一九五五年，文字改革委員會制定《漢字簡化方案草案》。

一九五六年，國務院正式公佈《漢字簡化方案》（798 字）。簡體字運動至此終於有了結果。

當時，拉丁化的研究也在加緊進行。在三十年代的拉丁化運動時，制定新文字本是最爲重要的事，但是到了五十年代，已退而居其次了。

一九五八年，《中文拼音方案》正式公佈。其目的並不是取代

漢字，而是取代前此的「注音字母」、「國語羅馬字」、「拉丁化新文字」，成爲輔助學習漢字的工具。

一九六四年，中國文字改革委員會出版《簡化字總表》（2236字）。

一九七七年，公佈「第二次漢字簡化方案」（853字，簡稱二簡字）。

一九八六年，由於二簡字在實際應用時，引起混亂，因而廢止。這一年，也重新發表《簡化字總表》，共收 2274 個簡化字，十四個簡化偏旁，一直沿用至今。

3、簡化方式

一九二二年，錢玄同連同黎錦熙、楊樹達等向國語統一委員會提出《減省現行漢字的筆畫案》。在這個方案中，提出簡化漢字的八種方式，即：

其一，筆畫多者，全體刪減，粗具匡廓，略得形似，如：龜省作龟。

其二，採用草書字形，如：爲省作为。

其三，筆畫多者，僅寫一部分，如：聲省作声。

其四，筆畫多者，用簡單筆畫代替一部分，如：觀省作观。

其五，採用古體字，如：禮省作礼。

其六，筆畫多之聲旁改用筆畫少者，如：運省作运。

其七，別造一個簡體，如：竈省作灶。

其八，假借他字，如：幾省作几。

這八種方式，成爲簡化漢字的基礎。一九三五年公佈的《第一批簡體字表》，以及一九五六年公佈的《漢字簡化方案》，大致都採用錢玄同的簡化方式。《漢字簡化方案》中所採用的簡化方式大致如下：

其一，簡化形聲字的聲旁，如：

優：优、蘋：苹、撲：扑、燈：灯、襖：袄

其二，簡化形聲字的形旁，如：

貝：贝　貨：货、貸：贷、賃：赁、販：贩、貶：贬

金：钅　銀：银、銅：铜、鐵：铁、錫：锡、錢：钱

食：饣　飯：饭、飲：饮、飪：饪、飢：饥、餓：饿

其三，簡化會意字的偏旁，如：

棗：枣、聶：聂、庫：库

其四，同音替代，如：

後：后、穀：谷、齣：出、麴：曲、薑：姜

其五，草書楷化，如：

長：长、專：专、書：书、爲：为、堯：尧

其六，換用簡單符號，如：

又　漢：汉、鷄：鸡、戲：戏、鄧：邓、觀：观

乂　趙：赵、區：区

不　還：还、環：环、懷：怀、壞：坏

其七，保留特徵或輪廓，如：

齒：齿、奪：夺、飛：飞、虧：亏

其八，另造新的形聲字或會意字，如：

驚：惊、響：响、筆：笔、竈：灶、淚：泪

其九，用回古體字，如：

聲：声、雲：云、眾：众、電：电、鬚：须、從：从

　　這九種方式把繁體字簡化成爲簡體字。《漢字簡化方案》在一九五六年正式公佈後，晚清以來的簡體字運動才有了結果。這‧大批原本地位卑下的俗字轉爲正字，漢字發展從此進入新的時代。

4、簡體字的優點

　　簡體字是晚清以來漢字改革運動的结果。晚清的衰弱，讓當時的知識界急於尋求救國的良方。他們看到東洋與西洋的強大與教育發達，得出結論，中國之衰弱在於教育不普及，而教育不普及的原因在於漢字難學。他們以漢字爲「天下之至難者」，於是興起改良漢字運動，藉以解決漢字難學的難題，以便普及教育，國家才能變得強大起來。

　　錢玄同在《中國今後之文字問題》說：「甚至於那很頑固的勞玉初，也主張別造『簡』字，以圖減省識字之困難。」漢字之難處在於「不便於識，不便於寫。」

　　胡適在《國語月刊》漢字改革號<卷頭言>說：「例如一個錢字，有十六畫；小百姓嫌他太難寫了。」漢字難學是簡化漢字的動機，難識難寫的原因是筆畫太多。因此，漢字簡化的日的便是爲了幫助小百姓解決難識難寫的難題。以下是簡體字的幾個優點。

（1）簡體字較繁體字易學

　　簡體字的最大優點便是筆畫減少了，容易學習。在減少筆畫之前的繁體字，平均 16 畫，在減少筆畫之後的簡體字，平均 10.3 畫。大約平均減少筆畫三分之一。以此比例來計算，便是容易學習三分之一，也就是困難減少了三分之一。

　　筆畫減少之後，著眼於篇章整體，也較易於閱讀。

（2）簡體常用字減少

　　由於一些字合併了，異體字整理統一了，常用字數減少了，學習的負擔也就自然減輕。這樣，學起來也就自然覺得容易。

（3）新造形聲字聲旁表音更準確

　　形聲字占漢字絕大多數，但因爲字的讀音改變了，形聲字的聲旁未必能夠準確表音，簡體字中新造的形聲字，換了更能夠準確表音的聲旁，有助於識字，例如：「驚」簡化爲「惊」，聲旁「京」比「敬」表音更準確。

（4）新造會意字比原字更易於理解

簡體字中有些新造的會意字，比原本的會意字更易於理解，例如：「塵」字，簡化爲「尘」，比原字更簡單，也更易於理解。

5、簡體字的缺點

簡體字顯然有許多個優點，但也受到很多批評，主要是這四個缺點。

（1）字形偏旁變爲無意義的符號

六書是構成漢字的基本方法，也是漢字結構的基礎理論，對於理解與學習字形很重要。簡體字中有一些字的偏旁變成無意義的符號，無法依據六書來理解和解釋，例如：「鄧」字簡化爲「邓」，原字右邊的偏旁「登」本是聲旁，表示讀音，變爲「又」只是個符號，不表音，也不表義，就不合六書了。

（2）同音替代字造成混亂

六書中有假借的辦法，就是借用一個同音字來表達語言中的同音詞語。這個辦法是爲解決無字可用的困難。簡體字中也有借用的辦法，但不是爲解決無字可用的困難，而是爲替代一個筆畫較多的字。由於借代字本身有常用的意義，難免造成混亂，例如：「面」借來代替「麵」，可是「面」也是個常用的字，雖然在句子中，依靠語境可以分辨，但畢竟還是有混亂之感。

（3）草書楷化字無法解釋

草書楷化字也破壞了字的六書結構，使到原本合乎六書的字，變爲不合六書了，例如：「長」字簡化爲「长」，減少的筆畫不多，但卻變成了難於解釋的符號，增加學習負擔，書寫起來，也不如原字順手。

（4）用回古字減少形體的明確感

在漢字演變的過程中，形體簡化是一個明顯的趨勢，但也有與此相反的繁化，例如：「云」是「雲」的古字，是個象形字，後來假借爲說話的意思，便另加個「雨」字爲偏旁，成爲「雲」字。這個後起字與其他從「雨」的字有構形關係，如：「霧」、「雷」、「電」、「雹」、「震」等，簡化爲「云」雖然筆畫少了，但也少了與其他同類字的形體關係。

6、簡化字的影響

簡體字的通用，最大的改變是，由原本地位卑下的俗字轉爲正字。一個新造的形體，在未得到正字的地位之前都是俗字。在漢字歷史上，俗字轉爲通用字並非少見，只是這一批簡體字數量很大。這麼大批的俗字轉爲正體字，在漢字史上是空前的。這樣的改變具有時代意義，也具有歷史意義。

簡體字的另一項改變是，原本聲勢浩大的拉丁化運動變得沒那麼重要了，由原本的主角變爲配角。簡化成爲漢字改革的主要方向，拼音則成爲輔助學習漢字的工具。

簡化字改變的是字的形體和結構，不是書體，跟漢隸和唐楷的改變不同。今日電腦中常用的字體，如楷書、宋體等都有簡體字，也有繁體字。繁體字和簡體字的書體相同。

在漢字的歷史上，任何一個時期，字形與結構都不斷改變，但是在古代的改變，正如胡適所說，是由「學者文人」推動的，「小百姓」只能跟著走。可是這一批簡體俗字的情形剛好反過來，由小百姓「創造與提倡」，然後由「學者文人來做審查與追認的一步工夫」。

簡體俗字原本爲學者文人所鄙視，可是現在這一批簡體俗字卻爲學者文人所追認，成爲通用字，取代了原來的正體字。這顯然與平民思想潮流興盛有密切關係。白話文運動便是在這樣的背景下興起的。類似的觀念如平民文學、無產階級文學、大衆文學等，也都在這個時期出現。簡體俗字轉爲正字反映出學者文人觀念的改變。這是尊重平民百姓的新時代意識。

由於這是一大批俗字轉爲正字，難免引起一些守舊學者文人的

反對。這些人的影響力往往很大。第一批簡體字在一九三五年八月廿一日公佈，便因受到大官員的反對，在一九三六年二月五日廢止，前後不到半年便夭折了。

簡體字在漢字史上的影響，遠不及隸變那麼大。然而，要是國語羅馬字或拉丁化新文字成爲通用文字，不僅改變了文字的形體結構，更改變了文字的系統體制，那真是翻天覆地的改變，正如毛澤東所說，不僅「脫離實際」，更要「割斷歷史」。

簡體俗字通用已成爲事實，既有優點，也有缺點，要是能夠擴大其優點，而改變其缺點，那就更爲可取了。

第四節　形義歧異與整合

一　同形異字

這裏所說的同形異字是就後世所見的字形來說的，不是就造字之初而言。造字之初，文字異形與語言異詞相應。因爲語言中的詞語不同，所以代表語詞的文字也就自然不同。

文字創造之後，數量有限，不足應用，因而有假借的方法。假借用字法造成形義不一致。由於借用同一字形來表達不同的意義，雖然讀音相同，所表達的詞語並不一樣，顯然已成爲兩個字，即同形異字。

漢字形體爲表達詞義而造，音則隨詞義而出，形與義一致，但在文字發展過程中，數量漸多，有些不同來源的字，形體卻變得相同了。就形體看，一形兩義，字音並不相同，並非假借，形義也不一致。此種情形，是發展演變造成的結果，因而也造成同形異字，與上述假借的情形並不相同。

同形異字是指一對字來說的。其形音義的關係如下：

字形：相同

字義：相異

字音：相同或相異

在形音義三者之中，字形相同與字義相異是兩者的基本關係，字音則有兩種情況，或相同，或相異。如果字音相同，那是因假借造成。如果字音相異，那是巧合，或因訛變造成。假借是有意造成的，巧合訛變則是偶然造成的。

1、假借引申

在語言中，一個獨立的詞語只有一個意義。當一個詞語形式用來表達多個意義時， 儘管詞音相同，實際就是多個獨立的詞語，而不是同一個詞語。因此，由假借和引申衍生出來的詞語，都是各自獨立的。反映到文字中，則是不同的字。這些字儘管字形一樣，但因假借引申之後的字義不一樣，實際使用時，已是不同的字。這就是一般所說的一字多義。由於這些字義不一樣，實爲同形異字。例如，「云」的本義是雲霧，借用來表達說話的意義，便成爲兩個獨立的同形字。

又如「日」字與「月」字，本義是「太陽」與「月亮」，用爲「今日」與「年月」的意義，則是另一個獨立的字，只是同形而已。這是造成同形異字的主要原因。

在假借與引申造成新的詞語之後，有時又在本字加上一個偏旁，成爲新字，例如，「魚」的本義是水裏的一種動物，引申而用爲動詞，則是「捕魚」的意思。這兩個意義不一樣，詞性也不同，是兩個獨立的字，只是字形相同而已。後又加上偏旁「水」成爲專字「漁」，於是「魚」與「漁」的形體便分開來了，成爲一對同源字。

2、巧合訛變

除了由假借與引申產生的同形異字之外，有一些字，在演變過程中，原本不同的字形變得相同了。有些是出於形體訛變，造成形體相同。有些是由於造字的人分別就不同的詞語造字，而所造的字卻形體相同。字形雖然相同，表達的詞語並不相同，是同形異字。這是偶然的原因造成的。在《說文解字》中有一些這樣的記錄。以下是幾個例子：

■ 白

《說文》:「白,西方色也。陰用事,物色白。從入合二。二,陰數。」

「白」爲「伯」的本字,是大拇指的象形。篆文作 ⊖,甲骨文作 ⊖。篆文「自」字的或體與「白」字相似。

《說文》:「自,鼻也。象鼻形。」

篆文作 ⾃,甲骨文作 ⾃,爲鼻子的象形。「自」的或體與「白」字相似。

《說文》:「⾃,此亦自字也。省自者,詞言之氣,從鼻出,與口相助也。」

篆文自(白)字與表顏色的白字還有區別,到了楷書就變成一樣了。

■ 幸

《說文》:「㚔,所以驚人也。從大從羊。一曰大聲也。」

篆文作 㚔,甲骨文作 ⾟,爲手銬的象形。篆文與「幸」字相似。

《說文》:「幸,吉而免凶也。從屰從夭。夭,死之事。故死謂之不幸。」

篆文作 幸,與「㚔」字形似。到了隸書楷書都變作「幸」了。

■ 泡

《說文》:「泡,水。出山陽平樂,東北入泗。從水包聲。」
段注:「或曰浮漚也。」

「泡」本是水名。浮漚也叫「泡」。浮漚即水上的浮泡。這兩個字形體相同,只是偶然。

■ 匕

《說文》:「匕,相與比敘也。從反人。匕,亦所以用比取飯,一名柶。」

篆文作 █，甲骨文作 █、█，爲湯匙的象形。字形與「匕」（音化）字相似。

《說文》：「匕，變也。從到人。」篆文作 █，與「匕」字的篆文字形有別，而與甲骨文字形相近。到隸書楷書就變成一樣了。後世「匕」字爲「化」字所取代。

《說文》：「化，教行也。从匕从人，匕亦聲。」篆文作 █，甲骨文作 █。本義是教化，也用作變化義。

■ 唾與涶

《說文》：「唾，口液也。從口𡉭聲。涶，唾或從水。」

篆文作 █。或體「涶」作 █，與另一水名字同形。

《說文》：「涶，河津也。在西河西。从水𡉭聲。」

篆文作 █。與唾字或體同。二字當是不同地方不同的人所造，恰巧同形。

以上是古代偶然造成的同形異字例子。

現代簡體字中，也有個別簡體字與古字同形，如「兒」字簡體作「儿」，便與「人」字古文相同。

《說文》：「儿，仁人也。古文奇字人也。象形。」

篆文作 █，隸書作 █，與楷書同。

「兒」字篆文作 █，字形下半部與「人」的古文奇字形近。

簡體字「儿」是取繁體「兒」的下半字，形體與「人」的古文奇字相同。

這樣的例子不多見。另一種情形，同音替代，實就是借用一個筆畫較少的同音字來用，這樣的例子就很多了，如：

薑：姜
幾：几
鬱：郁
籲：吁

後：后

鬥：斗

齣：出

徵：征

鬆：松

蔔：卜

這些簡體字都有本義，與所替代的繁體字本無關係。簡體的本義與借義兩種用法並存，可以看成是一對同形異義字，而簡體與繁體則可以看成是一對異體字。這樣的異體字不是因為造字的人不同而形成，而是因為借用所致。這樣一對借用關係的字，也可以稱之為通假字。這樣的通假簡化字，本是為了學習方便，但同時也帶來一些混亂。

二　同字異形

同字異形就是異體字，也稱為或體。漢字的數量隨時間而增加，異體字非常多。一般字典中，每一個字之下都會列出其異體字。這類異體字產生的原因，不一而足。

由於各地人所說的方言不同，用字習慣也不同，有的字原本已經存在，或由於通行的範圍不廣泛，各地人彼此互不相通，便按照自己的習慣，另造新字。難免有些字所表達的是相同的詞語，成了異體字。

有時寫字習慣也能造成字體歧異。由於各人的寫字習慣不同，筆畫多少，往往隨意，造成同一個字，筆畫不一致，成為異體字。

有的字因為筆畫較多，便又造個筆畫少的形體，就是簡化，因而成為異體字。

在形聲造字法通行後，新造的字不斷增加，異體字也不斷增加，但異體字並不是只在形聲造字法產生之後才有的。早期的圖畫文字中，異體字也一樣易於產生，只是原因有別於形聲異體。

圖形文字在書寫時很是隨意，沒有固定不變的寫法，多一筆少

一筆，並無多大區別，也無多大關係，所以異體容易產生，幾乎每一個圖形字都有多個異體。

楷書通行後，有不少字的寫法因筆畫形體或位置不同而成為異體字。

秦代統一文字後，小篆成為標準字形，標準之外的便是或體。《說文解字》中還保存一些這類或體字，也叫重文。除了小篆的或體，《說文解字》中還保存一些古文和籀文的字體也都是異體字。

這些字後來都收錄在字典中，造成累積的字數量很大。這些異體字數量大，沒有規範，加重學習的負擔。在簡化字運動過程中，整理異體字並加以規範是很重要的工作。就字形差異的大小來看，異體字大致有三種情形，即：

其一，小差異：筆畫形狀改變，或筆畫增減

其二，中差異：偏旁位置改變，或偏旁部分改換

其三，大差異：改換新偏旁，或另造新字，改變結構

以下分別舉例說明這三類異體字產生的詳情。

1、筆畫改變

這是由寫字者的心態與習慣造成的。古代文字雖然各個時期都有規範，但個人寫字時往往隨意，未必都遵守規範，於是筆畫的位置可以隨意改變，多一筆少一筆也不那麼在意，因而同一個字便有了不同的形體。

由於日常寫字時隨意，筆畫字形都容易走樣。原本寫錯的字一旦通行，大家都接受，願意仿效，也就成為通用的形體，成為異體字。編字典的人也就自然收入字典中，並列在一起，成為其他人書寫的依據。這樣產生的異體字十分常見，其中又有兩種情形。

（1）改變筆畫位置或形態

第一種情形，筆畫位置或形態改變了，但並不影響字的基本結構，如：

凡：凣　　　　堞：堞

帆：帆　　　　躁：躁

青：青　　　　戶：戶戸

庶：庻　　　　留：畱畱

朵：朶　　　　並：竝並

（2）增減筆畫

第二種情形，筆畫增減變異後，形體的一部分變成另一個字，好像是換了一個偏旁一樣，可是未必有偏旁的功能，如：

賴：賴　　　　泯：泯

羌：羗　　　　凄：淒

兔：兔　　　　迫：廹

糾：糺　　　　爲：為

2、偏旁改變

改換偏旁而造成異體字最爲常見。主要有兩種情形。這兩種情形都跟形聲造字的方法通行有關。以下是常見改換偏旁異體字的一些例子。

（1）調換偏旁位置

調換偏旁的位置，有時是寫字者隨意造成，有時或是爲了下筆方便，通常是左右、上下、內外調換而成爲異體字，例如：

翅：翄　　　　晰：晢

融：螎　　　　鞍：鞌

秋：秌　　　　岸：屵

和：咊　　　　魂：蒐

婀：娿　　　　夠：够

辣：辢　　　　

綿：緜

群：羣　　　　　颯：颸
裙：裠　　　　　飄：飈
峰：峯　　　　　咒：呪
峨：峉　　　　　拿：挐
詞：䛐　　　　　闊：濶
謨：謩　　　　　匯：滙
跰：踄　　　　　鵝：鵞䳛
胸：胷

（2）選用不同偏旁

語言中的同一個詞語，不同地方的人分別造字，選用不同的偏
旁，成爲異體字。其中又包括三種情形。

其一，異形同聲

這類異體形聲字，所用的偏旁不同。其中又以形旁不同最爲多
見。有時是在已有的字旁，再加上一個形旁，成爲形聲字。

箋：牋（椾）　　　　愧：媿
穌：和　　　　　　悖：誖
檜：艪（櫠橹）　　燕：鷰
暖：煖（煗暚）　　夒：嘆
糊：餬（粘）　　　夒：嘆
餱：糇　　　　　　局：踘
稗：粺　　　　　　克：尅
秕：粃　　　　　　昆：崐
稭：秸秸　　　　　蛔：疘（蛕蛕）
粳：秔秔　　　　　蠭：螽（蜂）
糠：穅（粇）　　　輝：煇暉
悍：猂　　　　　　歡：懽讙
憔：顦癄　　　　　暗：闇（晻）
悴：顇　　　　　　翻：飜繙

其二，同形異聲

這類異體形聲字，形旁相同，聲旁不同。又有的異體形聲字，聲旁較爲簡省，當是爲了簡化。

線：綫　　　　　　　唉：唅噯
暗：晻　　　　　　　淡：澹
暖：暚　　　　　　　擋：攩
錘：鎚　　　　　　　搗：擣
捶：搥　　　　　　　螽：蟲（蚊）
蒂：蔕　　　　　　　綢：紬
褲：袴　　　　　　　鋤：鉏
恍：怳　　　　　　　螂：蜋
混：溷　　　　　　　蠭：蜂
檜：橹楢　　　　　　糠：粇
糊：粘

其三，形聲均異

這類異體形聲字，著眼的地方不同，分別採用不同的聲旁與形旁，成爲異體字。這一類例子較少。

暖：煗　　　　　　　椗：矴
炮：礮　　　　　　　檜：艉
忤：啎　　　　　　　箋：楥
鏈：鋝　　　　　　　城：鯎
欻：秏（秏）　　　　讎：仇

其四，會意異體字

有的形聲字，因偏旁筆畫改變而成爲會意字。

會意字之中，也有異體。其中較常見的情形是，因偏旁變化而成爲異體字。有的會意字，其異體是形聲字。有的既不是會意字，也不是形聲字，不合六書造字法。

體：体	淼：渺
德：悳	槑：梅楳
龝：秋	拏：挐挲（舒）
劫：刦刧刦	呆：騃
羴：羵（膻）	飤：飼
麤：粗粫	語：話
犇：奔（迸）	灋：法（泆）

3、假借變異體

有些異體字並非本字，而是假借字。有的詞語原本就有專門的字表達，可是又借同音字來用。借用的主要原因是字形簡單常用。假借之後，變成慣用字，也無需追究是否本字，於是與本字並列，成爲異體字。以下是一些常見的例子。

喂：餧（餵）	歡：驩
哄：閧	凋：雕
呼：虖嘑（謼）	琱：雕
纔：才	閣：閤
吃：喫	鮮：尟（尠）
颿：帆	丫：枒（椏）

漢字的常用字大約四千個，可是一般字典中所收的字有數萬個。其主要原因便是由於異體字眾多的緣故。

異體字之中，有的先造，有的後出，古今異形，爲數甚多。各地方言差異大，因而各地人按照自己的方言所造的字，也爲數眾多。古今字是同一個字的古今不同形體；方言字則是通行於各地的字。古今字往往並存並用，方言字在通行的範圍擴大之後，也可以並存並用。

由於歷代所造的字逐漸增多，累積起來，留在字典中，便有數以萬計的字了。

三　書同文

1、整理和規範

在晚清時期，漢字改革是由學者開始的。到民國時期，仍然如此。雖然由學者開始，但學者無力完成改革運動。學無論擬定出何種方案，最後是否採用，決定權都在於政府，必須由政府頒佈，才能有效推行。

文字改革運動並非學術運動，而是社會政治運動。政治的因素十分複雜，就是政府頒佈了，也未必就能有效推行。一九三五年，政府頒佈的《第一批簡體字表》，就因政府大官員反對，不到半年就取消了。任何時期的文字改革，都必須依靠政治力量才能成功。

在漢字簡化運動中，學者可以提出各種方案，各陳學術見解，正式的工作卻是由整理開始。在簡化過程中，整理的工作分為兩方面。一方面是整理歷來通用的簡體俗字，以便從中選取作為正體字。一方面是整理歷來通用的異體字，以便選取可用為標準的字，規範字形，廢棄異體字，減少通用字的數量。

一九四九年，中國文字改革協會成立，吳玉章擔任主席，主要任務便是整理和簡化漢字。吳玉章是推動拉丁化新文字的主要人物。他很可能希望順著拉丁化運動來改革漢字，但政府的要求是首先著手簡化漢字。

簡體字並不是由政府或個人創造的，而是從宋元以來的民間簡體俗字中選用的。因此，整理和選定簡體俗字是第一步重要工作。

一九五○年，教育部與專家學者商定選取簡體字的四條原則：

其一，整理選定已經通行的簡體字，必要時根據已有簡體字的簡化規律加以適當補充。

其二，所選定與補充的簡體字，以楷體為主，間或採取行書、草書，但必須注意容易書寫和便於印刷。

其三，簡體字的選定和補充，以最常用的漢字為限，不必為每一繁難的漢字均制作簡體。

其四，簡體字選定後，由教育部報請中央政府政務院公佈實行。

一九五二年，中國文字改革研究委員會成立漢字整理組。簡化與整理漢字的工作正式開始。

一九五五年，中國文字改革委員會發佈《漢字簡化方案（草案）》這是整理和選取簡體俗字的結果。

一九五五年還發佈《第一批異體字整理表》，收異體字 810 組，從中選出 810 個俗字爲正體字，並淘汰了 1055 個異體字。這是精簡日用字，規範形體，減少異體，消除混亂很重要的一步，也是整理工作的重要結果。簡體字運動從此進入實用階段，由新聞出版部門立即實施。

整理異體字公佈後，還經過數次調整。二〇一三年，由國家語言文字工作委員會公佈《通用規範漢字表》，表中所列規範字，成爲正式使用的規範標準。

2、制定標準

整理、選用、公佈、實施，是簡化過程中的四個步驟。這四個連續的步驟，完成現代漢字的簡化工作。簡化漢字至此基本完成。接下來還有一些相關的規範步驟，讓全社會都有共同的標準，主要步驟包括文字的定量、定形、定音、定序。全社會都用相同的標准文字，則用起來更加方便，對漢字教育大有幫助。

（1）定量

漢字的數量究竟是多少？常用字的數量又是多少？ 這兩個問題都不容易回答。從歷代字典中所收字的數量，可以看出漢字的數量一直在迅速增加，沒有止境。

東漢：《說文解字》（許慎）　　　　　9353 字

南朝：《玉篇》（顧野王）　　　　　22726 字

宋朝：《廣韻》（陳彭年）　　　　　26194 字

明朝：《字匯》（梅膺祚）　　　　　33179 字

清朝：《康熙字典》（張玉書）　　　47035 字

1915：《中華大字典》（徐元誥）　　48000 字

1968：《中文大字典》（編委會）	49905 字
1990：《漢語大字典》（徐中舒）	54678 字
1994：《中華字海》（冷玉龍等）	85568 字

文字的數量越來越多，增加非常快，主要因爲這幾個原因：

其一，形聲造字的方法非常方便，可以輕易造出想造的任何字。

其二，各地人都可以用形聲造字法，爲各地方言中的詞語造字。

其三，各地人所造的字中，有許多是重複的異體字。

其四，字典中所收的字多是古字，罕用與廢棄的字仍收在字典中。

字典中所收的字，包括歷代所造的字，無論有用還是沒用，全都收在字典中，所以文字的數量越來越大，不斷膨脹。

日常應用實際需要的字，各個時期都不會相差太大。現代實際通用的字，大約在 6000－9000 字左右，是字典中所收字數的十分之一。

一九六五年的《印刷通用漢字字形表》共收 6196 字。這是書籍印刷所通用字的數量，一般日常應用所需的字，大約只在半數左右。

一九八八年的《現代漢語通用字表》共收 7000 字。其中包括《現代漢語常用字表》中的 3500 字，即：

| 常用字 | 2500 字 |
| 次常用字 | 1000 字 |

常用字和次常用字加起來，共 3500 字。這便是日常應用所需字數量。大致說，一般只要識認 3000－4000 個字，便足夠日常應用所需。這個數量也是小學教育的目標。小學生畢業時，所識認的字應在三千至四千左右。到中學畢業時，所識認的字便應在《現代

漢語通用字表》所收的七千左右。

《印刷通用漢字字形表》、《現代漢語通用字表》、《現代漢語常用字表》，不僅是規範現代用字的數量，也規範字形，還把異體字淘汰，規範用字標準。

（2）定形

整理和選用簡體俗字，整理和淘汰異體字，都是爲了制定新的正體字。這是規範簡體字形的兩個重要步驟。

一九五五年，中國文字改革委員會發佈的《漢字簡化方案（草案）》便是整理和選取簡體俗字的結果。

同一年還發佈《第一批異體字整理表》，收異體字 810 組，從中選出 810 個俗字爲正體字，並淘汰了 1055 個異體字。

一九五六年，發佈《漢字簡化方案》，正式推行簡體字。

同一年還發佈《第二批異體字整理表》，收異體字 595 組，淘汰了 766 個異體字。這是精簡日用字，規範形體，減少異體，消除混亂的重要步驟。

一九五六年是簡化漢字運動總結成績的一年。通用文字的形體規範，主要就見於以上三個表中。《漢字簡化方案》從歷代民間的簡體俗字中，選用適當的簡體字，定爲正體。《第一批異體字整理表》與《第二批異體字整理表》則是從歷代異體字中選取合適的字形，定爲正體，淘汰其餘異體。

這兩方面的工作，有兩個作用：一個是可以減輕學習的負擔，一個是有標準的字形讓大衆應用，消除混亂。漢字定形的工作至此大致完成。

（3）定音

中國各地的方言衆多，必須有共同的通用語才能方便政府施政管理。古代通用的語言叫「雅言」，就是後來的「官話」，方言則在地方上通用。這並不影響國家的統一。通用語言十分需要，必須與文字相配合。

歷史上有兩個因素大大有助於中國始終維持統一，分裂只是短暫的局面。這兩個因素就是：漢字與大一統思想，漢字起決定性的作用。

晚清以來的漢字改革運動，重點在於改革漢字形體，但也兼顧到通用語言，於是有正音運動。正音運動從選定國語開始。

一九一一年，清朝管教育的學部通過《統一國語辦法案》，以北京話爲國語，制定音標。

一九一二年，蔡元培任教育總長，通過《讀音統一會章程》，設立「讀音統一會籌備處」，吳敬恆爲主任。

一九一三年，開始推行審定讀音運動，編訂《國音彙編草》。

一九一八年，制定國語注音字母。

一九一九年，出版《國音字典》。一九二一年，定名《教育部公佈校改國音字典》，共收 13000 多字，不僅規範讀音，也規範現行漢字。

一九一三年，國語統一籌備會成立國音字典增修委員會。

一九二六年，國音字典增修委員會編修《增修國音字典稿》。一九三二年定名《國音常用字彙》，共收 9920 正字。這是民國時期推行國音的依據。國音運動需通過學校推動才易於成功。

一九五十年代，掃除文盲，普及教育爲當務之急，推廣國語並非當時急務。一九五二年，教育部公佈《二千常用字表》，用爲掃除文盲的識字依據。

一九五六年，中國文字改革委員會成立國語審音委員會，審音運動正式開始。

一九五七年至一九六二年，先後發佈《國語異讀詞審音表初稿》正編、續編、三編，用爲正音與推動國語的依據。

一九五八年，《中文拼音方案》正式公佈，用來輔助識字教學，也幫助普及普通話。

一九八二年，恢復國語審音委員會，修訂《國語異讀詞審音表初稿》，推動普及國語。

一九五八年公佈的《中文拼音方案》，也叫《漢語拼音方案》，所拼寫的是普通話（國語）。從那時起，通用語就稱爲普通話。

一九八二年恢復的國語審音委員會，依舊用「國語」，似乎有新的含義。

二〇一一年，又成立普通話審音委員會,負責普通話審音工作。

普及國語或普通話最有效的方法是通過學校教育，再配合電影與電視的影響。從五十年代末到二〇一一年，經過五十多年的教育推廣,普通話已經很普及。審音工作也已完成,無須再大力推動了。

（4）定序

定序不是文字改革的課題，而是字典課題。字典和語文教育密切相關，所以定序也是語文教育課題。

字典裏收錄的字，需要按照一定的順序排列，才能方便翻查。字典的排列順序常見的有兩種。一種是按照部首順序排列，就是形序法；一種是按照聲母順序排列，就是音序法。

古代的字典一般都用形序法。這種方法一直沿用到現在。

古代還有兩種較少見的字典。一種用義序法，就是按照詞語的意義來排列的。這種方法後來就不用了。另一種用音序法，按字音排列，也叫韻書。

現代的字典，用形序法的和音序法的都很常見，並存並用。現代的音序法是在拼音漢字運動以後興起的。

形序法和音序法之外，還有一種四角號碼排列法。這種方法現在還在用，只是不那麼通行了。以下就介紹這四種排列法。

■ 形序法

形序法就是依據字形結構來排列的方法。其中最廣泛應用的是部首排列法，就是按照部首順序排列的方法。

另外還有按照筆畫和筆形順序排列的方法。這種方法用於編字典，但不如部首那麼廣泛應用。其中較爲常見的是「五筆畫法」，也用於電腦與手機輸入文字。

部首排列法是許慎《說文解字》中創立的，一共 540 個部首。隨後的字書如《玉篇》（542 部首）、《類篇》（540 部首）等，都用《說文》的排列法。

這個方法在後來的字書中有所修訂。明代梅膺祚的《字匯》，減少爲 214 個部首。同一部中所收錄的字則按照筆畫多少來排列。清朝的《康熙字典》就沿用《字匯》的部首排列法。由於《康熙字典》的地位高，影響大，隨後的字書也都採用這個排列法，直到今天。

簡體字通用後，文字的形體與結構都有所改變，於是部首也需有所改變。一九八三年，文字改革委員會與國家出版局公佈《漢字統一部首表（草案）》，主部首 201 個，附形部首 100 個，後修訂爲 99 個。這是簡體字部首的標準。

目前，繁體字典仍然用《康熙字典》的部首排列法。

■ 義序法

義序法是古代用於詞典的排列法，不用於字典。這種排列法始見於秦漢時期的《爾雅》。這是一部詞典。全書收錄詞語 4300 多條，分 2091 個條目。原本有二十篇，現存十九篇。依據內容可分爲六類：

其一，一般詞義類三篇：〈釋詁〉、〈釋言〉、〈釋訓〉

其二，人事類一篇：〈釋親〉

其三，生活器用類三篇：〈釋宮〉、〈釋器〉、〈釋樂〉

其四，天文地理類五篇：〈釋天〉、〈釋地〉、〈釋丘〉、〈釋山〉、〈釋水〉

其五，動物類五篇：〈釋鳥〉、〈釋獸〉、〈釋畜〉、〈釋蟲〉、〈釋魚〉

其六，植物類二篇：〈釋草〉、〈釋木〉

這部詞典的基本內容便是解釋各類詞語的含義。各條詞語的排列沒有明確的順序。第一類中的兩篇：〈釋詁〉與〈釋訓〉即後來「訓詁學」名稱的來源。訓詁學便是研究詞語意義的學問。

東漢劉熙的《釋名》也是探討詞語意義的詞典，與《爾雅》屬

同一類典籍。

這種義序法的詞典爲數不多。這種排列詞語的方法，現代極少用了。

■ 音序法

按照字音排列的字典，古代通稱韻書。隋朝的《切韻》是最早有系統的韻書，但已失傳了。唐代的《唐韻》是傳承《切韻》的韻書，也失傳了。《切韻》的系統保存在宋代的《廣韻》中。

《廣韻》全書分爲五卷，正文共收錄26194字。內容依據聲調和韻目編排，共206個韻，按照平上去入四聲分類。其中平聲57韻，上聲55韻，去聲60韻，入聲34韻。平聲因字數多，分爲兩卷，上去入各一卷，合共五卷。

韻目的數量隨方言而不同。元朝周德清的《中原音韻》便只有十九個韻。

在漢字拼音方法產生後，便有現代的音序字典，如一九四七年編的《國語辭典》，所收錄的字依據聲母順序排列。

漢語拼音法通用後，新編的字典，如：《新華字典》、《現代漢語詞典》等，便依據漢語拼音聲母順序排列，所收錄的同音字則按筆畫多少排列。

這類音序法排列的字典的優點是，查字速度較快，因爲不必數筆畫，缺點是，必須知道字音才方便查字，不知道字音便難以入手了。

■ 號碼法

一九二四年，王雲五因受電報數碼的啓發，發明四角號碼檢字法。這是依據字形四個角的筆形，轉爲四個號碼，確定這個字在字典中的位置。爲便於記憶，把各角筆形的號碼編成歌訣：

一橫二垂三點捺，
點下帶橫變零頭；
又四插五方塊六，
七角八八小是九。

四角號碼檢字法的優點是，查字的速度較快，缺點是沒有大型的字典用這種方法，並不那麼通行。目前的大型字典用部首與拼音檢字法。

漢字的改革到目前仍未完成，繁體字與簡體字並存並行，雖然各得其所，卻難免造成不便，尚未能達到書同文的目標。

繁體字與簡體字各有優點與缺點，尚需取長補短，始能達到書同文字的目標。究竟當如何統一的問題，只能等到政治統一以後才能解決，畢竟書同文需要政治力量來推動方能實現。

國家圖書館出版品預行編目資料

漢字學六章

雲惟利著. – 初版. – 臺北市：臺灣學生，2024.06
面；公分

ISBN 978-957-15-1942-5 (平裝)

1. 漢字　2. 文字學

802.2　　　　　　　　　　　　　　113007526

漢字學六章

著　作　者　雲惟利
出　版　者　臺灣學生書局有限公司
發　行　人　楊雲龍
發　行　所　臺灣學生書局有限公司
地　　　址　臺北市和平東路一段 75 巷 11 號
劃　撥　帳　號　00024668
電　　　話　(02)23928185
傳　　　眞　(02)23928105
E‑m a i l　student.book@msa.hinet.net
網　　　址　www.studentbook.com.tw
登記證字號　行政院新聞局局版北市業字第玖捌壹號
定　　　價　新臺幣六五〇元
出　版　日　期　二〇二四年六月初版
I S B N　978-957-15-1942-5